名家赏析历代短篇小说系列

吕智敏　主编

十大倡优小说

中国和平出版社

图书编纂委员会

目录

前言

一

我国古代小说源远流长。自其作为一种独立的文学样式风行于世，至其作为一种古典美学艺术模式的终结，将近有两千年的历史。这期间，诞生了多少小说作品已经无从详细考证，即便是那些得以流传下来的，恐怕也难以计算出一个准确的数字来了。历代的藏书家、版本学家、小说史家告诉我们，中国古代小说是一座无比丰富、辉煌、瑰丽的艺术宝库，那是我们民族文化遗产中最优秀、最珍贵的部分之一。

面对这座宝库中的奇珍异宝，历数着《红楼梦》《三国演义》《水浒》《西游记》《儒林外史》这些传世家珍，每一个华夏子孙都会从内心深处升起一股民族自豪感。古典文学修养稍高一些的朋友，或许还会津津乐道于《封神演义》《金瓶梅》《镜花缘》《儿女英雄传》《官场现形记》等等名著，从中了解我们民族古代社会的历史风貌和祖先们的生活与悲欢，接受着民族传统文化与美学风范的濡染熏陶。

在这里我们注意到如下一个事实——在我国古代小说中，那些流传最广、影响最大的一般都是些长篇巨帙；而对于规模较小的短篇，除了"三言""二拍"和《聊斋志异》等少数集子和篇什外，能够为一般读者所熟知或广泛涉猎的则为数不多。这一方面是由于我国历史上皆以诗歌散文为文学正宗，认为小说只不过是"小道"，是"史之余"，而短篇则更被视为集"街谈巷语"之"短书"，故此在刊行传播上受到了影响。另一方面则由于古代小说卷帙浩繁，不但专门辑录短篇小说的集子浩如烟海，而且还有许多篇什散见于各种笔记、野史、杂事集之中，这就给一般读者的阅读带来了更大的困难。

其实，短篇小说在我国古代小说发展史中占有十分重要的地位，起过异常重要的作用。在先秦两汉时期，小说尚属"刍荛狂夫之议"而"君子弗为"①的民间文学。适合于记录"街谈巷语""道听途说"②的需要，其形式上自然只能是"短书"。至魏晋的志怪、唐代的传奇、宋元的话本，小说基本上是沿着孔子所谓的"小道"，即围绕着远离治国平天下大旨的"街谈巷语""道听途说""修身理家"等生活小事而进行创作的。即使是讲历史故事的小说，也只写那些传闻逸事，只能是"与正史参行"的"史之余"。故此，小说形式依然还是短篇。直至明代，随着小说反映社会生活面的不断扩展与小说自身在艺术上的愈益发展成熟，章回小说问世了。明代的有些章回小说，虽已开始分回，但就其篇幅而言，尚介于短篇与中篇之间，如《鸳鸯针》《鼓掌绝尘》等皆是，只有《三国志通俗演义》与《水浒传》才代表了我国古代长篇小说的正式诞生。而在长篇章回小说盛行发展直至其高峰时期，短篇小说依旧长盛不衰。可见，在古代小说发展的漫长历史中，短篇小说，无论是文言短篇小说还是白话短篇小说，都曾经为我国民族传统小说艺术积

---

① 班固《汉书·艺文志》
② 同①

累了丰富宝贵的经验。从上述情况出发，我们决定编写这套丛书，其目的即在于为一般读者提供一个古代短篇小说史上具有代表性的优秀作品选本。为了帮助读者阅读，我们还邀请一些专家学者对每篇作品作了注释与鉴赏评析，对文言作品还作了翻译。

二

我国古代小说起于周秦，汉魏六朝时期文人的参与创作使小说作为一种独立的文学体裁出现了第一次繁荣。然而，这一时期的小说尚处于童年时期，各方面还都很不成熟，虽有干宝《搜神记》和刘义庆《世说新语》等优秀的志怪、志人小说，但它们也都如鲁迅所说，是一些"粗陈梗概"之作。直至唐代，由于社会的安定、政治的昌明、经济的发展与文化的繁荣，整个社会生活发生了巨大的变化，小说的题材与内容也大大丰富和扩展了，六朝的志怪已与当时生气勃勃的现实生活产生了相当的距离。于是，以反映人世现实生活为主的传奇小说便应运而生了。唐传奇已经从粗陈梗概的魏晋小说雏形发展为成熟的短篇小说，它已经摆脱和超越了前代小说录闻纪实的史传手法，而充分发挥作者的想象力进行艺术虚构，这就是明代文论家胡应麟所说的"尽设幻语"①。虚构的介入给古代小说带来了新的艺术生命力。唐传奇脱出了平实简古的笔记体，转化为形象生动的故事体。它的情节曲折委婉，结构完整规饬，语言铺排华美，描写细腻传神；最主要的是，鲜明突出的人物形象已经成为小说创作的中心。基于上述特点，传奇小说的篇幅也大大加

---

① 胡应麟《少宝山房笔丛》

长，再不是"合丛残小语"的"短书"①了。至此，中国古代小说创作掀起了第一次高潮，达到了第一个顶峰。此后，作为与文言的传奇相并列的通俗小说又异军突起，发展成以"说话人"的"话本"为基本形式的短篇小说，在唐代主要是变文话本，也有说话话本，至宋代，话本小说就形成了它的鼎盛时期。由于说话艺术与话本小说是城市兴起与工商业繁荣的产物，故此，话本小说从性质上看当属市民文学，又被称作"市人小说"。话本小说的题材广泛，涉及到市民生活的各个方面。同时，为适应说唱艺术和市民接受的需要，它具有完整的故事情节和通俗的口语化的语言，结构形式上分为入话、头回、正话、煞尾等固定模式，这些特点对后世通俗小说都产生了极大的影响。明清两代，小说创作形成了新的高潮，一度衰落的文言小说至清代又出现了新的繁荣，以蒲松龄《聊斋志异》为代表的传奇体小说和以纪昀《阅微草堂笔记》为代表的笔记体小说都涌现出了一批优秀新作，而文人创作的拟话本小说则是自明代冯梦龙的《警世通言》《醒世恒言》《喻世明言》始就已如雨后春笋，繁盛之极，题材不断扩展，篇幅也不断增长，终于由短篇而发展成中篇、长篇，中国古代小说独特的艺术体系——文言、通俗两大体系，笔记、传奇、话本、章回四大体裁的建构已经彻底完成，古代小说的思想与艺术成就也已达到了最高的峰巅。

回顾古代小说发展的历史，目的是在说明我们这套丛书，其选目的时间上限为什么定在唐代而不定在小说源起之初，也就是说，入选作品的范围包括自唐代以来直至有清一代的文言、白话短篇小说，至于六朝及以前的粗陈梗概之作，因其只还初

---

① 桓谭《新论》

具小说雏形，就一概排除在该丛书遴选范围之外了。入选各代作品的比例，也基本依据小说发展史的自然流程及其流传情况，例如宋代传奇与唐代传奇比较，相对衰落，如鲁迅所说："多托往事而避近闻，拟古且远不逮，更无独创之可言矣。"故而所选宋代传奇数量就很少。又如，宋元两代话本小说繁荣，然而由于其形式只是说书人说话的底本，不能受到文人雅士的青睐，故散佚极为严重。后由明人洪楩汇辑成《雨窗集》等六个集子，每集各分上下卷，分别收话本小说五篇，合称"六十家小说"，不幸再次散佚。后来根据残本辑成的《清平山堂话本》，就只存有二十六篇话本小说了，而这些幸存之作又有不少被明代著名的小说家冯梦龙辑入"三言"，辑选时又都做了改写与加工，在艺术上较其原本粗糙朴拙的面目有了很大的提高。我们在辑选这套丛书时又采取了去粗取精的优选法，故此，入选的冯梦龙"三言"中的拟话本小说数量，就大大超过了宋元时期的作品。明清两代是我国古代小说创作的高峰期，入选该丛书的这两个朝代的作品也就多于唐、宋元诸代。这样的遴选原则应该算得上是符合我国古代小说发展史的实际情况的。

三

我国古代小说的分类方法颇多，按其语言形式，可分为文言小说与白话（通俗）小说；按其体裁，可分为笔记体小说、传奇体小说、话本体小说和章回体小说；按其题材内容，则分法更多，例如鲁迅在《中国小说史略》中就提到了志怪、传奇、讲史、神魔、人情、讽刺、狭邪、侠义、公案、谴责等类。后代一些学者对于题材类别的划分基本上是在鲁迅的基础上加以增删改动。例如有在此之外又增加世情小说、谐谑小说的；有将神魔、志怪混称为神怪小说的；有将人情、世情同视为专指爱情小说的；又有以言情小说称爱情小说而以人情、世情专指人情世态、伦理道德或家庭题材小说的；有以才子佳人小说专指明清两代爱情婚姻题材小说的；有将讲史小说称作历史小说或史传小说的；有将讽刺小说称为讽喻小说的；有将侠义小说称为武侠小说或与公案小说归于一类的。对于鲁迅所提出的狭邪小说，有称之为青楼小说的，也有直呼为娼妓小说的，等等。小说史研究界至今也没有提出一个公认的统一划分题材类别的标准。

中国古代短篇小说卷帙浩繁。要想编选出一套方便读者阅读鉴赏的丛书，自然应该分类立卷，而分类的最佳方法是按照题材划分。我们的原则是：博采众家之长，既参考文学史上一些分立类别的惯例，沿用一些习用的类别名称，又考虑到尽量适合当代读者的理解与接受习惯，例如，考虑到狭邪小说之称很难为今日的一般读者所理解，又兼以这类小说除了写娼妓生活，也常常夹以写优伶艺人生活的题材，所以就将这一类名之为倡优小说，且倡优一词也常在文化史和文学史上出现。又如，在当代读者心目中，世情一词的涵义已不仅限于专指爱情婚姻，而是涵盖了世风人情的各个方面，所以我们就专辟言情一类辑纳爱情题材作品，而在世情类中则辑纳那些反映世态民风、家庭人伦等题材的作品。再如，讲史小说、历史小说一般都用来指称那些讲说朝代史或大的历史事件以及演绎历史变迁的长篇作品，而古代短篇历史题材则往往是记述一些历史人物的生平或佚闻逸事。针对这种特点，该丛书将所选的十篇历史人物题材小说归于"史传小说"类。当然，史传小说在这里的意义，既与秦汉时期的史传文学有一定关联，又不能将其等同起来。它已经完全摆脱了历史散文的结构框架而具备了小说的所有特点。只是在题材上与史传文学相通罢了。这样，该丛书就依照下列十类分作了十卷：传奇小说、神魔小说、侠义小说、公案小说、世情小说、言情小说、史传小说、倡优小说、讽刺小说、幽默小说。特别需要说明的是，这样的分类只是为了适应将我国古代短篇小说按不同题材推荐介绍给一般读者的需要，而无意于在学术上提出古代短篇小说分类的一家之言。

四

中国古代短篇小说浩如烟海，即使按其题材分为十大类，各类中的篇目也是数不胜数，无法尽收，只能择优录取。在把握这"优"的标准时，丛书坚持了以下几条原则：思想内容总体倾向积极健康，艺术水准较高，具有一定的认识价值、审美价值与文化价值。具体地说，一是首先考虑传统名篇。对于那些文学史上素有定评、有重大影响、至今仍具有重要价值的不朽之作，优先辑选。"文库"中收入的这类优秀佳作不在少数，如唐传奇中的佼佼者《李娃传》《柳毅传》《莺莺传》《南柯太守传》《红线》；宋元话本中脍炙人口的《碾玉观音》《快嘴李翠莲》《错斩崔宁》；"三言""二拍"等明代拟话本中广为流传的优秀篇什《杜十娘怒沉百宝箱》《白娘子永镇雷峰塔》《金玉奴棒打薄情郎》《转运汉巧遇洞庭红　波斯胡指破鼍龙壳》等；还有清代优秀的文言短篇小说《聊斋志异》中的一些佳作，如《胭脂》《画皮》《席方平》等均属传统名篇，我们首先将它们推荐给广大读者。

除了传统名篇，丛书中还收入了一些历代广泛流传的作品。它们并不一定是传统名篇，有些或许还显得有些粗糙，存在某些缺陷，但由于其流传既广且久，对后世的小说创作和读者阅读产生过相当的影响。这一类作品中我们可举出《包龙图判百家公案》中的《五鼠闹东京》、辑入《清平山堂话本》的《董永遇仙记》以及收入《青琐高议》的秦醇所著《骊山记》。《五鼠闹东京》文意比较粗拙，然而这一包拯审判五鼠妖怪的故事流传之广几至家喻户晓。明人罗懋登的《三宝太监西洋记》，清人石玉昆的《三侠五义》，或摄入此故事，或对其进行改造，更扩大了这一故事的影响。《董永遇仙记》也属文字简古朴拙的一类，故事流传更广，曾被改编成戏曲、电影等多种艺术形式；《骊山记》写唐明皇、杨贵妃故事，其中特别细写杨贵妃与安禄山的微妙关系。作品在结构和表现上都有缺欠，然而它对后代白朴、洪升等同一题材的戏曲创作起着不可低估的作用，在宋代传奇中亦属传世之作。其他如宋代佚名的《王魁负心桂英死报》也有上述情况。辑选这些作品的目的，主要是为了充分肯定它们在古代小说史中的地位和作用，使读者对古代文学史上呈现出的某些题材系列作品现象能够有一个大概的认识。此外，不少在内容上或艺术上确有突出成就而由于某些原因在历史上未能引起特别重视的优秀之作，如唐代牛僧孺的《杜子春》、明代蔡明的《辽阳海神传》、清代浩歌子的《拾翠》、笔炼阁主人的《选琴瑟》、王韬的《玉儿小传》、毛祥鳞的《媚姝殊遇》、宣鼎的《燕尾儿》等，还有一些国内外新近发现或出版的古代小说作品，如过去仅存写刻本、近年才整理出版的明代讽刺小说集《鸳鸯针》中的作品；国内久佚、据日本佐伯文库藏本整理出版的清代拟话本《照世杯》中的篇什，以及近年于韩国发现的失传已久、堪称"三言""二拍"姊妹篇的《型世言》中的一些作品，我们都尽量选入丛书，以飨读者。

综上所述，着眼短篇，从唐代开选，按题材分类分册，从多方面、多角度择优辑选精品，这就是本丛书选目的基本原则。

至于丛书中各篇的注释，多寡不一，总的是以有助于读者阅读为准。文言文因附有译文，注释相对少些；古代白话中一些读者能意会的口语、俗语，有的也省略未注。翻译上采取直译还是意译，主要由执笔者定夺，未做统一规定。鉴赏文字的写法更无一定模式，一方面取决于作品本身的特点，一方面取决于执笔个人的鉴赏感受，有的从内容到艺术进行全面把握，有的着重于作者创作意图与客观价值之间关系的分析，有的着重抒写自己阅读的所感所获，或一目之得、一孔之见。具体写法、风格更不尽相同。然而，总的目的只有一个，那就是，启发引导读者自己去对作品进行鉴赏，给读者留下思考的余地。因为，不同的期待视野会使不同的读者对同一部作品产生不同的感受，而文学鉴赏本来就是一种读者个体的审美活动。

编选一套大规模的古代短篇小说鉴赏丛书，是一个极为艰难的工程。由于本人的才学和各种客观条件所限，在编撰中还存在许多缺陷与不足，特别是在选目方面定有不少疏漏和不当之处。诚恳地期望能够得到海内外专家们的赐正与教诲，也真心地期待着得到读者的批评指正。

吕智敏
2014 年 5 月

霍小玉传

唐·蒋　防

　　大历中，陇西李生名益[1]。年二十，以进士擢第。其明年，拔萃，俟试于天官[2]。夏六月，至长安，舍于新昌里[3]。生门族清华[4]，少有才思，丽词嘉句，时谓无双；先达丈人，翕然推伏[5]。每自矜风调，思得佳偶，博求名妓，久而未谐。

　　长安有媒鲍十一娘者，故薛驸马家青衣也[6]；折券从良[7]，十余年矣。性便辟，巧言语，豪家戚里，无不经过，追风挟策，推为渠帅[8]。常受生诚托厚赂，意颇德之。经数月，李方闲居舍之南亭。申未间[9]，忽闻扣门甚急，云是鲍十一娘至。摄衣从之，迎问曰："鲍卿今日何故忽然而来？"鲍笑曰："苏姑子作好梦也未[10]？有一仙人，谪在下界，不邀财货，但慕风流[11]。如此色目[12]，共十郎相当矣。"生闻之惊跃，神飞体轻，引鲍手且拜且谢曰："一生作奴，死亦不惮。"因问其名居。鲍具说曰："故霍王小女，字小玉，王甚爱之[13]。母曰净持。净持，即王之宠婢也。王之初薨，诸弟兄以其出自贱庶，不甚收录[14]。因分与资财，遣居于外，易姓为郑氏，人亦不知其王女。姿质秾艳，一生未见，高情逸态[15]，事事过人，音乐诗书，无不通解。昨遣某求一好儿郎格调相称者[16]。某具说十郎。他亦知有李十郎名字，非常欢惬[17]。住在胜业坊古寺曲，甫上车门宅是也[18]。已与他作期约。明日午时，但至曲头觅桂子，即得矣[19]。"鲍既去，生便备行计。遂令家僮秋鸿，于从兄京兆参军尚公处假青骊驹，黄金勒[20]。其夕，生浣衣沐浴，修饰容仪，喜跃交并，通夕不寐。迟明，巾帻，引镜自照，惟惧不谐也[21]。徘徊之间，至于亭午[22]。遂命驾疾驱，直抵胜业。

至约之所，果见青衣立候，迎问曰："莫是李十郎否？"即下马，令牵入屋底[23]，急急锁门。见鲍果从内出来，遥笑曰："何等儿郎，造次入此[24]？"生调诮未毕[25]，引入中门。庭间有四樱桃树；西北悬一鹦鹉笼，见生入来，即语曰："有人入来，急下帘者！"生本性雅淡，心犹疑惧，忽见鸟语，愕然不敢进。逡巡，鲍引净持下阶相迎，延入对坐[26]。年可四十余，绰约多姿[27]，谈笑甚媚。因谓生曰："素闻十郎才调风流，今又见容仪雅秀，名下固无虚士[28]。某有一女子，虽拙教训，颜色不至丑陋，得配君子，颇为相宜。频见鲍十一娘说意旨，今亦便令永奉箕帚[29]。"生谢曰："鄙拙庸愚，不意顾盼，倘垂采录，生死为荣[30]。"遂命酒馔[31]，即令小玉自堂东阁子中而出。生即拜迎。但觉一室之中，若琼林玉树，互相照耀，转盼精彩射人[32]。既而遂坐母侧。母谓曰："汝尝爱念'开帘风动竹，疑是故人来[33]'，即此十郎诗也。尔终日吟想，何如一见。"玉乃低鬟微笑，细语曰："见面不如闻名。才子岂能无貌？"生遂连起拜曰："小娘子爱才，鄙夫重色。两好相映，才貌相兼。"母女相顾而笑。遂举酒数巡。生起，请玉唱歌。初不肯，母固强之。发声清亮，曲度精奇。酒阑，及暝，鲍引生就西院憩息[34]。闲庭邃宇，帘幕甚华[35]。鲍令侍儿桂子、浣沙与生脱靴解带。须臾，玉至，言叙温和，辞气宛媚。解罗衣之际，态有余妍，低帏昵枕[36]，极其欢爱。生自以为巫山洛浦不过也[37]。中宵之夜，玉忽流涕观生曰：“妾本倡家，自知非匹[38]。今以色爱，托其仁贤。但虑一旦色衰，恩移情替，使女萝无托，秋扇见捐[39]。极欢之际，不觉悲至。”生闻之，不胜感叹。乃引臂替枕，徐谓玉曰：“平生志愿，今日获从，粉骨碎身，誓不相舍。夫人何发此言！请以素缣，著之盟约[40]。”玉因收泪，命侍儿樱桃褰幄执烛[41]，授生笔砚。玉管弦之暇，雅好诗书，筐箱笔砚，皆王家之旧物。遂取绣囊，出越姬乌丝栏素缣三尺以授生[42]。生素多才思，援笔成章，引谕山河，指诚日月[43]，句句恳切，闻之动人。染毕[44]，命藏于宝箧之内[45]。自尔婉娈相得，若翡翠之在云路也[46]。如此二岁，日夜相从。

其后年春，生以书判拔萃登科，授郑县主簿[47]。至四月，将之官，便拜庆于东洛[48]。长安亲戚，多就筵饯。时春物尚余，夏景初丽，酒阑宾散，离恶萦怀。玉谓生曰：“以君才地名声，人多景慕，愿结婚媾，固亦众矣[49]。况堂有严亲，室无冢妇，君之此去，必就佳姻[50]。盟约之言，徒虚语耳。然妾有短愿，欲辄指陈。永委君心，复能听否？”生惊怪曰：“有何罪过，忽发此辞？试说所言，必当敬奉。”玉曰：“妾年始十八，君才二十有二，迨君壮室之秋，犹有八岁[51]。一生欢爱，愿毕此期。然后妙选高门，以谐秦晋[52]，亦未为晚。妾便舍弃人事，剪发披缁，夙昔之愿，于此足矣[53]。”生且愧且感，不觉涕流。因谓玉曰：“皎日之誓，死生以之，与卿偕老，犹恐未惬素志，岂敢辄有二三[54]。固请不疑，但端居相待[55]。至八月，必当却到华州，寻使奉迎，相见非远[56]。”更数日，生遂诀别东去。

到任旬日，求假往东都觐亲[57]。未到家日，太夫人已与商量表妹卢氏，言约已定。太夫人素严毅，生逡巡不敢辞让，遂就礼谢，便有近期。卢亦甲族也[58]，嫁女于他门，聘财必以百万为约，不满此数，义在不行。生家素贫，事须求贷，便托假故，远投亲知[59]，涉历江淮，自秋及夏。生自以孤负盟约，大愆回期[60]。寂不知闻，欲断其望。遥托亲故，不遗漏言。玉自生逾期，数访音信。虚词诡说，日日不同。博求师巫，遍询卜筮，怀忧抱恨，周岁有余，羸卧空闺，遂成沈疾[61]。虽生之书题竟绝[62]，而玉之想望不移，赂遗亲知，使通消息。寻求既切，资用屡空，往往私令侍婢潜卖箧中服玩之物，多托于西方寄附铺侯景先家货卖[63]。曾令侍婢浣沙将紫玉钗一只，诣景先家货之。路逢内作老玉工[64]，见浣沙所执，前来认之曰："此钗，吾所作也。昔岁霍王小女将欲上鬟[65]，令我作此，酬我万钱。我尝不忘。汝是何人，从何而得？"浣沙曰："我小娘子，即霍王女也。家事破散，失身于人。夫婿昨向东都，更无消息。悒怏成疾[66]，今欲二年。令我卖此，赂遗于人，使求音信。"玉工凄然下泣曰："贵人男女，失机落节[67]，一至于此。我残年向尽，见此盛衰，不胜伤感。"遂引至延光公主宅[68]，具言前事，公主亦为之悲叹良久，给钱十二万焉。时生所定卢氏女在长安，生既毕于聘财，还归郑县。其年腊月，又请假入城就亲[69]。潜卜静居[70]，不令人知。有明经崔允明者[71]，生之中表弟也。性甚长厚，昔岁常与生同欢于郑氏之室，怀盘笑语，曾不相间。每得生信，必诚告于玉。玉常以薪刍衣服，资给于崔[72]。崔颇感之。生既至，崔具以诚告玉。玉恨叹曰："天下岂有是事乎！"遍请亲朋，多方召致。生自以愆期负约，又知玉疾候沈绵，惭耻忍割[73]，终不肯往。晨出暮归，欲以回避。玉日夜涕泣，都忘寝食，期一相见，竟无因由。冤愤益深，委顿床枕[74]。自是长安中稍有知者，风流之士，共感玉之多情；豪侠之伦，皆怒生之薄行。

时已三月，人多春游。生与同辈五六人诣崇敬寺玩牡丹花[75]，步于西廊递吟诗句。有京兆韦夏卿者[76]，生之密友，时亦同行。谓生曰："风光甚丽，草木荣华。伤哉郑卿，衔冤空室！足下终能弃置，实是忍人[77]。丈夫之心，不宜如此。足下宜为思之！"叹让之际，忽有一豪士，衣轻黄纻衫，挟朱弹，丰神隽美，衣服轻华，唯有一剪头胡雏从后，潜行而听之[78]。俄而前揖生曰："公非李十郎者乎？某族本山东，姻连外戚[79]。虽乏文藻，心尝乐贤[80]。仰公声华，常思觏止[81]。今日幸会，得睹清扬[82]。某之敝居，去此不远，亦有声乐，足以娱情。妖姬八九人，骏马十数匹，唯公所欲。但愿一过。"生之侪辈，共聆斯语，更相叹美[83]。因与豪士策马同行，疾转数坊，遂至胜业。生以近郑之所止，意不欲过，便托事故，欲回马首。豪士曰："敝居咫尺，忍相弃乎？"乃挽挟其马，牵引而行。迁延之间，已及郑曲[84]。生神情恍惚，鞭马欲回。豪士遽命奴仆数人，抢持而进。疾走推入车门，便令锁却[85]，报云："李十郎至也！"一家惊喜，声闻于外。先此一夕，玉梦黄衫丈夫抱生来，至席，使玉脱鞋。惊寤而告母。因自解曰："鞋者，谐也。夫妇再合。脱者，解也。既合而解，亦当永诀。由此征之，必遂相见，相见之后，当死矣。"凌晨，请母梳妆。母以其久病，心意惑乱，不甚信之。俛勉之间[86]，强为妆梳。妆梳才毕，而生果至。玉沈绵日久，转侧须人[87]。忽闻生来，欻然自起[88]，更衣而出，恍若有神。遂与生相见，含怒凝视，不复有言。羸质娇姿，如不胜致[89]，时复掩袂，返顾李生。感物伤人，坐皆欷歔[90]。顷之，有酒肴数十盘，自外而来。一座惊视，遽问其故，悉是豪士之所致也。因遂陈设，相就而坐。玉乃侧身转面，斜视生良久，遂举杯酒，酬地曰："我为女子，薄命如斯。君是丈夫，负心若此。韶颜稚齿，饮恨而终。慈母在堂，不能供养。绮罗弦管，从此永休。征痛黄泉，皆君所致[91]。李君李君，今当永诀！我死之后，必为厉鬼，使君妻妾，终日不安！"乃引左手握生臂，掷杯于地，长恸号哭数声而绝^[92]。母乃举尸，置于生怀，令唤之，遂不复苏矣。生为之缟素^[93]，旦夕哭泣甚哀。将葬之夕，生忽见玉缥帷之中，容貌妍丽，宛若平生。著石榴裙，紫裲裆，红绿帔子^[94]。斜身倚帷，手引绣带，顾谓生曰："愧君相送，尚有余情。幽冥之中，能不感叹^[95]。"言毕，遂不复见。明日，葬于长安御宿原^[96]。生至墓所，尽哀而返。

后月余，就礼于卢氏，伤情感物，郁郁不乐。夏五月，与卢氏偕行，归于郑县。至县旬日，生方与卢氏寝，忽帐外叱叱作声。生惊视之，则见一男子，年可二十余，姿状温美，藏身映幔，连招卢氏。生遑遽走起，绕幔数匝，倏然不见^[97]。生自此心怀疑恶，猜忌万端，夫妻之间，无聊生矣^[98]。或有亲情，曲相劝喻。生意稍解。后旬日，生复自外归，卢氏方鼓琴于床，忽见自门抛一斑犀钿花合子，方圆一寸余，中有轻绢，作同心结，坠于卢氏怀中^[99]。生开而视之，见相思子二，叩头虫一，发杀觜一，驴驹媚少许^[100]。生当时愤怒叫吼，声如豺虎，引琴撞击其妻，诘令实告。卢氏亦终不自明。尔后往往暴加捶楚，备诸毒虐，竟讼于公庭而遣之^[101]。卢氏既出，生或侍婢媵妾之属，暂同枕席，便加妒忌^[102]。或有因而杀之者。生尝游广陵^[103]，得名姬曰营十一娘者，容态润媚，生甚悦之。每相对坐，尝谓营曰："我尝于某处得某姬，犯某事，我以某法杀之。"日日陈说，欲令惧己，以肃清闺门。出则以浴斛覆营于床，周回封署，归必详视，然后乃开^[104]。又畜一短剑，甚利，顾谓侍婢曰："此信州葛溪铁^[105]，唯断作罪过头！"大凡生所见妇人，辄加猜忌，至于三娶，率皆如初焉^[106]。

（选自《太平广记》）

[注释]

[1] 大历——唐代宗李豫的年号。李益，字君虞，陇西姑臧（今甘肃武威

县）人。约生于 749 年，卒于 827 年，唐肃宗宰相李揆的族子。大历四年（769 年）中进士，唐宪宗时官至右散骑常侍，唐文宗时以礼部尚书辞官。李益是中唐著名诗人，与李贺齐名。每作成一首诗，乐工们争相谱曲传唱。据《新唐书·李益传》载："益少痴而忌克，防闲妻妾苛严，世谓妒痴为李益疾。"这篇小说，大概就是根据他的传闻而写成的。

［2］拔萃——唐代选官制度，考中进士之后，可以再参加"拔萃"科考试，由吏部主持，中选即可授官。俟试——等待考试。天官——古代官名，这里指吏部。

［3］新昌里——在长安东城延兴门内。

［4］门族清华——门第高贵。

［5］先达丈人——有名望有地位的先辈和老先生。翕（xī 希）——统一、一致。翕然，一致地。推伏——推许心服。

［6］驸马——即驸马都尉，管皇帝出行时的侍从马队。皇帝的女婿，照例授此官职，不过只是虚衔。青衣——即婢女。

［7］折券从良——指赎回卖身契约嫁人。折券，本指销毁债券，不再索偿。

［8］便辟——善于逢迎谄媚。豪家戚里——豪门外戚。此处泛指贵族富豪之家。追风挟策——探听消息，制定计策。渠帅——首领。

［9］申未间——指下午一时至五时之间。

［10］苏姑子——"书罐子"的音变，是对李益这位书生的谑称。

［11］下界——道教、佛教用来称凡人所居之地，与"上界"相对。不邀——不希求。风流——指风度潇洒，才华出众的名士。

［12］色目——人品、身分。

［13］霍王——唐高祖李渊第十四子李元轨，贞观十年（636 年）由吴王改封霍王，武则天时遇害。其长子之孙李晖于唐中宗李显时嗣为霍王，此处当指后者。

［14］薨（hōng 烘）——古代称诸侯或有爵位的大官死去为薨。贱庶——指婢女所生。贱，地位低微。庶，旁支，与"嫡"相出，即庶出，婢妾所生子女。收录——收纳。

［15］高情逸态——高尚的情操，飘逸的姿态。

〔16〕格调——风度、仪态。相称——相适合，称心如意。

〔17〕欢愜——高兴满意。愜（qiè切），满足，畅快。

〔18〕住——住处、住所。胜业坊——在长安春明门内。曲——曲巷，小巷口。甫上车门宅——刚进巷口的宅院。甫上，才能够。方能。车，居舍。车，古读居音，引申居舍。

〔19〕午时——十二时辰之一，十一时至十三时。曲头——巷口。

〔20〕从兄——堂兄。京兆——京师。参军——唐代军府和地方衙门的僚属。假——借。青骊驹——纯黑色少壮的马。勒——马笼头。

〔21〕迟明——破晓，将近天明。天刚亮。巾帻——用巾包头发。帻（zé责），包头发的巾。这里巾是动词。不谐——不和谐，不合适。

〔22〕亭午——中午。

〔23〕屋底——正房后的杂屋。

〔24〕造次——鲁莽，轻率，随便，冒失。

〔25〕调诮——戏谑，讥嘲。说俏皮话。

〔26〕逡巡——却退；欲进不进，迟疑不决的样子。逡（qūn群阴平），退让。延入——邀请，引进。

〔27〕可——大约。绰约——姿态柔美的样子。

〔28〕名下固无虚士——亦作"名下无虚士""名下无虚""名下定无虚士"。典出自《陈书·姚察传》。意思是负盛名的人必有实学，如说：名不虚传，名副其实。

〔29〕奉箕帚——侍奉丈夫的意思。做妻子的谦词。封建社会，女子出嫁就是做洒扫之家务，侍奉男人。箕帚，畚箕扫帚。

〔30〕顾盼——看顾，眷顾，被看中。采录——被选中，相中。

〔31〕酒馔——酒饭。馔（zhuàn赚），食物；饮食。此指安排食物。

〔32〕琼林玉树——形容小玉身姿光艳照人，亭亭玉立。转盼——左顾右盼，转动眼珠。盼，看。射人——光彩照人。

〔33〕尝——曾经。"开帘"二句诗是李益的诗句。宋人吴曾《能改斋漫录》卷八载："唐李益《竹窗闻风寄苗发司空曙》诗云：'微风惊暮坐，临窗思悠哉。开门复动竹，疑是故人来。'"

［34］酒阑——酒尽。酒喝得很晚。及暝——到了天黑。暝（míng明），日落，黄昏。憩（qì气）——休息。

［35］邃宇——深屋。华——华丽。

［36］妍——美丽。帏——慢幕。帐子。昵（nì逆）——亲近。此处以帏、枕渲染欢爱的气氛。

［37］巫山洛浦——借用两个为人们熟知的神话故事，表明李益遇霍小玉如同与神仙相会一样欢悦。巫山，见宋玉《高唐赋序》，说楚怀王游云梦泽，午睡时梦见一位神女和他欢好，那神女自称住在"巫山之阳，阳台之下"。洛浦，见曹植《洛神赋》，说他梦中与洛神宓妃相会。

［38］中宵——夜半。倡家——妓女。非匹——匹配不上。

［39］女萝无托——比喻女子失去对丈夫的依托。《古诗十九首》有"与君为新婚，菟丝附女萝"的诗句。秋扇见捐——比喻女子被丈夫抛弃。见，被；捐，抛弃。汉乐府《怨歌行》："新裂齐纨素，鲜洁如霜雪，裁为合欢扇，团团似明月。出入君怀袖，动摇微风发。常恐秋节至，凉飙夺炎热，弃捐箧笥中，恩情中道绝。"此用其诗意。

［40］素缣——亦称"缣素"，供书画用的白色细绢。缣（jiān兼），双丝的细绢。著之——书写。盟约——永远欢好的誓约。

［41］褰幄——揭起帐慢。褰（qiān千），揭起。幄（wò握），帐子。执烛——掌灯。

［42］越姬乌丝栏素缣——越地（今浙江一带）妇女织的一种带有黑丝格子的白色细绢。

［43］引谕山河——山盟海誓之意。谕，告知。指诚日月——指天誓日之意。

［44］染——写。

［45］箧（qiè切）——箱子。

［46］婉娈——亲爱，眷恋。相得——相投合。翡翠——鸟名，雌雄常在一起。云路——云端。

［47］后年——指第三年。生以书判拔萃登科——李益以写判词考中吏部主持的拔萃科。郑县——今陕西华县。主簿——县令的僚属，主管文书簿籍。

〔48〕之官——赴官任。之，前往，去到。拜庆——拜会父母。东洛——东都洛阳。

〔49〕才地——才能和门第。景慕——景仰思慕。婚媾——婚姻。固——必定。

〔50〕严亲——指父亲。严，尊敬，严厉。冢妇——古代称长子之妻，此指正妻。冢（zhǒng肿），嫡长，长子。佳姻——良缘，美好婚姻。

〔51〕壮室之秋——壮年娶妻的时候。《礼记·曲礼上》："三十曰壮，有室。"室，妻子。八岁——八年。

〔52〕秦晋——春秋时，秦晋两国世为婚姻，后因称两姓联姻为"秦晋之好"。

〔53〕剪发披缁——剪去头发，披上黑衣去当尼姑。凤昔——往日，素常。足——满足。

〔54〕皎日之誓——指着太阳发誓。《诗经·王风·大车》："谓予不信，有如皎日。"死生以之——死活与你在一起。以，与，如此。二三——三心二意。

〔55〕但端居相待——只要好好住着相等待。

〔56〕却到——去到。华州——古郡名，治在今陕西华县。此指任所郑县。寻——不久。

〔57〕旬——十天叫一旬，一个月有三旬，分称上旬、中旬、下旬。觐亲——拜见双亲。觐（jìn近），会见。

〔58〕甲族——世家大族。

〔59〕便托假故——指拿借贷为理由，托迟婚期。亲知——亲友。

〔60〕孤负——即辜负，有负，对不起。愆（qiān千）——错过，耽误。

〔61〕师巫——古时从事迷信活动的人，假托神附在身上，就可给人说吉言凶。卜筮——两种占卦的方式。用龟甲占卦断吉凶为卜，用蓍草断吉凶为筮。羸（léi雷）——瘦、弱。沈疾——积久难治的疾病。沈，同"沉"。深隐。

〔62〕书题竟绝——书信尽断。

〔63〕寄附铺——一种代人保管或出售珍贵物品的商行。类似今日的信托商店。货——即卖的意思。

〔64〕内作——皇宫内的作坊。

［65］上鬟——即上头。古代女子年满十五岁就算成年，开始梳鬟，并用簪子束发。

［66］悒怏——忧闷不乐的样子。

［67］失机落节——即失落机节，落魄穷困。指霍小玉从王女的地位沦为妓女。

［68］延光公主——即唐肃宗的女儿郜（gào告）国公主。

［69］就亲——即定亲。

［70］潜卜静居——暗中选一处僻静的住宅。

［71］明经——唐代科举科目之一，每年由礼部主持考试一次，考以经义，考中者称明经，但不能授官，须再经吏部考取才能做官。

［72］薪刍——柴火、草料。刍（chú厨），喂牲畜的草料。资给——供给，资助。

［73］疾候——病的症候。沈绵——即沉绵，指疾病缠绵，历久不愈。惭耻忍割——对于忍心割爱感到惭愧羞耻。

［74］委顿床枕——身体极度疲困，精神委靡不支，只好躺在床上。

［75］诣——到。崇敬寺——长安中区靖安坊的一座庙宇。

［76］韦夏卿——字云客，京兆万年人。大历中，举贤良方正科，授高陵主簿。官至检校工部尚书，太子少保。有一女韦丛，嫁与著名诗人元稹。

［77］忍人——残忍、忍心之人，狠心之人。

［78］叹让——哀叹，责备。黄纻衫——唐时少年所穿的黄色华贵服装。纻（zhù住），苎麻布。挟朱弹——夹持红色弹弓。隽（juàn俊）——通"俊"。隽美，英俊秀美。剪头胡雏——短头发胡族童仆。唐代奴仆皆剪发。胡，古代对北方、西方少数民族的泛称。潜行——秘密地跟在后面。

［79］某族本山东——我出身于山东世族。魏晋南北朝时以"九品中正"法选取官员，世族豪门弟子都能做官。直至唐代，山东（指函谷崤山以东）世族仍保持相当大的优势，所以人们常以出身山东世族为荣。外戚——皇帝的母族及妻族。

［80］文藻——文章的词采。藻，文采。乐贤——爱慕贤人。

［81］声华——即声誉。觏（gòu构）——同"遘"，遇见。

［82］清扬——眉目清秀，此指丰采，尊容。

［83］侪辈——同辈。侪（chái 柴），同辈，同类的人。共聆斯语——同听到这番话。聆（líng 零），听。更相——更番相互。

［84］迁延——拖延。郑曲——郑氏居住的巷口，即霍小玉居处。

［85］锁却——锁掉，锁上。

［86］偃勉——即"偃偃"，努力，此处是勉强支持之意。

［87］转侧须人——移换方位必须人搀扶。

［88］歘（xū 虚）——忽然，如火光一现。又读 chuā 音，象声词。

［89］如不胜致——好像支持不住，弱不禁风的样子。致——意态，风致。

［90］欷歔——叹气，抽噎声。

［91］酹地——把酒洒在地上，表示郑重祭地，以此发誓。韶颜——美好的青春年华。稚齿——年少。征痛黄泉——踏上痛苦的死亡之路。

［92］长恸——哀痛已极，大哭。

［93］缟素——白色丧服，此指穿孝。缟（gǎo 搞），未经染色的丝织品。

［94］妍丽——美丽。宛若平生，就像活着的时候。襜裆（kē dāng 刻当）——一种妇女的长袍。帔（pèi 配）子——披肩。

［95］幽冥之中——迷信所说的阴间。

［96］御宿原——在长安城南，是古时墓地。

［97］遑遽——惊惧慌张。数匝——好几圈儿。匝（zā 扎），周，圈子。倏（shū 书）——忽然。

［98］无聊生——精神空虚，没有生活情趣。

［99］斑犀钿花合子——用斑纹犀牛角做成的嵌有金花的盒子。斑，杂色的花纹。钿（tián 田），以金、银之类镶嵌器物。合，同"盒"。轻绡——浅淡色丝织品。同心结——用锦带打成的象征爱情的连环结子。

［100］相思子——红豆，颜色鲜红，产于岭南。古时人们用它表示爱情。叩头虫——一种黑褐色小甲虫。用手指摁住它的身体，它的头就作叩头动作。人们用它表示倾慕请求。发杀觜、驴驹媚——似均指媚药。觜（zī 资）。

［101］捶楚——毒打。用竹杖打叫捶；用荆条抽叫楚。

［102］出——女子被丈夫休弃。封建时代看休弃妻子的七种理由，叫"七出"，即：无子、淫泆、不事舅姑（公婆）、口舌、盗窃、妒忌、恶疾。卢氏被诬告为"淫泆"罪而被休回娘家。媵妾——古代诸侯之女出嫁，以妹妹和侄

女从嫁，称为媵妾或妾媵。后泛指妾。

[103]　广陵——在今江苏省扬州市，唐代商业大都会。

[104]　浴斛——澡盆。周回——周围。封署——署名后封贴。

[105]　畜——保留。信州——今江西上饶市。

[106]　率——大率，大抵，大概。

[译文]

　　唐代宗大历年间，陇西郡书生李益，年方二十岁，高中进士。第二年，又应"拔萃"科考试，在吏部候试。六月时，到了长安，住在新昌里。李生门第高贵，从小才思敏捷，词采嘉丽，时人认为无人与之媲美；有名望有地位的前辈老先生们也一致推许心服。李生常常自夸颇有风度情调，思求佳侣，广寻名妓，很久都未找到合适可心的人。

　　长安有个媒婆叫鲍十一娘的，是从前薛驸马家的婢女；赎回卖身契嫁人，已经十几年了。她性情善于逢迎谄媚，花言巧语，豪门外戚家，无不往来，到处探听风声，心中盘算计策，被推为媒婆们的首领。她曾受到李生诚心相托，得到了丰厚的财物，心里很想报恩。数月后的一日，李生正闲坐在屋舍的南亭中。下午时分，忽然听到敲门声十分急切，人说是鲍十一娘到了。李生提起衣襟顺着声音，迎面问："鲍卿今天什么原因突然跑来？"鲍十一娘笑着说："书呆子作美梦没有？有一位仙女，贬谪到人间，不求钱财物品，只仰慕风流名士。这样人品，同十郎是很般配的。"李生听完惊喜雀跃，神魂颠倒，拉着鲍的手又拜又谢说："终生为奴，死而无憾。"于是问女子的名姓住处。鲍十一娘具体说明："她是从前霍王的小女儿，名字叫小玉，霍王很喜欢她。她的母亲叫净持。净持，就是霍王的宠婢。霍王刚死时，她的兄弟都因其出自婢女所生，地位卑贱，极不愿收容。于是分给一些钱财，打发她到府外居住，改姓为郑氏，外人也不知她是霍王之女。她姿色秾丽艳美，我一辈子也没见过。她情操高雅，仪态潇洒，事事都在常人之上，音乐诗书，无不精通。昨日她让我寻找一位好男儿，要风度仪表都称心的人。我详细介绍了十郎。她也知道你李十郎的大名，非常满意。她住在胜业坊古寺巷口，刚进巷口的居舍宅院便是。已经与她约好日期。明日中午，你只要到巷口找桂子侍女，就行了。"鲍十一娘既而离去，李生便准备赴约的事宜，于是叫家僮秋鸿，到堂兄京兆参军尚公家里借青骊驹和黄金笼头。当晚，李生洗衣冲澡，修饰仪表，欢喜雀跃，通宵不眠。天刚亮，便用巾包头，拿镜子自照，惟恐有不合适的地方。来回徘徊一阵子，就到了中午。于是便命驾马快跑，直达胜业。

到了约会之处，果见一婢女站在那里等候。迎头相问说："莫非就是李十郎吗？"李生立即下马，令牵进里边，急急忙忙把门锁上。这时便看见鲍十一娘果然从里边出来，老远笑着说："什么样人，敢随便闯到这里。"李生调笑话未说完，便被引进中门。庭院中有四棵樱桃树，西北悬挂一个鹦鹉笼子，看见李生进来，那鹦鹉就说："有人进来，快放下帘子！"李生本性文雅淡泊，心中正犹疑惧怕，忽听见鸟说话，十分惊讶不敢进前。正迟疑不决，鲍十一娘引领着净持下台阶相迎，请进室内对坐。净持年龄大约四十多岁，姿态柔美，谈笑很妩媚。于是对李生说："早就听说十郎才华出众，风流倜傥，今日又见仪表文雅清秀，果然名不虚传。我有一个女儿，虽拙于教导训诲，但容颜不至于太丑，能许配君子，非常合适。屡次听见鲍十一娘说您的意思，今日就令她永远侍奉您。"李生感谢地说："鄙人拙笨平庸，没想到能被看中，如蒙选纳，生死都感到荣幸。"于是命摆酒宴，便令小玉从堂屋东阁子中出来。李生立即恭敬地相迎。此时，他只觉整个屋子，好像琼林玉树，互相照耀，左顾右盼，光彩动人。既而小玉就坐在母亲旁边。母亲对她说："你曾爱念的'开帘风动竹，疑是故人来'就是这位十郎的诗。你终日吟诵思慕，何如一见。"小玉乃低头微笑，细声说："见面不如听到名声，才子怎会没有好相貌？"李生于是连连起身相拜说："小娘子爱才情，鄙人重姿色。郎才女貌两好互相辉映。"母女二人相视而笑。于是频频举杯。李生起身，请小玉唱歌。开始她不肯唱，母亲坚持叫她唱。她发声清脆嘹亮，曲调精美新奇。酒已尽兴，到了天黑，鲍十一娘拉着李生去西院休息。庭院深邃闲静，帘幕华丽。鲍十一娘令侍女桂子、浣沙给李生脱靴解带。不一会，小玉到了，言谈温柔和顺，声调语气委宛娇媚。解罗衣的时候，仪态美丽多姿，帏枕之上，极其亲热欢爱。李生自以为巫山神女、洛水女神也超不过霍小玉。夜半之时，小玉忽然流泪看着李生说："我本是娼妓，自己知道与你不匹配。现在以美色被爱，托身仁贤之君。但担忧有一天容颜色衰，恩爱之情转移，使我无所依靠，像秋天的扇子那样被抛弃。在这欢乐已极的时刻，不觉产生了悲伤之感。"李生听后，不胜感叹，就让小玉枕在自己臂上，慢慢对她说："我平生志愿，今天能实现，粉身碎骨，发誓决不舍弃。夫人为什么说这种话！请拿来一块白色丝绢，我要写下盟约。"小玉遂止住眼泪，命侍女樱桃掀起帐幔拿着灯，递给李生笔砚。小玉在吹拉弹唱之余，平时还爱好诗书，箱筐里的笔砚，都是王府家的旧东西。于是又从绣囊中，取出名贵的白色细绢三尺给李生。李生平素才思敏捷，提笔成章，指着天地日月一通山盟海誓，句句诚恳，让人听了受感动。写完，便令收在宝箱之内。从此二人相亲相爱，情投意合，好像翡翠鸟双双在云端自由飞翔。这样过了二年，俩人日夜形影不离。

第三年春天，李生以写判词考中吏部主持的拔萃科。授与郑县主簿官职。到四月，将要赴任，顺便去东都洛阳拜见父母。长安亲戚，多就宴饯行。时令正是春色尚存，夏景初现丽姿，酒尽客散，令人心烦的离索之情绕怀。小玉对李生说："以夫君的才能门第与名声，人们都景仰羡慕，愿意结成婚姻的，肯定也是很多的。何况堂上有严厉的父亲，室内又无正妻，夫君此次离去，必结良缘。山盟海誓之约，只是空口说说罢了。但妾有一时的愿望，总想要陈述。永远委屈您的心，还能听我说吗？"李生惊怪地说："我有什么做错了的事，让你忽然说出这种话？就请说说你的想法，我一定洗耳恭听。"小玉说："妾年才十八岁，夫君只二十二岁，距离夫君壮年正式娶妻的年岁，还有八年。愿在这一时期内，了却我一生的幸福欢乐。然后您精选高门，以谐秦晋之好，也不算晚。妾便舍弃尘事，剪发披黑衣去当尼姑，平素的愿望，在此就满足了。"李生又惭愧又感慨，不觉落泪。于是对小玉说："指日发誓，死生相从，与爱卿白头偕老，还恐不惬心意，怎敢有三心二意。请一定不要疑心，只要好好居住相等待。到八月，必当去到华州，派人前往迎接，我们相见之日就不远了。"又过几日，李生就辞别东去了。

李生到达郑县官任十日，便请假往东都洛阳拜会双亲。未回到家之前，太夫人已与表妹卢氏家商量婚事，口头婚约已定。太夫人平素严厉刚毅，李生对这门亲事只能退让不敢推辞，于是对母亲施礼答谢便定在近期下聘。卢氏也是世家大族，把女儿嫁给外人家，聘礼必以百万为定数，不足这个数，绝对不行。李生家境不富裕，办婚事必须求借，他便以借钱为理由，各处投奔亲友，经历江淮，从秋到夏。李生自知辜负了盟约，大大超过了预定的归期，便悄悄躲着不让小玉得到消息，想断绝她的企盼。他托咐亲友，请他们千万不要说漏了话。小玉自从李生过期不归，几次探听音信。得到的都是敷衍搪塞之语，一天一个说法。小玉四处求神问仙，到处求卦问签，心怀忧伤胸抱怨恨，一年多的时间，肌肤消瘦独卧空房，于是得了重病。虽然李生的书信已断绝，而小玉的相思还是深望不变，于是用财物买通李生的亲友，让他们通报消息。因四处急切地寻找李生，资财屡次用尽，便常私下令婢女偷着卖掉箱子中的衣服古玩等物，大多托西方寄附铺侯景先家出卖。一次她让婢女浣沙将紫玉钗一只，拿到景先家代卖。途中遇到皇宫中的老玉工，见浣沙手中拿着紫玉钗，便上前来相认说："这只钗，是我所做的，往年霍王小女十五岁将要上头，令我做这只钗，赏给我万钱。我不曾忘记。你是什么人，从什么地方得到的？"浣沙说："我家小娘子，就是霍王之女。家中破落，又失身于人。夫婿前年去了东都，再无消息。郁闷成病，今快二年了。令我卖这只钗，为了疏通熟人，以寻找李生的下落。"玉工悲伤地落泪说："贵族家儿女，倒霉落魄，穷困到这般地步。我这风烛残年，看见这种盛衰变化，不禁为之伤感啊。"于是引领她到延光公主府宅，详细陈述小玉的遭遇，公主也为她悲叹很久，给了十二万吊钱。此时李生所定婚的卢氏家住长安，李生已备好了聘礼，回到郑县任所。当年腊月，又请假进长安城定亲。悄悄选一处静僻的房舍住下，不让外人知道。有个明经科名叫崔允明的书生，是李生的表弟，性情宽厚，往年常与李生在小玉家一块玩乐，吃喝说笑，不曾隔心。每得到李生的信，必定实告小玉。小玉经常拿些柴草衣物，资助崔生。崔生很感谢她。李生既已到长安，崔生便把实情全都告诉了小玉。小玉愤恨哀叹说："天底下怎么会有这等事！"四处求亲友，多方召唤李生回来。李生自以为误期负约，又知小玉病症严重，对于忍心割爱感到羞愧，始终不肯去。早出晚归，想要躲避。小玉日夜哭泣，废寝忘食，只望一见，竟然没有机会。冤屈愤怒更深，身体极度疲困，精神萎靡不支，只好躺在床上。从此长安城中对李生和小玉的事便稍有传闻。风流名士，都感叹小玉的多情；豪侠之辈，都愤恨李生的品行鄙薄。

时间已到三月，人们多外出春游。李生与同辈五六人到崇敬寺观赏牡丹花，走到西廊大家依次吟诵诗句。京兆有位叫韦夏卿的人，是李生的好友，当时也同行。对李生说："春光很美，花草繁茂。可悲啊郑氏，含着冤屈独守空房！你终能把她抛弃，实在是狠心之人。男子大丈夫之心，不应如此残忍。希望你三思。"正在叹息斥责李生时，忽有一位豪侠之士，身穿浅黄色麻布衫，夹着红色弹弓，风度神采都很俊美，衣服雅淡华丽，只有一个短发胡族僮仆跟在后面，悄悄走过来偷听李生等人谈话。过一会儿他向前行礼问李生说："相公不就是李十郎吗？我出身于山东世族家庭，连姻外戚之家。虽缺乏文采，但心中爱慕贤才。久仰李公声名，常盼幸会。今日得见，可一睹尊容。本人陋舍距离这里不远，也有歌舞声乐，足可娱怀取乐。美女八九人，好马十几匹，李公可随心所欲。但希光临。"李生同辈，都听到了这些话，你一言我一语地叹羡不止。遂与豪侠义士打马同行，急转几个里巷，就到了胜业。李生看出这已距离郑氏家很近了，不愿意过去，便借口有事，想拉回马头。豪侠之士说："鄙人家距这里很近，怎忍相弃呢？"于是强拉住他的马，牵领着向前走。拖拉之间，已到了郑氏巷口。李生神情不定，打马要回去。豪侠之士急令奴仆好几人，硬拉着往前行。快跑着将他推进郑氏宅门，就立刻令仆人锁上门，通报说："李十郎到了！"全家十分惊喜，声音传出门外。头一天晚上，小玉梦见一位穿黄衫的大丈夫抱住李生来了，到酒席上，让小玉脱鞋。就此吓醒了，并把梦中情况告诉了母亲。小玉自己解梦说："鞋音与谐同，说明夫妇再次相聚。脱，就是解脱的意思。既然相会合又要解脱，也就是应当永别。由此证明，必就要相见，相见之后，必当永诀了。"天快亮的时候，请母亲为她梳妆打扮。母亲认为她病久了，神志迷乱不清，不十分相信她的话。小玉尽力支持，勉强梳妆。梳妆刚完，李生果然到了。小玉患病日久，行动必须让人挽扶。忽听李生来了，歘地一声自己站起来，换衣而出，仿佛神助一般。于是与李生相见，怒目注视，不再说任何话。她那瘦弱体质，娇柔身姿，好像马上就禁受不住的样子。不时又以袖掩面，回头看着李生。此情此景令人感伤，座中人都哭泣了。过一会儿，有酒菜几十盘，从外面送了进来。所有在座的人都吃惊地看着，急问原故，原来都是豪侠之士所办的。于是便把酒菜摆设好，相靠而坐。小玉则侧着身转过脸，斜着眼看李生好半天，举起酒杯，祭地后说："我作为一个女子，如此命薄。你是男子大丈夫，如此负心。我青春年少，含恨而亡。慈母在上，不能供养。穿绮披罗，吹拉弹唱的欢乐生活，从此永远结束了。让我走上这悲痛的死亡之路，都是你所造成的。李君！李君！今当永别了！我死之后，必化为厉鬼，使你的妻妾，终日不得安宁。"说完伸出左手抓住李生的胳膊，把酒杯摔到地上，大悲大哭几声气断。母亲抱起小玉的尸首，放在李生怀里，令他呼唤小玉，但再未活转过来。李生为她穿孝，从早到晚哭得很伤心。要下葬的头天晚上，李生忽然看见小玉在那帷幔里，容貌美丽，好像活着时一样。她穿着红色裙子，紫色长袍，红绿花色披肩，斜着身靠在帷幔中，手拉着绣带，回头对李生说："让您相送，实在感愧，这说明我二人尚有点情分，我在阴间地府之中，怎能不感喟呢！"说完，就不见了。第二天，小玉被葬在了长安御宿原。李生来到墓地，悲痛到极点，散发尽了心中的哀伤才返回。

过了一个月，李生与卢氏举行了婚礼，想起与小玉的相爱往事，触景伤情，郁闷不乐。夏五月，与卢氏同行，回归郑县任所。到县里有十天。那日，李生刚和卢氏要就寝，忽然帷帐之外有叱叱响声。李生吃惊地一看，就看见一男子，年龄大约二十多岁，姿态温和俊美，藏身在帷幔后，向卢氏连连招手。李生匆忙跑起，环绕帷幔搜寻几圈，突然不见了那男子。李生从此心怀疑惑与恶感，对卢氏猜疑特别多，夫妇之间，生出了厌恶寡趣的情绪。有的亲朋侧面相劝，李生疑团稍除。又过十天，李生从外面回来，卢氏正在琴架上弹奏琴瑟，忽然发现从门外扔进一个用斑纹犀牛角做成的嵌有金花的盒子，方圆一寸多，中间有浅色绢丝，作成同心结，落在卢氏怀中。李生打开一看，见有相思豆两个，叩头虫一个，发杀觜一包，驴驹媚一些。李生当时愤怒吼叫，声如豺狼与老虎，举起琴击打他的妻子，责令她说出实情，卢氏却始终弄不明白原故。以后李生对卢氏往往残暴地抽打，用尽各种手段凶狠地虐待，最后竟然到公庭诉讼而休了卢氏。卢氏被休之后，李生有时和婢女侍妾暂时同居，变得加倍猜疑忌妒，有的竟因此而被他杀掉。李生曾游广陵，得到一个名妓叫营十一娘的，容貌光润姿态妖媚，李生很喜欢她。每次相对而坐，便常对营氏说："我曾在某地得某美女，她犯了某罪，我以某法规杀了她。"天天述说，想令营氏惧怕自己，以肃清内宅妻妾丑事。外出时就用澡盆把营氏扣在床上，四周用签署的封条贴上，回来必须细看，然后才开封。他又保留着一把短剑，很锋利，环顾着婢妾们说："这是信州葛溪铁所铸造的，只断有罪过的头颅！"大抵李生所见到的妇女，就加以猜忌，乃至于娶了三次妻子，差不多都和对待卢氏一样，没有好结局。

［鉴赏］

这篇小说写陇西李益与妓女霍小玉的爱情悲剧。作者以极大的同情心描写霍小玉的悲惨命运；以极端鄙视的态度，批判谴责李益的薄情负心，爱憎十分鲜明。作品通过这一哀婉动人的爱情故事，揭示了唐代的婚姻制度以及与此相关的门阀制度的黑暗。《唐会要·嫁娶》载："诸州县官人在任之日，不得共部下百姓交婚。""其定婚在前，居官在后，……门阀相当，……不在此限。"霍小玉正是这种不合理制度下的牺牲品。她们母女两代都因出身卑贱，饱受封建社会的侮辱与损害。母亲本是被霍王蹂躏的婢女，因她"出自贱庶"，所以霍王一死，霍家怕她们母女辱没门第，便被赶出王府，沦落为娼。这种生活遭遇，使霍小玉很早就对那个社会的冷酷与黑暗有了切身体验和清醒的认识。因此她对自己未来的命运从未抱幻想和奢望。即使当李益初上门来为她的美色神魂颠倒，发下海誓山盟时，她仍泪流满面，清楚地知道李益出身"门族清华"，自己本是倡（娼）家女，"自知非匹"，不过以红颜美色，令李益沉迷，一旦色衰，便会像秋凉的扇子，随手抛在一边。这清醒，这冷静，这忧虑，都在"极欢之际"的气氛里，埋伏着悲剧的灾难与隐患；读者也意识到，这"极欢"将会被那门阀相当，家长统治的婚姻制度所吞噬，小玉被弃的命运是必然的结局。然而现实比想象更冷酷，连她那希望欢爱八年之后便永遁空门的最低要求也终归破灭。李益得官后，为了攀附高门，飞黄腾达，便另娶了出身望族的卢氏。霍小玉得知后，相思成疾，沉绵不起；一旦得知李益负约，自己已被遗弃，更是愤恨欲绝。当豪士将李益强拉到她面前时，她满腔的愤怒，像火山似地爆发了。她"斜视生良久，遂举杯酒，酬地曰：'我为女子，薄命如斯。君是丈夫，负心若此。韶颜稚齿，饮恨而终。……征痛黄泉，皆君所致。……我死之后，必为厉鬼，使君妻妾，终日不安！'"然后"长恸号哭数声而绝。"这饱和着血泪的控诉和抗议，不仅是对李益这个无情无义的负心人，更是对产生这一爱情悲剧的总根源——门阀制度和封建礼教而发。

这篇小说借婚姻爱情题材，反映出门阀士族同"贱民"之间深刻的矛盾。在重点写霍小玉悲苦命运的同时，还能够联系比较广阔的社会生活背景来描写士族、豪绅压迫、玩弄女性的腐朽本性。如小玉母亲净持被王爷、王府子弟的侮辱与驱逐；李益对侍婢媵妾的玷污与迫害，特别是对名妓营十一娘的非人待遇，虽属夸张之谈，但的确反映了生活的本质。就是名门闺秀卢氏，嫁到夫家，也只能生活在封建礼教、家长、夫权的统治下，最后竟被李益任意以"七出"中所谓的罪过休弃了她。所以这篇作品反映了妇女受封建制度的压迫，具有广泛的社会意义。结尾，小玉化鬼报仇的情节，虽带有因果报应的荒诞迷信色彩，但它主要是歌颂小玉刚烈不屈的反抗精神，也为了渲泄作者心中的愤恨。所以说，在唐代描写爱情的传奇小说中，显得最有思想光彩的要推蒋防的《霍小玉传》。

这篇小说，在艺术上最突出的成就是塑造了霍小玉这个光辉的妇女形象。唐代传奇小说中著名的女性形象传世的不少，但霍小玉感人至深之处，是作者赋予了她浓郁的悲剧美。她短暂的一生，都浸泡在泪水、忧虑与耻辱中，不同于《李娃传》《柳毅传》等作品中的李娃、龙女，经过坎坷，终于以大团圆结局。《莺莺传》中崔莺莺虽被张生"始乱之，终弃之"，但由于作者站在封建文人的立场上，不但未批判张生的负心，而且还持肯定与赞赏的态度，为张生抛弃莺莺进行辩护。莺莺的形象结尾也显得苍白无力，缺乏开始那种冲破礼教束缚的光辉，产生"自献之羞"的心理，落得自艾自弃的结局。惟有霍小玉用生命去反抗封建门阀等级支配下的婚姻制度，她刚烈不屈、维护女性人格尊严的精神，使作品产生一种惊心动魄的悲剧型美感。作者调动多种艺术手段来渲染刻画这一悲剧形象。首先，通过侧面描写，用鲍十一娘的口，介绍霍小玉的人品："有一仙人，谪在下界，不邀财货，但慕风流"。不要聘礼，只重才华的选郎标准，在封建社会是找不到的，所以说她是神仙下凡。聘礼多少，标志女人的身价，或以色相求财，或以门第要价，如后面那位卢氏，不满百万"义在不行"。而倡门女霍小玉人品如此殊异，在封建社会"博求名妓"的男子中，能有与之匹配的吗？小说一开始，就在读者心目中埋下悲剧的伏线。接着介绍她虽出身低贱却又色艺双全。她是霍王小女，但却为王府奴婢所生，霍王一死，便被逐出府门，更改姓郑。她一来到人间就是悲剧，幼小无辜的心灵，从出世就蒙上沉沉一层阴影。加之姿色秾艳，情态高逸，琴棋书画，无不精通。但这出身，这色艺，合在一起就会酿成不幸。小说开头，通过侧面描写，看似平常，实则给小玉头上笼罩了悲剧氛围。其次，作者采用烘托的笔法，突出霍小玉的美貌，光采照人。如小玉出场："但觉一室之中，若琼林玉树，互相照耀，转盼精彩射人。"没有正面描写她容颜如何美丽动人，但"琼林玉树"的比喻，引出读者丰富的想象，"精彩射人"的眼神，引出读者无限的联想，只觉得小玉一出场，满堂生辉，她的美，只可意会，不可言传。作者把她写得这样冰清玉洁，这样"高情逸态"，当她最后"长恸号哭数声而绝"时，读者同情、惋惜、震悼、愤怒的感情便会一齐迸发。这简练的几笔烘托，暗示少女白玉般的姿质，在万恶黑暗的封建社会必然会被玷污，被损害。暗示她"宁可玉碎，不能瓦全"的悲剧命运。此外，作者还通过霍小玉的语言，着力渲染悲剧气氛。小玉在作品中说话不多，但都切合小玉的身分、个性。作者有层次地安排她在关键的几场戏中直抒胸臆，揭示她由幻想、追求幸福的婚姻到逐渐由希望到失望乃至彻底绝望的全过程。当李益第一次与她相见，其母说："尔终日吟想，何如一见。"她轻声说："见面不如闻名"，这句话看似信口说出，但却很含蓄。未见面之前，她终日生活在美好的憧憬之中，吟诵才子的诗句，想象才子的风流倜傥、文雅仁贤，那情形是十分惬意甜蜜的。这句话道出了小玉的真实思想体验。一旦与才子结合，"极其欢爱"之际，忧虑、悲伤也随之产生。请看小玉在新婚之夜的一段哭诉："妾本倡家，自知非匹。今以色爱，托其仁贤。但虑一旦色衰，恩移情替，使女萝无托，秋扇见捐。极欢之际，不觉悲至。"这段哭诉"言叙温和，辞气宛媚"，令人爱怜。她首先认识到二人门第不相当，地位不匹配；其次，没有正式婚约，只以"色爱"暂时同居，婚姻没有丝毫保障;第三,忧虑"一旦色衰",自己随时都可被李生抛弃。这认识很清醒,这忧虑不是无病呻吟,因为"秋扇见捐"的悲剧随时都可能发生。因此在"极欢之际",一股悲凉之感袭上心头是自然的、真实的。但此时毕竟新婚燕尔,又得到李益"句句恳切,闻之动人"的一纸山盟海誓,遂被两年"婉娈相得,若翡翠之在云路""日夜相从"的生活暂时掩盖了忧虑。当李益考中"拔萃科"授与郑县主簿,即将离她去赴任时,她却没流眼泪,十分冷静地对李益说了一段话:"以君才地名声,人多景慕,愿结婚媾,固亦众矣。况堂有严亲,室无冢妇,君之此去,必就佳姻。盟约之言,徒虚语耳。然妾有短愿。……妾年始十八,君才二十有二,迨君壮室之秋,犹有八岁。一生欢爱,愿毕此期。然后妙选高门,以谐秦晋,亦未为晚。妾便舍弃人事,剪发披缁,夙昔之愿,于此足矣。"这段话,已不是新婚时的那种恐色衰被弃的忧虑了。现实问题摆在眼前,她明确识破:一,李益的门第、名声、地位,使愿意攀附婚姻者"众矣";二,上有父母,室无正妻,此次探亲,"必就佳姻";三,山盟海誓,都是空话;四,霍小玉有个短暂的、悲怜的最后请求:尽欢八年,放李益"妙选高门,以谐秦晋",自己舍弃红尘,步入空门,终生为尼。这不卑不亢,通情达理,极其微薄的希求,读者多么盼望她能够得到满足。然而这无泪的话语中,却让读者心里感到那么沉重,那么压抑,预示着封建魔爪就要扼杀掉这柔弱无援女性的生命。而噩耗比预料的来得更快。李益母亲已作主为他聘定卢氏女,软弱无情的李益遂背叛誓约,东躲西藏,"欲断其望",小玉是"遍请亲朋,多方召致",李益"终不肯往",小玉"冤愤益深,委顿床枕",遂生绝念。日有所思,夜有所梦,在豪士劫持李益来见小玉的前夕,她梦见李益"使玉脱鞋",她认为这是与李益"永诀"的时刻了。凌晨,她盛妆以待,与李益见面后,使尽最后一口气力,淋漓痛快地怒骂负情郎。作者在此设计了她的一番血泪控诉,真是痛断肝肠,催人泪下。请听:"我为女子,薄命如斯。君是丈夫,负心若此。韶颜稚齿,饮恨而终。慈母在堂,不能供养。绮罗弦管，从此永休。征痛黄泉，皆君所致。李君李君，今当永诀！我死之后，必为厉鬼，使君妻妾，终日不安！"霍小玉临死之前，百感交加。她哀叹自己红颜薄命；她痛恨李益无情无义；她可怜慈母无依无靠；她留恋人生，年轻韶华就饮恨赴黄泉，归根结底，都是李益所造成的。她不甘心被损害，被侮辱，她要变作厉鬼报仇。这刚烈的反抗个性，宁死不屈的斗争精神，这"长恸号哭"的"冤愤"，真是惊天地、泣鬼神。这一段"永诀"之语，最后完成了霍小玉这位不朽的富有悲剧美的艺术形象。

这篇小说，作者托名李益，还塑造了一个心理活动比较矛盾复杂的薄幸男子的形象。他是一个轻佻好色的风流才子，"每自矜风调，思得佳偶，博求名妓"。他托鲍十一娘寻找的不是正式的伴侣，只不过附庸时尚风雅，才子偕一名妓，更显风流而已。当鲍向他介绍小玉容貌似仙女，人品又"不邀财货"，这等美事哪里去找。"生闻之惊跃，神飞体轻，引鲍手且拜且谢曰：'一生作奴，死亦不惮'。"轻率的举动，油腔滑调的谑语俗态，跃然纸上。他见到小玉第一句便赤裸裸地表白："小娘子爱才，鄙夫重色。两好相映，才貌相兼。"他只知"重色"，而丝毫不理会小玉"不邀财货，但慕风流"的人品。他像熟练的嫖客，几杯酒下肚，就请小玉唱歌，当晚就与小玉同宿。两人没有共同的感情基础，李益主要是为了满足声色的需要，他根本不理解小玉此时此刻的内心活动与忧虑。直到中宵之夜，听了小玉的哭诉，他才"不胜感叹"，发出"粉骨碎身，誓不相舍"的誓言，并"援笔成章，引谕山河，指诚日月""著之盟约"。此时对小玉产生了一些爱情。后经过两年"日夜相从""婉娈相得"的共同生活，李益对小玉也不能说没有感情。当他考中"拔萃科"，去郑县作官时，形势发生了变化。他听了小玉一番冷静的分析和可怜的请求以及削发为尼的表示之后，他"且愧且感，不觉涕流"。愧什么？感什么？为什么流涕？百感交集，错综复杂，他自己也未必说得清。他原来没有认真严肃考虑的问题，被小玉一语道破，他不能正面否认小玉的话，也不愿马上伤小玉的心，于是便笼统地海誓山盟一通。这些地方的描写，还是真实、客观的。赴任之后，形势剧变。严毅的母亲为他聘定了表妹卢氏，他"逡巡不敢辞让"，软弱怯懦，没有勇气违抗家长之命；再者卢氏为"甲族"富豪大户，而"生家素贫"，这攀登高门，享受荣华的诱惑，战胜了他对小玉的爱恋，终于变心易志，背弃盟约。背约后他的感情也是矛盾复杂的。主流上他选择了屈从封建婚姻的道路，但良心上又不断受到谴责。终日偷偷摸摸，四处躲避小玉。他辜负盟约，大误归期，"欲断其望"便"遥托亲故，不遗漏言""虚词诡说，日日不同"。当他进入长安定亲，小玉"遍请亲朋，多方召致。生自以愆期负约，又知玉疾候沈绵，惭耻忍割，终不肯往"。他自知理亏，越陷越深，虽有惭愧羞耻之心，但还是决心背弃小玉到底。正因为他既给过小玉以希望，又亲手粉碎了它，这就给小玉带来更大的痛苦乃至绝望，李益自己也终于成为道义上的罪人。"豪侠之伦，皆怒生之薄行"，最后还是把他扭送到小玉面前，受到应有的批判与惩戒。小玉死后，他"为之缟素，旦夕哭泣甚哀"，"生至墓所，尽哀而返"，甚至在与卢氏洞房花烛之夜，他"伤情感物，郁郁不乐"，表现出一点点廉价的愧疚。总之，作者成功地塑造了一个有血有肉、性格矛盾复杂的负心汉的艺术形象。

本篇小说的细节描写也有其艺术上的特色。如写霍小玉和李益的最后会面，"玉沉绵日久，转侧须人。忽闻生来，欻然自起，更衣而出，恍若有神。遂与生相见，含怒凝视，不复有言。羸质娇姿，如不胜致，时复掩袂，返顾李生。感物伤人，坐皆欷歔。"通过一系列神情、动作的描写，既表现了霍小玉性格刚强，至死不愿在负心人面前示弱，又显出她对李益卑劣行径的无比愤怒。

这篇小说的男主角与当时的著名诗人李益同名。据《新唐书·李益传》记载："益少痴而忌克，防闲妻妾苛严，世谓妒痴为李益疾。"这篇传奇可能是受到一点真人真事的触发，再加以铺写而成的。由于这篇小说无论在思想上和艺术上都具有突出的成就，因此得到历代读者的喜爱，具有久远的艺术魅力。明代胡应麟在《少室山房笔丛》中评说："唐人小说纪闺阁事，绰有情致。此篇尤为唐人最精采动人之传奇，故传诵弗衰。"

（徐育民）

李娃传

唐·白行简

　　汧国夫人李娃[1]，长安之倡女也[2]。节行瑰奇，有足称者，故监察御史白行简为传述。天宝中[3]，有常州刺史荥阳公者[4]，略其名氏，不书。时望甚崇，家徒甚殷。知命之年[5]，有一子，始弱冠矣[6]；隽朗有词藻，迥然不群，深为时辈推伏。其父爱而器之，曰："此吾家千里驹也[7]。"应乡赋秀才举，将行，乃盛其服玩车马之饰，计其京师薪储之费，谓之曰："吾观尔之才，当一战而霸[8]。今备二载之用，且丰尔之给，将为其志也。"生亦自负，视上第如指掌[9]。

　　自毗陵发[10]，月余抵长安，居于布政里。尝游东市还，自平康东门入[11]，将访友于西南。至鸣珂曲[12]，见一宅，门庭不甚广，而室宇严邃。阖一扉，有娃方凭一双鬟青衣立，妖姿要妙[13]，绝代未有。生忽见之，不觉停骖久之[14]，徘徊不能去。乃诈坠鞭于地，候其从者，敕取之。累眄于娃[15]，娃回眸凝睇，情甚相慕。竟不敢措辞而去。生自尔意若有失，乃密征其友游长安之熟者，以讯之。友曰："此狭邪女李氏宅也[16]。"曰："娃可求乎！"对曰："李氏颇赡。前与通之者多贵戚豪族，所得甚广。非累百万，不能动其志也。"生曰："苟患其不谐，虽百万，何惜。"

他日，乃洁其衣服，盛宾从，而往扣其门。俄有侍儿启扃[17]。生曰："此谁之第耶？"侍儿不答，驰走大呼曰："前时遗策郎也[18]！"娃大悦曰："尔姑止之。吾当整妆易服而出。"生闻之私喜。乃引至萧墙间[19]，见一姥垂白上偻[20]，即娃母也。生跪拜前致词曰："闻兹地有隙院，愿税以居[21]，信乎？"姥曰："惧其浅陋湫隘[22]，不足以辱长者所处，安敢言直耶。"延生于迟宾之馆[23]，馆宇甚丽。与生偶坐，因曰："某有女娇小，技艺薄劣，欣见宾客，愿将见之。"乃命娃出。明眸皓腕，举步艳冶。生遽惊起，莫敢仰视。与之拜毕，叙寒燠[24]，触类妍媚[25]，目所未睹。复坐，烹茶斟酒，器用甚洁。久之，日暮，鼓声四动[26]。姥访其居远近。生绐之曰[27]："在延平门外数里[28]。"冀其远而见留也。姥曰："鼓已发矣。当速归，无犯禁。"生曰："幸接欢笑，不知日之云夕，道里辽阔，城内又无亲戚。将若之何？"娃曰："不见责僻陋，方将居之，宿何害焉。"生数目姥。姥曰："唯唯。"生乃召其家僮，持双缣，请以备一宵之馔。娃笑而止之曰："宾主之仪[29]，且不然也。今夕之费，愿以贫窭之家，随其粗粝以进之。其余以俟他辰。"固辞，终不许。俄徙坐西堂，帏幕帘榻，焕然夺目；妆奁衾枕，亦皆侈丽。乃张烛进馔，品味甚盛。撤馔，姥起。生娃谈话方切，诙谐调笑，无所不至。生曰："前偶过卿门，遇卿适在屏间。厥后心常勤念，虽寝与食，未尝或舍。"娃答曰："我心亦如之。"生曰："今之来，非直求居而已。愿偿平生之志。但未知命也若何？"言未终，姥至，询其故，具以告。姥笑曰："男女之际，大欲存焉[30]。情苟相得，虽父母之命，不能制也。女子固陋，曷足以荐君子之枕席？"生遂下阶，拜而谢之曰："愿以己为厮养[31]。"姥遂目之为郎，饮酺而散。及旦，尽徙其囊橐[32]，因家于李之第。自是生屏迹戢身[33]，不复与亲知相闻。日会倡优侪类，狎戏游宴。囊中尽空，乃鬻骏乘，及其家童。岁余，资财仆马荡然。迩来姥意渐怠，娃情弥笃。

他日，娃谓生曰："与郎相知一年，尚无孕嗣。常闻竹林神者，报应如响，将致荐酹求之[34]，可乎？"生不知其计，大喜。乃质衣于肆[35]，以备牢醴[36]，与娃同谒祠宇而祷祝焉，信宿而返[37]。策驴而后，至里北门，娃谓生曰："此东转小曲中，某之姨宅也。将憩而觐之，可乎？"生如其言，前行不逾百步，果见一车门。窥其际，甚弘敞。其青衣自车后止之曰："至矣。"生下，适有一人出访曰："谁？"曰："李娃也。"乃入告。俄有一妪至，年可四十余，与生相迎，曰："吾甥来否？"娃下车，妪迎访之曰："何久疏绝？"相视而笑。娃引生拜之。既见，遂偕入西戟门偏院中[38]。有山亭，竹树葱蒨[39]，池榭幽绝。生谓娃曰："此姨之私第耶？"笑而不答，以他语对。俄献茶果，甚珍奇。食顷[40]，有一人控大宛[41]，汗流驰至，曰："姥遇暴疾颇甚，殆不识人。宜速归。"娃谓姨曰："方寸乱矣[42]。某骑而前去，当令返乘，便与郎偕来。"生拟随之。其姨与侍儿偶语，以手挥之，令生止于户外，曰："姥且殁矣。当与某议丧事以济其急。奈何遽相随而去？"乃止，共计其凶仪斋祭之用。日晚，乘不至。姨言曰："无复命，何也？郎骤往视之，某当继至。"生遂往，至旧宅，门扃钥甚密[43]，以泥缄之。生大骇，诘其邻人。邻人曰："李本税此而居，约已周矣[44]。第主自收。姥徙居，而且再宿矣。"征"徙何处？"曰："不得其所。"生将驰赴宣阳，以诘其姨，日已晚矣，计程不能达。乃弛其装服[45]，质馔而食[46]，赁榻而寝。生恚怒方甚，自昏达旦，目不交睫[47]。质明[48]，乃策蹇而去[49]。既至，连扣其扉，食顷无人应。生大呼数四，有宦者徐出。生遽访之："姨氏在乎？"曰："无之。"生曰：“昨暮在此，何故匿之？”访其谁氏之第。曰：“此崔尚书宅。昨者有一人税此院，云迟中表之远至者。未暮去矣。”

生惶惑发狂，罔至所措，因返访布政旧邸。邸主哀而进膳。生怨慑，绝食三日，遘疾甚笃，旬余愈甚。邸主惧其不起，徙之于凶肆之中[50]。绵缀移时[51]，合肆之人共伤叹而互饲之。后稍愈，杖而能起[52]。由是凶肆日假之，令执缞帷[53]，获其直以自给。

累月，渐复壮，每听其哀歌，自叹不及逝者[54]，辄呜咽流涕，不能自止。归则效之。生，聪敏者也。无何，曲尽其妙，虽长安无有伦比。初，二肆之佣凶器者[55]，互争胜负。其东肆车舆皆奇丽，殆不敌，唯哀挽劣焉[56]。其东肆长知生妙绝，乃醵钱二万索顾焉[57]。其党耆旧[58]，共较其所能者，阴教生新声，而相赞和。累旬，人莫知之。其二肆长相谓曰：“我欲各阅所佣之器于天门街[59]，以较优劣。不胜者罚直五万，以备酒馔之用，可乎？”二肆许诺。乃邀立符契[60]，署以保证，然后阅之。士女大和会[61]，聚至数万。于是里胥告于贼曹[62]，贼曹闻于京尹。四方之士，尽赴趋焉，巷无居人。自旦阅之，及亭午，历举辇舆威仪之具，西肆皆不胜，师有惭色。乃置层榻于南隅，有长髯者，拥铎而进[63]，翊卫数人[64]。于是奋髯扬眉，扼腕顿颡而登[65]，乃歌《白马》之词[66]；恃其夙胜[67]，顾眄左右，旁若无人，齐声赞扬之；自以为独步一时，不可得而屈也。有顷，东肆长于北隅上设连榻，有乌巾少年，左右五六人，秉翣而至[68]，即生也。整衣服，俯仰甚徐，申喉发调，容若不胜。乃歌《薤露》之章[69]，举声清越，响振林木[70]，曲度未终，闻者歔欷掩泣。西肆长为众所诮，益惭耻。密置所输之直于前，乃潜遁焉。四坐愕眙[71]，莫之测也。

先是，天子方下诏，俾外方之牧，岁一至阙下，谓之入计[72]。时也适遇生之父在京师，与同列者易服章窃往观焉[73]。有老竖[74]，即生乳母婿也，见生之举措辞气，将认之而未敢，乃泫然流涕。生父惊而诘之。因告曰："歌者之貌，酷似郎之亡子。"父曰："吾子以多财为盗所害。奚至是耶？"言讫，亦泣。及归，竖间驰往[75]，访于同党曰："向歌者谁？若斯之妙欤？"皆曰："某氏之子。"征其名，且易之矣。竖凛然大惊；徐往，迫而察之。生见竖色动，回翔将匿于众中。竖遂持其袂曰："岂非某乎？"相持而泣。遂载以归。

至其室，父责曰："志行若此，污辱吾门；何施面目，复相见也。"乃徒行出，至曲江西杏园东[76]，去其衣服，以马鞭鞭之数百。生不胜其苦而毙。父弃之而去。

其师命相狎昵者阴随之，归告同党，共加伤叹。令二人赍苇席瘗焉[77]。至，则心下微温。举之，良久，气稍通。因共荷而归，以苇筒灌勺饮，经宿乃活。月余，手足不能自举。其楚挞之处皆溃烂，秽甚。同辈患之，一夕，弃于道周[78]。行路咸伤之，往往投其余食，得以充肠。十旬，方杖策而起。被布裘[79]，裘有百结，褴褛如悬鹑[80]。持一破瓯，巡于闾里，以乞食为事。自秋徂冬，夜入于粪壤窟室，昼则周游廛肆[81]。

一旦大雪，生为冻馁所驱，冒雪而出，乞食之声甚苦。闻见者莫不凄恻。时雪方甚，人家外户多不发。至安邑东门，循理垣北转第七八，有一门独启左扉，即娃之第也。生不知之，遂连声疾呼"饥冻之甚"，音响凄切，所不忍听。娃自阁中闻之，谓侍儿曰："此必生也。我辨其音矣。"连步而出。见生枯瘠疥厉[82]，殆非人状。娃意感焉，乃谓曰："岂非某郎也？"生愤懑绝倒[83]，口不能言，颔颐而已[84]。娃前抱其颈，以绣襦拥而归于西厢。失声长恸曰："令子一朝及此，我之罪也！"绝而复苏。姥大骇，奔至，曰："何也？"娃曰："某郎。"姥遽曰：

"当逐之。奈何令至此?"娃敛容却睇曰[85]:"不然。此良家子也[86]。当昔驱高车,持金装,至某之室,不逾期而荡尽。且互设诡计,舍而逐之,殆非人。令其失志,不得齿于人伦[87]。父子之道,天性也。使其情绝,杀而弃之。又困踬若此[88]。天下之人尽知为某也。生亲戚满朝,一旦当权者熟察其本末,祸将及矣。况欺天负人,鬼神不祐,无自贻其殃也[89]。某为姥子,迨今有二十岁矣。计其赀,不啻直千金。今姥年六十余,愿计二十年衣食之用以赎身,当与此子别卜所诣[90]。所诣非遥,晨昏得以温清[91]。某愿足矣。"姥度其志不可夺[92],因许之。给姥之余,有百金。北隅因五家税一隙院。乃与生沐浴,易其衣服;为汤粥,通其肠;次以酥乳润其脏。旬余,方荐水陆之馔[93]。头巾履袜,皆取珍异者衣之。未数月,肌肤稍腴;卒岁,平愈如初。

异时,娃谓生曰:"体已康矣,志已壮矣。渊思寂虑,默想曩昔之艺业,可温习乎?"生思之,曰:"十得二三耳。"娃命车出游,生骑而从。至旗亭南偏门鬻坟典之肆[94],令生拣而市之,计费百金,尽载以归。因令生斥弃百虑以志学,俾夜作昼,孜孜矻矻[95]。娃常偶坐,宵分乃寐[96]。伺其疲倦,即谕之缀诗赋[97]。二岁而业大就;海内文籍,莫不该览[98]。生谓娃曰:"可策名试艺矣[99]。"娃曰:"未也,且令精熟,以俟百战。"更一年,曰:"可行矣。"于是遂一上登甲科,声振礼闱[100]。虽前辈见其文,罔不敛衽敬羡[101],愿友之而不可得[102]。娃曰:"未也。今秀士,苟获擢一科第,则自谓可以取中朝之显职,擅天下之美名。子行秽迹鄙[103],不侔于他士[104]。当砻淬利器[105],以求再捷。方可以连衡多士,争霸群英。"生由是益自勤苦,声价弥甚。

其年,遇大比[106],诏征四方之隽,生应直言极谏科[107],

策名第一,授成都府参军。三事以降[108],皆其友也。将之官,娃谓生曰:"今之复子本躯,某不相负也。愿以残年,归养老姥。君当结媛鼎族[109],以奉蒸尝[110]。中外婚媾,无自黩也。勉思自爱。某从此去矣。"生泣曰:"子若弃我,当自刭以就死。"娃固辞不从,生勤请弥恳。娃曰:"送子涉江,至于剑门[111],当令我回。"生许诺。

月余,至剑门。未及发而除书至[112],生父由常州诏入,拜成都尹。兼剑南采访使。浃辰[113],父到。生因投刺,谒于邮亭[114]。父不敢认,见其祖父官讳,方大惊,命登阶,抚背恸哭移时,曰:"吾与尔父子如初。"因诘其由,具陈其本末。大奇之,诘娃安在。曰:"送某至此,当令复还。"父曰:"不可。"翌日,命驾与生先之成都,留娃于剑门,筑别馆以处之。明日,命媒氏通二姓之好,备六礼以迎之[115],遂如秦晋之偶[116]。

娃既备礼,岁时伏腊,妇道甚修,治家严整,极为亲所眷。向后数岁,生父母偕殁,持孝甚至。有灵芝产于倚庐,一穗三秀[117]。本道上闻[118]。又有白燕数十,巢其层甍[119]。天子异之,宠锡加等。终制[120],累迁清显之任。十年间,至数郡。娃封汧国夫人。有四子,皆为大官;其卑者犹为太原尹。弟兄姻媾皆甲门,内外隆盛,莫之与京[121]。

嗟乎,倡荡之姬,节行如是,虽古先烈女,不能逾也。焉得不为之叹息哉!予伯祖尝牧晋州[122],转户部,为水陆运使[123],三任皆与生为代,故暗详其事。贞元中[124],予与陇西公佐话妇人操烈之品格,因遂述汧国之事。公佐拊掌竦听,命予为传。乃握管濡翰[125],疏而存之[126]。时乙亥岁秋八月[127],太原白行简云。

(选自《太平广记》)

［注释］

［1］汧（qiān）国夫人——封号。汧国，唐朝的汧阳郡，也称陇州，治所在今陕西省千（研）阳县。

［2］倡女——妓女。倡，同娼。

［3］天宝——唐玄宗李隆基年号（742—756年）。

［4］常州——唐州名，治所在今江苏省常州市。 荥（xíng行）阳——是郡望，治所在今河南省荥阳县。据考证，荥阳公可能是指唐宪宗时的郑亚，做过刺使；而荥阳生则是其子郑畋，僖宗时做过宰相。

［5］知命之年——五十岁。《论语·为政》："五十而知天命"。

［6］弱冠——二十岁左右。古时男子二十岁行冠礼，加冠，表示已经成年。因未及壮年，故叫"弱冠"。

［7］千里驹——日行千里的小马驹，比喻少年英俊。《三国志·魏志·曹休传》载曹操指曹休说："此吾家千里驹也。"后人因以"千里驹"称有才华的子侄。

［8］一战而霸——一考就及第。古时将科举考试称为文战，胜者为霸。

［9］视上第如指掌——把及第看得很容易。"指掌"，《晋书·文帝纪》载："帝笑曰：'取蜀如指掌。'"形容容易得到，犹今语易如翻掌。

［10］毗陵——唐郡名，治所在今江苏省常州市。

［11］平康——长安平康里，唐时妓女聚居之地。

［12］鸣珂曲——平康里的一个小胡同。

［13］妖姿要妙——姿色妖艳动人。要妙，又作"要眇"。《楚辞·湘夫人》："美要眇兮宜修。"王逸注："要眇，好貌。"

［14］停骖——停住马车。骖，古时马车，一车驾三匹马叫"骖"，驾四匹马叫"驷"。

［15］累眄于娃——一再注视李娃。眄，注视。

［16］狭邪女——指妓女。狭邪，也作狭斜，小街曲巷。古时妓院多设在小街巷，故以狭邪称之。

［17］启扃——开门。扃（jiōng坰），门栓。

［18］遗策郎——掉落马鞭的青年。策，马鞭。

［19］萧墙——古代宫室当门的小照壁。萧，通肃。

［20］上偻——驼背。

［21］税——租。

［22］浅陋湫隘——粗俗简陋，又湿又狭。湫（jiǎo 绞），低湿。

［23］迟（zhì 致）宾之馆——接待客人的馆舍。迟，接待。

［24］叙寒燠（yù 育）——寒喧，闲聊应酬。燠，温暖。

［25］触类妍媚——到处漂亮。

［26］鼓声——唐代长安各街设鼓，每晚鼓声响起，表示夜禁时间。

［27］绐（dài 怠）——欺骗，谎言。

［28］延平门——长安西城门。平康里在东城，与延平门距离很远。

［29］宾主之仪——主客之间的礼数。

［30］男女之际二句——指男女之间的爱情。语出《礼记·礼运》："饮食男女，人之大欲存焉。"

［31］厮养——做烧饭养马一类事情的奴仆，也叫厮台。

［32］囊橐——大小口袋，这里指装财物。

［33］屏迹戢身——隐匿踪迹，躲起来。屏，隐去。戢（jí 集），藏。

［34］荐酹——祭祀鬼神。奉献祭品叫"荐"，洒酒于地叫"酹"（lèi 类）。

［35］质衣于肆——把衣服典当在店铺里。"质"，典当。肆，店肆，店铺。

［36］牢醴——猪牛羊三牲和酒。

［37］信宿——过一夜。

［38］西戟门——戟门原指门前立有棨戟的贵族府邸大门，这里泛指一般的大门。

［39］葱蒨——苍翠茂密。

［40］食顷——一顿饭工夫，形容时间不长。

［41］控大宛（yuān 渊）——骑着大宛马。大宛，汉时西域国名，产良马，汉人称为大宛马。

［42］方寸——指心。

［43］门扃钥甚密——把门关锁得严严实实。

［44］约已周矣——租期已到了。

［45］弛其装服——脱下衣服。弛，松弛。

［46］质馔而食——抵押东西以换一顿饭吃。

［47］目不交睫——即不曾合眼，指睡不着。睫，睫毛。

［48］质明——天亮的时候。

［49］策蹇——赶着驴子。蹇，蹇驴，瘦弱的驴子。

［50］凶肆——代人办理丧事的店铺。

［51］绵缀——疑即"绵惙（chuò 绰）"，病危将死的样子。《魏书·广陵王羽传》："叔翻沉疴绵惙，遂有辰岁。"叔翻，羽字。 移时——好大一阵子，指一段不太短的时间。"绵缀（惙）移时"，指一度濒于死亡。

［52］杖——动词，拄着拐杖。

［53］日假之——每天借用他、雇佣他。

［54］不及逝者——不如死去的人。

［55］佣凶器者——替人作丧葬之器（如棺材、灵车之类）的人。指殡仪馆主人。

［56］哀挽——出丧时唱挽歌表示哀悼。专门替人唱挽歌的称为"挽歌郎"。

［57］醵（jù 拒）钱——大家凑钱。聚集众人的资财叫"醵"。 索顾——要求雇佣他。

［58］其党——指为东肆唱挽歌的人。 耆旧——老前辈。

［59］阅——总聚，汇集，犹今语"展出"。

［60］立符契——订立条约。

［61］大和会——大集会。

［62］里胥——一里之长叫里胥，也叫闾胥、里正、里长。唐代以百户为里。 贼曹——东汉掌管京师水火、盗贼、词讼、罪法的官员称贼曹。此借指唐代京师长安、万年两县所设维护社会治安的官员。

［63］拥铎——拿着大摇铃。

［64］翊（yì 翼）卫——护卫的人。

［65］扼腕顿颡——指昂然得意的样子。扼腕，左手握住右腕，表示兴奋。顿颡，顿首稽颡，古时叩头礼，这里似指点头行礼。

［66］《白马》之词——当为挽歌，未详出处。《后汉书·范式传》载，范

式与张劭友情甚笃，劭死，式以素车白马，号哭送殡。《白马》之词，或即据此虚拟。

[67] 恃其夙胜——依赖他往日擅场的优势地位。

[68] 秉翣（shà 霎）——拿着装饰的翣。翣，羽毛或布、席制成的棺饰，如掌扇。灵车行进时，在车两旁举着送行。

[69] 《薤露》之章——古挽歌。《薤露》为汉乐府"相和歌辞"。崔豹《古今注》认为，《薤露》为丧歌，出自田横门人。横自杀，门人为作悲歌，以为人生短暂，如薤（百合科植物）上之露，容易消失。汉时《薤露》是挽王公贵人的，后用作一般的挽歌。

[70] 响振林木——形容歌声响亮动听。《列子·汤问》载，古代歌手秦青"抚节悲歌，声振林木，响遏行云"。

[71] 愕眙——惊呆了。眙（chì 斥），惊貌。

[72] 入计——外官入朝汇报，请示工作。

[73] 易服章——换掉官服。

[74] 老竖——对年老奴仆的贱称。

[75] 间（jiàn 见）——私下。

[76] 曲江——曲江池。在长安东南，是唐代长安的游览区。

[77] 瘗（yì 翼）——掩埋。

[78] 道周——路旁。

[79] 被——同"披"。

[80] 悬鹑——形容衣服褴褛的样子。语出《荀子·大略篇》："子夏贫，衣若悬鹑。"鹑，一种形似雏鸡的小鸟，尾秃。人们将衣服破烂称为"鹑衣百结"。

[81] 廛（chán 蝉）肆——市集中的店铺。廛，一户人家的房屋。

[82] 枯瘠疥厉——身子骨瘦如柴，又生了疥疮。

[83] 绝倒——昏过去。

[84] 颔颐——点头。颔，点头；颐，下巴。

[85] 敛容却睇——带着严肃的脸色回头看。

[86] 良家子——清白人家的子弟。

[87] 人伦——古以"父子有亲，君臣有义，长幼有序，朋友有信"为人

伦，见《孟子·滕文公上》。这里"不得齿于人伦"指下文所说绝父子之情。

[88] 困踬（zhì 志）——困顿，落魄。

[89] 无自贻其殃——不要自己招祸。

[90] 别卜所诣——另找一个地方住。所诣，所在，所至，这里指迁居之所。

[91] 晨昏得以温凊——早晚还能问寒问暖，即问安侍候，尽子女之孝道。语本《礼记·曲礼上》："凡为人子之礼，冬温而夏凊，昏定而晨省。"凊（qìng 庆），凉；使凉。

[92] 度（duó 夺）其志不可夺——料想她的决心不可改变。

[93] 荐水陆之馔——给他吃水里和陆地上的美味食品。

[94] 旗亭——古时城市里的市楼，高数层，楼上设鼓，击鼓作为开市、罢市的信号（见《洛阳伽蓝记·城东龙华寺》）。有的称酒店为旗亭。 鬻坟典之肆——卖典籍的书店。坟典，即三坟五典。三坟，为伏羲、神农、黄帝之书。五典，为少昊、颛顼、高辛、唐、虞之书（孔安国《尚书序》）。这里指科举必修的典籍。

[95] 孜孜矻矻（kū 枯）——勤奋不懈的样子。

[96] 宵分乃寐——夜半才睡。

[97] 谕之缀诗赋——劝告他作诗赋，意思是换换脑筋。

[98] 该览——博览、读遍。该，完备。

[99] 策名试艺——报名参加科举考试。

[100] 礼闱——礼部。

[101] 敛衽——整理衣襟，表示尊敬。

[102] 友之——和他交朋友。友，作动词，交友。友一作"女"，意即将女儿嫁给他。

[103] 行秽迹鄙——行为污秽鄙贱。指嫖妓落拓一段经历。

[104] 不侔于他士——不同于别的士子。

[105] 砻淬利器——把武器磨炼得更锋利，比喻学问钻研得更加精深。砻淬（lóng cuì 龙脆），锻捶磨炼。

[106] 大比——《周礼·地官》："三年则大比，考其德行、道艺，而兴贤者、能者。"后因称在京举行的科举考试为大比。

［107］直言极谏科——吏部主持的特别科的考试。此外还有"博学鸿词科"之类。吏部考后，录取者即授官。

［108］三事——三事大夫，即三公。《诗经·小雅·雨无正》："三事大夫，莫肯夙夜。"唐孔颖达《正义》："三事大夫为三公耳。"三事以降，三公（太师、太傅、太保或大司马、大司徒、大司空）以下的官员。

［109］结媛鼎族——同名门贵族的女儿结婚。鼎族，豪门贵族。

［110］奉蒸尝——主持祭祀。冬祭为"蒸"，秋祭为"尝"。古时礼制妇无子不可主祀，妾也不可主祀。李娃知道像她这样的身分是不能主祀的，所以说这话。

［111］剑门——唐县名，在今四川省剑阁县东北。

［112］除书——授新官的诏书。除，除去旧官就任新官之意。

［113］浃辰——从子到亥十二辰，即十二天。浃（jiā 加），周匝。

［114］邮亭——古时传递公文、迎送官员的驿站。

［115］六礼——古代婚礼的六道手续：纳采、问名、纳吉、纳征、请期、亲迎。

［116］秦晋之偶——古代秦国和晋国是世代姻好之国，这里意为把李娃作为同等地位的配偶。

［117］一穗三秀——一个穗上开三朵花。通常是一穗开一朵花，一穗三花古时被看作祥瑞之兆。

［118］本道上闻——该道（剑南道）奏知皇帝。

［119］层甍（méng 盟）——高高的屋脊。

［120］终制——服丧期满。古代父母丧事，要守制三年（实际为二十七个月）。

［121］莫之与京——没谁能与他比。京，大。

［122］牧晋州——为晋州牧，即在晋州做刺史。晋州治所在今山西省临汾县。

［123］水陆运使——即水陆转运使，管理水陆运输的官名，属户部。

［124］贞元——唐德宗李适年号（785—804 年）。

［125］握管濡翰——拿笔蘸墨。管，毛笔。翰，笔毛。

［126］疏——详细记录。

［127］乙亥岁——唐德宗李适贞元十一年（795 年）。

[译文]

　　汧国夫人李娃曾是京城长安的一个妓女。她节操品行高贵奇特，十分值得称道，所以监察御史白行简为她作传述说。

　　唐玄宗李隆基天宝年间，有位任常州刺史的荥阳公，估且略去其姓名，不写出来。当时其家声望很高，家中奴仆侍婢很多。他五十岁时，生有一子，刚刚二十岁。这个孩子长得清俊秀美而有文才，不同寻常，很受当时年轻人推崇佩服。荥阳公珍爱并器重他，说："这是我家的千里马呀！"荥阳生由州郡保送进京参加进士考试，出发时，荥阳公充分为他准备好了装饰华美的服装车马和日常用品，筹划他在京城客居所需要储备的柴米和日常费用，对他说："我看你的才能，应该一考试就及第。现在给你准备了两年的费用，并且从丰给你，是为了帮助你实现及第登榜的宏愿。"荥阳生也很自负，把及第看得很容易。

　　荥阳生从毗陵出发，历时一个多月到长安，住在布政里。那一日他到东市区游玩，从平康巷东门进去，将要去西南角拜访朋友。到了鸣珂曲（胡同），看见一所住宅，门脸虽不大，却是楼高院深。在一扇掩着的门后，有位青年女子扶着一个扎着双鬟的侍女站着，姿色妖冶而美好，实属当今独一无二。荥阳生忽然看见她，不觉停住马车看了好久，徘徊不忍离开。他假装马鞭子掉到地上，等待仆从拾取。他屡次看那女子，少女也每每偷看他，表情十分慕悦，荥阳生竟没敢说一句话就离开了。从此他便若有所失，于是密求对长安很熟悉的朋友寻问。那位朋友说："这是妓女李氏的住宅。"生问："李娃可以求取吗？"朋友回答说："李氏相当富裕。从前和李氏通好的多是豪门贵族，得到资财甚多。没有上百万金，不能打动她的心。"荥阳生说："只是害怕她不愿意，即使耗费百万金，有什么可惜。"

　　又一天，荥阳生穿着整洁的衣服，相跟着许多随从，去扣李氏的大门。不一会儿侍儿出来开门。他故意问道："这是谁家的府第？"侍儿不答，飞快地往回走着大叫说："前几天掉马鞭子的那位青年来了！"李娃高兴地说："你暂且让他不要走，我要换衣服盛妆见他。"

荥阳生听了暗自高兴。侍儿引生到院内小照壁后，见一位头发花白的驼背老太太，这就是李娃的母亲。他连忙向前跪拜说："听说这里有空房子，愿意出租，当真吗？"李姥说："恐怕粗俗简陋，既潮湿又狭窄，不能够供贵公子居住，岂敢说要报酬呢！"就把他请到招待客人的馆舍，却见那房子非常华丽。李姥与他对坐，说："我有个女儿，年少娇弱，技艺浅薄粗劣。今日得遇贵客，我想让她出来相见。"于是李姥令李娃出来面见。那女娃炯炯有神的眼睛，雪白的手腕，举止娴雅，非常漂亮。荥阳生吃惊地迅速站起来，不敢抬头看。李娃向他施礼后，又闲聊应酬，一举一动都很美丽妩媚，是他从不曾见过的。落坐后，又煮茶又倒酒，器皿都很清洁。过了很久，天黑了，街鼓四起，李姥问生住的地方离此地多远近。生扯谎说："在延平门外数里。"希望说得离这里远一点而被留下。李姥说："街鼓已经响了，快点走吧，不要犯禁。"生说："幸而接谈欢笑，不知不觉太阳已经下山了，这里宽绰，我城内又没有亲戚。该怎么办呢？"李娃说："公子不嫌僻陋，就住下，又有什么关系呢？"生几次看姥。姥说："好好。"生于是叫他的仆人，拿两匹细绢，来备办一夜的酒食。李娃笑着制止他说："主客间的礼数不应如此，今天夜里的费用，愿以贫穷之家，备些粗茶淡饭，其余以待他日。"公子坚决辞谢，李娃始终不答应。不一会儿到西厢房去坐，门帘床帐，焕然一新，光彩夺目；梳妆用品和枕头被褥，都很奢侈华丽。于是点上蜡烛吃饭，菜肴很丰盛。吃完饭，姥站起来。公子和李娃谈得正在兴头上，幽默地开着玩笑，无所不至。公子说："前几天偶然从你门前过，碰到你正好立在屏风前。从此以后我心里便常挂念你，就是吃饭或睡觉，也忘不掉。"李娃答道："我心里也是这样。"公子又说："今天我来，并不是找地方住的。希望能使我平生之志如愿以偿。但不知道运气怎么样？"话未说完，姥来了，问他为什么这么说，公子以实情相告。姥笑着说："男女之间是存在着互相吸引的爱情的。假如感情很投合，即使有父母之命，也无法阻止他们接近。我这个女儿本来很丑陋，怎能够为公子您铺床叠被？"公子于是走下台阶，倒身下拜并感谢说："我愿意给您老做一个烧饭养马的奴仆。"姥于是把生当女婿看待，酒喝得尽兴才散席。到了天明，公子把他的全部行李财物搬来，住在李娃的家中。从此生隐匿踪迹，不再和亲戚朋友来往。每天和娼妓之类，饮宴狎戏。等到口袋中的钱全花光了，就卖他乘坐的骏马，以及家童。一年多的时间，公子所携资财仆人马匹都荡然无存。随着岁月流逝，李姥对他渐渐懈怠了，而李娃对公子的感情更加深厚。

有一天，李娃对公子说："我与公子相识一年，还没有怀孕。常听人说竹林神灵验得很，我要前去奉祀酒食祭奠求拜，可以吗？"公子不知道这是一计，大喜。于是他把衣服也拿到当铺典当了，以备猪牛羊三牲和酒浆之用，又和李娃一起去竹林神庙祈祷，过一夜才回来。公子骑着驴子跟在车后，到了平康里北门，李娃告诉生说："从这里往东拐小胡同中，有我姨母的住宅。我们前往休息也顺便拜望她一下，行吗？"生按李娃的话去做，往前走不到一百步，果然看见一个住宅大门。看它内部，十分宽敞。李娃的侍女从后面叫住公子说："到了。"公子下了驴子，恰好有一个人出来问道："是谁？"生答道："李娃。"那人进去禀告。不一会儿有个老太婆走出来，年纪有四十多岁，迎见生，问道："我外甥女来了吗？"李娃下了车，老妪迎上去说："为什么这么久没有音讯？"二人相视而笑。李娃引生拜见了老妪。拜见毕，于是一同进入西戟门偏院中。院中有假山亭台，竹树青苍茂盛，池塘亭台幽雅得很。公子问李娃："这是姨母自己的宅第吗？"李娃笑而不答，连忙用别的话岔开。不一会儿献上茶果，都十分珍奇。过了一顿饭工夫，有一个人骑着汗流浃背的大宛马飞奔而至，说："姥姥得暴病很厉害，连人也不认识了。快些回去。"李娃对姨母说："我的心乱了。我先乘车骑回去，随后把车马送回来，您和公子再一起回去。"生想和李娃一起走。李娃的姨母正和侍儿说话，便用手势制止他，叫他站在门外，说："姥姥都快死了，你应当留下来和我商议办理丧事来解救她的急难，为什么急着要跟她一起回去呢？"公子只得留了下来，与姨母计议丧仪祭奠等费用。到了天晚，车马还没有送回来。姨母对他说："没有人来回话，是怎么回事呢？公子赶快去看看，我随后就到。"公子于是就去了，到了李娃住的院子，门关锁得严严实实，还用泥封了起来。公子大惊，问邻人。邻人说："李娃本来是租此房居住，租期已满了。住宅的主人自然收了回来。李姥已迁到别的地方去住了，而且已经两夜了。"公子问姥迁往何处，邻人答道："不知道。"公子想要赶快地赶到宣阳去追问李娃的姨母，可天已晚了，计算一下路程走不到。于是便脱下所穿衣服，抵押了一顿饭吃，租了张床住了一夜。他愤怒极了，从夜晚到天亮，连眼也没合。天快亮时，就骑着驴子走了。到了那里，连声扣门，一顿饭功夫都无人答应。公子大叫几次，才有一个当官模样的人慢慢地走了出来。公子急切地问他："姨母在吗？"那人答："没有。"生又问："昨天晚上还在这里，为什么把她藏起来呢？"生又问这是谁的府第。那人回答说："这是崔尚书的府邸。昨天有一个人租这所院子，说是要迎接从远方来的一个外甥，没有到天黑就走了。"

公子惶恐得发狂，不知所措，因此又返回布政里过去住的旅店，主人怜悯他，供给他饭吃。公子怨恨极了，绝食三天，得了很重的病，十多天后更厉害了。店主人害怕他死掉，把他移到殡仪馆里，他曾一度濒于死亡，殡仪馆里的人都同情他，并给他喂食。后来病稍好点，能挂着拐杖站起来了，从此殡仪馆每天雇用他执举灵帐、灵帷之类的祭物，得到的钱自己养活自己。

过了几个月，荥阳公子逐渐健壮起来，每每听到那些悲哀的挽歌，就自叹还不如死去的人，于是呜咽流涕，不能控制自己。他回去后反复地练习，公子是非常聪明伶俐的人，没多久，挽歌便能唱得十分美妙，整个长安都没有人能和他相比。过去，东、西两个殡仪馆的主人，互争胜负。东馆的灵车奇丽，大概没有人能比得上，只是挽歌唱得差些。东馆主人知道公子挽歌唱得妙极了，于是大家凑二万钱雇佣他。东馆唱挽歌的老前辈，各个都拿出自己的绝技，暗暗教公子新的曲调，并和他一起唱和。这样过了数十天，没有人知道。东西两馆馆主商议说："我们各自展览所雇佣的丧葬器具在天门街，来争个高下。不胜的罚款五万，用来备办酒菜，行吗？"二个殡仪馆的人都同意了。还立了契约，请了证人，然后进行比赛。这天，男男女女大集会，去看的有数万人之众。于是里长报告京城维持社会治安的官员贼曹，贼曹又呈报京兆尹。四面八方的人都来了，万人空巷。从天明开始展览，到了中午，一一展览了灵车丧仪器具，西馆都失败了，馆主人很惭愧。于是在南边搭起高台，有位大胡子，拿着大摇铃出来，后边数人簇拥着，于是他抖动胡子，扬起眉毛，左手握住右腕，点头致意，得意洋洋地登上高台，高唱《白马挽》歌，凭着他向来擅长此道，环顾左右，旁若无人，博得大家一阵喝彩；他自以为天下第一，不可能被别人所压倒。不一会儿，东馆主人在北边设起一座平台，有位头戴黑头巾的青年，左右跟着五六个人，拿着羽毛大掌扇，这就是荥阳生。只见他整理了一下衣服，慢慢地俯仰伸展，展喉发声，那样子好像不能胜任。当他唱起了《薤露》挽歌，发声却清晰激越，响振林木，曲子还没有唱完，听者都被感动得流泪哭泣。西馆馆主被大家讥笑了一顿，感到很羞耻，于是把输掉的五万钱堆放在台前，偷偷地溜掉了。这时，四面的观众都被惊呆了，真没有人能料到结果会是这样。

以前，皇帝曾下诏书，令州郡的长官一年一次入京汇报请示工作，叫作入计。当时恰好碰上荥阳生的父亲来到京城，与其同僚换掉官服暗暗去观看比赛。有个老仆人，是公子乳母的女婿，看到公子举止谈吐，想过去相认而没有敢去，伤感得涕泪滂沱。荥阳公吃惊地追问他，老仆人就告诉说："歌唱的人的相貌，很像您老丢失的儿子。"生父说："我的儿子因为带的财物太多被盗贼害了，怎么能到这个地步？"说罢，也哭了起来。回来后，老仆人私下里跑回去，问公子的同伴说："刚才唱歌的人是谁？唱得那么美妙动听？"同伴都说："某姓的儿子。"问他的姓名，已经改了。老仆人大惊，慢慢地走近仔细观看。公子看见老仆人，很是紧张，转身想躲到人群中去。老仆人一把拉住他的衣襟说："你难道不是某公子吗？"两人相对而泣。于是老仆人用车子把公子拉了回去。

回到住所，荥阳公责斥公子说："你的志节和行为竟然这样，玷污了我的门庭，还有什么脸面和我相见呢？"于是走出家门，到了曲江池西杏园的东侧，荥阳公扒掉公子的衣服，用马鞭打了他好几百鞭子。公子忍受不住痛苦而昏死过去。荥阳公丢下他走了。

荥阳生的师傅命令和他亲密的人暗自跟着他，回去把所见告诉了他的同伴，大家都很感伤叹惋，派了两个人买条草席前往掩埋他。到了那里，见公子心口还有微温，便把他扶起来，过了好久，才算透过气来。于是大家一块把他抬回去，用苇筒灌汤水给他喝。经过一夜终于活过来。一个多月中，公子连手脚都抬不起来，身上被马鞭打伤的地方全溃烂了，脏臭之极。同伴很讨厌他，一天晚上，就把他丢弃到了路旁。过路的人都很可怜他，往往投给他些吃剩下的食物，公子这才得以充饥。一百天后，他方能挂着拐杖站起来。他披着一件破衣服，上面百孔千疮，破烂不堪，手里拿着一个破碗，在大街小巷讨饭为生。从秋到冬。夜晚睡在垃圾堆边的土窖里，白天就在市集的店铺间乞讨。

一天，下着大雪，荥阳生又冷又饿，冒着风雪出来讨饭，叫喊的声音凄苦极了，听见的人没有不同情的。当时雪下得正紧，人家的大门多关着。到了安邑东门，顺着垣墙北转第七八家，有一个大门左扇开着，这就是李娃住的宅子。公子并不知道，大声连连叫道："我又冷又饿，受不了了！"声音凄切，人不忍听。李娃在闺房中听见叫喊，告诉侍儿说："这必定是公子。我分辨出他的声音了。"李娃快步走了出来。她看见公子已骨瘦如柴又生了疥疮，几乎不像个人样了。李娃心里很激动感伤，问道："你莫非就是某公子吗？"公子见了李娃愤怒得昏了过去，口不能言，只能点头罢了。李娃走上前去抱住公子的脖子，用她的绣花袄包住公子搀扶回西厢房，放声大哭说："叫公子落到今天这个地步，是我的罪过呀！"哭得昏过去又醒转来。李姥大惊，飞奔过来，说："怎么了？"李娃答道："这是某公子。"姥立即说："快赶走他。怎么能让他到这里来？"李娃脸色一变，回头看着李姥说："不能这样。公子是清白人家的子弟，当初驾着高车，载着金银和行李来到我们家，没过一年就把金钱花完了。我们商量着订了计策把他赶走，已经很不人道。让他失去了志节，又绝了父子之情。父子之情，是人的天性。我们的作法使公子之父割断了父子之情，将他鞭打致死并将其抛弃掉。现在他失魂落魄到这种地步，天下的人都知道是为了我李娃。公子的亲朋好友满朝都是，一旦掌权的查出事情的本末，我们大祸就临头了。况且违背天理有负人情，鬼神也不会保佑的，我们千万不要自己招祸了。李娃我作为您的女儿，至今有二十年了。计算得到的资财，不止价值千金。现在姥六十多岁了，我愿意偿付您二十年的费用赎出我的身子，我和公子要另找一个去处。所住之处离这里不远，早晚能够来嘘寒问暖，我的愿望就满足了。"姥料想她的决心不可改变，也就答应了。李娃给李姥赎身的费用之外，还剩有百金，就在李姥家北边四五个宅门处租了一所空宅子住。李娃于是为公子洗澡，换衣服；喂汤粥，通其肠胃；又用酥乳润其内脏。十多天后，才给他进食山珍海味等食品。头巾鞋袜，也都选取最珍贵新异的让他穿用。没过几个月，公子的肌肤稍稍丰满了；过了一年，便痊愈如初。

有一天，李娃对荥阳生说："你的身体已康复，志气也壮了。你现在可好好想一下，从前的学业才艺还能温习吗？"公子考虑了一下，说："十成中还记得二三成。"李娃乘车来到街市，公子骑马跟随在后。到了市楼南偏门外卖书籍的店铺，叫公子挑选并购买，书价有百金之多，都装到车上拉回来。李娃让公子丢弃杂念而专心致志进学，夜以继日，勤奋攻读。李娃还常常陪读，夜半才睡。看到公子疲倦了，就劝他作作诗赋换换脑子。两年后学业大有成就，国内的书籍，无不通读。公子对李娃说："现在可以去参加科举考试了。"李娃说："不，要读到精熟的地步，等待大考。"又过了一年，李娃对公子说："可以了。"于是公子第一次考试就登上最高的甲科，声誉震动礼部试场。就是一些前辈见到公子的文章，都无不整肃致敬，愿意和生结友而不可得。李娃说："还没有达到目标。现在的特异人物，假若一举登第，则自以为可以在朝廷中央得到显要的官职，扬名天下了。公子行迹污秽鄙贱，不同于别人。你还应该进一步刻苦攻读，磨练自己，以求再次登第。才可以在许多士子中间以学问、抱负称霸。"公子因此更加勤奋刻苦，声誉也更高了。

这一年，恰值京城进士大考，皇帝下诏书征聘天下有才能的人，荥阳生应直言极谏科考试，榜上题名第一，被授予成都府参军之职。三公以下，都是他的朋友。将赴任，李娃对公子说："现在已经还公子本来面目，我已不再有负于你了。我想用我今后的岁月，回去奉养老姥。公子应当和名门贵族的小姐结婚，以主持祭祀。在姻族中间联姻不要自暴自弃。更要勤勉多思，自己爱重。我从此就诀别了。"公子泣不成声地说："您如果抛弃我，我就自刎而死。"李娃坚决辞别都不答应，公子又一再恳求李娃随行。李娃说："送公子渡过嘉陵江，到达剑门关，就应当放我回来了。"公子同意了。行经一个多月，到了剑门。还没有动身而授命新官的诏书到了，荥阳公由常州任上奉诏入朝，转任成都府尹，兼任剑南采访使。十二天后，父到剑门。生因而投递自己的名片，在驿站拜见父亲。荥阳公不敢相认，看到其祖、父的官职和名字，才大惊，命生进见，抚生背痛哭了多时，说："现在我和你父子和好如初。"因追问其转变的原因，公子述说了始末。父十分惊奇，问李娃现在何处。公子说："跟着我到了这里，就要让她回去。"荥阳公说："不行。"第二天，乘着车驾和公子先到成都，把李娃留在剑门，修筑了别墅让她住。又过一天，请媒婆前去说亲，按古代婚礼的六道手续迎娶李娃，于是结成了美好的姻缘。

李娃婚后，逢年过节祭祀时，都很懂得礼节，治家严谨，很为双亲爱重。之后几年间，公子的父母都去世了，夫妇二人竭诚守孝。在为父母守丧所居的草屋里生了一棵灵芝草，一个穗上开了三朵花。道府（剑南道）奏知皇帝。又有几十只白燕，在公子宅院高高的屋脊上筑巢。皇帝对这两件事感到奇异，于是加倍升赏。公子服丧期满，一再升任显要之职。十年中间，连做几郡刺史。李娃被封为汧国夫人。荥阳生和李娃有四个儿子，都做了大官，官职最低的还做了太原尹。与他们弟兄通婚的都是一流权贵之家，朝廷内外兴盛一时，没有谁能同他家比。

哎呀！一个放荡的妓女，节操和行为能够这样，就是古代的烈女，也不能超过她。这怎么能不让人为她感叹呢！我的伯祖曾任晋州府尹，转任户部，后为水陆运使，接连三任都与荥阳生为前后任；所以私下详知他的事迹。唐德宗李适贞元年间，我和陇西李公佐谈讲女子的操行和品格，因而讲叙了汧国夫人的故事。公佐搓着手惊奇地听着，叫我写成《李娃传》。于是我拿笔蘸墨，将她的事迹详细地记录并保存下来。时间是贞元十一年八月，太原白行简记。

[鉴赏]

《李娃传》取材于民间说话《一枝花》，李娃即一枝花。元稹在《酬翰林白学士代书一百韵》诗"光阴听话移"句下自注："又尝于新昌宅，说《一枝花》话，自寅至巳，犹未毕词也。"李娃故事一讲就是五六个小时，并且还没有"毕词"，可见其内容丰富，情节曲折，引人入胜。鲁迅在《中国小说史略》中说："行简本善文笔，李娃事又近情而耸听，故缠绵可观。"所说正是这种特色。

《李娃传》写唐天宝年间书生荥阳公子到长安求举，爱上妓女李娃，资财用尽后被逐，沦为挽歌郎、乞丐，以至几乎被其父打死，后在李娃的护理和支持下，终又应试得官，恢复了旧有地位，二人也结成百年之好。小说通过荥阳公子和李娃境遇的描写，揭露了封建社会罪恶的娼妓制度对青年人身心的残害，对荥阳公子的悲惨遭遇寄予了深厚的同情，对李娃后来毅然保护荥阳公子，脱离旧生活，开始新生活，给予了热切的肯定。作为一个封建文人，白行简能够用这样的笔调来写一个被侮辱被损害的妓女，也是难能可贵的。

《李娃传》是一篇出色的传奇小说，在艺术上取得了多方面的成就。

首先，这篇小说结构完整，情节曲折，引人入胜。《李娃传》的故事情节，围绕着李娃与荥阳公子的境遇展开。作者于李娃方面写了侍儿、李母、李姨，与荥阳公子方面写了其父、老竖及凶肆徒众。诸人同李娃、荥阳公子之间的关系又斯须变幻，陡起陡落，主人公的主观意向与客观遭际也随之变幻莫测，从而构成了作品复杂曲折的情节。

小说除了开头介绍荥阳公及其子以引出故事，末尾叙述李娃及荥阳公子的有关情况外，情节发展主要有偶遇、交欢、计逐、挽歌、鞭弃、雪遇、团圆等九个阶段，其间的交接转换看似突兀奇崛，实则自然、完整，合乎逻辑，多方面地展现了唐代的社会生活。小说开始，先写荥阳公子才华出众，其父荥阳公视之为"千里驹"，自己也"视上第如指掌"，非常自负，使读者觉得他前途无量。这是序幕，交代了主要人物的有关情况，暗示了故事发生的缘由。接着，写荥阳公子携带重金到长安应举，在一次游玩中偶遇李娃，便堕入情网。这是故事的开端。作品不仅写出了荥阳公子作为膏粱子弟狎游青楼的普遍性，而且还写出他的绸缪多情和不谙世事。荥阳公子不是一入长安就去寻欢作乐的，他甚至连平康里是妓女所居之地都不知道。李娃门"阖一扉"，"凭一双鬟青衣立"，表明了李娃是倚门卖笑的倡家身分，而他却视为普通人家女子。他一眼看见"妖姿要妙，绝代未有"的李娃，便"不觉停骖久之，徘徊不能去"，且"诈坠鞭于地"，拖延时间，娃故作"回眸凝睇，情甚相慕"状，一下弄得荥阳公子丢魂失魄，决心不惜"百万"之资，往访李娃。这次偶遇，写出了荥阳公子的诚心爱慕和李娃的有意勾引，成为导致情节发展的契机。

接着，写由于色相的吸引，荥阳公子登门叩见李娃，情意缠绵，不到一年，千金荡尽，被鸨母和李娃设计逐出，包括交欢和计逐两个段落，是全部故事情节发展的第一个大转折，即荥阳公子与李娃由合而离。这段描写李娃和鸨母的老谋深算，趁机诈取钱财，荥阳公子的幼稚单纯，不谙世事，又钟情李娃。偶见李娃，便友也不访了，试也不应了，门第尊亲也置诸脑后了，说明他对李娃的爱是真诚的。所以到鸨母与李娃以求子嗣为名设计抛弃他时，尽管没有夫妻关系，他也相信了，甚至连李娃与其姨"相视而笑"，或"笑而不答"，或"与侍儿偶语"，诸多可疑情状也毫无觉察，极写荥阳公子的单纯幼稚，充分暴露出妓女制度的罪恶。这段描写极其出色，荥阳公子叩见李娃时，侍儿向着李娃"驰走大呼曰：'前时遗策郎曰！'"的细节，省略了初次相见李娃对荥阳公子的印象与强烈感受，以及事后与侍儿的议论、猜想和盼望，是以一当十，以少总多。荥阳公子求见时，鸨母听到街鼓声响，一再促其快去，欲擒故纵。荥阳公子被逐一段，他一任别人摆布，时而谒祠，时而访姨，时而闻鸨母病，时而听李娃去，姨阻则留，姨遣则返，到了他往返宣阳、平康，李娃不见，李姨又失所在，才恍然大悟中了计策，一路写来，曲曲折折，虚实相间，烟云模糊，使读者保持着欲罢不能的兴致。

荥阳公子被逐出妓院，愤懑成疾，又身无分文，一下子由上流社会跌入到社会最底层，在凶肆中当了一名挽歌郎，勉强糊口而已。聪明伶俐的荥阳公子，生就一副好嗓子，在东西两家凶肆的挽歌竞赛中为主人大获全胜，读者为荥阳公子松了一口气，以为他的境遇会从此好起来。这段情节比较平缓，带有明显的过渡性质。

谁知变生不测，接着写二肆竞歌时，其父往观，被其父老仆认出载归，其父认为他玷辱了门第，竟毒打数百鞭子弃之而去，简直如急风暴雨，迅雷不及掩耳。被救活后，又被扔在路旁，在严冬中沿街乞食。这是情节发展的又一大转折。这段对比写生父的绝情，店主人、凶肆徒众及路人的相帮，见出当时社会人情冷暖和门阀制度的虚伪。也为后面李娃的雪中相救，作了铺垫。

读到这里，人们以为荥阳公子孤苦伶仃，病弱不堪，再不会有救了。谁知作者笔锋一转，写他在大雪天乞讨到李娃门前，李娃辨出其声，主动出见，见状大惊，良心发现，追悔不已，决计离开鸨母，和荥阳公子开始新的生活。这便是小说的高潮，所以雪遇是描写李娃的关键一笔，表明李娃性格中良知未泯，这当然也是她对荥阳公子"情甚相慕""娃情弥笃"的合理发展。同时也暗示出设计相逐的主要元凶是鸨母，李娃只是被迫行之。这一笔也是荥阳公子否极泰来，转危为安的契机。读来使人有"柳暗花明又一村"之感。

包括护读和成婚两个小阶段的团圆则是故事的结局。在李娃的精心护理下，荥阳公子很快恢复了健康，重温学业，一举登第、授官。在赴任途中，父子相见，备说李娃情事，于是明媒正娶，李娃做了荥阳公子的夫人。这便是小说中常有的大团圆结局。小说最后写李娃"妇道甚修，治家严整"，四子都做了大官，她被封为汧国夫人，这是故事的尾声。总之，小说情节，从头至尾，顺序展开，疏密相间，张弛有致，曲折变化，引人入胜，收到了很好的艺术效果。

其次，小说塑造了成功的典型形象。小说的主人公荥阳公子和李娃都是我国文学史上的著名典型。荥阳公子是小说中的男主角，他"时望甚崇，家徒甚殷"，出身于世家大族，又很有才华，"隽朗有词藻，迥然不群"，其父视之为"千里驹"，他非常自负。因父亲对他寄有厚望，在他赴京应科举考试时给他"备二载之用"，还绰绰有余。这就为这位贵族公子青楼狎妓提供了物质基础。所以当他偶遇"妖姿要妙，绝代未有"的李娃时，就不顾一切的去狎妓青楼买欢逐笑。当朋友告诉他李娃是一个身价很高的名妓，"非累百万，不能动其志"时，他竟脱口而出："苟患其不谐，虽百万，何惜。"完全是一种浪荡公子口吻。他求见李娃，也完全是为了寻欢作乐，但是他又不同于那些惯于眠花宿柳的花花公子，他单纯幼稚，不谙世事。倚门卖笑的都是妓女在勾引顾客，见到李娃，"不觉停骖久之，徘徊不能去"，明显地表现出贵族公子贪色的浮浪习气。他在李娃面前却表现得既聪明又老实："诈坠鞭于地"，"累眄于娃"；当他看到"娃回眸凝睇，情甚相慕"时，却又"不敢措辞而去"，想说，又不敢说，不知道说什么，也不知道怎么说，这些都表现了幼稚和老实。另外，平康里是长安娼妓聚居之地，李娃是长安名妓，他也一无所知，也表明他不同于一般的嫖客。他"盛宾从而往"访李娃，显示大家子弟的豪华气派。他假托去租房，并谎称家住得很远，希望对方留宿，而老鸨却促其"速归"，这种欲擒故纵的把戏，他也毫无觉察。后来在计逐时，无夫妻关系而去问神求子就不合情理，返回途中访姨，于姨家忽闻姥病危，娃归而己留，诸多可疑之处，而他也毫无察觉，都表现出他的幼稚、单纯与毫无生活经验。但也表现出他的诚实和多情，这正是他与一般嫖客的根本差别。正由于这样，他才被逐而不知，重见而不怨，作官而不舍，终于和李娃结为夫妇。这样一个书生气十足的贵族青年、挥金如土的浪荡公子，面对的却是老鸨和李娃这样的精明、强干的青楼老手，其结果必然是被逐出温柔之乡，坠入社会的底层。后来几经磨难，沦为乞丐和挽歌郎。被其父发现后，被鞭打几死，扔于荒郊；在危难之中却得到了旅店主人、挽歌者及好心的路人的各种力所能及的帮助，使这个未谙世事的纨袴子弟，饱经了世态炎凉，尝尽了人间百味，经受了严酷的考验和磨炼，而他居然挺过来了，不能不是个奇迹，也进一步表现了荥阳公子的聪明才智和意志的坚强。应该说他不是一个弱者，他的适应性很强。可谓是"实迷途其未远，觉今是而昨非。"这个回头浪子绝处逢生，在雪天乞讨中遇到他所钟爱的李娃，并得到她的救助，赎身另居，将养护理，恢复了健康后，又陪他发愤读书，使其一举及第、授官，最终恢复了他作为贵族的身分和地位。尽管李娃一再让他另择高门，他却毅然和她结为秦晋之好，表现了荥阳公子对李娃真挚的爱情和诚实笃信，及知错必改的优良品质，所以，荥阳公子是一个思想性格比较复杂的人物，是一个血肉丰满的形象。

小说的女主角李娃，是作者热情歌颂赞美的对象，更是一个思想性格比较复杂的人物。她是一个久落风尘的烟花女子，在长期屈辱、痛苦的生活中，身心遭到玷辱、损害，灵魂受到污染、扭曲，为了生存，她学会了一套引诱、取悦、玩弄贵族公子的手段，包括在对方财尽人穷时如何设计驱逐的卑劣伎俩。李娃出场时是凭一双鬟青衣立，倚门卖笑的娼女，当荥阳公子诈坠鞭于地，频频看她时，她的"回眸凝睇，情甚相慕"，也还只能视作引诱和慕悦兼而有之吧。而这一切她做得那样自然、得当，不交一言，竟能使荥阳公子不惜百万来就，处处表现出一个烟花老手的精明、干练。以后荥阳公子来宿，二人感情甚好。但一年以后，荥阳公子"资财仆马荡然"，"姥意渐怠"时，李娃便和李姥、李姨一起玩了计逐荥阳公子的鬼把戏。李娃与荥阳公子本不是正式夫妻，根本说不上子嗣问题，当她提出要向竹林神乞子时，荥阳公子却闻之"大喜"，这表明荥阳公子是真心爱她的，充分相信她的。李娃正是卑鄙地利用了这一点，演出了这个计逐的骗剧。李娃和李姨一见面就相视而笑，暗示二人心照不宣，事情正按照她们的预谋发展；当荥阳公子问宽敞幽雅的住宅可是"姨之私第"时，李娃是"笑而不答，以他语对"，显然是有意遮掩、回避；当荥阳公子准备和李娃一同回家时，"其姨与侍儿偶语"，暗示事出意外，她们在商量对策。凡此种种，都表明李娃既是这个阴谋诡计的策划者，又是主演，她做得那样得心应手，不露破绽，固然表现了她的精明、强干，也表明在这场义与利的矛盾中，她毫不犹豫地选择了利，这是符合李娃作为妓女的身分的，表现了她性格中阴暗的一面。

从李娃的前半段生活来看，她是一个被侮辱被损害者，又是一个害人者，她使不少无辜青年坠入像荥阳公子那种尴尬境地。但她毕竟不同于一般妓女，她的思想性格中还有美好的一面。作为一个妓女，她虽染上了罪恶社会的一些恶习，但她毕竟良知未泯，心地还是善良的，她对荥阳公子是有感情。当李娃与荥阳公子初遇时，李娃的"回眸凝睇，情甚相慕"，如果是勾引、爱慕兼而有之的话，那么，随后荥阳公子借口租房来访，向她吐露心曲说："前偶过卿门，遇卿适在屏间。厥后心常勤念，虽寝与食，未尝或舍。"李娃也脱口而出："我心亦如之。"应是真情实感的自然流露。随后二人有一年多的欢洽生活，"娃情弥笃"。这些描写表现了这位流落风尘二十年之久的娼女，在内心深处仍保有正常人真诚的感情要求，这是她对荥阳公子的爱慕之情的生活依据。正因为这样，她在和李姥计逐荥阳公子之后，使她不能不觉得愧对荥阳公子，时常有一种补偿的愿望。在这种心态驱使下，后来听见荥阳公子在大风雪中高叫乞讨时，她对侍儿说："此必生也。我辨其音矣。"遂"连步而出"，"见生枯瘠疥疬，殆非人状"，十分难过，只问了一句"岂非某郎也"，也不管生肮脏，毫不犹豫地"前抱其颈，以绣襦拥而归于西厢"。失声痛哭，绝而复苏。当李姥再次要驱逐荥阳公子时，"娃敛容却睇曰：'不然。此良家子也。当昔驱高车，持金装，至某之室，不逾期而荡尽。且互设诡计，舍而逐之，殆非人。令其失志，不得齿于人伦。'"接着又晓以利害，毅然用重金赎身，与荥阳公子赁别馆而居，这是李娃在生活道路上迈出的决定性的一步，是李娃人性的复归，良知的发现，也是一种补过和赎罪，是李娃思想性格中纯洁、善良的一面。之后她精心护理，使荥阳公子身体康复；康复后的买书、伴读、应试、得官，公子的步步胜利，都与李娃的茹苦含辛分不开。当她帮助荥阳公子恢复地位，成就功名后，她对荥阳公子说："今之复子本躯，某不相负也。"这些描写既表现了李娃的坚毅果敢、深明大义，也表明她对那个社会的深刻理解。所以，在荥阳公子赴官时，她便自请诀别，当荥阳公子以死相劝时，她也只答应送到剑门分手。只是后来遇到了荥阳公子的父亲，"大奇"而于剑门"筑别馆以处之"，并"命媒氏通二姓之好，备六礼以迎之"时，她才同意了婚事。这表明她富有生活经验，凭着她的人生阅历和聪明智慧，深知等级森严的封建制度是不可能容许她这样一个烟花女子同荥阳公子这样出身高门望族的贵族公子结合的。因此，她带着自愧和自负的心情帮助荥阳公子于水火之中，主要是求得良心和灵魂的自安，在强大的社会压力下，她虽有所爱，有所追求和向往，也不能不主动地退却。至于她最终得到荥阳公的承认，和荥阳公子结为秦晋之好，持家严谨，教子有方，被封为汧国夫人，最终得到家庭的承认、社会的赞誉、朝廷的褒扬，这确实是个例外，也是她始料所未及的。因此作者在小说一开头就称其"节行瑰奇，有足称者"，在讲完故事后又禁不住再一次赞叹："嗟呼！倡荡之姬，节行如是，虽古先烈女，不能逾也。"这也是作者热情歌颂赞美她的原因吧！

总观小说对李娃的全部描写，她的性格是复杂的、矛盾的。其经历以雪遇为界可分为前后两个时期，前期先是利压倒了义，故有与老鸨计逐荥阳公子的行为；后期义战胜了利，故有救助荥阳公子的义举。她终于在现实生活的矛盾中，克服了自身思想性格的弱点，由一个贪财无义的烟花女子，成为一个善良多情的贤妻良母。这是一个栩栩如生的艺术典型。除了李娃和荥阳公子以外，小说中写唯利是图、老谋深算的鸨母，挚爱儿子而又残暴无情的荥阳公，也都十分生动传神。

再次，小说的艺术技巧也十分高超，特别是对比手法的成功运用。作品中有人物之间的对比，李娃的老练与荥阳公子的幼稚对比；李娃的深明大义与鸨母的唯利是图的对比，荥阳公的绝情无义与旅店主人、凶肆徒众的热情相助的对比，等等。此外，也有人物自身的对比，如李娃、荥阳公子前后期思想性格的不同对比。还有场面的对比，小说写荥阳公子落魄后在凶肆中与人比唱挽歌，欲写荥阳公子唱得好，却先写对手的老练、自负和听众对他的赞赏：长髯者"奋髯扬眉，扼腕顿颡而登"，歌《白马》之词，"齐声赞扬之"，"自以为独步一时，不可得而屈也"。然后再写荥阳公子，初出场时，没有对手那种趾高气扬的气派，甚至"容若不胜"，但他"举声清越，响振林木，曲度未终，闻者歔欷掩泣"。一曲未终，唱得听众顾不得赞赏而哭泣起来，歌声之妙，自不待言。由此可见对比手法的艺术效果。

《李娃传》对后代小说、戏曲的影响很大，元代石君宝的《李亚仙花酒曲江池》杂剧，明代薛近兖的《绣襦记》，都取材于此并给予了新的改造。

（毕桂发）

李师师外传

宋·佚　名

李师师者，汴京东二厢永庆坊染局匠王寅之女也[1]。寅妻既产女而卒，寅以菽浆代乳乳之[2]，得不死。在襁褓未尝啼[3]。汴俗凡男女生，父母爱之，必为舍身佛寺[4]。寅怜其女，乃为舍身宝光寺。女时方知孩笑[5]。一老僧目之曰："此何地，尔乃来耶？"女至是忽啼。僧为摩其顶，啼乃止。寅窃喜曰："是女真佛弟子。"为佛弟子者，俗呼为"师"，故名之曰"师师"。师师方四岁，寅犯罪系狱死[6]。师师无所归，有倡籍李姥者[7]，收养之。比长，色艺绝伦[8]，遂名冠诸坊曲[9]。

徽宗皇帝即位[10]，好事奢华，而蔡京、章惇、王黼之徒[11]，遂假绍述为名[12]，劝帝复行青苗诸法[13]。长安中粉饰为饶乐气象[14]。市肆酒税[15]，日计万缗[16]，金玉缯帛充溢府库[17]。于是童贯、朱勔辈[18]，复导以声色狗马宫室苑囿之乐[19]。凡海内奇花异石，搜采殆遍。筑离宫于汴城之北[20]，名曰艮岳[21]。帝般乐其中[22]，久而厌之，更思微行为狎邪游[23]。内押班张迪者[24]，帝所亲幸之寺人也[25]。未宫时[26]，为长安狎客[27]，往来诸坊曲，故与李姥善。为帝言陇西氏色艺双绝[28]，帝艳心焉。翼日，命迪出内府紫茸二匹[29]，霞氎二端^[30]，瑟瑟珠二颗^[31]，白金廿镒^[32]，诡云："大贾赵乙，愿过庐一顾。"姥利金币^[33]，喜诺。

暮夜，帝易服杂内寺四十余人中，出东华门二里许^[34]，至镇安坊。镇安坊者，李姥所居之里也。帝麾止余人^[35]，独与迪翔步而入^[36]。堂户卑庳^[37]。姥出迎，分庭抗礼^[38]，慰问周至。进以时果数种，中有香雪藕、水晶苹婆^[39]，而鲜枣大如卵，皆大官所未供者。帝为各尝一枚。姥复款洽良久^[40]，独未见师师出拜，帝延伫以待^[41]。时迪已辞退，姥乃引帝至一小轩。棐几临窗^[42]，缥缃数帙^[43]，窗外新篁^[44]，参差弄影。帝翛然兀坐^[45]，意兴闲适，独未见师师出侍。少顷，姥引帝到后堂。陈列鹿炙、鸡酢、鱼脍、羊臛等肴^[46]，饭以香子稻米。帝为进一餐。姥侍旁，款语移时，而师师终未出见。帝方疑异，而姥忽复请浴，帝辞之。姥至帝前，耳语曰："儿性好洁，勿忤。"帝不得已，随姥至一小楼下漏室中^[47]。浴竟，姥复引帝坐后堂，肴核水陆^[48]，杯盏新洁，劝帝欢饮，而师师终未一见。良久，姥才执烛引帝至房。帝搴帷而入，一灯荧然，亦绝无师师在。帝益异之，为倚徙几榻间。又良久，见姥拥一姬姗姗而来。淡妆不施脂粉，衣绢素，无艳服，新浴方罢，娇艳如出水芙蓉。见帝意似不屑，貌殊倨^[49]，不为礼。姥与帝耳语曰："儿性颇愎，勿怪。"帝于灯下凝睇物色之，幽姿逸韵，闪烁惊眸。问其年，不答。复强之，乃迁坐于他所。姥复附帝耳曰："儿性好静坐，唐突勿罪。"遂为下帷而出。师师乃起，解玄绡褐袄，衣轻绨，卷右袂，援壁间琴^[50]，隐几端坐而鼓《平沙落雁》之曲^[51]。轻拢慢捻，流韵淡远。帝不觉为之倾耳，遂忘倦。比曲三终^[52]，鸡唱矣。帝亟披帷出。姥闻，亦起，为进杏酥饮、枣糕、馎饦诸点品^[53]。帝饮杏酥杯许，旋起去。内侍从行者皆潜候于外，即拥卫还宫。时大观三年八月十七日事也^[54]。姥私语师师曰："赵人礼意不薄，汝何落落乃尔[55]？"师师怒曰："彼贾奴耳[56]！我何为者？"姥笑曰："儿强项[57]，可令御史里行也[58]。"而长安人言籍籍[59]，皆知驾幸陇西氏。姥闻大怒，日夕惟涕泣。泣语师师曰："洵是[60]，夷吾族矣[61]！"师师曰："无恐。上肯顾我，岂忍杀我？且畴昔之夜[62]，幸不见逼，上意必怜我。惟是我所窃自悼者，实命不犹，流落下贱，使不洁之名，上累至尊，此则死有余辜耳。若夫天威震怒，横被诛戮，事起佚游，上所深讳，必不至此，可无虑也。"

次年正月，帝遣迪赐师师蛇跗琴。蛇跗琴者，琴古而漆黦[63]，则有纹如蛇之跗[64]，盖大内珍藏宝器也。又赐白金五十两。

三月，帝复微行如陇西氏。师师乃淡妆素服，俯伏门阶迎驾。帝喜，为执其手令起。帝见其堂户忽华敞，前所御处，皆以蟠龙锦绣覆其上。又小轩改造杰阁[65]，画栋朱阑，都无幽趣。而李姥见帝至，亦匿避。宣至，则体颤不能起，无复向时调寒送暖情态。帝意不悦，为霁颜[66]，以老娘呼之，谕以一家子无拘畏。姥拜谢，乃引帝至大楼。楼初成，师师伏地叩帝赐额[67]。时楼前杏花盛放，帝为书"醉杏楼"三字赐之。少顷置酒，师师侍侧，姥匍匐传樽为帝寿。帝赐师师隅坐[68]，命鼓所赐蛇跗琴，为弄《梅花三叠》[69]。帝衔杯饮听，称善者再。然帝见所供肴馔皆龙凤形，或镂或绘，悉如宫中式。因问之，知出自尚食房厨夫手[70]，姥出金钱倩制者。帝亦不怿，谕姥今后悉如前，无矜张显著[71]。遂不终席，驾返。

帝尝御画院[72]，出诗句试诸画工，中式者岁间得一二[73]。是年九月，以"金勒马嘶芳草地，玉楼人醉杏花天"名画一幅赐陇西氏。又赐藕丝灯、暖雪灯、芳苡灯、火凤衔珠灯各十盏；鸬鹚杯、琥珀杯、琉璃盏、镂金偏提各十事；月团、凤团、蒙顶等茶百斤[74]；馎饦、寒具、银饬饼数盒[75]。又赐黄白金各千两。时宫中已盛传其事，郑后闻而谏曰[76]："妓流下贱，不宜上接圣躬。且暮夜微行，亦恐事生叵测。愿陛下自爱。"帝颔之。阅岁者再[77]，不复出。然通问赏赐，未尝绝也。

宣和二年[78]，帝复幸陇西氏。见悬所赐画于醉杏楼，观玩久之。忽回顾见师师，戏语曰："画中人乃呼之竟出耶？"即日赐师师辟寒金钿、映月珠环、舞鸾青镜、金虬香鼎。次日，又赐师师端溪、凤味砚[79]，李廷珪墨[80]，玉管宣毫笔[81]，剡溪绫纹纸[82]。又赐李姥钱百千缗。迪私言于上曰："帝幸陇西，必易服夜行，故不能常继。今艮岳离宫东偏有官地衺延二三里[83]，直接镇安坊。若于此处为潜道，帝驾往还殊便。"帝曰："汝图之。"于是迪等疏言："离宫宿卫人向多露处，臣等愿捐赀若干[84]，于官地营室数百楹[85]，广筑围墙，以便宿卫。"帝可其奏。于是羽林巡军等[86]，布列至镇安坊止，而行人为之屏迹矣[87]。

四月三日，帝始从潜道幸陇西，赐藏阄、双陆等具[88]。又赐玉片棋盘、碧白二色玉棋子、画院宫扇、九折五花之簟[89]、鳞文蓐叶之席[90]、湘竹绮帘[91]、五彩珊瑚钩。是日，帝与师师双陆不胜，围棋又不胜，赐白金二千两。嗣后师师生辰，又赐珠钿、金条脱各二事[92]，玑琲一篚[93]，毳锦数端[94]，鹭毛缯、翠羽缎百匹[95]，白金千两。后又以灭辽庆贺[96]，大赉州郡[97]，加恩宫府。乃赐师师紫绡绢幕、五彩流苏[98]、冰蚕神锦被[99]、却尘锦缛、麸金千两，良酝则有桂露、流霞、香蜜等名。又赐李姥大府钱万缗[100]。计前后赐金银钱、缯帛、器用、食物等，不下十万。

帝尝于宫中集宫眷等宴坐，韦妃私问曰[101]："何物李家儿，陛下悦之如此？"帝曰："无他，但令尔等百人，改艳妆，服玄素，令此娃杂处其中，迥然自别。其一种幽姿逸韵，要在色容之外耳。"

无何，帝禅位[102]，自号为道君教主[103]，退处太乙宫。佚游之兴，于是衰矣。师师语姥曰："吾母子嘻嘻，不知祸之将及。"姥曰："然则奈何？"师师曰："汝第勿与知，唯我所欲。"时金人方启衅，河北告急。师师乃集前后所赐金钱，呈牒开封尹，愿入官，助河北饷。复赂迪等代请于上皇，愿弃家为女冠[104]。上皇许之，赐北郭慈云观居之。未几，金人破汴[105]。主帅闼懒索师师[106]，云："金主知其名[107]，必欲生得之。"乃索之累日不得。张邦昌等为踪迹之[108]以献金营。师师骂曰："吾以贱妓，蒙皇帝眷，宁一死无他志。若辈高爵厚禄，朝廷何负于汝，乃事事为斩灭宗社计？今又北面事丑虏[109]，冀得一当，为呈身之地。吾岂作若辈羔雁贽耶[110]？"乃脱金簪自刺其喉，不死，折而吞之，乃死。道君帝在五国城[111]，知师师死状，犹不自禁其涕泣之汍澜也[112]。

论曰："李师师以娼妓下流，猥蒙异数[113]，所谓处非其据矣。然观其晚节，烈烈有侠士风，不可谓非庸中佼佼者也。道君奢侈无度，卒召北辕之祸[114]，宜哉！"

（选自《琳琅秘室丛书》）

[注释]

[1] 汴京——北宋京城，今河南省开封市。 厢——北宋京城开封府下分为八个厢，厢下又分为一百二十个坊。

[2] 菽（shū叔）——大豆。

[3] 襁褓（qiǎng bǎo抢保）——包裹婴儿所用的布。比喻幼儿时期。

[4] 舍身——信佛的人，把自己施舍给寺庙为奴，甚至放弃性命而焚身、自杀等等，以表示对佛的虔诚，求得佛的福祐。

[5] 孩笑——小孩儿笑。

[6] 系狱死——被抓进牢房死去。

［7］倡籍——娼家，歌妓。

［8］色艺绝伦——姿色技艺无与伦比。

［9］坊曲——指倡家歌妓居住的地方。坊，街巷村里的通称。曲，曲巷，小巷口。

［10］徽宗皇帝——即宋徽宗赵佶（1082—1135；1100—1125在位）。

［11］蔡京、章悖、王黼——北宋末年的三个奸相。蔡京，徽宗朝，官至太宰，"自称公相，总治三省"，把持朝政。章悖，哲宗朝，官尚书左仆射兼门下侍郎，结党营私，报复仇怨，元祐大小之臣，无一得免。王黼，徽宗朝，官至太宰、太傅，封楚国公，善谄奸佞，总揽权柄，致使朝政一派昏暗。北宋之灭亡，实与这些奸臣有直接关系。

［12］假——借。 绍述——继续执行。特指哲宗时继续执行神宗时所推行的新法。

［13］青苗诸法——指王安石推行的各种新法。青苗法，亦称"常平给敛法"，即每年地方官府可借钱或粮食给农民，春借夏还，夏借秋还，利息二分。

［14］长安——今陕西省西安市，此代指汴京。 饶乐——富足安乐。

［15］市肆——市中店铺。《后汉书·王充传》："常游洛阳市肆，阅所卖书，一见辄能诵记。"

［16］缗（mín 民）——穿钱的绳子，亦指成串的钱，一千文为一缗，即一贯。

［17］缯（zēng 增）——古代丝织品的总称。

［18］童贯、朱勔（miǎn 免）——徽宗朝的著名奸臣。童贯，宦官，从监军递升至枢密使，进太傅，封泾国公，时人称媪相。因平方腊起义有功，封广阳郡王。朱勔，与蔡京勾结，为徽宗搜刮奇花异石得宠，擢至防御使。

［19］苑囿——古代帝王畜养禽兽的园林，汉以前称囿，汉以后称苑。

［20］离宫——皇帝外出临时居住的宫室。

［21］艮（gèn 亘）岳——宋徽宗政和年间在都城汴京东北隅修筑一土山，周围十余里，在山上广建宫殿楼台，被称之为艮岳。详见宋张淏《艮岳记》。艮，指东北方。《易·说卦》："艮，东北之卦也。"

［22］般（pán 盘）乐——游乐、玩乐。《荀子·仲尼》："闺门之内，般乐奢汰。"杨倞注："般亦乐也。"

［23］微行——帝王或高官隐藏自己身分改装出行，称微行。狎邪游——指狎妓。

［24］内押班——皇宫内侍官员。

［25］寺人——宦官，太监。

［26］未宫时——指张迪未被阉割当太监时。宫，睾丸被阉割，称"宫"。

［27］狎客——有两种解释：①指陪伴权贵游乐的人；②即嫖客。此当后一种。

［28］陇西氏——指李师师。汉唐以来，李姓世为陇西大族，后人便以"陇西氏"代指姓李的人。

［29］内府——皇家的府库。 紫茸——一种细软的毛皮，可做皮袄。杜牧《扬州》："喧阗醉年少，半脱紫茸裘。"

［30］霞氄（dié 迭）——藏族地区产的红色毛织品。《新唐书·吐蕃传》："所贡有……霞氄、马、羊……" 端——古代布帛长度名，有说二丈为一端，也有说六丈为一端。

［31］瑟瑟珠——珠宝名。相传产于新疆和田县。

［32］白金——银子。 镒——古代衡器名，二十四两为一镒。

［33］利——贪图。

［34］东华门——皇宫东侧有一门，名东华门。

［35］麾（huī 挥）——通"挥"，即挥手。

［36］翔步——随便张开两臂走路。

［37］堂户卑庳（bì 闭）——房屋简陋低矮。卑，简陋。庳，低矮。

［38］分庭抗礼——指宾主分别站在庭院两边，平等相待，相对行礼。分庭，分立在庭院里。抗礼，相对行礼。《史记·货殖列传》："（子贡）所至，国君无不分庭与之抗礼。"

［39］苹婆——果木名，别称凤眼果，种子供食用。

［40］款洽——亲切、亲密。

［41］延伫——久久地站立着。

［42］柴几——椵木做的小桌。柴，通"椵"，木名。

［43］缥缃——原指淡青色和浅黄色两种颜色的丝帛，后因常用它们作书衣，故成为书卷的代称。关汉卿《窦娥冤》："读尽缥缃万卷书，可怜贫杀马

相如。"

[44] 篁——竹子。

[45] 翛（xiāo 消）然兀坐——无拘无束地坐着。

[46] 鹿炙、鸡酢、鱼脍、羊臛（huò 霍）——均为名菜佳肴。

[47] 湢（bì 必）室——浴室。

[48] 肴核水陆——菜肴果品，海味山珍。

[49] 殊倨——特别傲慢。

[50] 援——取下。

[51] 隐几——倚几。　《平沙落雁》——古典琴曲，描写沙滩上群雁起落鸣翔的情景。

[52] 三终——古乐章以奏诗一篇为一终。每次奏乐共三终。

[53] 馎饦（bó tuō 博脱）——亦作不托，一种煮着吃的面食，又称汤饼。

[54] 大观——宋徽宗年号。大观三年，即公元 1109 年。

[55] 落落——孤独，不遇合。

[56] 贾（gǔ 古）奴——对商人的蔑称。

[57] 强项——倔强，不肯低头。

[58] 可令御史里行——可以让（你）去作御史这个行当。御史，纠察朝臣之官。

[59] 籍籍——众口杂乱喧腾。

[60] 洵是——果真是这样。

[61] 夷吾族——杀我全族人。夷，诛锄、削平。夷族，古代酷刑之一。

[62] 畴昔——昔日。

[63] 漆黭（yuè 月）——黄黑色。

[64] 跗（fū 夫）——指蛇腹部上的横鳞。

[65] 杰阁——壮丽的楼阁。

[66] 霁颜——脸上消除怒气。

[67] 赐额——题赐匾额。

[68] 隅坐——坐在一旁。

[69]《梅花三叠》——又称《梅花三弄》，古琴曲，描写傲霜雪的梅花。

全曲主调重复三次，故称三叠。

[70] 尚食房——在大内专管供应皇帝膳食的地方。

[71] 矜张显著——炫耀铺张，引人注目。

[72] 画院——指翰林绘画院。

[73] 中式者——取中的。　岁间——一年中。

[74] 月团——湖南衡山产的状如圆月似的茶片。　凤团——福建产的印有凤纹的茶饼。　蒙顶——四川蒙山顶上产的茶叶。

[75] 寒具——冷食物名，即馓子。用糯米粉或面粉，在油中煎制而成。因在寒食节禁火，往往用它代食，故称寒具。　银铤（dàn 淡）饼——一种饼类食物。

[76] 郑后——徽宗的显肃皇后。

[77] 阅岁者再——经过两年。

[78] 宣和二年——即徽宗宣和二年（1120 年）。

[79] 端溪——溪名，在今广东肇庆西江羚羊峡东口烂柯山，山中石可制砚，世称端砚。　凤咮（zhòu 咒）——砚名。相传北宋诗人苏轼在福建北苑龙培山得一石，"苍黑而玉色"，制成砚台，命名为"凤咮砚"。

[80] 李廷珪墨——李廷珪是五代南唐墨官。他所制的墨，坚如玉，纹如犀，自宋以来推为第一，时称"廷珪墨"。

[81] 玉管宣毫笔——宣州（今安徽宣城）产的名笔。玉管，对毛笔的美称。

[82] 剡溪——河名，为曹娥江上游，在浙江省东部。绫纹纸——剡溪产的一种名贵纸。

[83] 袤（mào 冒）延——横长。

[84] 赀——通"资"。财物，费用。

[85] 楹（yíng 盈）——计算房屋的单位，一列为一楹。

[86] 羽林军——皇帝的禁卫军。

[87] 屏迹——绝迹。

[88] 藏阄（jiū 究）——古代一种游戏，多用在宴饮时，猜中者得饮。双陆——古代一种博戏。

[89] 簟（diàn 电）——竹席。

［90］鳞文蓐叶之席——一种有鳞样花纹的草叶编制的席子。蓐（rù入），草席。

［91］湘竹——即斑竹，产于湖南、广西。可作箫管和簟席。

［92］条脱——手镯。

［93］玑琲（bèi辈）——不圆的珠叫玑，成串的珠叫琲，珠十贯叫一琲。

［94］毳（cuì脆）——鸟兽的细毛。

［95］缯（zēng增）——古代丝织品的总称。

［96］灭辽——宋徽宗宣和五年（1123年），宋金联合灭辽，金把辽侵占的燕山六州归还宋国。

［97］赉（lài赖）——赏赐，给。

［98］流苏——用五彩羽毛或丝丝制成的繐子，用作垂饰。

［99］冰蚕神锦被——用冰蚕丝织的锦，制成被。冰蚕，古代传说中的一种神蚕。据《拾遗记》卷十《员峤山》载，这种蚕在冰雪之下作五彩茧，用它织成锦，作成被，不怕水火，故称神锦被。

［100］大府钱——皇家府库里的钱。

［101］韦妃——徽宗之妃，高宗之母。高宗赵构即位后，尊为宣和皇后。

［102］禅位——宋徽宗宣和七年（1125年），金于九月开始侵宋，十二月兵分两路南下，徽宗禅位太子赵桓，是为钦宗，年号靖康。

［103］道君教主——宋徽宗笃信道教，自封为教主道君皇帝。禅位后，又自封为教主道君太上皇帝。

［104］女冠——女道士。

［105］金人破汴——靖康元年（1126年），金人攻陷汴京。

［106］阇懒——又作挞懒，即完颜昌。《金史》说他随金主南征，只是一大将，未称"主帅"。

［107］金主——金太宗完颜晟。

［108］张邦昌——钦宗朝，曾任太宰兼门下侍郎，私通金国。金兵攻占汴京，被立为"楚帝"。后去帝号归宋，高宗即位，贬至潭州，处死。　踪迹——追踪寻迹。

［109］北面——皇帝坐北面南，大臣北面称臣，故北面即称臣之意。

［110］若辈——你们。　贽——初见尊长时所送的礼品。古代卿大夫见面

时以小羊和雁作为礼品，故羔雁贽即为见面礼。

[111] 五国城——古城名。辽时黑龙江下游的剖阿里、盆奴里、奥里米、越里笃、越里吉等五国部落归附，设节度使领之，称为五国城。越里吉，即在今黑龙江省依兰，称五国头城。徽宗因死于此。

[112] 汍（wán丸）澜——流泪的样子。

[113] 猥蒙异数——获得异常的待遇。猥，谦词，有不应得而得之意。

[114] 北辕之祸——指宋徽宗被金人掳掠到北方五国城。北辕，车辆往北走。

[译文]

李师师，家住北宋都城汴京东二厢永庆坊，是染局工匠王寅的女儿。王寅妻子生下女儿，便死去了。王寅用豆浆代替乳汁喂养她，才没有死。在襁褓中，师师不曾啼哭过。汴京有个风俗，凡生儿育女，父母宠爱他们，一定要将其施舍给寺庙，以求得神佛的福祐。王寅爱怜自己的女儿，于是将其舍身宝光寺。师师这时则会笑。一个老和尚看着她，喝斥道："这是什么地方，你竟敢到这里来？"女孩到这时，忽然啼哭起来。和尚为她抚摩头顶，才停止啼哭。王寅暗暗高兴，道："这女儿真是佛家弟子啊！"作佛家弟子的人，俗称为"师"，所以给她起名叫"师师"。

师师刚四岁，王寅因犯罪被关进牢狱死去。师师没有地方去，有个歌妓名叫李姥，收养了她。等到长大，师师的姿色技艺无与伦比，于是名声冠绝各坊曲。

宋徽宗赵佶即位做了皇帝，他喜好奢华。蔡京、章惇、王黼这些奸相，就借继续执行新法为名，劝说徽宗恢复推行青苗等法。汴京被粉饰成一派富足安乐气象。市场店铺酒税，每天累计可达十贯。金玉和各种丝织品、布帛，国库都装不下了。于是童贯、朱勔这些奸臣，又用声色狗马宫室苑囿等逸乐来诱导皇帝。凡是国内的奇花异石，全部搜刮到都城，在汴京东北建筑一座离宫，起名叫"艮岳"。宋徽宗在这里尽情玩乐。

但是，时间一长，便生厌烦，徽宗更想微服出宫去狎妓逸乐。内侍押班张迪，是皇帝最宠爱的贴身太监。他在未被阉割做太监时，就是京城嫖客，和许多娼家往来，所以跟李姥最要好。在皇帝面前，他称赞李师师色艺双绝。徽宗于是产生艳羡之心。第二天，命张迪从皇家府库里取出紫茸二匹、霞氎二端、瑟瑟珠二颗，银子二十镒，对李姥姥谎说："有位大商人赵乙，希望到姥姥家拜访。"李姥姥贪图这些贵重礼物，高兴地答应了。

这天深夜，宋徽宗换上便服，混在四十多名太监中，出东华门，走了二里多地，来到镇安坊。镇安坊，是李姥姥居住的里巷。徽宗挥手让太监们停步，只与张迪大摇大摆地走了进去。庭院中，房舍简陋低矮。李姥姥迎出来，站在院子里，宾主相对施礼，周到地问候应酬着。进了堂屋，端出时新水果多种，其中有香雪藕、水晶苹婆，而鲜枣大得像蛋，这些水果即使高官贵客到来，也不会拿出来招待他们。徽宗对各种水果都尝了一枚。李姥姥又亲切周到地应酬很久，只是不见师师出来拜见。徽宗久久地站立着等待着。这时张迪已经告辞退下，李姥姥才引徽宗来到一间小屋。小屋窗前有一张棐木制做的小桌子，上面放着几函书。窗外新竹，被风吹拂，竹影参差摇曳。徽宗无拘无束地坐在桌边，意兴闲适，只不见师师出来侍候。过了一会儿，李姥姥引徽宗来到后堂。里面已经摆好烤鹿肉、鸡酢、鱼脍、羊臛等名菜佳肴。主食是一种很香的大米饭。徽宗开始进餐，李姥姥在一旁侍候，亲切地交谈多时，还不见师师出来相见。徽宗才有些疑惑，而李姥姥忽然又请他沐浴，他推辞不浴。李姥姥走到徽宗面前，小声道："小女儿好干净，不要惹她不高兴。"徽宗不得已，随李姥姥来到一座小楼下的浴室里。沐浴完毕，李姥姥又引他到后堂坐下，端出佳肴果品，海味山珍，换上洁净的杯盏，劝徽宗欢饮，但师师最终也没有出来一见。

过了很长时间，李姥姥才端起蜡烛，引导徽宗，来到闺房前。徽宗撩起门帘进入，只见一盏光线微弱的灯，连师师的影子也没有。徽宗愈加疑惑，在桌子和床榻之间来回踱着步。又过了很长时间，见李姥姥搀扶着一女子，缓缓地走进来。她淡妆，没有施脂粉；穿白绢衣服，没有艳丽装束；刚刚洗浴完，娇艳得如同出水芙蓉一般。看见徽宗，心里好像不屑一顾，脸上现出特别傲慢的神情，没有施礼寒暄。李姥姥在徽宗耳边小声道："小女儿脾气很倔强，不要见怪。"徽宗在灯下凝目细瞧，她姿态幽雅，神韵飘逸，光彩照人，闪烁夺目。问她年龄，不回答。又逼问，她便站起身，坐到别的地方。李姥姥又附在徽宗耳边，道："小女儿性情好静坐，冒犯您请不要怪罪。"随后，她把帘幕放下，走了出去。

李师师站起身，脱下黑绢短袄，里面穿着轻软绨袍，卷起右边袖子，取下墙上的琴，靠桌边端庄地坐下，弹起《平沙落雁》曲子。轻轻地拢，慢慢地捻，音韵淡雅，传播悠远。徽宗不知不觉地侧耳倾听起来，忘掉了疲倦。等到演奏完了三首乐曲，鸡已经叫了。徽宗急忙撩起帘幕，走出来。李姥姥听见鸡叫，也起来了，为他端进杏酥饮料、枣糕、餺饦等点心。徽宗谊了一杯多杏酥饮料，马上站起告辞。内侍太监和随行的人，都在外面默默地等候着，皇上出来，立即簇拥护卫回宫。这是宋徽宗大观三年（1109年）八月十七日发生的事情。

当徽宗走后，李姥姥背地里问师师道："赵乙对咱们礼意不薄呀，你为什么这样不随和，不好好应酬？"师师生气地回道："他不过是个做买卖的奴才罢了，要我应酬他，我成什么人啦？"姥姥笑道："我儿这等倔强，可以让你去作御史了！"这时京城朝野议论纷纷，都知道皇帝驾临李师师家。李姥姥听说非常惊恐，从早到晚只是哭泣，并哭着对师师道："果真是这样，皇上会斩杀我们全族人的！"师师道："不要惧怕。皇上怜爱我，才肯来看我，难道会忍心杀了我？况且那天夜里，他驾临没有逼迫我，皇上心里一定很喜欢我。只是我暗暗悲伤的，实在是命不好，沦落为下贱歌妓，使不干净的名分，牵累皇上圣誉，这才是死有余辜啊！如果皇上天威震怒，我们横遭诛杀，这事起因却是淫逸游乐，是皇上深深讳忌的，所以一定不至于遭诛杀，可不必忧虑啊！"

第二年正月，徽宗赐师师一架蛇跗琴，派张迪送来。蛇跗琴，古朴并漆有黄黑色条纹，就像蛇腹下的横鳞，这是皇家府库珍藏的宝器。同时还赏赐了银子五十两。

三月，宋徽宗又微服来到李师师家。师师仍然淡妆素服，俯伏在门前阶下迎驾。徽宗很高兴，握住她的手，让她起来。皇上看见她家堂屋忽然华丽宽敞起来，以前接触过的东西，全都用绣着蟠龙的锦缎覆盖在上面。那小屋改建成一座壮丽的楼阁，房梁上绘了画，栏杆涂了红色，原来的幽雅情趣都没有了。李姥姥看见徽宗驾到，也回避躲藏起来。把她召到跟前，她却浑身颤抖，瘫倒在地上起不来，过去那种问寒问暖的亲切情态，也都不见了。徽宗心里不高兴，但脸上依然现出喜色，用"老娘"来称呼她，告诉她都是一家人，不要拘束害怕。李姥姥叩头谢恩，把皇上引到大楼前。楼刚刚建好，师师伏地叩头，请皇上赐一匾额。这时楼前杏花盛开，徽宗书写了"醉杏楼"三个字，赐给师师。不一会儿，摆好了酒宴，师师站在一旁侍候，李姥姥伏在地上，举起酒杯为皇帝祝福。徽宗赐师师坐在身边，命她用所赐蛇跗琴，弹奏《梅花三叠》。皇上边饮边听，再三称赞。但他看见桌上摆放的佳肴盛馔，都是龙凤形状，有的镂刻而成，有的彩绘而就，全是宫中式样。因此询问李姥姥，知道是出自后宫尚食房厨子之手。李姥姥出银子，请他们制作的。徽宗更加不悦，告诉李姥姥今后吃用一切都要像以前那样，不准炫耀铺张，引人注目。没有到宴席结束，皇上就起驾回宫了。

徽宗经常驾临翰林图画院，出诗句考试画工们，取中的，一年内只有一二个人。这年九月，他又赐给李师师一幅以"金勒马嘶芳草地，玉楼人醉杏花天"诗句为题目的画。还赐藕丝灯、暖雪灯、芳苡灯、火凤衔珠灯各十盏；鸬鹚杯、琥珀杯、琉璃盏、镂金扁形酒壶各十件；月团、凤团，蒙顶等茶叶一百斤；傅饦、寒具、银馅饼数盒。另赐金银各千两。当时宫中已盛传此事。郑皇后听说后进谏道："娼妓之人，下贱污秽，不应该亲近皇上圣体，况且深夜微服出宫，也让人担心皇上遭到不测。希望陛下自己爱惜自己。"徽宗点头，接受了劝谏，过了两年，没有再出去会师师。但是，问候赏赐，不曾断绝过。

宣和二年（1120年），徽宗又驾临李师师家。看见醉杏楼中悬挂着自己赏赐的画，观赏玩味了很久，忽然回头看着师师，玩笑着说道："画中美人，召呼她竟然走出来了！"当天赐师师避寒金钿、映月珠环、舞鸾青镜、金虬香鼎。第二天，又赐师师端溪出产的端砚、凤咮砚，廷珪墨，玉管宣毫笔，剡溪产的绫纹纸。另赐李姥姥十万贯钱。张迪背地里对徽宗道："皇上驾临李师师家，一定要微服夜行，所以不能经常去。现今艮岳离宫偏东有块官地，东西横长二三里，一直跟镇安坊相接。如果在这里挖条地道，陛下往来非常方便。"徽宗道："你去谋划这件事吧！"随后，张迪等人上疏道："保卫离宫的人，过去多露宿外面，非常辛苦。臣等愿意捐献若干资金，在官地上营建几百栋房屋，四周筑起围墙，以便夜里保卫离宫。"徽宗同意他们的奏疏。从此羽林军等护卫兵卒，站岗巡逻一直到镇安坊为止，而来往行人也就因此而绝迹了。

四月三日，宋徽宗开始从地道驾临李师师家，赏赐藏阄、双陆等游戏用具。又赐玉片棋盘、碧白二色玉棋子、画院宫扇，九折五花竹席、鳞文蓐叶草席、湘竹绮帘、五彩珊瑚钩。这天，徽宗跟师师玩双陆，没有胜，下围棋又没有胜，赏赐银子二千两。后来师师过生日，又赐珠钿、金手镯各二支，珍珠一盒，毛料数匹，还有像鹭鸟毛那样白的丝织品、像翠鸟羽毛那样绿的缎子，有上百匹，银子一千两。后来又因庆贺灭辽，大赏州郡，加恩宫廷王府，于是赐师师紫绡绢幕、五彩流苏、冰蚕神绵被、却尘锦缛、麸金千两，酿制最好的酒有桂露、流霞、香蜜等名。又赐李姥姥皇家府库里的钱万贯。前后总计赐金银、缯帛、器用、食物等，价值不下十万两银子。

徽宗曾在宫中召集后宫嫔妃等人宴会，韦妃私下问他道"李师师是个什么样的人，陛下这样宠爱她？"徽宗回道："没有什么特别的，但是让你们一百人，洗去艳妆，穿上黑色朴素的衣服，让这个女孩儿混在你们当中，各自的差别是非常明显的。她有一种幽姿逸韵，主要表现在容貌之外啊！"

没过多久，徽宗赵佶禅位，自号教主道君皇帝，居住在太乙宫。贪逸游乐的兴致，从此衰落下去。师师对李姥道："我们母女沉浸欢乐中，不知道祸患将要临头了。"姥姥问道："那怎么办呢？"师师回道："你只要不过问，一切按我说的去做。"这时，金兵刚开始挑衅南侵，河北告急。师师就把徽宗前后赏赐的金钱，搜集在一起，又写了一封文书，呈送开封府尹，表示愿意捐给官府，赞助河北军饷。又贿赂张迪等人，让他们代自己请求道君皇帝，自己希望离开家，做个女道士。道君皇帝答应了她的请求，赐她到城北慈云观居住。不几天，金兵攻破汴京。主帅闼懒到处搜寻师师，声称："金主知道她的大名，一定要活着捉到她。"但是，搜索多日没有找到。汉奸张邦昌等人替金人追踪寻迹，终于捉住了李师师，要把她献给金人。师师痛骂道：

"我是个卑贱歌妓，曾蒙皇上宠爱，现在宁愿一死，没有其他所求。你们这些人，位居高官，享受厚禄，朝廷有什么地方亏待过你们！你们却事事处处为灭亡宋朝江山社稷出谋划策？现在又向敌人称臣，希望以此得到一个卖身事敌的机会！我岂能做你们投降敌人的见面礼物？"

于是，她拔下金簪，刺向自己的喉咙，没有死；就折断金簪，吞进腹中，终于死去。道君皇帝被俘；囚禁在五国城，听说师师死去的惨烈情形，情不自禁地潸然涕泣。

议论说："李师师是个下贱娼妓，却得到不同寻常的待遇，这就是所谓的她所处的地位，不是她所应当得到的。但是，看她的晚节，刚烈有侠士风度，不能说她不是普通人中的杰出人物。道君皇帝奢侈无度，最终召来了被金人北掠囚禁的祸患，是罪有应得啊！"

[鉴赏]

李师师是历史上确实存在的人物。最早记载她事迹的有宋人笔记，如张邦基《墨庄漫录》、张端义《贵耳集》。然记事简略，仅粗具梗概。话本《大宋宣和遗事》记述较详尽。明末清初，流传渐广，被许多小说家推演而再创作，似离本事越来越远，如《水浒传》宋江为招安，带领燕青等好汉夜闯汴京，求师师吹枕边风，欲获得一张御笔诏书。陈忱《水浒后传》描写她在北宋灭亡后，与李姥姥逃往临安的情形。这个结局，距离本事更远，抑或这才是本事，无从考辨，历来争论很大。李师师故事被今人写进小说者更多，拍成电视剧也已演过，可见影响之大，几近家喻户晓。

《李师师外传》录自《琳琅秘室丛书》。作者已佚。李师师生活在北宋末年，她与宋徽宗赵佶之间的情恋纠葛，就发生在这个貌似承平，实则危机四伏的时代。小说是通过对这两个人物形象塑造，展开主题的。

李师师是"外传"传主，作者运墨颇多。她是汴京永庆坊染局匠王寅之女，一出世即丧母，"在襁褓未尝啼"，直到宝光寺老僧大声斥问，才"忽啼"。这已显示出她孩提时代就非同一般。四岁时，父亲又因罪死于狱中。幼年不同一般家庭孩子的不幸和怪异行径，为小师师身世涂上了神秘色彩。后被娼家李姥姥收养，长大则成了汴京色艺双绝的名妓。接着小说着重描写李师师性格中三个方面的特征。在寻常日子里，她颇有骨气，不像李姥姥那样见钱眼开，"低眉折腰事权贵"。宋徽宗微服深夜初访，带着厚礼和"白金二十镒"，她却迟迟不出一见。不得已"姗姗而来"，"见帝意似不屑，貌殊倨，不为礼"，问话，不答。最后只为徽宗弹了三个曲子。孤高傲世性格力透纸背。这是李师师性格的基本特征。在金兵南侵，"河北告急"的日子里，她把皇上前前后后赏赐的金钱财物，全部捐献官府，用以资助抗金斗争，并请求"弃家为女冠"，可见她是一位有见识、有气节的女子，具有以国家民族为重的高尚品格。当金兵攻破汴京，在金主指名追索她的日子里，汉奸张邦昌把她寻获，欲献给金主，李师师大义凛然地斥骂叛贼，同时用金簪刺向自己咽喉，未死；接而折断金簪，吞进腹中，愤然就义！表现出临危不惧、坚贞不屈的操守和视死如归的民族气节。李师师出身虽卑微，品格与节操却无人伦比，称其为"佼佼者"，当之无愧！在国破家亡，民族危难之际，作者极力弘扬李师师身上的民族气节和爱国精神，这正是对北宋亡国君臣的深刻批判，对那些汉奸国贼更是有力的鞭挞。

宋徽宗是小说着意暴露的形象。他是北宋末年皇帝。在他身上集中了亡国之君诸多恶德，如穷奢极欲，荒淫无度。本来"声色狗马宫室苑囿之乐"，样样皆有，还要建造"艮岳"离宫，"般乐其中"。"后宫佳丽三千人"，他仍嫌不够，"久而厌之，更思微行为狎邪游"。为一见"色艺双绝"的李师师，他微服混杂在太监中，谎称是大贾赵乙，来到李家，等待多时，却不见师师踪影，受到冷遇，可他却"翛然兀坐，意兴闲适"，给他吃他便吃，给他唱他便听，叫他洗浴他便洗浴，听任摆布。当师师姗姗而来，"不为礼"，他不怪罪；"意似不屑，貌殊倨"，他不在乎；竟然一见便痴迷；师师一弹曲，他便忘了疲倦。作者以讥讽之笔，暴露了亡国之君荒淫丑态。为了能跟师师私会，前后几年间，所赏赐金银、珍宝、古玩、绸缎和食物，总计价值不下十万两银子。为了私会方便安全，宋徽宗还令人挖一条直通李宅的地道，去私会更加频繁。小说就是通过对宋徽宗这些淫奢逸乐，挥霍无度的暴露，从一个侧面揭示北宋所以亡国，人民所以惨遭异族涂炭一个方面的原因。小说的主题颇有警世意义。

在艺术上，小说也取得较高成就。《李师师外传》是宋传奇，是一篇文言短篇小说，描叙虽简单，情节却曲折多变，层次清晰，结构谨严。全篇可分三部分。首先，小说简要地介绍李师师身世。这是传记体裁特定要求的结果，且紧扣题目"外传"二字。接着详写宋徽宗三次微服私会李师师。初次驾幸，费尽周折，结果只听了三个曲子，"鸡唱矣"，便匆匆返宫。二次驾幸是第二年三月，他对李宅重新装修和李姥姥对自己态度的变化，颇为不怪，"遂不终席，驾返"，又由于郑后进谏，此后没再去私会，但是"通问赏赐"没有断绝。经过近十年时间，宋徽宗才第三次驾幸李宅，对师师更加迷恋，于是令人挖条通向李宅的地道，往来愈频，相赠钱财更多，对师师赞不绝口。第三部分，写徽宗禅位，金兵攻占汴京，李师师凛然大义，痛斥叛贼，自尽而死，徽宗哀伤悲泣。小说到此本该结束，但作者又加个"论曰"，如同《史记》"太史公曰"。作者站出来，直接品评人物，点醒主题。这是受史传文学的影响，唐宋传奇保留了这一特点。

小说在塑造人物上，简洁传神。作者善于在尖锐的矛盾冲突中来刻划人物，表现人物性格。如李师师出场一带，皇上因艳羡师师"色艺绝伦"，微服夜临，要与她私会，可是她却迟迟不出，作者用"独未出拜""独未出侍""终未出见""终未一见"等词语，把矛盾烘染得越来越激化。当师师终于出场时，她是"姗姗而来"。见了皇上，是"意似不屑，貌殊倨，不为礼"，令人担心这会惹恼皇上而遭不测。皇上"问其年"，她却不答，"复强之"，竟然站起："迁坐于他所"，这不仅仅是慢待了皇上，简直是拂皇上的面子，罪莫大焉！直到弹起琴，皇上侧耳倾听，"遂忘倦"，读者紧张恐惧之心，才渐渐落在地上。这一节写得最精彩，能紧紧抓住读者心理，步步进逼，层次分明地展开矛盾冲突，刻划人物性格。作者还善于运用对比手法，突出人物性格特征。如李师师慷慨就义一节，李师师捐赠钱财资助抗敌，最后凛然就义，留下千古美名，与叛贼张邦昌之流靦颜事敌、卖国求荣形成鲜明对比，使师师形象更加光彩夺目。

小说在表现主题时，作者往往不直抒胸臆，而采用映衬、隐喻等手法来表明自己的意图，或突出人物性格，或点明主题，这就是所谓皮里阳秋的"史笔"。所谓映衬，也叫衬托，金圣叹称之为"背面铺粉法"。"背面铺粉法"原指在画纸正反两面铺上白粉，用以衬托画像，使其更加鲜明。借用到小说创作中，简言之，即是以宾衬主，突出主要人物。金圣叹在评《水浒传》说："如果衬宋江奸诈，不觉写作李逵真率；要衬石秀尖利，不觉写作杨雄糊涂。"比如为了映衬李师师孤高傲世性格，以及她蔑视钱财、轻视权贵，作者塑造李姥姥形象，写她是个"利金币"之人，当师师冷落皇上驾幸，她跑前跑后打圆场，"款洽良久"，"款语移时"，还多次"至帝前，耳语"解释，为师师开脱。她是怕开罪"大贾赵乙"。当她知道赵乙即是当今皇上，则"大恐，日夕惟涕泣"，抱怨师师"洵是，夷吾族矣！"李姥姥的这些表现，正是为了映衬李师师有骨气、有胆有识的品格。宋徽宗为了"微行为狎邪游"，以赏赐的方式，挥霍掉不下十万的钱财，而李师师却把受赏赐的钱财，全部捐款官府，资助抗敌斗争。这两者是对比，也是映衬。即用皇上的奢侈无度，映衬李师师以国家民族为重的高尚品德，突出了师师的爱国精神。所谓隐喻，原是修辞学上比喻的一种类型，作为小说创作的一种方法，是指作家凭借具体事件或故事，来说明某种道理，或突出某一主题思想。《李师师外传》就是通过李师师的故事，赞颂出身卑贱的李师师，是位青楼女了中的"佼佼者"，具有可贵的民族气节和坚贞不屈的爱国精神，同时暴露了北宋亡国君臣的荒淫与奢侈，鞭挞了汉奸国贼。作者虽未直说，其主题却异常鲜明。小说语言，雅洁流畅，历来受人称赞，总之，这篇宋传奇无论思想还是艺术，都取得可喜成就，称其为中国古代优秀短篇小说，当之无愧。

（李庆皋）

王魁负心桂英死报

宋·佚 名

王魁者，魁非其名也，以其父兄皆名宦[1]，故不书其名。魁学行有声，因秋试触讳[2]，为有司搒[3]；失意浩叹，遂远游山东莱州。莱之士人，素闻魁名，日与之游。一日，为三四友招，过北市深巷，有小宅，遂叩扉[4]。有一妇人出，年可二十余，姿色绝艳。言曰："昨日得好梦，今日果有贵客至。"因相邀而入。妇人开樽[5]，酌献于魁曰："某名桂英，酒乃天之美禄[6]，使足下待桂英而饮天禄，乃来春登第之兆。"桂英谓人曰："此大壮之士[7]。"又谓魁曰："闻君誉甚久，敢请一诗。"魁作诗曰：

> 谢氏筵中闻雅唱，何人戛玉在帘帏[8]？
> 一声透过秋空碧，几片行云不敢飞。

桂英乃再拜。酒罢，桂英独留魁宿。夜半，魁问："娘子何姓？颜貌若此，反居此道何也？"桂英曰："妾姓王，世本良家。"复谓魁曰："君独一身，囊无寸金，倦游闾里[9]；君但日勉学，至于纸笔之费，四时之服，我为君办之。"由是魁宴止息于桂之馆[10]。逾年[11]，有诏求贤，魁乃求入京之费。桂曰："妾家所有，不下数百千，君持半为西游之用。"魁乃长吁曰：

"我客寓此逾岁，感君衣食之用，今又以金帛佐我西行之费，我不贵则已，若贵，誓不负汝。"魁将告行，桂曰："州北有望海神，我与君对神痛誓，各表至诚而别。"魁忻然诺之。乃共至祠下，魁先盟曰："某与桂英，情好相得，誓不相负，若生离异，神当殛之[12]；神若不诛，非灵神也，乃愚鬼耳。"桂大喜曰："君之心可见矣。"又对神解发，以彩丝合为双髻[13]。复用小刀，各刺臂出血盈杯，以祭神之余酒和之而交饮。至暮，连骑而归[14]。翌日[15]，魁行，桂为祖席郊外[16]，仍赠以诗云云：

> 灵沼文禽皆有匹[17]，仙园美木尽交枝，
>
> 无情微物犹如此，因甚风流言别离？

魁览之，愕然。桂曰："以君才学，当首出群公，但患不得与君偕老！"魁惊曰："何言之薄也？盟誓明如皎日，心诚固若精金，虽死亦相从于地下。"桂曰："但望早还，无负约也。"魁遂行，抵京师，就试，果顶高荐[18]，乃遭介归报书[19]，后有一书，诗曰：

> 琢玉磨云输我辈，攀花折柳是男儿，
>
> 来春我若功成去，好养鸳鸯作一池。

桂得诗，大喜，乃答书贺之。魁既试南宫，复若上游，及宸廷唱第[20]，为天下第一。魁乃私念曰："吾科名若此，即登显要，今被一娼玷辱，况家有严君，必不能容。"遂背其盟。自过省御试后，即绝书报。桂探闻魁擢第为龙首，大喜，乃遣人驰书贺之，兼有诗曰：

> 人来报喜敲门速，贱妾初闻喜可知，
>
> 天马果然先骤跃，神龙不肯后蛟螭[21]，
>
> 海中空却云鳌窟[22]，月里都无丹桂枝，
>
> 汉殿独成司马赋，晋庭惟许宋君诗。
>
> 身登龙首云雷疾，名落人间霹雳驰，

一榜神仙随驭出，九衢卿相尽行迟[23]，

烟霄路稳休回首，舜禹朝清正得时[24]，

夫贵妇荣千古事，与君才貌各相宜。

复书一绝，再寄良人，因以戏之。诗曰：

上都梳洗逐时宜，料得良人见即思，

早晚归来幽阁内，须教张敞画新眉[25]。

魁得书，阅毕，涕下交颐曰[26]："吾与桂英，事不谐矣！"乃竟无答书。桂亦不知其中变，惟闭门以俟[27]。及闻琼林宴罢，乃复附书，又有一绝。诗曰：

上国笙歌锦绣乡，仙郎得意正疏狂[28]，

谁知憔悴幽闺客[29]，日觉春衣带系长！

魁得书涕泣，隐忍未决。会其父已约崔家女，与之作亲，魁不敢拒。遂授徐州签判[30]。乃归江左觐父[31]，回即赴任。桂闻魁授徐签，又赴上了[32]，喜曰："徐去此不远，必使人迎我。"乃作衣一袭[33]，为书遣仆往徐。魁方坐厅，人吏环拥，阍吏引仆见魁[34]。魁因问之仆："自何处来？"仆以桂英之言对之。魁当大怒，欲挞其仆[35]，书遂掷地，并不受，遣仆还之。桂英喜迎之问，闻及此语，乃仆地大哭。久之，谓侍儿曰："今王魁负我盟誓，必杀之而后已，然我妇人，吾当以死报之。"遂同侍儿，乃往海神祠中，语其神曰："我初来，与王魁结誓于此，魁今辜恩负约，神岂不知？既有灵通，神当与英决断此事，吾即自杀以助神。"乃归家，取一剃刀，将喉一挥，就死于地，侍儿救之不及。桂英既死，数日后，忽于屏间露半身，谓侍儿曰："我今得报魁之怨恨矣！今以得神以兵助我，我今告汝而去。"侍儿见桂英跨一大马，手持一剑，执兵者数十人[36]，隐隐望西而去。遂至魁所，家人见桂英仗剑，满身鲜血，自空而坠，左右四走[37]。桂曰："我与汝它辈无冤，要得无义汉负心王魁

尔！"或告之曰[38]："魁见在南京为试官。"桂忽不见。魁正在试院中，夜深，方阅试卷，忽有人自空而来，乃见桂英披发仗剑，指骂："王魁负义汉，我上穷碧落下黄泉，寻汝不见，汝却在此。"语言分辨，魁知理屈，乃叹之曰："吾之罪也！我今为汝请僧，课经荐拔，多化纸钱可也。"桂曰："我只要汝命，何用佛书纸钱！"左右皆闻之与桂言语，但不见桂之形。于是魁若发强悸[39]，乃以剪刀自刺，左右救之，不甚伤也。留守乃差人送魁还徐。魁复以刀自刺，母救之，然魁决无生意。徐有道士马守素者，设醮则有梦应[40]。母乃召之使[41]。母果梦见儿魁与一妇人以发相系，在一官府中。守素告其魁母曰："魁不可救。"举家大恸哭。后数日，果自刺死。

（选自《醉翁谈录》）

［注释］

［1］名宦——有声望的官员。

［2］触讳——冒犯忌讳的事。

［3］搒（péng朋，又读bàng傍）——笞打。

［4］扉（fēi非）——门扇。

［5］樽——酒杯或其他盛酒器皿。

［6］美禄——美好的福禄。禄，福也。

［7］大壮之士——即阳刚盛长之人。大壮，六十四卦之一。乾上震上，即雷在天上，为阳刚盛长之象。

［8］戛玉——形容声调铿锵悦耳。戛（jiá英），敲击。

［9］间里——乡里，本文实指间巷，即街巷。

［10］由是魁宴止息于桂之馆——从此王魁宴饮歇宿都在王桂英的娼楼内。

［11］逾年——过了一年。

［12］殛之——诛戮我。殛（jí极）诛戮。之，代词，这里代指王魁自己。

［13］以彩丝合为双髻——用彩丝将头发合在一起，梳成两个发髻。

［14］连骑而归——两人骑的马并头而归。

［15］翌日——明天。

［16］祖席郊外——在郊外设帐宴饮送行。祖，古人出行时祭祀路神，引申为送行，如"祖送""祖帐""祖饯"等。

［17］灵沼——有神灵的水池、水塘。沼，小池，或曰圆为池，曲为沼。

［18］果顶高荐——果然获得最高的荐举。

［19］遣介——派遣一个报信的仆从。介，传信的人。

［20］及宸廷唱第——等到皇宫宣布榜次。宸廷，帝王宫廷。

［21］蛟螭——古代传说中的动物。蛟，无角之龙。螭（chī吃），蛟龙之属，若龙而黄。

［22］云鳌窟——能飞上云天中大海龟的窟洞。鳌是传说中的大海龟，能震动海天。本文以云鳌比喻有学士的高官，如翰林学士。唐宋时皇帝殿前陛阶上镂有巨鳌，翰林学士、承旨等官朝见皇帝时立于陛阶的正中，故称入翰林院为"上鳌头"。

［23］九衢——都城中的大路。衢（qú渠），四通八达的道路。

［24］舜禹朝清正得时——比喻当朝正如舜、禹时一样朝清圣明。舜，传说中我国古代帝王，史称虞舜，姓姚，有虞氏，名重华，相传尧因四方推荐，命他摄政。他巡行四方，消灭鲧、共工、薲兜和三苗。尧去世后继位，又咨询四岳（四方部落领袖），挑选贤人，治理民事，并选拔治水有功的禹为继承人。禹，传说中古代帝王，姓姒，名文命。亦称大禹、夏禹、戎禹。鲧之子。原为夏后氏部落领袖，奉舜命治理洪水。领导人民疏通江河，导流入海，并兴修沟渠，发展农业。舜死后，继位。其子启建立了中国历史上第一个奴隶制国家，即夏代。

［25］张敞——西汉河东平阳（今山西临汾西南）人，字子高。初为太仆丞。宣帝时任太中大夫，得罪大将军霍光，出为函谷关都尉。后任京兆尹。因与杨恽善，被罢职。不久又起用，任冀州刺史。直言敢谏，所至有治绩。《张敞传》载：张敞在京城任京兆尹时，常常为他的妻子画眉毛，有司曾将此事奏皇上，皇上问及此事，他说："我听说闺房之内，夫妇的私事，有过于画眉的。"皇上爱他的工作能力，没有责备他。后来就以"张敞画眉"为典故，作为闺房中夫妻相爱之意。

［26］涕下交颐——泪流满面。颐，下巴。

[27] 俟（sì 四）——等待。

[28] 疏狂——放荡不羁。

[29] 幽闺客——指深居闺房的女子。

[30] 签判——古代官员名称。

[31] 觐父——看望父亲。觐（jìn 近），晚辈看望长辈为觐。源于古代诸侯秋朝天子之称。见《仪礼·觐礼》。

[32] 又赴上了——疑"上"字为"任"字之误。

[33] 乃作衣一袭——于是作了一套衣物。袭，衣物全套。

[34] 阍吏——守门的小吏。阍（hūn 昏），守门人。

[35] 挞（tà 踏）——用鞭子或棍子打。

[36] 执兵者——拿兵器的人。指兵士。

[37] 左右四走——左右的人四散逃跑。

[38] 或告之曰——有的告诉王桂英说。

[39] 魁若发强悸——王魁好像犯了严重的心悸病。悸（jì 季），心悸病。

[40] 设醮（jiào 叫）——指僧道为禳除灾祟而设的道场。

[41] 母乃召之使——疑下脱一"醮"字。

[译文]

有一个叫王魁的人，魁并不是他的名字，因为他父亲、兄长都是有名的大官，所以这里不写他的真名。王魁学问品行都不错，但因秋试时冒犯了忌讳的事，被有司责打而失去机会；他失意长叹，于是远游山东莱州。莱州有身分的人，早听说过王魁的大名，颇为景仰，就每日与他出游。一天，王魁被三四个朋友请去，经过北市深巷，看见一个小宅院，于是叩门。这时，有一女子出来，年龄大约二十余岁，姿色绝顶美艳。这女子说："昨天得了一个好梦，今天果然有贵客临门。"于是邀请入内。女子打开酒樽，酙满酒杯，献给王魁说："我名叫桂英，这酒乃是上天的美酿福禄，如果足下您喝了我桂英献给您的天禄，那么明春必有登第之喜。"桂英对其他人说："这位乃是阳刚盛长不平凡的人。"又对王魁说："听说您的大名已经很久了，请您赐诗一首。"王魁立即作诗道：

谢氏筵中闻雅唱，何人戛玉在帘帏？

一声透过秋空碧，几片行云不敢飞。

桂英于是再次拜谢。宴饮之后，桂英只留下王魁住宿。半夜，王魁问："娘子姓什么？容貌如此美艳，为什么反而居此做此营生？"桂英回答说："我姓王，世代本是良家。"又对王魁说："您只孑然一身，囊无寸金，倦游于里巷之中如何作罢；您只要每天勤奋学习，那纸笔的费用，四季的衣服，我都能替您办好。"从此，王魁就留宿在桂英娼馆中。过了一年，朝廷下诏书求贤，王魁于是就要筹办入京城的费用。桂英说："我所有的财产，不下数百千，您拿去一半做为西行之用。"王魁长叹说："我客居此地有一年之久，感谢您供给我衣食之用，现在又用这些金银财物帮我做西行之资，我不富贵则已，如果富贵了，发誓不辜负您。"王魁将要辞行，桂英说："州北有望海神，我与你一起去对神发誓，各表至诚之心，然后再告别。"王魁欣然答应。于是一块到了神祠下，魁先盟誓道："我与桂英，两情相好，誓不相负，如果活着时，离异了她，神就诛杀我；神若不杀我，就不是有灵验的神仙，乃是一个愚弱的鬼魅罢了。"王桂英听后大喜道："您的心可见是真诚的"。于是，二人对神解开发髻，又用彩丝合梳为双髻。又用小刀刺破手臂，接了一满杯血，将血倒在祭神剩下的酒内，调和后一块喝了交杯酒。到了傍晚，两个人骑马并辔而归。第二天，王魁出发，桂英又在郊外设宴饯行，并赠诗道：

灵沼文禽皆有匹，仙园美木尽交枝，

无情微物犹如此，因甚风流言别离？

王魁看了诗，很是诧异。桂英说："凭您的才学，当高于群公之上，只忧虑不能与您白头偕老！"王魁惊奇地说："为什么说得如此无情？我所盟誓明如皎皎太阳，心志忠诚而坚如精金，即使死了也要与你相从于地下。"桂英说："但愿你早些归来，不负约。"王魁于是出行上路，到了京城，正赶上考试，他果然受到最高的举荐，于是派遣一个小仆归去报喜，并附有一封信，信中有诗道：

琢玉磨云输我辈，攀花折柳是男儿，

来春我若功成去，好养鸳鸯作一池。

桂英得到诗，大喜，于是写信祝贺。王魁不久又在南宫考试，又取得优等成绩，等到殿试发榜，当选为天下第一名。此时，王魁就私下想道："我的科名如此，就要登上显要之位，现在被一娼女玷辱，何况家又有严父，必然不容。"于是就违背了盟约。自经过御试后，就断绝了书信。桂英听说王魁登第成了龙首，大喜，就又派人飞马传递书信表示祝贺。并有诗道：

人来报喜敲门速，贱妾初闻喜可知，

天马果然先骤跃，神龙不肯后蛟螭，

海中空却云鳌窟，月里都无丹桂枝，

汉殿独成司马赋，晋庭惟许宋君诗。

身登龙首云雷疾，名落人间霹雳驰，

一榜神仙随驭出，九衢卿相尽行迟，

烟霄路稳休回首，舜禹朝清正得时，

夫贵妇荣千古事，与君才貌各相宜。

又写了一首绝句，再寄给王魁，用来和他开玩笑。诗道：

上都梳洗逐时宜，料得良人见即思，

早晚归来幽阁内，须教张敞画新眉。

王魁得到书信，泪流满面，说："我与桂英，好事已不相偕了。"如此竟没有写回信。桂英还不知其中有变，只是闭门等待。一直等到琼林宴结束，才又写了一封信，又附一首绝句，诗道：

上国笙歌锦绣乡，仙郎得意正疏狂，

谁知憔悴幽闺客，日觉春衣带系长！

王魁得信后，很是悲伤，流泪不止，但对去留还是拿不定主意。正赶上他父亲已给他订了崔氏女子为亲，王魁不敢抗拒。于是接受徐州签判之职，就回家乡去看望父亲，省亲归来就赴任去了。桂英听说王魁任徐州签判，又赴任了，欣喜欲狂地说："徐州离此不远，王魁必派人来接我。"于是做了一套衣物，并写了信，交给仆人送到徐州。王魁正坐在厅堂之上，官吏拥绕着他，很是气派。看门吏引仆人拜见王魁，王魁问仆人："从何处来？"仆人把桂英的话告诉他。王魁听后大怒，要鞭挞仆人，把书信扔在地上，并不接受。立即打发仆人回去。桂英见到仆人回来十分高兴，等问到王魁，听说如此情况时，就仆地大哭起来。过了很久，对侍儿说："现在王魁辜负了对我的盟誓，我必须杀了他而后已，然而，我一个妇人，只能以死来报仇。"于是带着侍儿，到了海神庙，面对海神说："我以前来，曾与王魁在此结誓，现在王魁已辜负了恩德，违背了誓约，神难道不知道吗？既然神有灵验，就应当替我桂英决断此事。我立即自杀来帮助神灵。"说罢就回家了，取了一把剃刀，将喉咙一下割裂，立即死在地上。侍儿抢救不及。桂英死后，过了几天，忽然在屏风后露出半身，对侍儿说："我现在可以报王魁之仇了！我已经得到神灵帮助，现在就向你告别而去。"侍儿见桂英骑一匹大马，手拿一把宝剑，还有数十名带兵器的跟随，隐隐望西而去。他们到了王魁住所，王魁家人看见桂英拿着宝剑，满身鲜血，从天空落下，左右侍从都惊慌四散逃走。桂英道："我与你们这些人无冤无仇，我只要无情无义负心汉王魁的命罢了！"有人告诉她说："王魁现在南京为考试官。"桂英忽地不见了。王魁正在试院中，夜深时，正在阅试卷，忽见有人从天空而降，细看乃是桂英披发仗剑。桂英指着王魁大骂道："王魁负义汉，我上穷碧落下黄泉，寻你不见，你却在此。"王魁想用言语分辩，又自知理亏，就叹气道："我的罪过！我现在给您请和尚念经超度，多化冥纸还不行吗？"桂英道："我要你的命，用不着佛书纸钱！"左右的人都听见王魁与桂英说话，但看不见桂英的影子。突然，王魁犯了心悸病，抄起剪刀刺向自己，左右急急救下，没有大伤。南京留守就派人送王魁回徐州。王魁又操刀自刺，王母急忙救过了他，然而王魁已完全没有活着的意思了。当时徐州有一道士叫马守素，他设醮摆道场除鬼祟常常于梦中有应。王母就请他来摆道场，果然梦见王魁与一妇人用头发系在一起，在一官府中。马守素告诉王母道："王魁已不可救了。"全家大悲恸。过几天，王魁果然自刺而死。

[赏析]

这篇小说选自《醉翁谈录》。王魁故事在宋代流传广泛，其原型见于《括异志》卷三中的《王廷评》，后有托名夏噩者改写为《王魁传》，收入《齐东野语》。《类说》所收刘斧《摭遗》中亦收《王魁传》，但因曾被删节，故只能看作节要。《醉翁谈录》中所收《王魁负心桂英死报》故事情节更为详尽丰实，细节描写更加真切生动，语言浅俗，比《王魁传》有了很大提高。《醉翁谈录》是宋末罗烨编撰，计十集，二十卷，分二十三类。所收作品多系节录或转述前人旧作，在转述、节录中有艺术加工，为后人留下不少精彩之作。本篇以现实主义与浪漫主义相结合的手法，通过王魁负心，桂英死后报仇的故事，抨击了官显名赫的士人之忘恩负义，批判了宗法社会的门阀观念，歌颂了下层妇女的敢爱敢恨甚至以死报仇的斗争精神。小说所写内容有深刻的社会意义，它揭示了在宗法封建中，妇女，尤其是下层妇女，永远处在被欺压的地位，要改变其被凌辱的命运，争取人性的平等自由是难以做到的。这一重大的社会主题，使人们认识到封建宗法社会的罪恶。

全篇故事情节波澜曲折，结构严谨巧妙，引人入胜。故事以王魁与桂英相遇相恋，王魁就读桂英倡馆为开端；以王魁上京赴考，两人发誓于海神祠前为发展；以王魁蟾宫折桂，入仕升迁，决心负盟为高潮；以桂英闻讯自杀，变鬼报仇为结尾。故事的发生、发展、高潮是现实主义的，而桂英死后，有神兵相助，鬼魂报仇是浪漫主义手法。结构的严谨与巧妙，在于它紧紧地围绕主题，加以取舍、铺垫、伏笔、予以正面描写与侧面衬托。王魁与桂英相遇相恋，留宿倡馆、助衣食、砺苦读，一年中，两情相谐，会有很多内容可写，然而作者仅用"'纸笔之费，四时之服，我为君办之。'由是魁宴止息于桂之馆"一笔带过，因它与主题关系不太大，故略写之。然而两人在海神祠前盟誓一段，就采用了细笔描绘的方法，既写海神祠的地理位置，又写了盟誓缘由是"各表至诚"，更细致地写出王魁的誓词，誓词中突出了"誓不相负，若生离异，神当殛（诛杀）之；神若不诛，非灵神也，乃愚鬼耳。"接着描写了两人对神解发，以彩丝合为双髻，以示永不分离；又用小刀割臂血入酒杯，两人合饮交杯酒的情况。这些细节描写，既展示了两人的情深意挚，缠绵难舍的内心世界，更为后面情节的展开埋下伏笔。最后写桂英对王魁的复仇，就是海神派神兵数十人相助的；王魁几次用剪刀自杀，虽有左右力救终于死去，就与王魁在海神前的誓词"若生离异，神当殛之"相呼应。王魁母请道士做法场消灾，王母梦见王魁与一妇人以发相系，道士则言"不可救也"，又与海神祠盟誓时"对神解发，以彩丝合为双髻"相呼应。凡此处处均可见出作者在结构安排上的匠心独具。

本篇塑造了两个主要人物，一个是负心郎王魁，一个是敢爱敢恨，敢于以死抗争的王桂英。王魁本是个才貌兼优的落第世子，与友人同游烟花巷时，得遇桂英，桂英不仅以身相许，而且助其衣食，供其读书。其时，两情相谐，海誓山盟。王魁遇一红颜知己，心中万分感激，一再表示："若贵，誓不负汝。"第二年，王魁入京赴试，行前，两人到海神祠前庄严盟誓。此时王魁内心不仅与桂英恩爱情深，而且是想日后同享富贵，白首偕老的。所以，刚到京城，旗开得胜时，他立即派人把喜讯告知桂英，并与诗说："来春我若功成去，好养鸳鸯作一池"。然而，等到王魁殿试第一，蟾宫折桂之后，地位高了，名气大了，思想也就发生了变化，认为位显名赫，再与桂英相谐，则被娼优玷辱，有碍功名，又为严父所不容。这内心活动极为深刻、细致地揭示了王魁这位名宦之子的门阀观念。但当他收到桂英热烈、诚挚的爱情书信时，他又感动得泪流满面，在爱情与门阀之间的取舍犹豫不决，可见王魁并非一个无情之人。他之所以娶崔氏女并非喜新厌旧，而是封建门阀、地位功名紧紧束缚了他，迫使他如此。他爱桂英，但不敢违抗严父之命，可知在爱情与礼法矛盾时，他舍弃爱情，屈服礼法；

在爱情与名位矛盾时，他看重名位，放弃爱情。作者如此刻画，就将一个名宦子弟的典型形象多侧面地表现出来。王魁在作者笔下是一个有变化有发展的人物形象，他由一个多情男子最终变为了负心汉。其负心过程是逐渐展示的：当金榜题名时，他开始产生了害怕娼优玷辱名声的私念，但见到桂英书信时，又被挚情所感动而犹豫不决；当赴任徐州签判时，他被左右环拥，高居堂上，名位思想已升到第一位，对桂英的爱情已荡然无存了。他要鞭笞桂英派来送信的仆人，将信掷于地上，全不念及当日桂英供衣食、助读书的情分，也不念及两情相谐，相亲相依的爱情，更不顾及海神祠前的盟誓，其无情无义到了极点。此时，他已彻底沦为封建阶级的卫道士，直到最后，当桂英鬼魂向他索命时，他依然只说要替桂英请和尚念经超度，多化纸钱而已，似乎钱是万能的，钱可以偿还这笔负心的情债。小说最后以王魁在鬼魂索命情况下，自刺身亡而告终。这一形象使读者认识到封建阶级的卫道士无情绝义的丑恶嘴脸，认识到封建礼教、宗法社会的罪恶。为了更好地揭示主题，作者不仅对王魁的负心作了脉络清晰的正面描写，同时也用侧面描写的方法，揭示了王魁负心的社会思想基础。这里用笔极为简练，一处用私念方式出之：功名显要，怎能被一娼妓玷辱；一处写其父已为王魁订崔氏女，严父之命不敢违抗。这侧面的两笔，是促成王魁负心的重要社会因素，前者揭示了封建社会等级制度难以越逾，后者揭示了父为子纲的封建礼教之根深蒂固。因此王魁的负心不同于《救风尘》中的周舍，不同于《杜十娘怒沉百宝箱》中的李甲。周舍是一个玩弄女性、败坏人伦的纨袴子弟，他不仅将烟花女宋行章娶回家后虐待，对其他女子亦是如此，周舍的负心带有更多的个人品质的因素，当然这品质也是隶属于阶级的。李甲对杜十娘的负心，将十娘转卖给富商孙富，是受金钱的驱使。钱使他忘恩负义，带有更多的资产阶级色彩。而王魁的负心是宗法社会的门阀观念、及父为子纲的封建礼教所致，桂英向王魁复仇不仅仅是向负心郎个人报仇，而是向封建社会等级制度及三纲五常的封建礼教的强烈抗争，因此，这一典型具有更为广泛更为深刻的社会意义。

王桂英是一个被迫流落风尘的良家女子，她善良侠义，敢爱敢恨，敢于以死抗争。初遇王魁时，喜其才貌双全，全然没有一般烟花女子重财轻义的陋习。赞王魁为"大壮之士"，知其"囊无寸金"而愿留其食宿，她不仅供魁衣食，助其攻读，而且把多年积蓄慷慨资助王魁去京城应试。其善良侠义的性格在众多妓女形象的描写中是少有的。唐传奇《李娃传》中的李娃，虽然也有救助郑生，助其苦读入仕之事，但那是在郑生为其倾尽钱财，鬻马卖仆，被李娃与鸨母设计骗逐，流落街头行乞之后，李娃"深悔所行"，才转而义助郑生的。桂英不仅貌美、善良、而且感情真挚并有文才，当王魁远行后，她以诗歌寄托炽热的爱情，表达相思的痴情。她有美好的向往，希望与王魁共患难，同富贵，永结百年之好。然而无情的事实却是，王魁富贵后负义变心，抛弃了有恩有情于他的桂英，另娶崔氏女。这一打击对桂英是巨大的，沉重的。不仅表明王魁对其"若贵，誓不负汝"的食言，更重要是因桂英是"娼妓"身分，王魁怕有玷门楣，有碍仕途。桂英的被弃，表明了在宗法社会中高低贵贱的鸿沟是无法越逾的，想争得人格的平等也是不可能的，她无论如何美丽、善良、侠义、多才，也终究要沦为社会最底层，永远处在被奴役被凌辱的地位。但桂英不是逆来顺受的弱女子，是一个有情有义、敢爱敢恨的烈性女子，她不能容忍忘恩负义的恶行，立即前往海神祠以明志，决心以死报仇。她死后变成披发仗剑，满身鲜血的厉鬼，上天入地到处寻觅负心郎；她以死来报仇的行动，惊天地感鬼神，海神也派出数十神兵相助。最后她终于在南京试院找到王魁，大骂其负心不义，不受其纸钱超度的诱引，迫其自杀雪恨而后快。作者在小说中所塑造的这一形象，是个悲剧形象，是个刚烈正义的形象。能将一个烟花女子作为小说正面人物加以塑造，歌颂其侠义、正直、刚烈，这正是作者进步世界观的表现。桂英性格中的这几点，不仅表现在赏识王魁的"学行有声"，助其苦读尔后出仕上，更表现在王魁负义后，桂英变为厉鬼，决心"死报"

上。这"死报"的形象是王桂英侠义、刚烈性格的最集中表现，是桂英形象典型化的突出特征。"死报"表现了她对宗法社会、门阀制度、封建礼教的决不妥协的斗争精神。这一形象在以往的文学作品中是绝无仅有的。唐传奇《霍小玉传》虽然也是写"痴心女子负心汉"的故事，主人公霍小玉亦是被迫为娼的良家女子，她善良、美丽，向往美满幸福的爱情生活，倾心委身于李益不久，就因李益入仕为官而遭遗弃，霍小玉悲愤成疾，临死前怒斥李益负心，并言死后化厉鬼报仇。这些情节似乎与桂英命运相似，但"死报"的方式不同，表现了不同的性格，霍小玉的死后报仇，并未出现厉鬼形象，而是以阴祟之法使负心汉李益发生变态——嫉妒成癖成灾，他的眼前总幻化出男子入室与其妻交欢的幻景，李益怒杀其妻，再娶，亦如此，虽三娶，家中终无宁日。而桂英的"死报"不同，她有披发仗剑，满身鲜血的厉鬼之形，有"上穷碧落下黄泉"到处寻觅，穷追不舍的坚毅果敢的行动，有"我只要汝命，何用佛书纸钱"决不妥协的精神。这一"死报"的形象是刚烈的。同时又是在海神派兵相助下完成的，这正说明"死报"是惊天地感鬼神，是正义的，这"死报"的浪漫主义手法，在人间伸张了正义，大快了人心。

作者为了塑造桂英这一主要人物形象，运用了多种手法，多侧面地加以刻画。小说的肖像描写极为简括，"年可二十余，姿色绝艳"，美丽对于桂英不是最重要的特质，故简括行文。王桂英性格的突出特点是侠义、善良、有见识，故作者多用语言描写表现这方面的性格特点。桂英与王魁初遇，即言"闻君誉甚久"，可见桂英看重王魁的不是钱，不是貌，而是"学行有声"。故见面后即言"君独一身，囊无寸金"，但愿"纸笔之费，四时之服，我为君办之"，王魁赴京应考，临行前，桂英说"妾家所有，不下数百千，君持半为西游之用"，"以君才学，当首出群公"。以上这些语言描写，是个性化的语言，它展示了桂英的善良、侠义、有见识的性格特点。桂英刚烈不屈的性格亦从话语中展示，在王魁负心后，她说："今王魁负我盟誓，必杀之而后已"，此话斩钉截铁，没有半点犹豫，表现出桂英是一位烈性女子。桂英鬼魂寻到王魁，王魁要以念经超度、纸钱化缘求得桂英原谅时，她依然毫不犹豫地说："我只要汝命，何用佛书纸钱！"这些富有个性的语言描写，为塑造性格鲜明的典型形象起了很重要的作用。

与人物个性化语言相关联的是小说的叙述语言。本篇语言风格典雅凝炼，尤其篇中穿插的几首诗词，不仅增强了小说的典雅品位，而且为表现人物性格，揭示人物内心情感，推动故事情节的展开起了很好的作用。比如桂英送王魁出行时所吟的诗：

灵沼文禽皆有匹，仙园美木尽交枝，

无情微物犹如此，因甚风流言别离？

既表达了桂英对王魁的难舍难分的缱绻之情，又为后面的离异情节埋下了伏笔。

与唐代开始出现的负心故事相比，此篇更强烈地反映了市民阶层的思想意识，故自宋以来一直在民间广为流传。如话本《王魁负心》、南戏《王魁》、元杂剧《王魁负桂英》、明传奇《梦香记》以及明话本《王魁》等。

（赵慧文）

杜十娘怒沉百宝箱

明·冯梦龙

扫荡残胡立帝畿[1]，龙翔凤舞势崔嵬；

左环沧海天一带，右拥太行山万围。

戈戟九边雄绝塞[2]，衣冠万国仰垂衣；

太平人乐华胥世[3]，永永金瓯共日辉。

这首诗，单夸我朝燕京建都之盛[4]。说起燕都的形势，北倚雄关，南压区夏，真乃金城天府[5]，万年不拔之基。当先洪武爷扫荡胡尘[6]，定鼎金陵，是为南京。到永乐爷从北平起兵靖难[7]，迁于燕都，是为北京。只因这一迁，把个苦寒地面，变作花锦世界。自永乐爷九传至于万历爷[8]，此乃我朝第十一代的天子。这位天子，聪明神武，德福兼全，十岁登基，在位四十八年，削平了三处寇乱。那三处？日本关白平秀吉[9]，西夏哱承恩，播州杨应龙。平秀吉侵犯朝鲜，哱承恩、杨应龙是土官谋叛，先后削平。远夷莫不畏服，争来朝贡。真个是：

一人有庆民安乐，四海无虞国太平。

话中单表万历二十年间，日本国关白作乱，侵犯朝鲜。朝鲜国王上表告急，天朝发兵泛海往救。有户部官奏准：目今兵兴之际，粮饷未充，暂开纳粟入监之例[10]。原来纳粟入监的，有几般便宜：好读书，好科举，好中，结末来又有个小小前程结果。以此宦家公子，富室子弟，到不愿做秀才，都去援例做太学生。自开了这例，两京太学生，各添至千人之外。内中有一人，姓李名甲，字干先，浙江绍兴府人氏。父亲李布政所生三儿[11]，惟甲居长。自幼读书在庠[12]，未得登科，援例入于北雍[13]。因在京坐监[14]，与同乡柳遇春监生同游教坊司院内[15]，与一个名姬相遇。那名姬姓杜名媺，排行第十，院中都称为杜十娘，生得：

> 浑身雅艳，遍体娇香，两弯眉画远山青，一对眼明秋水润。脸如莲萼，分明卓氏文君[16]，唇似樱桃，何减白家樊素[17]。可怜一片无瑕玉，误落风尘花柳中。

那杜十娘自十三岁破瓜[18]，今一十九岁，七年之内，不知历过了多少公子王孙，一个个情迷意荡，破家荡产而不惜。院中传出四句口号来，道是：

> 坐中若有杜十娘，斗筲之量饮千觞[19]；
> 院中若识杜老媺，千家粉面都如鬼。

却说李公子，风流年少，未逢美色，自遇了杜十娘，喜出望外，把花柳情怀，一担儿挑在他身上。那公子俊俏庞儿，温存性儿，又是撒漫的手儿，帮衬的勤儿[20]，与十娘一双两好，情投意合。十娘因见鸨儿贪财无义[21]，久有从良之志[22]；又见李公子忠厚志诚，甚有心向他。奈李公子惧怕老爷，不敢应承。虽则如此，两下情好愈密，朝欢暮乐，终日相守，如夫妇一般，海誓山盟，各无他志。真个：

> 恩深似海恩无底，义重如山义更高。

再说杜妈妈女儿，被李公子占住，别的富家巨室，闻名上门，求一见而不可得。初时李公子撒漫用钱，大差大使，妈妈胁肩谄笑，奉承不暇。日往月来，不觉一年有余，李公子囊箧渐渐空虚，手不应心，妈妈也就怠慢了。老布政在家闻知儿子嫖院，几遍写字来唤他回去。他迷恋十娘颜色，终日延捱。后来闻知老爷在家发怒，越不敢回。古人云："以利相交者，利尽而疏。"那杜十娘与李公子真情相好，见他手头愈短，心头愈热。妈妈也几遍教女儿打发李甲出院，见女儿不统口，又几遍将言语触突李公子，要激怒他起身。公子性本温克，词气愈和，妈妈没奈何，日逐只将十娘叱骂道："我们行户人家，吃客穿客，前门送旧，后门迎新，门庭闹如火，钱帛堆成垛。自从那李甲在此，混帐一年有余，莫说新客，连旧主顾都断了，分明接了个锺馗老，连小鬼也没得上门。弄得老娘一家人家，有气无烟，成什么模样！"杜十娘被骂，耐性不住，便回答道："那李公子不是空手上门的，也曾费过大钱来。"妈妈道："彼一时，此一时，你只教他今日费些小钱儿，把与老娘办些柴米，养你两口也好。别人家养的女儿便是摇钱树，千生万活，偏我家晦气，养了个退财白虎[23]，开了大门，七件事般般都在老身心上[24]。到替你这小贱人白白养着穷汉，教我衣食从何处来？你对那穷汉说：有本事出几两银子与我，到得你跟了他去，我别讨个丫头过活却不好？"十娘道："妈妈，这话是真是假？"妈妈晓得李甲囊无一钱，衣衫都典尽了，料他没处设法。便应道："老娘从不说谎，当真哩。"十娘道："娘，你要他许多银子？"妈妈道："若是别人，千把银子也讨了，可怜那穷汉出不起，只要他三百两，我自去讨一个粉头代替。只一件，须是三日内交付与我。左手交银，右手交人。若三日没有银时，老身也不管三七二十一，公子不公子，一顿孤拐，打那光棍出去。那时莫怪老身！"十娘道："公子虽在客边乏钞，谅三百金还措办得来。只是三日忒近，限他十日便好。"妈妈想道："这穷汉一双赤手，便限他一百日，他那里来银子。没有银子，便铁皮包脸，料也无颜上门。那时重整家风，嫰儿也没得话讲。"答应道："看你面，便宽到十日。第十日没有银子，不干老娘之事。"十娘道："若十日内无银，料他也无颜再见了。只怕有了三百两银子，妈妈又翻悔起来。"妈妈道："老身年五十一岁了，又奉十斋，怎敢说谎？不信时与你拍掌为定。若翻悔时，做猪做狗。"

> 从来海水斗难量，可笑虔婆意不良；
> 料定穷儒囊底竭，故将财礼难娇娘。

是夜，十娘与公子在枕旁，议及终身之事。公子道："我非无此心。但教坊落籍[25]，其费甚多，非千金不可。我囊空如洗，如之奈何！"十娘道："妾已与妈妈议定只要三百金，但须十日内措办。郎君游资虽罄，然都中岂无亲友，可以借贷。倘得如数，妾身遂为君之所有，省受虔婆之气。"公子道："亲友中为我留恋行院[26]，都不相顾。明日只做束装起身，各家告辞，就开口假贷路费，凑聚将来，或可满得此数。"起身梳洗，别了十娘出门。十娘道："用心作速，专听佳音。"公子道："不须分付。"公子出了院门，来到三亲四友处，假说起身告别，众人到也欢喜。后来叙到路费欠缺，意欲借贷。常言道："说着钱，便无缘。"亲友们就不招架。他们也见得是，道李公子是风流浪子，迷恋烟花[27]，年许不归，父亲都为他气坏在家。他今日抖然要回，未知真假。倘或说骗盘缠到手，又去还脂粉钱，父亲知道，将好意翻成恶意，始终只是一怪，不如辞了干净。便回道："目今正值空乏，不能相济，惭愧！惭愧！"人人如此，个个皆然，并没有个慷慨丈夫，肯统口许他一十二十两。李公子一连奔走了三日，分毫无获，又不敢回决十娘，权且含糊答应。到第四日又没想头，就羞回院中。平日间有了杜家，连下处也没有了，今日就无处投宿。只得往同乡柳监生寓所借歇。柳遇春见公子愁容可掬，问其来历。公子将杜十娘愿嫁之情，备细说了。遇春摇首道："未必，未必。那杜媺曲中第一名姬[28]，要从良时，怕没有十斛明珠，千金聘礼。那鸨儿如何只要三百两？想鸨儿怪你无钱使用，白白占住他的女儿，设计打发你出门。那妇人与你相处已久，又碍却面皮，不好明言。明知你手内空虚，故意将三百两卖个人情，限你十日。若十日没有，你也不好上门。便上门时，他会说你笑你，落得一场褒渎，自然安身不牢，此乃烟花逐客之计。足下三思，休被其惑。据弟愚意，不如早早开交为上[29]"公子听说，半晌无言，心中疑惑不定。遇春又道："足下莫要错了主意。你若真个还乡，不多几两盘费，还有人搭救。若是要三百两时，莫说十日，说是十个月也难。如今的世情，那肯顾缓急二字的。那烟花也算定你没处告债，故意设法难你。"公子道："仁兄所见良是。"口里虽如此说，心中割舍不下。依旧又往外边东央西告，只是夜里不进院门了。公子在柳监生寓中，一连住了三日，共是六日了。杜十娘连日不见公子进院，十分着紧，就教小厮四儿街上去寻。四儿寻到大街，恰好遇见公子。四儿叫道："李姐夫，娘在家里望你。"公子自觉无颜，回复道："今日不得功夫，明日来罢。"四儿奉了十娘之命，一把扯住，死也不放。道："娘叫咱寻你。是必同去走一遭。"李公子心上也牵挂着婊子，没奈何，只得随四儿进院。见了十娘，嘿嘿无言。十娘问道："所谋之事如何？"公子眼中流下泪来。十娘道："莫非人情淡薄，不能足三百之数么？"公子含泪而言，道出二句："不信上山擒虎易，果然开口告人难。一连奔走六日，并无铢两[30]，一双空手，羞见芳卿，故此这几日不敢进院。今日承命呼唤，忍耻而来，非某不用心，实是世情如此。"十娘道："此言休使虔婆知道。郎君今夜且住，妾别有商议。”十娘自备酒肴，与公子欢饮。睡至半夜，十娘对公子道：“郎君果不能办一钱耶？妾终身之事，当如何也？”公子只是流涕，不能答一语。渐渐五更天晓。十娘道：“妾所卧絮褥内藏有碎银一百五十两，此妾私蓄，郎君可持去。三百金，妾任其半，郎君亦谋其半，庶易为力[31]。限只四日，万勿迟误。”十娘起身将褥付公子，公子惊喜过望。唤童儿持褥而去。径到柳遇春寓中，又把夜来之情与遇春说了。将褥拆开看时，絮中都裹着零碎银子，取出兑时果是一百五十两。遇春大惊道：“此妇真有心人也。既系真情，不可相负。吾当代为足下谋之。”公子道：“倘得玉成，决不有负。”当下柳遇春留李公子在寓，自出头各处去借贷。两日之内，凑足一百五十两交付公子道：“吾代为足下告债，非为足下，实怜杜十娘之情也。”李甲拿了三百两银子，喜从天降，笑逐颜开，欣欣然来见十娘，刚是第九日，还不足十日。十娘问道：“前日分毫难借，今日如何就有一百五十两？”公子将柳监生事情，又述了一遍。十娘以手加额道：“使吾二人得遂其愿者，柳君之力也。”两个欢天喜地，又在院中过了一晚。次日十娘早起，对李甲道：“此银一交，便当随郎君去矣。舟车之类，合当预备。妾昨日于姊妹中借得白银二十两，郎君可收下为行资也。”公子正愁路费无出，但不敢开口，得银甚喜。说犹未了，鸨儿恰来敲门叫道：“媺儿，今日是第十日了。”公子闻叫，启户相延道：“承妈妈厚意，正欲相请。”便将银三百两放在桌上。鸨儿不料公子有银，嘿然变色，似有悔意。十娘道：“儿在妈妈家中八年，所致金帛，不下数千金矣。今日从良美事，又妈妈亲口所订，三百金不欠分毫，又不曾过期。倘若妈妈失信不许，郎君持银去，儿即刻自尽。恐那时人财两失，悔之无及也。”鸨儿无词以对。腹内筹画了半晌，只得取天平兑准了银子，说道：“事已如此，料留你不住了。只是你要去时，即今就去。平时穿戴衣饰之类，毫厘休想。"说罢，将公子和十娘推出房门，讨锁来就落了锁。此时九月天气。十娘才下床，尚未梳洗，随身旧衣，就拜了妈妈两拜。李公子也作了一揖。一夫一妇，离了虔婆大门。

> 鲤鱼脱却金钩去，摆尾摇头再不来。

公子教十娘且住片时："我去唤个小轿抬你，权往柳荣卿寓所去，再作道理。"十娘道："院中诸姊妹平昔相厚，理宜话别。况前日又承他借贷路费，不可不一谢也。"乃同公子到各姊妹处谢别。姊妹中惟谢月朗徐素素与杜家相近，尤与十娘亲厚。十娘先到谢月朗家。月朗见十娘秃鬓旧衫[32]，惊问其故。十娘备述来因。又引李甲相见。十娘指月朗道："前日路资，是此位姐姐所贷，郎君可致谢。"李甲连连作揖。月朗便教十娘梳洗，一面去请徐素素来家相会。十娘梳洗已毕，谢徐二美人各出所有，翠钿金钏，瑶簪宝珥，锦袖花裙，鸾带绣履，把杜十娘装扮得焕然一新，备酒作庆贺筵席。月朗让卧房与李甲杜媺二人过宿。次日，又大排筵席，遍请院中姊妹。凡十娘相厚者，无不毕集。都与他夫妇把盏称喜。吹弹歌舞，各逞其长，务要尽欢，直饮至夜分。十娘向众姊妹，一一称谢。众姊妹道："十姊为风流领袖，今从郎君去，我等相见无日。何日长行，姊妹们尚当奉送。"月朗道："候有定期，小妹当来相报。但阿姊千里间关，同郎君远去。囊箧萧条，曾无约束，此乃吾等之事。当相与共谋之，勿令姊有穷途之虑也。"众姊妹各唯唯而散。是晚，公子和十娘仍宿谢家。至五鼓，十娘对公子道："吾等此去，何处安身？郎君亦曾计议有定着否？"公子道："老父盛怒之下，若知娶妓而归，必然加以不堪，反致相累。展转寻思，尚未有万全之策。"十娘道："父子天性，岂能终绝。既然仓卒难犯，不若与郎君于苏杭胜地，权作浮居[33]。郎君先回，求亲友于尊大人面前劝解和顺，然后携妾于归[34]，彼此安妥。"公子道："此言甚当。"次日，二人起身辞了谢月朗，暂往柳监生寓中，整顿行装。杜十娘见了柳遇春，倒身下拜，谢其周全之德："异日我夫妇必当重报。"遇春慌忙答礼道："十娘钟情所欢，不以贫窭易心，此乃女中豪杰。仆因风吹火，谅区区何足挂齿！"三人又饮了一日酒。次早，择了出行吉日，雇倩轿马停当。十娘又遣童儿寄信，别谢月朗。临行之际，只见肩舆纷纷而至，乃谢月朗与徐素素拉众姊妹来送行。月朗道："十姊从郎君千里间关，囊中消索，吾等甚不能忘情。今合具薄贶，十姊可检收，或长途空乏，亦可少助。"说罢，命从人挈一描金文具至前，封锁甚固，正不知什么东西在里面。十娘也不开看，也不推辞，但殷勤作谢而已。须臾，舆马齐集，仆夫催促起身。柳监生三杯别酒，和众美人送出崇文门外，各各垂泪而别。正是：

> 他日重逢难预必，此时分手最堪怜。

再说李公子同杜十娘行至潞河[35]，舍陆从舟，却好有瓜洲差使船转回之便[36]，讲定船钱，包了舱口。比及下船时，李公子囊中并无分文余剩。你道杜十娘把二十两银子与公子，如何就没了？公子在院中嫖得衫蓝缕，银子到手，未免在解库中取赎几件穿着，又制办了铺盖，剩来只勾轿马之费。公子正当愁闷，十娘道："郎君勿忧，众姊妹合赠，必有所济。"乃取钥开箱。公子在傍自觉惭愧，也不敢窥觑箱中虚实。只见十娘在箱里取出一个红绢袋来，掷于桌上道："郎君可开看之。"公子提在手中，觉得沉重。启而观之，皆是白银，计数整五十两。十娘仍将箱子下锁，亦不言箱中更有何物。但对公子道："承众姊妹高情，不惟途路不乏，即他日浮寓吴越间，亦可稍佐吾夫妻山水之费矣。"公子且惊且喜道："若不遇恩卿，我李甲流落他乡，死无葬身之地矣。此情此德，白头不敢忘也。"自此每谈及往事，公子必感激流涕。十娘亦曲意抚慰，一路无话。不一日，行至瓜洲，大船停泊岸口，公子别雇了民船，安放行李。约明日侵晨，剪江而渡。其时仲冬中旬，月明如水，公子和十娘坐于舟首。公子道："自出都门，困守一舱之中，四顾有人，未得畅语。今日独据一舟，更无避忌。且已离塞北，初近江南，宜开怀畅饮，以舒向来抑郁之气，恩卿以为何如？"十娘道："妾久疏谈笑，亦有此心，郎君言及，足见同志耳。"公子乃携酒具于船首，与十娘铺毡并坐，传杯交盏。饮至半酣，公子执卮对十娘道："恩卿妙音，六院推首[37]。某相遇之初，每闻绝调，辄不禁神魂之飞动。心事多违，彼此郁郁，鸾鸣凤奏，久矣不闻。今清江明月，深夜无人，肯为我一歌否？"十娘兴亦勃发，遂开喉顿嗓，取扇按拍，呜呜咽咽，歌出元人施君美《拜月亭》杂剧上"状元执盏与婵娟"一曲[38]，名《小桃红》。真个：

> 声飞霄汉云皆驻，响入深泉鱼出游。

却说他舟有一少年，姓孙名富字善赉，徽州新安人氏。家资巨万，积祖扬州种盐[39]，年方二十，也是南雍中朋友[40]。生性风流，惯向青楼买笑[41]，红粉追欢，若嘲风弄月，到是个轻薄的头儿。事有偶然，其夜亦泊舟瓜洲渡口，独酌无聊。忽听得歌声嘹亮，凤吟鸾吹，不足喻其美。起立船头，伫听半响，方知声出邻舟。正欲相访，音响倏已寂然。乃遣仆者潜窥踪迹，访于舟人。但晓得是李相公雇的船，并不知歌者来历。孙富想道："此歌者必非良家，怎生得他一见？"展转寻思，通宵不寐。捱至五更，忽闻江风大作。及晓，彤云密布，狂雪飞舞。怎见得，有诗为证：

> 千山云树灭，万径人踪绝；
> 扁舟蓑笠翁，独钓寒江雪。

因这风雪阻渡，舟不得开。孙富命艄公移船，泊于李家舟之傍，孙富貂帽狐裘，推窗假作看雪。值十娘梳洗方毕，纤纤玉手，揭起舟傍短帘，自泼盂中残水，粉容微露，却被孙富窥见了，果是国色天香。魂摇心荡，迎眸注目，等候再见一面，杳不可得。沉思久之，乃倚窗高吟高学士《梅花诗》二句[42]，道：

　　　　雪满山中高士卧，月明林下美人来。

李甲听得邻舟吟诗，舒头出舱，看是何人。只因这一看，正中了孙富之计。孙富吟诗，正要引李公子出头，他好乘机攀话。当下慌忙举手，就问："老兄尊姓何讳？"李公子叙了姓名乡贯，少不得也问那孙富。孙富也叙过了。又叙了些太学中的闲话，渐渐亲熟。孙富便道："风雪阻舟，乃天遣与尊兄相会，实小弟之幸也。舟次无聊，欲同尊兄上岸，就酒肆中一酌，少领清海，万望不拒。"公子道"萍水相逢，何当厚扰？"孙富道："说那里话！'四海之内，皆兄弟也'。"喝教艄公打跳，童儿张伞，迎接公子过船，就于船头作揖。然后让公子先行，自己随后，各各登跳上涯。行不数步，就有个酒楼，二人上楼，拣一副洁净座头，靠窗而坐。酒保列上酒肴。孙富举杯相劝，二人赏雪饮酒。先说些斯文中套话。渐渐引入花柳之事[43]。二人都是过来之人，志同道合，说得入港[44]，一发成相知了。孙富屏去左右，低低问道："昨夜尊舟清歌者，何人也？"李甲正要卖弄在行，遂实说道："此乃北京名姬杜十娘也。"孙富道："既系曲中姊妹，何以归兄？"公子遂将初遇杜十娘，如何相好，后来如何要嫁，如何借银讨他，始末根由，备细述了一遍。孙富道："兄携丽人而归，固是快事，但不知尊府中能相容否？"公子道："贱室不足虑。所虑者，老父性严，尚费踌躇耳！"孙富将机就机，便问道："既是尊大人未必相容，兄所携丽人，何处安顿？亦曾通知丽人，共作计较否？"公子攒眉而答道："此事曾与小妾议之。"孙富欣然问道："尊宠必有妙策。"公子道："他意欲侨居苏杭，流连山水。使小弟先回，求亲友宛转于家君之前。俟家君回嗔作喜，然后图归，高明以为何如？"孙富沉吟半晌，故作愀然之色，道："小弟乍会之间，交浅言深，诚恐见怪。"公子道："正赖高明指教，何必谦逊？"孙富道："尊大人位居方面，必严帏薄之嫌[45]，平时既怪兄游非礼之地，今日岂容兄娶不节之人。况且贤亲贵友，谁不迎合尊大人之意者？兄枉去求他，必然相拒。就有个不识时务的进言于尊大人之前，见尊大人意思不允，他就转口了。兄进不能和睦家庭，退无词以回复尊宠。即使留连山水，亦非长久之计。万一资斧困竭，岂不进退两难！"公子自知手中只有五十金，此时费去大半，说到资斧困竭，进退两难，不觉点头道是。孙富又道："小弟还有句心腹之谈，兄肯俯听否？"公子道："承兄过爱，更求尽言。"孙富道："疏不间亲，还是莫说罢。"公子道："但说何妨。"孙富道："自古道：'妇人水性无常。'况烟花之辈，少真多假。他既系六院名姝，相识定满天下；或者南边原有旧约，借兄之力，挈带而来，以为他适之地。"公子道："这个恐未必然。"孙富道："即不然，江南子弟，最工轻薄，兄留丽人独居，难保无逾墙钻穴之事[46]。若挈之同归，愈增尊大人之怒。为兄之计，未有善策。况父子天伦，必不可绝。若为妾而触父，因妓而弃家，海内必以兄为浮浪不经之人。异日妻不以为夫，弟不以为兄，同袍不以为友[47]，兄何以立于天地之间？兄今日不可不熟思也！"公子闻言，茫然自失，移席问计[48]："据高明之见，何以教我？"孙富道："仆有一计，于兄甚便。只恐兄溺枕席之爱，未必能行，使仆空费词说耳！"公子道："兄诚有良策，使弟再睹家园之乐，乃弟之恩人也。又何惮而不言耶？"孙富道："兄飘零岁余，严亲怀怒，闺阁离心，设身以处兄之地，诚寝食不安之时也。然尊大人所以怒兄者，不过为迷花恋柳，挥金如土，异日必为弃家荡产之人，不堪承继家业耳！兄今日空手而归，正触其怒。兄倘能割衽席之爱，见机而作，仆愿以千金相赠。兄得千金，以报尊大人，只说在京授馆[49]，并不曾浪费分毫，尊大人必然相信。从此家庭和睦，当无间言。须臾之间，转祸为福。兄请三思，仆非贪丽人之色，实为兄效忠于万一也！"李甲原是没主意的人，本心惧怕老子，被孙富一席话，说透胸中之疑，起身作揖道："闻兄大教，顿开茅塞。但小妾千里相从，义难顿绝，容归与商之。得其心肯，当奉复耳。孙富道："说话之间，宜放婉曲。彼既忠心为兄，必不忍使兄父子分离，定然玉成兄还乡之事矣。"二人饮了一回酒，风停雪止，天色已晚。孙富教家僮算还了酒钱，与公子携手下船。正是：

逢人且说三分话，未可全抛一片心。

却说杜十娘在舟中，摆设酒果，欲与公子小酌，竟日未回，挑灯以待。公子下船，十娘起迎。见公子颜色匆匆，似有不乐之意，乃满斟热酒劝之。公子摇首不饮。一言不发，竟自床上睡了。十娘心中不悦，乃收拾杯盘，为公子解衣就枕，问道："今日有何见闻，而怀抱郁郁如此？"公子叹息而已，终不启口。问了三四次，公子已睡去了。十娘委决不下，坐于床头而不能寐。到夜半，公子醒来，又叹一口气。十娘道："郎君有何难言之事，频频叹息？"公子拥被而起，欲言不语者几次，扑簌簌掉下泪来。十娘抱持公子于怀间，软言抚慰道："妾与郎君情好，已及二载，千辛万苦，历尽艰难，得有今日。然相从数千里，未曾哀戚。今将渡江，方图百年欢笑，如何反起悲伤，必有其故。夫妇之间，死生相共，有事尽可商量，万勿讳也。"公子再四被逼不过，只得含泪而言道："仆天涯穷困，蒙恩卿不弃，委曲相从，诚乃莫大之德也。但反复思之，老父位居方面，拘于礼法，况素性方严，恐添嗔怒，必加黜逐。你我流荡，将何底止？夫妇之欢难保，父子之伦又绝。日间蒙新安孙友邀饮，为我筹及此事，寸心如割。"十娘大惊道："郎君意将如何？"公子道："仆事内之人，当局而迷。孙友为我画一计颇善，但恐恩卿不从耳！"十娘道："孙友者何人？计如果善，何不可从？"公子道："孙友名富，新安盐商，少年风流之士也。夜间闻子清歌，因而问及。仆告以来历，并谈及难归之故，渠意欲以千金聘汝。我得千金，可藉口以见吾父母；而恩卿亦得所天[50]。但情不能舍，是以悲泣。"说罢，泪如雨下。十娘放开两手，冷笑一声道："为郎君画此计者，此人乃大英雄也。郎君千金之资，既得恢复，而妾归他姓，又不致为行李之累，发乎情，止乎礼，诚两便之策也。那千金在那里？"公子收泪道："未得恩卿之诺，金尚留彼处，未曾过手。"十娘道："明早快快应承了他，不可挫过机会。但千金重事，须得兑足交付郎君之手，妾始过舟，勿为贾竖子所欺[51]。"时已四鼓，十娘即起身挑灯梳洗道："今日之妆，乃迎新送旧，非比寻常。"于是脂粉香泽，用意修饰，花钿绣袄，极其华艳，香风拂拂，光采照人。装束方完，天色已晓。孙富差家童到船头候信。十娘微窥公子，欣欣似有喜色，乃催公子快去回话，及早兑足银子。公子亲到孙富船中，回复依允。孙富道："兑银易事，须得丽人妆台为信。"公子又回复了十娘，十娘即指描金文具道："可便抬去。"孙富喜甚。即将白银一千两，送到公子船中。十娘亲自检看，足色足数，分毫无爽。乃手把船舷，以手招孙富。孙富一见，魂不附体。十娘启朱唇，开皓齿道："方才箱子可暂发来，内有李郎路引一纸[52]，可检还之也。"孙富视十娘已为瓮中之鳖，即命家童送那描金文具，安放船头之上。十娘取钥开锁，内皆抽替小箱。十娘叫公子抽第一层来看，只见翠羽明珰，瑶簪宝珥，充牣于中，约值数百金。十娘遽投之江中。李甲与孙富及两船之人，无不惊诧。又命公子再抽一箱，乃玉箫金管。又抽一箱，尽古玉紫金玩器，约值数千金。十娘尽投之于大江中。岸上之人，观者如堵[53]。齐声道："可惜可惜！"正不知什么缘故。最后又抽一箱，箱中复有一匣开匣视之，夜明之珠，约有盈把。其他祖母绿[54]，猫儿眼[55]，诸般异宝，目所未睹，莫能定其价之多少。众人齐声喝采，喧声如雷。十娘又欲投之于江。李甲不觉大悔，抱持十娘恸哭，那孙富也来劝解。十娘推开公子在一边，向孙富骂道："我与李郎备尝艰苦，不是容易到此，汝以奸淫之意，巧为谗说，一旦破人姻缘，断人恩爱，乃我之仇人。我死而有知，必当诉之神明，尚妄想枕席之欢乎！"又对李甲道："妾风尘数年[56]，私有所积，本为终身之计。自遇郎君，山盟海誓，白首不渝。前出都之际，假托众姊妹相赠，箱中韫藏百宝，不下万金。将润色郎君之装，归见父母，或怜妾有心，收佐中馈[57]，得终委托，生死无憾。谁知郎君相信不深，惑于浮议，中道见弃，负妾一片真心。今日当众目之前，开箱出视，使郎君知区区千金，未为难事。妾椟中有玉，恨郎眼内无珠。命之不辰，风尘困瘁，甫得脱离，又遭弃捐。今众人各有耳目，共作证明，妾不负郎君，郎君自负妾耳！"于是众人聚观者，无不流涕，都唾骂李公子负心薄倖。公子又羞又苦，且悔且泣，方欲向十娘谢罪。十娘抱持宝匣，向江心一跳。众人急呼捞救。但见云暗江心，波涛滚滚，杳无踪影。可惜一个如花似玉的名姬，一旦葬于江鱼之腹。

> 三魂渺渺归水府，七魄悠悠入冥途。

当时旁观之人，皆咬牙切齿，争欲拳殴李甲和那孙富。慌得李孙二人，手足无措，急叫开船，分途遁去。李甲在舟中，看了千金，转忆十娘，终日愧悔，郁成狂疾，终身不痊。孙富自那日受惊，得病卧床月余，终日见杜十娘在傍诟骂，奄奄而逝。人以为江中之报也。

却说柳遇春在京坐监完满，束装回乡，停舟瓜步[58]。偶临江净脸，失坠铜盆于水，觅渔人打捞。及至捞起，乃是个小匣儿。遇春启匣观看，内皆明珠异宝，无价之珍。遇春厚赏渔人，留于床头把玩。是夜梦见江中一女子，凌波而来，视之，乃杜十娘也。近前万福，诉以李郎薄倖之事。又道："向承君家慷慨，以一百五十金相助，本意息肩之后，徐图报答。不意事无终始；然每怀盛情，悒悒未忘。早间曾以小匣托渔人奉致，聊表寸心，从此不复相见矣。"言讫，猛然惊醒，方知十娘已死，叹息累日。后人评论此事，以为孙富谋夺美色，轻掷千金，固非良士；李甲不识杜十娘一片苦心，碌碌蠢才，无足道者。独谓十娘千古女侠，岂不能觅一佳侣，共跨秦楼之凤[59]，乃错认李公子，明珠美玉，投于盲人，以致恩变为仇，万种恩情，化为流水，深可惜也！有诗叹云：

> 不会风流莫妄谈，单单情字费人参；
> 若将情字能参透，唤作风流也不惭。

（选自《警世通言》）

[注释]

[1] 残胡——这里指行将灭亡的元王朝。胡，古代北方少数民族的泛称。帝畿——帝都。这里指北京，即下文写到的"燕京""燕都"。

[2] 九边——又名九镇，明代北部边塞的九个防区。

[3] 华胥——理想国。《列子》中的一个传说，称黄帝曾梦游华胥氏之国，醒来后悟得治国方法。

[4] 我朝——这里指明王朝。

[5] 金城——铜墙铁壁一般坚固的城。 天府——天堂。

［6］洪武爷——明太祖朱元璋。洪武，朱元璋（1328—1398；1368—1398在位）的年号。

［7］永乐爷——明成祖朱棣。永乐，朱棣（1360—1324；1403—1424在位）的年号。

［8］万历爷——明神宗朱翊钧。万历，朱翊钧（1563—1620；1573—1620在位）的年号。

［9］关白——日本古代官名，职位相当于丞相。

［10］纳粟入监——捐纳粟米或银子后而取得入国子监的资格。

［11］布政——布政使的简称。明初全国分设十三个布政司（相当于省府），各司置布政使管理民政和财政。

［12］庠（xiáng 祥）——古代的府、州、县学。

［13］北雍——设在北京的国子监。雍，辟雍的简称，皇帝讲学之处。

［14］坐监——在国子监读书。

［15］教坊司——原为管理宫廷音乐的官署，后也负责管理妓院。这里指妓院。

［16］卓氏文君——卓文君，汉代司马相如的妻子。

［17］白家樊素——唐代自居易的爱姬樊素。

［18］破瓜——这里指女子破身。

［19］斗筲之量——酒量小。筲（shāo 梢），竹编容器，容量为一斗二升。

［20］勤儿——嫖客。

［21］鸨（bǎo 保）儿——妓院的女老板。

［22］从良——妓女脱离妓院而嫁人。

［23］白虎——星宿名。按迷信说法，是凶神恶煞。

［24］七件事——柴、米、油、盐、酱、醋、茶。

［25］落籍——脱籍，脱离乐籍，脱离妓院。

［26］行院——妓院。

［27］烟花——妓女。

［28］曲中——妓院中。唐宋时称妓女住处为坊曲。

［29］开交——分开。

［30］铢两——分文。铢，很小的重量单位，二十四铢等于一两。

［31］庶易为力——大概容易办了。

［32］秃髻——没有插戴首饰的发髻。

［33］浮居——临时安身的居处。

［34］于归——女子出嫁。语出自《诗经·周南·桃火》："之子于归，宜其室家。"

［35］潞河——大运河的北端，在今北京市通县境内。

［36］瓜洲——长江北岸的一处渡口，在今江苏省镇江市对面。

［37］六院——众妓院的合称。明初南京的妓院聚集地有十四楼等处，后来只剩六处，称六院。

［38］《拜月亭》——又名《幽闺记》，元代施君美所作南戏，非杂剧。

［39］种盐——贩盐。

［40］南雍——设在南京的国子监。

［41］青楼——妓院。

［42］高学士——明代诗人高启。因曾是翰林学士，故称高学士。

［43］花柳之事——嫖妓的事。

［44］入港——投机。

［45］帷薄——喻指家庭、妇女的事。帷，幕帐；薄，竹帘。

［46］逾墙钻穴——跳墙打洞，指勾引妇女、偷情幽会的行为。逾墙，用宋玉赋中的典；钻穴，用《孟子》中的典。

［47］同袍——同学和朋友。语出自《诗经·秦风·无衣》："岂曰无衣，与子同袍。"后用以指深交之友人。

［48］移席——移近坐位。

［49］授馆——在官绅人家做家庭教师。

［50］天——古代对丈夫的尊称。《仪礼·丧服传》中有"夫者，妻之天也"的话。

［51］贾竖子——做买卖的小子。贾（gǔ古），商。

［52］路引——行路的护照。这里指国子监准许停学回家的证件。

［53］如堵——像一堵墙，形容围观的人很多。

［54］祖母绿——又名翠玉、子母绿、助水绿，一种通体透明的绿宝石。

［55］猫儿眼——又名猫眼石，一种状似猫眼的黄宝石。

[56] 风尘——这里指妓女生涯。

[57] 收佐中馈——收留下来辅佐做些家务。中馈（kuì愧），做饭等家务劳动。

[58] 瓜步——瓜步镇，在今江苏省六合县城南瓜步山下。

[59] "共跨"句——这里喻指和乐美满的夫妻生活。典出萧史弄玉故事。春秋时擅长吹箫的萧史，得到秦穆公赏识而娶其女儿弄玉，萧史教弄玉吹箫，引来赤龙紫凤，二人乘龙跨凤一同升天了。

[鉴赏]

"杜十娘怒沉百宝箱"这惊心动魄的一幕，是本篇小说情节发展的高潮。女主人公杜十娘在此高潮中，以弃宝沉江的悲壮之举，彰明了自身人格的不可辱，迸射出主体意识的异彩；杜十娘被所爱出卖而不惜一死，结局是悲剧，作为美的化身的她虽毁灭了，但同那个罪恶社会决裂的果断行动却显示出了震撼人心的力量。

据记载，杜十娘的故事是发生于明代万历年间的真实事件。宋懋澄《九籥集》中的《负情侬传》就叙写了这一故事，《九籥别集》《情种》《文苑楂桔》等书都作了转载。不过，《负情侬传》篇末所发的议论，将杜十娘的死纳入了封建妇道的"贞""烈"之中。冯梦龙在《负情侬传》的基础上再创作了这篇小说，并编入《警世通言》第三十二卷。这篇小说不仅将文言的《负情侬传》改写成了糅进浅近精练文言的白话小说，而且丰富了情节，添加了人物，更主要的是成功塑造了杜十娘的形象，删去了篇末涉及"贞""烈"的议论，而以形象本身张扬反封建的主体意识、平等观念，对封建礼教和等级制度作了有力批判。

同是写的妓女，这篇小说中的杜十娘，与唐传奇中的霍小玉、李娃等就不同。霍小玉虽也因所爱负心饮恨而死，并有复仇行为，但那是余情不断的死；李娃则帮助落魄的所爱获取了功名，自己也最终被封建统治阶级所接纳，封为汧国夫人。之所以有此不同，是因为塑造这些形象的作者们承受了不同时代精神的感召。明代中叶之后，资本主义生产关系的萌芽已出现在一些地区和行业。与经济领域的发展同步，思想界和文艺界也有了新的变化、新的发展。王学左派的后期代表人物孝贽，是一位离经叛道、高张个性解放大纛的思想家。经他的鼓吹，晚明的思想解放已达高潮。他之前的戏剧家徐渭，借其作品表达出主张男女平等、妇女解放的思想；他之后的戏剧家汤显祖，其作品也在一定程度上体现了个性解放的时代精神。冯梦龙就是在如此思潮的带动下，创作、改写、编辑了一篇又一篇的话本小说。以反封建的主体意识、平等观念为形象意蕴的杜十娘，是他笔下的最为光彩照人的形象。

杜十娘，京都名妓，色美艺高。她美，美在"浑身雅艳，遍体娇香"；她的妙音，令听唱的人"每闻绝调，辄不禁神魂之飞动"。写她的色美艺高，一方面交代了她因这而使"多少公子王孙，一个个情迷意荡"，也使布政使的公子李甲"把花柳情怀，一担儿挑在他身上"，另一方面为新安盐商孙富愿以千金易手作了铺垫。然而，杜十娘的美，并非只在外表上。她蔑视"鸨儿贪财无义"，情有独钟，不因所爱钱囊渐空而心移，她与李甲"真情相好，见他手头愈短，心头愈热"；她有情有义，能体贴自己的所爱，对李甲"曲意抚慰"，施以女性的温柔。她心灵的美，这是其一。她的理想世界更美，美在对平等的追求。作为妓女，比一般女性追求的平等又多了一项艰难，不止于男女平等的实现，还要争取作人的权利。她在妓院里虽能使"一个个情迷意荡"，但那是处于被玩弄的地位，过的是人格尊严受损的生活。她渴望能平等地同所爱结为夫妻，以实现自我的价值。"久有从良之志"的她，在情遇李甲后，才将对平等的追求摆上议事日程。在追求平等、实现自我的过程中，她的性格美多方面地展现出来。她既纯真，又老练；她既温柔，又刚烈；她精明，能深谋远虑；她知机识变，并果断。

同鸨儿斗争，从鸨儿的桎梏中求得自我解放，这是杜十娘追求中的第一步。鸨儿见李甲钱囊渐空便要十娘："你对那穷汉说：有本事出几两银子与我，到得你跟了他去"。十娘不失时机她抓住鸨儿信口说出的话，巧妙地诱使和激将，将她"从良"的赎金数额和交付时间具体化。她虽"私有所积"，"不下万金"，但她听了鸨儿说的只要李甲三百两、"须是三日内交付"的话之后，却没有流露出成功在即的欣喜，而是替李甲求情宽限十日。她如此做，是出于她的知机识变、老成练达。鸨儿之所以只要李甲三百两，是因为晓得李甲已"囊无一钱"，"料他没处设法"，正好趁此逐客。十娘晓得如果凭"私有所积"而替李甲一口应承，会引起鸨儿生疑，她下一步计划就会落空。同时，她还要对李甲作进一步的观察和考验，看看李甲肯否为自己的"从良"而竭力筹钱。这知机识变、老成练达，是她经七年风尘生活磨练而得。她料到鸨儿还会出尔反尔，果然如此，当李甲"将银三百两放在桌上。鸨儿不料公子有银，嘿然变色，似有悔意"，也不顾当初"若翻悔时，做猪做狗"的发誓了。此时，十娘态度坚决，果断地向鸨儿表示："倘若妈妈失信不许，郎君持银去，儿即刻自尽"。这是她同鸨儿斗争中最关键的一次交锋，精明的她抓住了鸨儿患得患失的心理，刚烈的她道出了为实现追求不惜一死的决心。她的坚决、果断，致使怕"人财两失"的鸨儿翻悔不得。她同鸨儿的此次碰撞，闪出了她性格美的光彩，又为形象塑造的完成留下了伏笔——"即刻自尽"的果断之语至弃宝沉江的悲壮之举是一脉相延的。她了解鸨儿，知机识变采取相应措施，还表现在她善后的处理上。鸨儿刚说了"料留你不住了"的话，便"将公子和十娘推出房门，讨锁来就落了锁"连"平时穿戴衣饰之类"都不让带。十娘的精明又一次亮相，她料到鸨儿会有此手，事先就把"私有所积"转移了。她和李甲离京之日，众姊妹来送行，"从人挈一描金文具至前，封锁甚固"，这是她储存"私有所积"的百宝箱。从事先转移到"完璧归赵"，不露任何痕迹。同时，还可见十娘的深谋远虑。她早为"从良"后的夫妻生活在钱财上作了准备，并设法保住了这份钱财。事后她向李甲也透露出了一点信息："即他日浮寓吴越间，亦可稍佐吾夫妻山水之费"。为追求平等、实现自我，作为独立的人过上平等的夫妻生活，杜十娘付出了多少心血、多大努力啊！

杜十娘与李甲的情感纠葛，自"一双两好"的相欢，经脱身妓院南下归家，再经恐"娶妓而归"不得允的踌躇，到破裂前后，反映出了杜十娘的追求、迷惘和觉醒，也将李甲灵魂深处的龌龊暴露出来。十娘从历过的多少公子王孙中选择了李甲，是因"见李公子忠厚老诚，甚有心向他"。她一旦心向李甲，便忠诚不二、始终如一，她将自己的追求寄寓在执著的爱中。因为李甲身上担负着她的全部希望，事关重大，她对李甲不无担心。在南下的路上，她有百宝箱随身，虽也透露出了一点信息，但未向李甲交底。不过，在李甲"正愁路费无出"之时，她先送二十两、后取五十两用作行资，足见她对李甲的体贴。然而，她选择李甲却是一种错误，这是她始料不及的。李甲同她"一双两好"是出于"花柳情怀"，并无爱情可言；李甲迷恋她看重的是色艺，并未认识到美的真正所在。再者，出身于官僚地主阶级的李甲，同作为妓女的她，本来就在身分上不平等；而李甲又不肯以家庭逆子的新面目同她过平等的夫妻生活，先有"老父盛怒之下，若知娶妓而归，必然加以不堪"的顾虑，继而听信孙富，不想"为妾而触父，因妓而弃家"，后有"老父位居方面，拘于礼法，况素性方严"的申辩。李甲的"忠厚老诚"是一个骗人的表象，怯懦、自私、卑劣才是他的个性内质。十娘同鸨儿斗争所显示出的精明，在与李甲的情感纠葛中不见了。她还迁就李甲，认同"父子天性，岂能终绝"的封建伦理，为李甲谋划出"不若与郎君于苏杭胜地，权作浮居。郎君先回，求亲友于尊大人面前劝解和顺，然后携妾于归"的权宜之计。她因痴情障目而看不出，在等级森严的封建社会里，是不会让妓女同封建统治阶级的成员讲平等的。或者像李娃那样为封建统治阶级所接纳，或者像她这样最终被封建社会的罪恶势力吞噬。她的毁灭，不单单是由于李甲，根源是罪恶的封建制度的存在。李甲的父亲李布政，是掌管一方面大权的封建官僚，是严守封建礼教的卫道士。他虽没有出场，但他的阴影自始至终罩在了十娘和李甲的头上。李甲不肯做家庭逆子，自然不会背叛封建统治阶级，不会从封建礼教和等级制度的束缚中跳脱出来。他没有从十娘的"真情相好"中认真找到自己的爱情幸福，其人格最终被否定，成了封建礼教和等级制度的牺牲品。十娘同李甲的破裂，势所必然。当十娘听到李甲说出将她易手给孙富的话之后，原本"抱持公子于怀间，软言抚慰"的她，"放开两手，冷笑一声"，前后不同的动作、不同的情态形成了鲜明的对照，从鲜明的对照中折射出情感上的大跌落。而"放开两手，冷笑一声"，表面看来波动不大，其实这是以静写动，十娘的内心激荡不已，她从痴情障目的状态中猛醒过来。她对李甲的情已死，看清了在李甲身上不可能找到自己所追求的平等，这是她的觉醒。

　　新安盐商孙富是那个罪恶社会中的又一势力的代表，也是杜十娘平等追求中一大障碍。在明代，确有"新安大贾，鱼盐为业，藏镪有至百万者"，"娶妾、宿妓、争讼，则挥金如土"的实际情况（谢肇淛《五杂俎》）。新安大商人凭金钱优势在妓界推波助澜，也是明代真实存在的社会现象。这篇小说中的孙富，具有巨商的共性，也有其个性，即狡黠而善辩。他在同李甲的长谈中，先用封建伦理和等级观念让李甲就范，再以千金诱惑使李甲做了俘虏。但他却低估了十娘，认为十娘也是可以用金钱买来的掌中之物。没想到维护人格尊严的十娘，让他狠狠地碰了南墙，最终得到的只是惨败。

　　在"杜十娘怒沉百宝箱"这惊心动魄的一幕中，杜十娘的形象塑造得以完成，这篇小说的丰富内涵和深刻意义也得到了更充分的展示。百宝箱作为引人入胜的一条线索，此前已三次提及，而每提及不是"不知什么东西在里面"，就是"不言箱中更有何物"。在这一幕中，百宝箱为众目所视。先是孙富要"丽人妆台为信"而抬出百宝箱，继而十娘以找"李郎路引"为借口开启百宝箱，再接着十娘叫李甲一层层抽看，而她却将一层层的"不下万金"的珠宝"投之于大江中"。一层层抽看、一次次弃宝，是对李甲灵魂的一次次鞭挞，也是向孙富的一次次示威。李甲视千金为至宝，孙富以千金为诱饵，而十娘的行动表明：比起人格的价值，"不下万金"的珠宝微不足道，千金更是区区。弃宝之后的慷慨陈词，是十娘死前的宣言。十娘先骂孙富，后斥李甲，让孙富丢掉使她人格尊严受辱的妄想；恨李甲"眼内无珠"，不能认识她对平等追求的价值，痛责李甲使她再失人身自由的出卖行径。最后，"十娘抱持宝匣，向江心一跳"，她以此悲壮之举，宣告了同那个罪恶社会的彻底决裂。十娘这位争取个性自由、平等地位的女性，自然是那个罪恶社会所不容的，是封建礼教和等级制度所不许的，她的死是一种控诉，控诉了那个罪恶社会，控诉了封建礼教和等级制度。在封建社会里，广大妇女没有个性自由、平等地位，而妓女更是地位低下。十娘的渴望和实践告诉人们：妓女也有作人的权利，也有人格的尊严，包括妓女在内的广大妇女应有属于自己的个性自由、平等地位。她以死最后证实了她的追求的坚定不移，证实了她对封建礼教和等级制度的毫不妥协。在这一幕中，还多次写到了众人的反应，众人"齐声喝采，喧声如雷"，众人"无不流涕，都唾骂李公子负心薄倖"，众人"皆咬牙切齿，争欲拳殴李甲和那孙富"。这固然是一种环境气氛的渲染，起到了烘托中心人物的作用，而更重要的是，借在场的众人反应，以说明杜十娘的言行是深得人心的。

这篇小说比《负情侬传》添加了人物，其中一人是柳遇春。当李甲"一连奔走六日，并无铢两"，而杜十娘"任其半"让他再"谋其半"时，柳遇春知后大惊，赞十娘道："此妇真有心人也。既系真情，不可相负。"主要故事之后有一段神话似的小故事，写柳遇春梦遇杜十娘。添加的柳遇春这一人物，实是以作者的代言人面目出现的。当然，柳遇春的所赞加上篇末的议论，不会是杜十娘形象意蕴的全部。

杜十娘的故事使冯梦龙之后的不少作家萌发了创作欲念，因时代的不同而以不同的观念叙写这一故事。明清以来敷演这一故事的戏剧作品不止一种，明代有郭彦深的《百宝箱》传奇，清代先后有夏秉衡和梅窗主人的两种《百宝箱》传奇。京剧、川剧、河北梆子、评剧、越剧等剧种都有此剧目，如《杜十娘》《投江》等。新中国成立后，还将这一故事改编成了话剧和电影，足见其对后世影响之深远。

（刘福元）

赵春儿重旺曹家庄

明·冯梦龙

> 东邻昨夜报吴姬，一曲琵琶荡客思；
> 不是妇人偏可近，从来世上少男儿。

这四句诗是夸奖妇人的。自古道："有志妇人，胜如男子。"且如妇人中，只有娼流最贱，其中出色的尽多。有一个梁夫人[1]，能于尘埃中识拔韩世忠[2]。世忠自卒伍起为大将，与金兀术四太子[3]，相持于江上[4]，梁夫人脱簪珥犒军，亲自执桴[5]，擂鼓助阵，大败金人。后世忠封蕲王，退居西湖，与梁夫人偕老百年。又有一个李亚仙，他是长安名妓，有郑元和公子嫖他吊了稍[6]，在悲田院做乞儿[7]，大雪中唱《莲花落》[8]。亚仙闻唱，知是郑郎之声，收留在家，绣襦裹体[9]，剔目劝读[10]，一举成名，中了状元，亚仙直封至一品夫人。这两个是红粉班头，青楼出色：

> 若与寻常男子比，好将巾帼换衣冠。

如今说一个妓家故事，虽比不得李亚仙梁夫人恁般大才，却也在千辛百苦中熬炼过来，助夫成家，有个小小结果，这也是千中选一。话说扬州府城外，有个地名，叫曹家庄。庄上曹太公是个大户之家。院君已故[11]，止生一位小官人，名曹可成。

那小官人人材出众，百事伶俐。只有两件事非其所长，一者不会读书，二者不会作家[12]，常言道："独子得惜。"因是个富家爱子，养骄了他；又且自小纳粟入监[13]，出外都称相公，一发纵荡了。专一穿花街，串柳巷，吃风月酒，用脂粉钱，真个满面春风，挥金如土，人都唤他做"曹呆子"。太公知他浪费，禁约不住，只不把钱与他用。他就瞒了父亲，背地将田产各处抵借银子。那败子借债，有几般不便宜处：第一，折色短少[14]，不能足数，遇狠心的，还要搭些货物；第二，利钱最重；第三，利上起利，过了一年十个月，只倒换一张文书，并不催取，谁知本重利多，便有铜斗家计[15]，不彀他盘算；第四，居中的人还要扣些谢礼，他把中人就自看做一半债主，狐假虎威，需索不休；第五，写借票时，只拣上好美产，要他写做抵头，既写之后，这产业就不许你卖与他人，及至准算与他，又要减你的价钱，准算过，便有几两赢余，要他找绝，他又东扭西捏，朝三暮四，没有得爽利与你；有此五件不便宜处，所以往往破家。为尊长的只管拿住两头不放，却不知中间都替别人家发财去了。十分家当，实在没用得五分。这也是只顾生前，不顾死后。左右把与他败的，到不如自眼里看他结末了，也得明白。

　　　明识儿孙是下流，故将锁钥用心收；

　　　儿孙自有儿孙算，枉与儿孙作马牛。

　　闲话休叙。却说本地有个名妓，叫做赵春儿，是赵大妈的女儿。真个花娇月艳，玉润珠明，专接富商巨室，赚大主钱财。曹可成一见，就看上了，一住整月，在他家撒漫使钱。两下如胶似漆，一个愿讨，一个愿嫁，神前罚愿，灯下设盟。争奈父亲在堂，不敢娶他入门。那妓者见可成是慷慨之士，要他赎身。原来妓家有这个规矩：初次破瓜的，叫做梳栊孤老；若替他把身价还了鸨儿，由他自在接客，无拘无管，这叫做赎身孤老。

但是赎身孤老要歇时，别的客只索让他，十夜五夜，不论宿钱，后来若要娶他进门，别不费财礼。又有这许多脾胃处[16]。曹可成要与春儿赎身，大妈索要五百两，分文不肯少。可成各处设法，尚未到手。忽一日，闻得父亲唤银匠在家倾成许多元宝，未见出笏。用心体访，晓得藏在卧房床背后复壁之内，用帐子掩着。可成觑个空，蹱进房去，偷了几个出来。又怕父亲查检，照样做成贯铅的假元宝，一个换一个，大模大样的，与春儿赎了身，又置办衣饰之类。以后但是要用，就将假银换出真银，多多少少都放在春儿处，凭他使费，并不检查。真个来得易，去得易，日渐日深，换个行云流水，也不曾计个数目是几锭几两。春儿见他撒漫[17]，只道家中有余，亦不知此银来历。忽一日，太公病笃，唤可成夫妇到床头叮嘱道："我儿，你今三十余岁，也不为年少了。'败子回头便作家！'你如今莫去花柳游荡，收心守分。我家当之外，还有些本钱，又没第二个兄弟分受，尽彀你夫妻受用。"遂指床背后说道："你揭开帐子，有一层复壁，里面藏着元宝一百个，共五千两。这是我一生的精神。向因你务外[18]，不对你说，如今交付你夫妻之手，置些产业，传与子孙，莫要又浪费了！"又对媳妇道："娘子，你夫妻是一世之事，莫要冷眼相看，须将好言谏劝丈夫，同心合胆，共做人家。我九泉之下，也得瞑目。"说罢，须臾死了。可成哭了一场，少不得安排殡葬之事。暗想复壁内，正不知还存得多少真银？当下搬将出来，铺满一地，看时，都是贯铅的假货，整整的数了九十九个，刚剩得一个真的。五千两花银，费过了四千九百五十两。可成良心顿萌。早知这东西始终还是我的，何须性急！如今大事在身，空手无措，反欠下许多债负，懊悔无及，对着假锭放声大哭。浑家劝道："你平日务外，既往不咎，如今现放着许多银子，不理正事，只管哭做什么？"可成将假锭偷换之事，对浑家叙了一遍。浑家平昔间为老公务外，谏劝不从，气得有病在身。今日哀苦之中，又闻了这个消息，如何不恼，登时手足俱冷。扶回房中，上了床，不觳数日，也死了。这的是：

从前作过事，没兴一齐来。

可成连遭二丧，痛苦无极，勉力支持。过了七七四十九日，各债主都来算帐，把曹家庄祖业田房，尽行盘算去了。因出房与人，上紧出殡。此时孤身无靠，权退在坟堂屋内安身。不在话下。

且说赵春儿久不见可成来家，心中思念。闻得家中有父丧，又浑家为假锭事气死了，恐怕七嘴八张，不敢去吊问。后来晓得他房产都费了，搬在坟堂屋里安身，甚是凄惨，寄信去请他来。可成无颜相见，回了几次。连连来请，只得含羞而往。春儿一见，抱头大哭，道："妾之此身，乃君身也。幸妾尚有余赀可以相济，有急何不告我！"乃治酒相款，是夜留宿。明早，取白金百两，赠与可成，嘱付他拿回家省吃省用。"缺少时，再来对我说。"可成得了银子，顿忘苦楚，迷恋春儿，不肯起身。就将银子买酒买肉，请旧日一班闲汉同吃。春儿初次不好阻他，到第二次，就将好言苦劝，说："这班闲汉，有损无益。当初你一家人家，都是这班人坏了。如今再不可近他了，我劝你回去是好话。且待三年服满之后，还有事与你商议。"一连劝了几次。可成还是败落财主的性子，疑心春儿厌薄他，忿然而去。春儿放心不下，悄地教人打听他，虽然不去跳槽[19]，依旧大吃大用。春儿暗想，他受苦不透，还不知稼穑艰难，且由他磨炼去。过了数日，可成盘缠竭了，有一顿，没一顿，却不伏气去告求春儿。春儿心上虽念他，也不去惹他上门了。约莫十分艰难，又教人送些柴米之类，小小周济他，只是不敷。却说可成一般也有亲友，自己不能周济，看见赵春儿家担东送西，心上反不乐，到去撺掇可成道："你当初费过几千银子在赵家，连这春儿的身子都是你赎的。你今如此落莫，他却风花雪月受用，何不去告他一状，追还些身价也好。"可成道："当初之事，也是我自家情愿，相好在前。今日重新番脸，却被子弟们笑话。"又有嘴快的，将此话学与春儿听了，暗暗点头："可见曹生的心肠还好。"又想道："'人无千日好，花无百日红。'若再有人撺掇，怕不变卦？"踌踌了几遍，又教人去请可成到家，说道："我当初原许嫁你，难道是哄你不成。一来你服制未满，怕人议论；二来知你艰难，趁我在外寻些衣食之本。你切莫听人闲话，坏了夫妻之情。"可成道："外人虽不说好话，我却有主意，你莫疑我。"住了一二晚，又赠些东西去了。光阴似箭，不觉三年服满。春儿备了三牲祭礼，香烛纸钱，到曹氏坟堂拜奠，又将钱三串，把与可成做起灵功德。可成欢喜。功德完满，可成到春儿处作谢。春儿留款。饮酒中间，可成问从良之事。春儿道："此事我非不愿，只怕你还想娶大娘！"可成道："我如今是什么日子，还说这话？"春儿道："你目下虽如此说，怕日后挣得好时，又要寻良家正配，可不枉了我一片心机。"可成就对天说起誓来。春儿道："你既如此坚心，我也更无别话。只是坟堂屋里，不好成亲。"可成道："在坟边左近，有一所空房要卖，只要五十两银子。苟买得他的，到也方便。"春儿就凑五十两银子，把与可成买房。又与些另碎银钱，教他收拾房屋，置办些家火。择了吉日。至期，打叠细软，做几个箱笼，装了。带着随身伏侍的丫环，叫做翠叶，唤个船只，蓦地到曹家，神不知，鬼不觉，完其亲事。

> 收将野雨闲云事，做就牵丝结发人。

毕姻之后，春儿与可成商议过活之事。春儿道："你生长富室，不会经营生理，还是赎几亩田地耕种，这是务实的事。"可成自夸其能，说道："我经了许多折挫，学得乖了，不到得被人哄了。"春儿凑出三百两银子，交与可成。可成是散漫惯了的人，银子到手，思量经营那一桩好？往城中东占西卜。有先前一班闲汉，遇见了，晓得他纳了春姐，手中有物。都来哄他：某事有利无利，某事利重利轻，某人五分钱，某人合子钱[20]。不一时。都哄尽了。空手而回，却又去问春儿要银子用。气得春儿两泪交流道："'常将有日思无日，莫待无时思有时。'你当初浪费以有今日，如今是有限之物，费一分没一分了。"初时硬了心肠，不管闲事。以后夫妻之情，看不过，只得又是一五一十担将出来，无过是买柴籴米之类。拿出来多遍了，觉得渐渐空虚，一遍少似一遍。可成先还有感激之意，一年半载，理之当然，只道他还有多少私房，不肯和盘托出，终日闹吵逼他拿出来。春儿被逼不过，憋口气，将箱笼上钥匙一一交付丈夫，说道："这些东西，左右是你的，如今都交与你，省得欠挂。我今后自和翠叶纺绩度日，我也不要你养活，你也莫缠我。"春儿自此日为始，就吃了长斋，朝暮纺绩自食。可成一时虽不过意，却喜又有许多东西。暗想道："且把来变买银两，今番赎取些恒业，为恢复家缘之计，也在浑家面上争口气。"虽然腹内踌蹰，却也说而不作。常言"食在口头，钱在手头"，费一分，没一分，坐吃山空。不上一年，又空言了。更无出没[21]，瞒了老婆，私下把翠叶这丫头卖与人去。春儿又失了个纺绩的伴儿。又气又苦，从前至后，把可成诉说一场。可成自知理亏，懊悔不迭，禁不住眼中流泪。又过几时，没饭吃了。对春儿道："我看你朝暮纺绩，到是一节好生意。你如今又没伴，我又没事做，何不将纺绩教会了，也是一只饭碗。"春儿又好笑又好恼，忍不住骂道："你堂堂一躯男子汉，不指望你养老婆，难道一身一口，再没个道路寻饭吃?"可成道:"贤妻说得是。'鸟瘦毛长,人贫智短。'你教我那一条道路寻得饭吃的,我去做。"春儿道:"你也曾读书识字,这里村前村后少个训蒙先生,坟堂屋里又空着,何不聚集几个村童教学,得些学俸,好盘用。"可成道:"'有智妇人,胜如男子',贤妻说得是。"当下便与乡老商议,聚了十来个村童,教书写仿,甚不耐烦,出于无奈。过了些时,渐渐惯了,枯茶淡饭,绝不想分外受用。春儿又不时牵前扯后的诉说他,可成并不敢回答一字,追思往事,要便流泪。想当初偌大家私,没来由付之流水,不须题起;就是春儿带来这些东西,若会算计时,尽可过活,如今悔之无及!

　　如此十五年。忽一日,可成入城,撞见一人,豸补银带[22],乌纱皂靴,乘舆张盖而来,仆从甚盛。其人认得是曹可成,出轿施礼。可成躲避不迭。路次相见,各问寒暄。此人姓殷名盛,同府通州人。当初与可成同坐监,同拨历的[23],近选得浙江按察使经历[24],在家起身赴任,好不热闹。可成别了殷盛,闷闷回家,对浑家说道:"我的家当已败尽了,还有一件败不尽的,是监生。今日看见通州殷盛选了三司首领官[25],往浙江赴任,好不兴头!我与他是同拨历的,我的选期已透了[26],怎得银子上京使用。"春儿道:"莫做这梦罢,见今饭也没得吃,还想做官。"过了几日,可成欣羡殷监生荣华,三不知又说起[27]。春儿道:"选这官要多少使用?"可成道:"本多利多,如今的世界,中科甲的也只是财来财往,莫说监生官。使用多些,就有个好地方,多趁些银子;再肯营干时,还有一两任官做;使用得少,把个不好的缺打发你,一年二载,就升你做王官[28],有官无职,监生的本钱还弄不出哩。"春儿道:"好缺要多少?"可成道:"好缺也费得千金。"春儿道:"百两尚且难措,何况千金?还是训蒙安稳。"可成含着双泪,只得又去坟堂屋里教书。

正是：

渐无面目辞家祖，剩把凄凉对学生。

忽一日，春儿睡至半夜醒来，见可成披衣坐于床上，哭声不止，问其缘故。可成道："适才梦见得了官职，在广东潮州府。我身坐府堂之上，众书吏参谒。我方吃茶，有一吏，瘦而长，黄须数茎，捧文书至公座。偶不小心，触吾茶瓯，翻污衣袖，不慌惊醒。醒来乃是一梦。自思一贫如洗，此生无复冠带之望，上辱宗祖，下玷子孙，是以悲泣耳！"春儿道："你生于富家，长在名门，难道没几个好亲眷，何不去借贷，为求官之资；倘得一命[29]，偿之有日。"可成道："我因自小务外，亲戚中都以我为不肖，摈弃不纳[30]。今穷困如此，枉自开口，人谁托我[31]？便肯借时，将何抵头？"春儿道："你今日为求官借贷，比先前浪费不同，或者肯借也不见得。"可成道："贤妻说得是。"次日真个到三亲四眷家去了一巡：也有闭门不纳的，也有回说不在的，就是相见时，说及借贷求官之事，也有冷笑不答的，也有推辞没有的，又有念他开口一场，少将钱米相助的。可成大失所望，回复了春儿。

早知借贷难如此，悔却当初不作家。

可成思想无计，只是啼哭。春儿道："哭怎么？没了银子便哭，有了银子又会撒漫起来。"可成道："到此地位，做妻子的还信我不过，莫说他人！"哭了一场："不如死休！只可惜负了赵氏妻十五年相随之意，如今也顾不得了。"可成正在寻死，春儿上前解劝道："'物有一变，人有千变，若要不变，除非三尺盖面[32]。'天无绝人之路，你如何把性命看得恁轻？"可成道："蝼蚁尚且贪生，岂有人不惜死？只是我今日生而无用，到不如死了干净，省得连累你终身。"春儿道："且不要忙，你真个收心务实，我还有个计较。"可成连忙下跪道："我的娘，你有甚计较？早些救我性命！"春儿道："我当初未从良时，结拜过二九一十八个姊妹，一向不曾去拜望。如今为你这冤家，只得忍着羞去走一遍。一个姊妹出十两，十八个姊妹，也有一百八十两银子。"可成道："求贤妻就去。"春儿道："初次上门，须用礼物，就要备十八副礼。"可成道："莫说一十八副礼，就是一副礼也无措。"春儿道："若留得我一两件首饰在，今日也还好活动。"可成又啼哭起来。春儿道："当初谁叫你快活透了，今日有许多眼泪！你且去理会起送文书[33]，待文书有了，那京中使用，我自去与人讨面皮。若弄不来文书时，可不枉了。"可成道："我若起不得文，誓不回家。"一时间说了大话，出门去了。暗想道："要备起送文书，府县公门也得些使用。"不好又与浑家缠帐，只得自去，向那几个村童学生的家里告借。一钱五分的凑来，好不费力。若不是十五年折挫到于如今，这些须之物把与他做一封赏钱，也还不觳，那个看在眼里。正是彼一时此一时。可成凑了两许银子，到江都县干办文书[34]。县里有个朱外郎[35]，为人忠厚，与可成旧有相识，晓得他穷了，在众人面前，替他周旋其事，写个欠票，等待有了地方[36]，加利寄还。可成欢欢喜喜，怀着文书回来，一路上叫天地，叫祖宗，只愿浑家出去告债，告得来便好。走进门时。只见浑家依旧坐在房里绩麻，光景甚是凄凉。口虽不语，心下慌张，想告债又告不来了，不觉眼泪汪汪，又不敢大惊小怪。怀着文书立于房门之外，低低的叫一声"贤妻"。春儿听见了，手中擘麻[37]，口里问道："文书之事如何？"可成便脚揣进房门[38]，在怀中取出文书，放于桌上道："托赖贤妻福荫，文书已有了。"春儿起身，将文书看了，肚里想道："这呆子也不呆了。"相着可成问道："你真个要做官？只怕为妻的叫奶奶不起！"可成道："说那里话！今日可成前程，全赖贤妻扶持挈带，但不识借贷之事如何?"春儿道:"都已告过,只等你有个起身日子,大家送来。"可成也不敢问借多借少,慌忙走去肆中择了个吉日[39],回复了春儿。春儿道:"你去邻家借把锄头来用用。"须臾锄头借到。春儿拿开了绩麻的篮儿,指这搭地说道[40]:"我嫁你时,就替你办一顶纱帽埋于此下。"可成想道:"纱帽埋在地下,却不朽了?莫要拗他,且锄着看。"怎地运起锄头,很力几下,只听得唦的一声响,翻起一件东西。可成到惊了一跳。检起看,是个小小瓷罈,罈里面装着散碎银两和几件银酒器。春儿叫丈夫拿去城中倾兑,看是多少。可成倾了锞儿,兑准一百六十七两,拿回家来,双手捧与浑家,笑容可掬。春儿本知数目,有心试他,见分毫不曾苟且,心下甚喜。叫再取锄头来,将十五年常坐下绩麻去处,一个小矮凳儿搬开了,教可成再锄下去,锄出一大瓷罈,内中都是黄白之物,不下千金。原来春儿看见可成浪费,预先下着[41],悄地埋藏这许多东西,终日在上面坐着绩麻,一十五年并不露半字,真女中丈夫也。可成见了许多东西,掉下泪来。春儿道:"官人为甚悲伤?"可成道:"想着贤妻一十五年,勤劳辛苦,布衣蔬食。谁知留下这一片心机。都因我曹可成不肖,以至连累受苦!今日贤妻当受我一拜!"说罢,就拜下去。春儿慌忙扶起道:"今日苦尽甘来,博得好日,共享荣华。"可成道:"盘缠尽有:我上京听选,留贤妻在家,形孤影只。不若同到京中,百事也有商量。"春儿道:"我也放心不下。如此甚好。"当时打叠行李,讨了两房童仆[42],雇下船只,夫妻两口,同上北京。正是:

运去黄金失色,时来铁也生光。

可成到京,寻个店房,安顿了家小,吏部投了文书。有银子使用,就选了出来。初任是福建同安县二尹[43],就升了本省泉州府经历,都是老婆帮他做官,宦声大振。又且京中用钱谋为[44]，公私两利，升了广东潮州府通判。适值朝觐之年[45]，太守进京，同知推官俱缺[46]，上司道他有才，批府印与他执掌，择日升堂管事。吏书参谒已毕，门子献茶，方才举手，有一外郎，捧文书到公座前，触翻茶瓯，淋漓满袖。可成正欲发怒，看那外郎瘦而长，有黄须数茎，猛然想起数年之前，曾有一梦，今日光景，宛然梦中所见。始知前程出处，皆由天定，非偶然也。那外郎惊慌，磕头谢罪。可成好言抚慰，全无怒意，合堂称其大量[47]。是日退堂，与奶奶述其应梦之事。春儿亦骇然说道："据此梦，量官人功名止于此任。当初坟堂中教授村童，衣不蔽体，食不充口。今日三任为牧民官[48]，位至六品大夫[49]，太学生至此足矣。常言：'知足不辱'。官人宜急流勇退，为山林娱老之计。"可成点头道是。坐了三日堂，就托病辞官。上司因本府掌印无人，不允所辞。勉强视事[50]，分明又做了半年知府。新官上任，交印已毕，次日又出致仕文书[51]，上司见其恳切求去，只得准了。百姓攀辕卧辙者数千人[52]。可成一一抚慰。夫妻衣锦乡。三任宦资约有数千金，赎取旧日田产房屋，重在曹家庄兴旺，为宦门巨室。这虽是曹可成改过之善，却都亏赵春儿赞助之力也。后人有诗赞云：

> 破家只为貌如花，又仗红颜再起家；
> 如此红颜千古少，劝君还是莫贪花。

（选自《警世通言》）

[注释]

[1] 梁夫人——即梁红玉，南宋女将，韩世忠夫人。与丈夫一起抗击金兵有功，封安国夫人，后改杨国夫人。

[2] 韩世忠——南宋名将。字良臣，绥德（今属陕西省）人。行伍出身，御西夏有功。抗击金兵亦屡立战功。后反对议和，受秦桧迫害，自请解职，闭门谢客，死后追封蕲王。

［3］兀朮——即完颜宗弼。金大将。太祖阿骨打第四子。多次帅兵南侵宋朝。

［4］相持于江上——金天会七年（1129 年），兀朮任统帅，渡长江，追宋高宗入海。次年韩世忠夫妇率八千人乘海船至镇江，阻击其于黄天荡（今南京附近），相持四十八天，金兵才得以渡江脱险。

［5］桴（fú 扶）——鼓槌。

［6］吊了稍——喻指银子没有了。

［7］悲田院——乞丐存身的处所，一说同"卑田院"。

［8］《莲花落》——曲艺的一种。宋时已很流行，是乞丐行乞时演唱的曲调，内容多宣传佛教思想。到了清代出现专业演唱此曲调的演员，形成一种曲艺形式。

［9］繻（rú 如）——古代一种彩色的丝织品。一说为细密的罗。

［10］剔目劝读——妓女李亚仙收留公子郑元和后，郑仍耽于亚仙美色，说她双目最美，不肯读书。亚仙为劝他读书，把自己的双目和容颜都毁了。这是元曲《李亚仙花酒曲江池》中的情节。

［11］院君——古代官员妻子有的封为夫人，一般多封为"县君"。而地主富商本人愿意互称官职，如员外等，其妻子则称为"院君"，与"县君"略有差别。

［12］作家——管家，经营管理家务。

［13］纳粟入监——用钱或谷物捐纳监生。

［14］折色——减色，指银子的成色不好。

［15］铜斗家计——比喻家财丰厚如同铜制的斗那样坚实牢靠。

［16］脾胃——原指体己的意思，此为随心趁意。

［17］撒漫——犹挥霍。

［18］务外——专在外面游荡，不干正经事情。

［19］跳槽——妓家语，指客人到另外一个妓女处去嫖，称跳槽。

［20］合子钱——本钱称母，利钱称子，本与利相伴称合子钱，即一本一利的意思。

［21］出没——出脱，即没有东西变卖了。

［22］豸补——明制，按察使掌刑名的官员，要穿獬豸图案的公服。补，

又称"补子"，古代官员穿的公服，前胸后背都要绣成鸟兽图案，是品级的标志。明代已经出现，清代尤甚。一般说，文官绣鸟，武官绣兽。如清代一品文鹤，武麒麟；二品文锦鸡、武狮……豸（zhì 至），无足的虫，如蚯蚓之类。

[23] 拨历——拨充历事的意思，即按明制，可以分拨一定数额的国子监监生，到各级衙门实习办事，实习期满，经考选任用。

[24] 经历——官名，全称为"经历知事"。掌出纳文移之事。

[25] 三司——明代每省设立承宣布政使司、提刑按察使司、都指挥使司，合称三司，分掌民政、刑名和军政之权。首领官——指佐杂性质的属官，如经历、照磨等。

[26] 透——快到了的意思。

[27] 三不知——不知不觉，想不到。

[28] 王官——指宗藩王府里的小官。

[29] 一命——一个任命，即被选中任命一个官职。

[30] 纳——接待。

[31] 托——庇护，扶植。

[32] 三尺盖面——指人死了。旧时人死后，用三尺白布或白绫盖在脸上。

[33] 起送文书——到地方官府开证明其监生资历的文件。

[34] 干办——办理。

[35] 外郎——汉代官名。指官府中的役吏。

[36] 有了地方——指有了地方做官。

[37] 擘（bǒ 簸）麻——剖麻。

[38] 便脚揣进——就用脚试探着进了（房门）。揣（chuǎi），试探。

[39] 肆——市集贸易游乐的地方。

[40] 这搭地——这块地。

[41] 下着——安排、准备。

[42] 两房——两个。

[43] 二尹——县丞的别称。因是知县的副职，故称二尹。

[44] 谋为——打通关节，进行运动。

[45] 朝觐（jìn 进）——大臣朝见皇帝。古代诸侯秋天朝见天子叫觐；春天朝见天子叫朝。

[46] 同知——与通判一样，都是知府的辅佐官员，官阶比通判高一级。推官——官名，唐代在节度使、观察使下设置推官，元明时在各府亦置推官，职掌刑名等事。

[47] 合堂——满公堂的人。

[48] 牧民官——治理百姓的官。

[49] 六品大夫——在明代，五品以上的官称大夫，而通判是正六品，不该称大夫。这里有夸大、尊敬之意。

[50] 视事——理事。

[51] 致仕——辞官。

[52] 攀辕卧辙——拉着车辕，躺在路上，不让车走。

[鉴赏]

冯梦龙编著《情史》卷四《娄江妓》所记故事，与此篇小说相较，除人物名字、故事发生的地点、时间略有不同之外，其他如情节等基本相似。据此似可推知，编入《警世通言》的《赵春儿重旺曹家庄》是在《娄江妓》的基础上，推衍创作而成，其作者大概就是冯梦龙。

古代小说描写妓女生活，可谓多矣。多数作家笔下，对这些风尘女子，往往含着同情之泪，描写她们的悲欢际遇，反映这群沉沦社会下层女子的不幸生活。冯梦龙由于长期科举不第，便"逍遥艳冶场，游戏烟花里"。他熟悉妓女生活，理解她们的心，亦写了不少这类题材的小说。但是，他不是为写妓女而写妓女，而是有着自己的创作目的。在《情史》序中，他写道："我欲主情教，教诲诸众生。"他倡导"情教"，因此笔下风尘女子的故事，比起那些只怀抱同情而编写的这类小说，要高出一筹。

《赵春儿重旺曹家庄》收在《警世通言》小说集，被列在三十一卷，自然少不了警世劝俗，"教诲诸众生"的成分。小说记叙曹家庄富家子弟曹可成的一生经历，把他塑造成一个纨绔子弟形象，树起一个"败家子"的典型，让"诸众生"引以为戒。

曹可成自幼娇生惯养，不会读书，不会管家，"专一穿花街，串柳巷，吃风月酒，用脂粉钱，真个满面春风，挥金如土"。他还瞒着父亲，把房地产业抵押出去。为了替妓女赵春儿赎身，偷尽父亲辛苦积蓄的一百个元宝，耗尽家财。这是一个道道地地的败家子！后来父死妻亡，家徒四壁，一贫如洗，只好搬到坟堂屋住下，"甚是凄惨"！可是，恶习依然不改。赵春儿好言相劝，给他几两银子度日。他银子到手，"顿忘苦楚"，买酒买肉，挥霍殆尽，过着"有一顿，没一顿"的日子。作家对败家子的悲惨下场，写得不多，而对"败子回头"的转变过程，用了大量笔墨，并从灵魂的深层次，挖掘他"回头"转变的原因。

曹可成虽然堕落，但并未坏透，尚有药可救。作家就抓住这"可救"的闪光点，大作特作文章。他原本"人材出众，百事伶俐"，当父亲死后，看着那"铺满一地，……都是贯铅的假货，整整的数了九十九个，刚刚剩得一个真的。五千两花银，费过了四千九百五十两"，全都是自己干的，"良心顿萌"！由此可见，他的"良心"并未完全泯灭，尚能"懊悔无及，对着假锭放声大哭"。当一般亲友"撺掇"他去告赵春儿，追还赎身钱，他态度很明朗，不被这些"闲话"左右，可见还有一定的是非观念。

但是，一个放荡败家子，回头自新，不是一个清晨醒来，就能从善走正路的。"败子回头便作家"，这不是说说就可以办到的，非经过痛苦"磨炼"不可。按常理跟赵春儿结婚后，他本应学好重兴家业，自己也"自夸其能"，说道："我经了许多折挫，学得乖了，不到得被人哄了。"然而，赵春儿让他办点"务实的事"，凑出的三百两银子，到他手中，走进城里，被那些"旧日闲汉"，"不一时，都哄尽了"。这个"散漫惯了的人"，一时是很难转变回头的。手里没钱，便跟赵春儿"终日闹吵"，逼她拿出私房钱。最后，竟然私下把丫头翠叶给卖了出去。这是他"旧病"复发，重蹈过去私下里把祖宗留下的房地产抵押出去的覆辙！也是"他受苦不透，还不知稼穑艰难"的结果。这一段，作者写得很详尽、细腻，没有把败家子的转变过程简单化、程式化，这与他的创作目的，是有密切关系的。

　　曹可成做"训蒙先生"，在坟堂屋里教村童读书，是"败子"回头的开始。十五年后，路遇"同坐监，同拨历"的殷盛，引起他赴京买官求富的愿望。为实现愿望，他不顾三亲四眷的。白眼、冷笑，到处借贷，结果是到处碰壁。无计可施，痛哭流涕，对赵春儿倾诉衷肠："我今日生而无用，到不如死了干净，省得连累你终身。"他以死表达悔改决心，至此败家子彻底回头转变，带着赵春儿多年绩麻劳作的积蓄，赴京，买得泉州府经历，做了三任官。衣锦还乡后，"赎取旧日日田产房屋"，成为曹家庄的"宦门巨室"。最后，用一首诗点出作家通过曹可成这一形象的塑造，要表达的这样一个思想：

> 破家只为貌如花，又仗红颜再起家；
>
> 如此红颜千古少，劝君还是莫贪花。

这首煞尾诗，就是小说的大旨，也是冯梦龙要对"诸众生"的劝戒"教诲"。

　　小说对当时的社会黑暗，也作了某种程度的暴露和抨击。比如小说暴露了使曹可成走向堕落，成为"曹呆子"，是始于那些杀人不眨眼的高利贷者。作者条理清晰地展示了高利贷坑骗害人的"五件不便宜处"，使人倾家荡产，家破人亡。它是封建社会的痼疾毒瘤。在晚明商品经济迅猛发展的现实中，其残酷性是相当严重的。可惜小说写得不多，亦不细，仅仅作为曹可成败家堕落的背景加以渲染，但是，我们仍然能够感到这毒瘤的可憎可恶！又如对买官制度，小说也给以一定的抨击。买官要多少银子？曹可成回答："好缺也费得千金。"还向赵春儿解释道：

> "本多利多，如今的世界，中科甲的也只是财来财往，莫说监生官。使用多些，就有个好地方，多趁得些银子；再肯营干时，还有一两任官做；使用得少，把个不好的缺打发你，一年二载，就升你做王官，有官无职，监生的本

钱还弄不出哩。"

最后几句话，道出了买官花钱多少的差异。曹可成花的钱不少，结果连续三任官，所得"宦资约有数千金"，回到家乡，一下子就变成了"宦门巨室"！买官求富，大肆搜刮民脂民膏，作者给以辛辣的讥讽和批判。小说还暴露了当时社会世态人心的险恶。曹可成在"有一顿，没一顿"的度日时，他的"三亲四眷""自己不能周济，看见赵春儿家担东送西，心上反不乐，到去撺掇可成"去告赵春儿。这不是纯心要斩断曹可成的生路吗？心黑险诈，不言自明。曹可成想去买官，却没有钱，到"三亲四眷"处求借，"去了一巡"，大碰其壁，大失所望。正如他自己事先说的："今穷困如此，枉自开口，人谁托我？"亲戚之间，尚且如此冷漠，社会上人际之间则可想而知了。

赵春儿，是小说刻画得最为成功的艺术形象。她是赵大妈的女儿，生得"花娇月艳，玉润珠明"。曹可成一见钟情，她也情中有意，于是"神前罚愿，灯下设盟"，并用五百两银子为她赎了身，只因"父亲在堂，不敢娶她入门"。赵春儿聪明伶俐，颇有心计。曹可成父死妻亡后，房产抵了债，搬进坟堂屋里，"甚是凄惨"。她慷慨解囊，多次好言苦劝，还答应"三年服满"嫁给他。曹可成"还是败落财主的性子"，不听规劝，"依旧大吃大用"。赵春儿认为"他受苦不透，还不知稼穑艰难，且由他磨炼去。"这"磨炼"二字，赵春儿想得绝妙，一方面足见她对曹可成认识得异常透彻，只有冷酷的现实，才能使这"败子回头"，重新做人；另一方面，表现她的智谋非同一般，正如曹可成后来赞她说："有智妇人，胜如男子"。三年服满，曹可成已经过着"有一顿，没一顿"的日子，可是赵春儿依然跟他结了婚，表现出重言诺、守信义的可贵品质。她的婚姻观，不是贫富所能左右得了的，这一美德，在婚后的生活中，表现得更为突出。

　　赵春儿是个贤内助。首先，她一心一意要帮助丈夫改掉恶习，使"败子回头"。婚后，立即跟曹可成商议今后如何生活，建议他去"赎几亩田地耕种"，做点"务实的事"。同时拿出三百两银子，让他去办。谁知他恶习不改，进城"不一时"，便挥霍一干二净。空手回家又来讨银子用。不给，便"终日闹吵"。赵春儿被逼不过，憋口气，索性把全部家私都交付给丈夫，自己从此"朝暮纺绩自食"，过起吃斋的清贫苦日子。明明知道丈夫会败家，却仍然把家私交付给他，有人说这是赵春儿"有难得的妇人亮节"。"亮节"一词内涵，似有些模糊。事实上，赵春儿这样做，施用的是"苦肉计"，要他去"磨炼"，去体验"稼穑艰难"，目的是要他回头。这是背水一战的大胆计划。果然，曹可成把家私挥霍殆尽，连丫头翠叶也私下卖了。"又过几时，没饭吃了"，他"懊悔不迭"，"追思往事，便要流泪。想当初偌大家私，没来由付之流水，……如今悔之无及!"反省之后，也想跟妻子学纺绩，寻一口饭吃。他也要自食其力，自谋生路。"苦肉计"终于结出硕果。这恰衬托出赵春儿有胆有识，"若与寻常男子比，好将巾帼换衣冠"。其次，她一心一意要帮助丈夫在曹家庄重振门庭。为了寻得一口饭吃，她建议丈夫去教蒙童，让他"真个收心务实"，继续接受"磨炼"。当丈夫提出要去买官时，她不是轻易地附和，而是抓住机会对他帮助教育，先用话激励他，道："莫做这梦罢，见今饭也没得吃，还想做官。""还是训蒙安稳。"使他"惭无面目"，陷入痛苦自责中。接着提醒他去"三亲四眷"求借银子，让他再次碰壁，进一步认识到"早知借贷难如此，悔却当初不作家"。直到看见"这呆子也不呆了"，"真个收心务实"，才为他出主意，先去官府把"起送文书"拿到手，而谎说自己去结拜姐妹那里借银子。

在这里，赵春儿仍然不肯把自己多年辛苦积蓄立刻拿出来。直至曹可成费尽周折起回文书，她才把自己十五年来惨淡经营所积下的千两白银如数从密藏之地掘出。整整坐了十五年绩麻不辍的赵春儿这一突兀之举，不但使作品的情节如奇峰突起，掀起一个高潮，更重要的是为赵春儿的形象染上了最为浓重、最为光辉的一笔——她的为人之善、谋虑之深、目光之远、心智之聪、意志之坚、持事之恒，都在这一笔中赫然得以昭示，最终完成了赵春儿形象的完美塑造。

赵春儿原本是个妓女，出身卑贱，可是她的品德，却是高尚的，那些"富家爱子"曹可成之流，是望尘莫及的。小说赞扬她是"有志妇人，胜如男子"，"有智妇人，胜如男子"，结尾处再次盛赞"如此红颜千古少"，这和传统的蔑视妇女为"祸水""尤物"的观点大相径庭，表现了作者进步的妇女观。

在艺术上，小说结构紧凑，情节步步进逼，丝丝入扣，曲折而富有变化。"败子回头便作家"是小说的纲，也是小说的线索。作者从"败子抵借银子"起笔，是情节发生。"败子败家"致使父死妻亡；"败子"再婚，恶习不改，沦为训蒙先生，是情节的发展。"败子回头"买官三任，急流勇退，把情节推向高潮。"重旺曹家庄"是小说结尾。以上所说，是话本小说中的"正话"部分。此篇话本小说的"入话"，点出两个"有志妇人"，写了两个小故事，起着引出"正话"的作用。而"煞尾"诗，已融进"正话"的结尾中，总结了全篇大旨，告戒"诸众生""还是莫贪花"。小说结构非常完整。

小说语言富有表现力，善于运用"常言""俗语"。有时为了突出人物性格，用在对话中。比如曹可成父亲死前对他嘱咐时，用了"败子回头便作家"一句"常语"，表现老父亲的殷切期望，为儿子今后一生指明方向，一片慈父之心，跃然纸上。

赵春儿规劝丈夫时，用了许多"常言"，如"常将有日思无日，莫待无时思有时"；"物有一变，人有千变，若要不变，除非三尺盖面"；"知足不辱"等等。这些"常言""俗语"概括性强，而且也有很强的表现力。

总之，无论是思想还是艺术，这篇小说确实可称得上是"三言"中的佳作。

（牟庆皋）

卖油郎独占花魁

明·冯梦龙

　　年少争夸风月，场中波浪偏多。有钱无貌意难和，有
貌无钱不可。　就是有钱有貌，还须着意揣摩。知情识趣
俏哥哥，此道谁人赛我。

　　这首词名为西江月[1]，是风月机关中最要之论。常言道：
"妓爱俏，妈爱钞。"所以子弟行中[2]，有了潘安般貌[3]，邓通
般钱[4]，自然上和下睦，做得烟花寨内的大王，鸳鸯会上的主
盟。然虽如此，还有个两字经儿，叫做帮衬。帮者，如鞋之有
帮；衬者，如衣之有衬。但凡做小娘的[5]，有一分所长，得人
衬贴，就当十分。若有短处，曲意替他遮护，更兼低声下气，
送暖偷寒，逢其所喜，避其所讳，以情度情，岂有不爱之理。
这叫做帮衬。风月场中，只有会帮衬的最讨便宜，无貌而有貌，
无钱而有钱。假如郑元和在卑田院做了乞儿[6]，此时囊箧俱空，
容颜非旧，李亚仙于雪天遇之，便动了一个恻隐之心，将绣襦
包裹，美食供养，与他做了夫妻，这岂是爱他之钱，恋他之貌？
只为郑元和识趣知情，善于帮衬，所以亚仙心中舍他不得。你
只看亚仙病中想马板肠汤吃，郑元和就把个五花马杀了，取肠
煮汤奉之。只这一节上，亚仙如何不念其情。后来郑元和中了

状元，李亚仙封为汴国夫人。《莲花落》打出万年策，卑田院只做了白玉堂。一床锦被遮盖，风月场中反为美谈。这是：

> 运退黄金失色，时来铁也生光。

话说大宋自太祖开基，太宗嗣位，历传真、仁、英、神、哲、共是七代帝王，都则偃武修文，民安国泰。到了徽宗道君皇帝，信任蔡京、高俅、杨戬、朱勔之徒，大兴苑囿，专务游乐，不以朝政为事。以致万民嗟怨，金虏乘之而起，把花锦般一个世界，弄得七零八落。直至二帝蒙尘，高宗泥马渡江^[7]，偏安一隅，天下分为南北，方得休息。其中数十年，百姓受了多少苦楚。正是：

> 甲马丛中立命，刀枪队里为家。
>
> 杀戮如同戏耍，抢夺便是生涯。

内中单表一人，乃汴梁城外安乐村居住，姓莘，名善，浑家阮氏。夫妻两口，开个六陈铺儿^[8]。虽则粜米为生，一应麦豆茶酒油盐杂货，无所不备，家道颇颇得过^[9]。年过四旬，止生一女，小名叫做瑶琴。自小生得清秀，更且资性聪明。七岁上，送在村学中读书，日诵千言。十岁时，便能吟诗作赋。曾有《闺情》一绝，为人传诵。诗云：

> 朱帘寂寂下金钩，香鸭沉沉冷画楼。
>
> 移枕怕惊鸳并宿，挑灯偏恨蕊双头。

到十二岁，琴棋书画，无所不通。若题起女工一事，飞针走线，出人意表。此乃天生伶俐，非教习之所能也。莘善因为自家无子，要寻个养女婿，来家靠老。只因女儿灵巧多能，难乎其配。所以求亲者颇多，都不曾许。不幸遇了金虏猖獗，把汴梁城围困，四方勤王之师虽多，宰相主了和议，不许厮杀。以致虏势愈甚。打破了京城，劫迁了二帝。那时城外百姓，一个个亡魂丧胆，携老扶幼，弃家逃命。

却说莘善领着浑家阮氏，和十二岁的女儿，同一般逃难的，背着包裹，结队而走。

忙忙如丧家之犬，急急如漏网之鱼。担渴担饥担劳苦，此行谁是家乡；叫天叫地叫祖宗，惟愿不逢鞑虏[10]。正是：宁为太平犬，莫作乱离人！

正行之间，谁想鞑子到不曾遇见，却逢着一阵败残的官兵。他看见许多逃难的百姓，多背得有包裹，假意呐喊道："鞑子来了！"沿路放起一把火来。此时天色将晚，吓得众百姓落荒乱窜，你我不相顾。他就乘机抢掠。若不肯与他，就杀害了。这是乱中生乱，苦上加苦。却说莘氏瑶琴，被乱军冲突，跌了一交，爬起来，不见了爹娘。不敢叫唤，躲在道旁古墓之中，过了一夜。到天明，出外看时，但见满目风沙，死尸横路。昨日同时避难之人，都不知所往。瑶琴思念父母，痛哭不已。欲待寻访，又不认得路径。只得望南而行。哭一步，捱一步。约莫走了二里之程。心上又苦，腹中又饥。望见土房一所，想必其中有人，欲待求乞些汤饮。及至向前，却是破败的空屋，人口俱逃难去了。瑶琴坐于土墙之下，哀哀而哭。自古道：无巧不成话。恰好有一人从墙下而过。那人姓卜，名乔，正是莘善的近邻，平昔是个游手游食，不守本分，惯吃白食，用白钱的主儿。人都称他是卜大郎。也是被官军冲散了同伙，今日独自而行。听得啼哭之声，慌忙来看。瑶琴自小相认，今日患难之际，举目无亲，见了近邻，分明见了亲人一般，即忙收泪，起身相见。问道："卜大叔，可曾见我爹妈么？"卜乔心中暗想："昨日被官军抢去包裹，正没盘缠。天生这碗衣饭，送来与我，正是奇货可居[11]。"便扯个谎，道："你爹和妈，寻你不见，好生痛苦。如今前面去了。分付我道：'倘或见我女儿，千万带了他来，送还了我。'许我厚谢。"瑶琴虽是聪明，正当无可奈何之际，君子可以欺其方[12]，遂全然不疑，随着卜乔便走，正是：

情知不是伴，事急且相随。

卜乔将随身带的干粮，把些与他吃了，分付道："你爹妈连夜走的。若路上不能相遇，直要过江到建康府[13]，方可相会。一路上同行，我权把你当女儿，你权叫我做爹。不然，只道我收留迷失子女，不当稳便[14]。"瑶琴依允。从此陆路同步，水路同舟，爹女相称。到了建康府，路上又闻得金兀术四太子[15]，引兵渡江。眼见得建康不得宁息。又闻得康王即位，已在杭州驻跸[16]，改名临安。遂趁船到润州[17]。过了苏常嘉湖[18]，直到临安地面，暂且饭店中居住。也亏卜乔，自汴京至临安，三千余里，带那莘瑶琴下来。身边藏下些散碎银两，都用尽了，连身上外盖衣服[19]脱下准了店钱[20]，止剩得莘瑶琴一件活货，欲行出脱[21]。访得西湖上烟花王九妈家要讨养女，遂引九妈到店中，看货还钱。九妈见瑶琴生得标致，讲了财礼五十两。卜乔兑足了银子，将瑶琴送到王家。原来卜乔有智，在王九妈前，只说："瑶琴是我亲生之女，不幸到你门户人家[22]，须是软款的教训[23]，他自然从愿，不要性急。"在瑶琴面前，又说："九妈是我至亲，权时把你寄顿他家。待我从容访知你爹妈下落，再来领你。"以此，瑶琴欣然而去。

可怜绝世聪明女，堕落烟花罗网中。

王九妈新讨了瑶琴，将他浑身衣服，换个新鲜，藏于曲楼深处，终日好茶好饭，去将息他，好言好语，去温暖他。瑶琴既来之，则安之。住了几日，不见卜乔回信。思量爹妈，噙着两行珠泪，问九妈道："卜大叔怎不来看我？"九妈道："那个卜大叔？"瑶琴道："便是引我到你家的那个卜大郎。"九妈道："他说是你的亲爹。"瑶琴道："他姓卜，我姓莘。"遂把汴梁逃难，失散了爹妈，中途遇见了卜乔，引到临安，并卜乔哄他的说话，细述一遍。九妈道："原来恁地[24]，你是个孤身女儿，无脚蟹[25]。我索性与你说明罢：那姓卜的把你卖在我家，得银五十两去了。我们是门户人家，靠着粉头过活。家中虽有三四个养女，并没个出色的。爱你生得齐整，把做个亲女儿相待。待你长成之时，包你穿好吃好，一生受用。"瑶琴听说，方知被卜乔所骗，放声大哭。九妈劝解，良久方止。自此九妈将瑶琴改做王美，一家都称为美娘，教他吹弹歌舞，无不尽善。长成一十四岁，娇艳非常。临安城中，这些富豪公子，慕其容貌，都备着厚礼求见。也有爱清标的，闻得他写作俱高，求诗求字的，日不离门。弄出天大的名声出来，不叫他美娘，叫他做花魁娘子。西湖上子弟编出一只挂枝儿[26]，单道那花魁娘子的好处：

> 小娘中，谁似得王美儿的标致，又会写，又会画，又会做诗，吹弹歌舞都余事。常把西湖比西子，就是西子比他也还不如！那个有福的汤着他身儿[27]，也情愿一个死。

王九妈听得这些风声，怕坏了门面，来劝女儿接客。王美执意不肯，说道："要我会客时，除非见了亲生爹妈。他肯做主时，方才使得。"王九妈心里又恼他，又不舍得难为他。捱了好些时。偶然有个金二员外，大富之家，情愿出三百两银子，梳弄美娘[28]。九妈得了这主大财，心生一计，与金二员外商议，若要他成就，除非如此如此。金二员外意会了。其日八月十五日，只说请王美湖上看潮。请至舟中，三四个帮闲，俱是会中之人，猜拳行令，做好做歉，将美娘灌得烂醉如泥。扶到王九妈家楼中，卧于床上，不省人事。此时天气和暖，又没几层衣服。妈儿亲手抱住，欲待挣扎，争奈手足俱软，由他轻薄了一回。

五鼓时，美娘酒醒，已知鸨儿用计，破了身子。自怜红颜命薄，遭此强横，起来解手，穿了衣服，自在床边一个斑竹榻上，朝着里壁睡了，暗暗垂泪。金二员外来亲近他时，被他劈头劈脸，抓有几个血痕。金二员外好生没趣。捱得天明，对妈儿说声："我去也。"妈儿要留他时，已自出门去了。从来梳弄的子弟，早起时，妈儿进房贺喜，行户中都来称贺[29]，还要吃几日喜酒。那子弟多则住一二月，最少也住半月二十日。只有金二员外侵早出门，是从来未有之事。王九妈连叫诧异，披衣起身上楼，只见美娘卧于榻上，满眼流泪。九妈要哄他上行，连声招许多不是。美娘只不开口。九妈只得下楼去了。美娘哭了一日，茶饭不沾。从此托病，不肯下楼，连客也不肯会面了。

九妈心下焦燥。欲待把他凌虐，又恐他烈性不从，反冷了他的心肠。欲待由他，本是要他赚钱。若不接客时，就养到一百岁也没用。踌蹰数日，无计可施。忽然想起，有个结义妹子，叫做刘四妈，时常往来。他能言快语，与美娘甚说得着。何不接取他来，下个说词。若得他回心转意，大大的烧个利市[30]。当下叫保儿去请刘四妈到前楼坐下，诉以衷情。刘四妈道："老身是个女随何[31]，雌陆贾[32]，说得罗汉思情，嫦娥想嫁。这件事都在老身身上。"九妈道："若得如此，做姐的情愿与你磕头。你多吃杯茶去，省得说话时口干。"刘四妈道："老身天生这副海口，便说到明日，还不干哩。"刘四妈吃了几杯茶，转到后楼，只见楼门紧闭。刘四妈轻轻的叩了一下，叫声："侄女！"美娘听得是四妈声音，便来开门。两下相见了。四妈靠桌朝下而坐，美娘傍坐相陪。四妈看他桌上铺着一幅细绢，才画得个美人的脸儿，还未曾着色。四妈称赞道："画得好！真是巧手！九阿姐不知怎生样造化，偏生遇着你这一个伶俐女儿。又好人物，又好技艺，就是堆上几千两黄金，满临安走遍，可寻出个对儿么？"美娘道："休得见笑！今日甚风吹得姨娘到来？"刘四妈道："老身时常要来看你，只为家务在身，不得空闲。闻得你恭喜梳弄了。今日偷空而来，特特与九阿姐叫喜。"美儿听得提起梳弄二宰，满脸通红，低着头不来答应。刘四妈知他害羞，便把椅儿掇上一步，将美娘的手儿牵着，叫声："我儿！做小娘的，不是个软壳鸡蛋，怎的这般嫩得紧？似你恁地怕羞，如何赚得大主银子？"美娘道："我要银子做甚？"四妈道："我儿，你便不要银子，做娘的，看得你长大成人，难道不要出本？自古道，靠山吃山，靠水吃水。九阿姐家有几个粉头，那一个赶得上你的脚跟来？一园瓜，只看得你是个瓜种。九阿姐待你也不比其他。你是聪明伶俐的人，也须识些轻重。闻得你自梳弄之后，一个客也不肯相接。是什么意儿？都像你的意时，一家人口，似蚕一般，那个把桑叶喂他？做娘的抬举你一分，你也要与他争口气儿，莫要反讨众丫头们批点。"美娘道："由他批点，怕怎的！"刘四妈道："阿呀！批点是个小事，你可晓得门户中的行径么？"美娘道："行径便怎的？"刘四妈道："我们门户人家，吃着女儿，穿着女儿，用着女儿，侥幸讨得一个像样的，分明是大户人家置了一所良田美产。年纪幼小时，巴不得风吹得大。到得梳弄过后，便是田产成熟，日日指望花利到手受用。前门迎新，后门送旧，张郎送米，李郎送柴，往来热闹，才是个出名的姊妹行家。"美娘道："羞答答，我不做这样事！"刘四妈掩着口，格的笑了一声，道："不做这样事，可是由得你的？一家之中，有妈妈做主。做小娘的若不依他教训，动不动一顿皮鞭，打得你不生不死。那时不怕你不走他的路儿。九阿姐一向不难为你，只可惜你聪明标致，从小娇养的，要惜你的廉耻，存你的体面。方才告诉我许多话，说你不识好歹，放着鹅毛不知轻，顶着磨子不知重，心下好生不悦。教老身来劝你。你若执意不从，惹他性起，一时翻过脸来，骂一顿，打一顿，你待走上天去！凡事只怕个起头。若打破了头时，朝一顿，暮一顿，那时熬这些痛苦不过，只得接客，却不把千金声价弄得低微了。还要被姊妹中笑话。依我说，吊桶已自落在他井里，挣不起了。不如千欢万喜，倒在娘的怀里，落得自己快活。"美娘道："奴是好人家儿女，误落风尘。倘得姨娘主张从良[33]，胜造九级浮图[34]。若要我倚门献笑，送旧迎新，宁甘一死，决不情愿。"刘四妈道："我儿，从良是个有志气的事，怎么说道不该！只是从良也有几等不同。"美娘道："从良有甚不同之处？"刘四妈道："有个真从良，有个假从良。有个苦从良，有个乐从良。有个趁好的从良，有个没奈何的从良。有个了从良，有个不了的从良。我儿耐心听我分说。如何叫做真从良？大凡才子必须佳人，佳人必须才子，方成佳配。然而好事多磨，往往求之不得。幸然两下相逢，你贪我爱，割舍不下。一个愿讨，一个愿嫁。好像捉对的蚕蛾，死也不放。这个谓之真从良。怎么叫做假从良？有等子弟爱着小娘，小娘却不爱那子弟。本心不愿嫁他，只把个嫁字儿哄他心热，撒漫银钱[35]。比及成交，却又推故不就。又有一等痴心的子弟，晓得小娘心肠不对他，偏要娶他回去。拼着一主大钱，动了妈儿的火，不怕小娘不肯。勉强进门，心中不顺，故意不守家规。小则撒泼放肆，大则公然偷汉。人家容留不得，多则一年，少则半载，依旧放他出来，为娼接客。把从良二字，只当个撰钱的题目[36]。这个谓之假从良。如何叫做苦从良？一般样子弟爱小娘，小娘不爱那子弟，却被他以势凌之。妈儿惧祸，已自许了。做小娘的，身不由主，含泪而行。一入侯门，如海之深，家法又严，抬头不得。半妾半婢，忍死度日。这个谓之苦从良。如何叫做乐从良？做小娘的，正当择人之际，偶然相交个子弟。见他情性温和，家道富足，又且大娘子乐善[37]，无男无女，指望他日过门，与他生育，就有主母之分。以此嫁他，图个日前安逸，日后出身。这个谓之乐从良。如何叫做趁好的从良？做小娘的，风花雪月，受用已勾，趁这盛名之下，求之者众，任我拣择个十分满意的嫁他，急流勇退，及早回头，不致受人怠慢。这个谓之趁好的从良。如何叫做没奈何的从良？做小娘的，原无从良之意，或因官司逼迫，或因强横欺瞒，又或因债负太多，将来赔偿不起，憋口气，不论好歹，得嫁便嫁，买静求安，藏身之法，这谓之没奈何的从良。如何叫做了从良？小娘半老之际，风波历尽，刚好遇个老成的孤老[38]，两下志同道合，收绳卷索，白头到老，这个谓之了从良。如何叫做不了的从良？一般你贪我爱，火热的跟他，却是一时之兴，没有个长算。或者尊长不容，或者大娘妒忌，闹了几场，发回妈家，追取原价。又有个家道凋零，养他不活，苦守不过，依旧出来赶趁[39]，这谓之不了的从良。"美娘道："如今奴家要从良，还是怎地好？"刘四妈道："我儿，老身教你个万全之策。"美娘道："若蒙教导，死不忘恩。"刘四妈道："从良一事，入门为净。况且你身子已被人捉弄过了，就是今夜嫁人，叫不得个黄花女儿[40]。千错万错，不该落于此地。这就是你命中所招了。做娘的费了一片心机，若不帮他几年，趁过千把银子，怎肯放你出门？还有一件，你便要从良，也须拣个好主儿。这些臭嘴臭脸的，难道就跟他不成？你如今一个客也不接，晓得那个该从，那个不该从？假如你执意不肯接客，做娘的没奈何，寻个肯出钱的主儿，卖你去做妾，这也叫做从良。那主儿或是年老的，或是貌丑的，或是一字不识的村牛，你却不肮脏了一世！比着把你料在水里，还有扑通的一声响，讨得傍人叫一声可惜。依着老身愚见，还是俯从人愿，凭着做娘的接客。似你恁般才貌，等闲的料也不敢相扳。无非是王孙公子，贵客豪门，也不辱莫了你一生。风花雪月，趁着年少受用，二来作成妈儿起个家事，三来使自己也积趱些私房，免得日后求人。过了十年五载，遇个知心着意的，说得来，话得着，那时老身与你做媒，好模好样的嫁去，做娘的也放得你下了。可不两得其便？"美娘听说，微笑而不言。刘四妈已知美娘心中活动了，便道："老身句句是好话。你依着老身的话时，后来还当感激我哩。"说罢，起身。王九妈立在楼门之外，一句句都听得的。美娘送刘四妈出房门，劈面撞着了九妈，满面羞惭，缩身进去。王九妈随着刘四妈，再到前楼坐下。刘四妈道："侄女十分执意，被老身右说左说，一块硬铁看看溶做热汁。你如今快快寻个覆帐的主儿[41]，他必然肯就。那时做妹子的再来贺喜。"王九妈连连称谢。是日备饭相待，尽醉而别。后来西湖上子弟们又有只挂枝儿，单说那刘四妈说词一节：

> 刘四妈，你的嘴舌儿好不利害！便是女随何，雌陆贾，不信有这大才！说着长，道着短，全没些破败。就是醉梦中，被你说得醒；就是聪明的，被你说得呆。好个烈性的姑娘，也被你说得他心地改。

再说王美娘才听了刘四妈一席话儿，思之有理。以后有客求见，欣然相接。覆帐之后，宾客如市。捱三顶五，不得空闲，声价愈重。每一晚白银十两，兀自你争我夺。王九妈赚了若干钱钞，欢喜无限。美娘也留心要拣个知心着意的，急切难得。正是：

> 易求无价宝，难得有情郎。

话分两头。却说临安城清波门外，有个开油店的朱十老，三年前过继一个小厮，也是汴京逃难来的，姓秦名重，母亲早丧，父亲秦良，十三岁上将他卖了，自己在上天竺去做香火[42]。朱十老因年老无嗣，又新死了妈妈，把秦重做亲子看成，改名朱重，在店中学做卖油生意。初时父子坐店甚好。后因十老得了腰痛的病，十眠九坐，劳碌不得，另招个伙计，叫做邢权，在店相帮。光阴似箭，不觉四年有余。朱重长成一十七岁，生得一表人才，须然已冠[43]，尚未娶妻。那朱十老家有个侍女，叫做兰花，年已二十之外，存心看上了朱小官人，几遍的倒下钩子去勾搭他。谁知朱重是个老实人，又且兰花龌龊丑陋，朱重也看不上眼。以此落花有意，流水无情。那兰花见勾搭朱小官人不上，别寻主顾，就去勾搭那伙计邢权。邢权是望四之人[44]，没有老婆，一拍就上。两个暗地偷情，不止一次。反怪朱小官人碍眼，思量寻事赶他出门。邢权与兰花两个，里应外合，使心设计。兰花便在朱十老面前，假意撇清说[45]："小官人几番调戏，好不老实！"朱十老平时与兰花也有一手，未免有拈酸之意。邢权又将店中卖下的银子藏过，在朱十老面前说道："朱小官在外赌博，不长进，柜里银子，几次短少，都是他偷去了。"初次朱十老还不信，接连几次，朱十老年老糊涂，没有主意，就唤朱重过来，责骂了一场。朱重是个聪明的孩子，已知邢权与兰花的计较，欲待分辨，惹起是非不小。万一老者不听，枉做恶人。心生一计，对朱十老说道："店中生意淡薄，不消得二人。如今让邢主管坐店，孩儿情愿挑担子出去卖油。卖得多少，每日纳还，可不是两重生意？"朱十老心下也有许可之意。又被邢权说道："他不是要挑担出去，几年上偷银子做私房，身边积攒有余了，又怪你不与他定亲，心下怨怅，不愿在此相帮，要讨个出场，自去娶老婆，做人家去。"朱十老叹口气道："我把他做亲儿看成，他却如此歹意！皇天不祐！罢，罢，不是自身骨血，到底粘连不上，由他去罢！"遂将三两银子，把与朱重，打发出门。寒夏衣服和被窝都教他拿去。这也是朱十老好处。朱重料他不肯收留，拜了四拜，大哭而别。正是：

孝己杀身因谤语[46]，申生丧命为谗言[47]。

亲生儿子犹如此，何怪螟蛉受枉冤[48]。

原来秦良上天竺做香火，不曾对儿子说知。朱重出了朱十老之门，在众安桥下赁了一间小小房儿，放下被窝等件，买巨锁儿锁了门，便往长街短巷，访求父亲。连走几日，全没消息。没奈何，只得放下。在朱十老家四年，赤心忠良，并无一毫私蓄。只有临行时打发这三两银子，不勾本钱，做什么生意好？左思右量，只有油行买卖是熟间[49]。这些油坊多曾与他识熟，还去挑个卖油担子，是个稳足的道路。当下置办了油担家火，剩下的银两，都交付与油坊取油。那油坊里认得朱小官是个老实好人。况且小小年纪，当初坐店，今朝挑担上街，都因邢伙计挑拨他出来，心中甚是不平，有心扶持他，只拣窨清的上好净油与他[50]，签子上又明让他些。朱重得了这些便宜，自己转卖与人，也放些宽。所以他的油比别人分外容易出脱。每日所赚的利息，又且俭吃俭用，积下东西来，置办些日用家业，及身上衣服之类，并无妄废。心中只有一件事未了，牵挂着父亲，思想："向来叫做朱重，谁知我是姓秦！倘或父亲来寻访之时，也没有个因由。"遂复姓为秦。说话的，假如上一等人，有前程的，要复本姓，或具札子奏过朝廷，或关白礼部、太学、国学等衙门，将册籍改正，众所共知。一个卖油的，复姓之时，谁人晓得？他有个道理，把盛油的桶儿，一面大大写个秦字，一面写汴梁二字，将油桶做个标识，使人一览而知。以此临安市上，晓得他本姓，都呼他为秦卖油。时值二月天气，不暖不寒，秦重闻知昭庆寺僧人，要起个九昼夜功德，用油必多，遂挑了油担来寺中卖油。那些和尚们也闻知秦卖油之名，他的油比别人又好又贱，单单作成他。所以一连这九日，秦重只在昭庆寺走动。正是：

　　　刻薄不赚钱，忠厚不折本。

　　这一日是第九日了。秦重在寺出脱了油，挑了空担出寺。

其日天气晴明，游人如蚁。秦重绕河而行。遥望十景塘桃红柳绿，湖内画船箫鼓，往来游玩，观之不足，玩之有余。走了一回，身子困倦，转到昭庆寺右边，望个宽处，将担子放下，坐在一块石上歇脚。近侧有个人家，面湖而住，金漆篱门，里面朱栏内，一丛细竹。未知堂室何如，先见门庭清整。只见里面三四个戴巾的从内而出[51]，一个女娘后面相送。到了门首，两下把手一拱，说声请了，那女娘竟进去了。秦重定睛观之，此女容颜娇丽，体态轻盈，目所未睹，准准的呆了半晌，身子都酥麻了。他原是个老实小官，不知有烟花行径，心中疑惑，正不知是什么人家。方在疑思之际，只见门内又走出个中年的妈妈，同着一个垂发的丫头，倚门闲看。那妈妈一眼瞧着油担，便道："阿呀！方才我家无油，正好有油担子在这里，何不与他买些？"那丫环同那妈妈出来，走到油担子边，叫声："卖油的！"秦重方才听见，回言道："没有油了！妈妈要用油时，明日送来。"那丫环也认得几个字，看见油桶上写个秦字，就对妈妈道："卖油的姓秦。"妈妈也听得人闲讲，有个秦卖油，做生意甚是忠厚。遂分付秦重道："我家每日要油用，你肯挑来时，与你做个主顾。"秦重道："承妈妈作成，不敢有误。"那妈妈与丫环进去了。秦重心中想道："这妈妈不知是那女娘的什么人？我每日到他家卖油，莫说赚他利息，图个饱看那女娘一回，也是前生福分。"正欲挑担起身，只见两个轿夫，抬着一顶青绢幔的轿子，后边跟着两个小厮，飞也似跑来。到了其家门首，歇下轿子。那小厮走进里面去了。秦重道："却又作怪！着他接什么人？"少顷之间，只见两个丫环，一个捧着猩红的毡包，一个拿着湘妃竹攒花的拜匣，都交付与轿夫，放在轿座之下。那两个小厮手中，一个抱着琴囊，一个捧着几个手卷，腕上挂碧玉箫一枝，跟着起初的女娘出来。女娘上了轿，轿夫抬起望旧路而去。丫环小厮，俱随轿步行。秦重又得亲炙一番，心中愈加疑惑。挑了油担子，洋洋的去。

不过几步，只见临河有一个酒馆。秦重每常不吃酒，今日见了这女娘，心下又欢喜，又气闷，将担子放下，走进酒馆，拣个小座头坐下。酒保问道："客人还是请客，还是独酌？"秦重道："有上好的酒，拿来独饮三杯。时新果子一两碟，不用荤菜。"酒保斟酒时，秦重问道："那边金漆篱门内是什么人家？"酒保道："这是齐衙内的花园[52]。如今王九妈住下。"秦重道："方才看见有个小娘子上轿，是什么人？"酒保道："这是有名的粉头，叫做王美娘，人都称为花魁娘子。他原是汴京人，流落在此。吹弹歌舞，琴棋书画，件件皆精。来往的都是大头儿，要十两放光，才宿一夜哩。可知小可的也近他不得。当初住在涌金门外，因楼房狭窄，齐舍人与他相厚。半载之前，把这花园借与他住。"秦重听得说是汴京人，触了个乡里之念，心中更有一倍光景。吃了数杯，还了酒钱，挑了担子，一路走，一路的肚中打稿道[53]："世间有这样美貌的女子，落于娼家，岂不可惜！"又自家暗笑道："若不落于娼家，我卖油的怎生得见！"又想一回，越发痴起来了，道："人生一世，草生一秋。若得这等美人搂抱了睡一夜，死也甘心。"又想一回道："呸！我终日挑这油担子，不过日进分文，怎么想这等非分之事[54]！正是癞蛤蟆在阴沟里想着天鹅肉吃，如何到口！"又想一回道："他相交的，都是公子王孙。我卖油的，纵有了银子，料他也不肯接我。"又想一回道："我闻得做老鸨的，专要钱钞。就是个乞儿，有了银子，他也就肯接了，何况我做生意的，青青白白之人。若有了银子，怕他不接！只是那里来这几两银子？"一路上胡思乱想，自言自语。你道天地间有这等痴人，一个做小经纪的，本钱只有三两，却要把十两银子去嫖那名妓，可不是个春梦！

自古道：有志者事竟成。被他千思万想，想出一个计策来。他道："从明日为始，逐日将本钱扣出，余下的积攒上去。一日积得一分，一年也有三两六钱之数。只消三年，这事便成了。若一日积得二分，只消得年半。若再多得些，一年也差不多了。"想来想去，不觉走到家里，开锁进门。只因一路上想着许多闲事，回来看了自家的睡铺，惨然无欢，连夜饭也不要吃，便上了床。这一夜翻来覆去，牵挂着美人，那里睡得着。

只因月貌花容，引起心猿意马[55]。

捱到天明，爬起来，就装了油担，煮早饭吃了，匆匆挑了油担子，一径走到王妈妈家去。进了门，却不敢直入，舒着头，往里面张望。王妈妈恰才起床，还蓬着头，正分付保儿买饭菜。秦重识得声音，叫声："王妈妈。"九妈往外一张，见是秦卖油，笑道："好忠厚人！果然不失信。"便叫他挑担进来，称了一瓶，约有五斤多重，公道还钱。秦重并不争论。王九妈甚是欢喜，道："这瓶油，只勾我家两日用。但隔一日，你便送来，我不往别处去买油。"秦重应诺，挑担而出。只恨不曾遇见花魁娘子。"且喜扳下主顾，少不得一次不见，二次见，二次不见，三次见。只是一件，特为王九妈一家挑这许多路来，不是做生意的勾当。这昭庆寺是顺路。今日寺中虽然不做功德，难道寻常不用油的？我且挑担去问他。若扳得各房头做个主顾，只消走钱塘门这一路，那一担油尽勾出脱了。"秦重挑担到寺内问时，原来各房和尚也正想着秦卖油。来得正好，多少不等，各各买他的油。秦重与各房约定，也是间一日便送油来用。这一日是个双日。自此日为始，但是单日，秦重别街道上做买卖；但是双日，就走钱塘门这一路。一出钱塘门，先到王九妈家里，以卖油为名，去看花魁娘子。有一日会见，也有一日不会见。不见时费了一场思想，便见时也只添了一层思想。正是：

天长地久有时尽，此恨此情无尽期。

再说秦重到了王九妈家多次，家中大大小小，没一个不认得是秦卖油。时光迅速，不觉一年有余。日大日小，只拣足色细丝[56]，或积三分，或积二分，再少也积下一分。凑得几钱，又打做大块包。日积月累，有了一大包银子，零星凑集，连自己也不识多少。其日是单日，又值大雨，秦重不出去做买卖。积了这一大包银子，心中也自喜欢。"趁今日空闲，我把他上一上天平，见个数目。"打个油伞，走到对门倾银铺里，借天平兑银。那银匠好不轻薄，想着："卖油的多少银子，要架天平？只把个五两头等子与他，还怕用不着头纽哩。"秦重把银子包解开，都是散碎银两。大凡成锭的见少，散碎的就见多。银匠是小辈，眼孔极浅，见了许多银子，别是一番面目，想道："人不可貌相，海水不可斗量。"慌忙架起天平，搬出若大若小许多法马。秦重尽包而兑，一厘不多，一厘不少，刚刚一十六两之数，上秤便是一斤。秦重心下想道："除去了三两本钱，余下的做一夜花柳之费，还是有余。"又想道："这样散碎银子，怎好出手！拿出来也被人看低了！见成倾银店中方便，何不倾成锭儿，还觉冠冕[57]。"当下兑足十两，倾成一个足色大锭，再把一两八钱，倾成水丝一小锭。剩下四两二钱之数，拈一小块，还了火钱，又将几钱银子，置下镶鞋净袜，新褶了一顶万字头巾。回到家中，把衣服浆洗得干干净净，买几根安息香[58]，薰了又薰。拣个晴明好日，侵早打扮起来。

虽非富贵豪华客，也是风流好后生。

秦重打扮得齐齐整整，取银两藏于袖中，把房门锁了，一径望王九妈家而来。那一时好不高兴。及至到了门首，愧心复萌。想道："时常挑了担子在他家卖油，今日忽地去做嫖客，如何开口？"正在踌躇之际，只听得呀的一声门响，王九妈走将出来。见了秦重，便道："秦小官今日怎的不做生意，打扮得恁般齐楚，往那里去贵干？"事到其间，秦重只得老着脸，上前作揖。蚂妈也不免还礼。秦重道："小可并无别事，专来拜望妈妈。"那鸨儿[59]是老积年[60]，见貌辨色，见秦重恁般装束，又说拜望，"一定是看上了我家那个丫头，要嫖一夜，或是会一个房[61]。虽然不是个大势主菩萨，搭在篮里便是菜，捉在篮里便是蟹，赚他钱把银子买葱菜，也是好的。"便满脸堆下笑来，道："秦小官拜望老身，必有好处。"秦重道："小可有句不识进退的言语，只是不好启齿。"王九妈道："但说何妨。且请到里面客坐里细讲。"秦重为卖油虽曾到王家准百次，这客坐里交椅，还不曾与他屁股做个相识。今日是个会面之始。王九妈到了客坐，不免分宾而坐，向着内里唤茶。少顷，丫环托出茶来，看时却是秦卖油，正不知什么缘故，妈妈恁般相待，格格低了头只是笑。王九妈看见，喝道："有甚好笑！对客全没些规矩！"丫环止住笑，收了茶杯自去。王九妈方才开言问道："秦小官有甚话，要对老身说？"秦重道："没有别话，要在妈妈宅上请一位姐姐吃一杯酒儿。"九妈道："难道吃寡酒，一定要嫖了。你是个老实人，几时动这风流之兴？"秦重道："小可的积诚，也非止一日。"九妈道："我家这几个姐姐，都是你认得的。不知你中意那一位？"秦重道："别个都不要，单单要与花魁娘子相处一宵。"九妈只道取笑他，就变了脸道："你出言无度！莫非奚落老娘么？"秦重道："小可是个老实人，岂有虚情。"九妈道："粪桶也有两个耳朵，你岂不晓得我家美儿的身价！倒了你卖油的灶，还不勾半夜歇钱哩。不如将就拣一个适兴罢。"秦重把颈一缩，舌头一伸，道："恁的好卖弄！不敢动问，你家花魁娘子一夜歇钱要几千两？"九妈见他说要话[62]，却又回嗔作喜，带笑而言道："那要许多！只要得十两敲丝[63]。其他东道杂费，不在其内。"秦重道:"原来如此,不为大事。"袖中摸出这秃秃里一大锭放光细丝银子,递与鸨儿道:"这一锭十两重,足色足数,请妈妈收着。"又摸出一小锭来,也递与鸨儿,又道:"这一小锭,重有二两,相烦备个小东。望妈妈成就小可这件好事,生死不忘,日后再有孝顺。"九妈见了这锭大银,已自不忍释手,又恐怕他一时高兴,日后没了本钱,心中懊悔,也要尽他一句才好。便道:"这十两银子,你做经纪的人,积攒不易,还要三思而行。"秦重道:"小可主意已定,不要你老人家费心。"

九妈把这两锭银子收于袖中,道:"是便是了。还有许多烦难哩。"秦重道:"妈妈是一家之主,有甚烦难?"九妈道:"我家美儿,往来的都是王孙公子,富室豪家,真个是'谈笑有鸿儒,往来无白丁'。他岂不认得你是做经纪的秦小官,如何肯接你?"秦重道:"但凭妈妈怎的委曲宛转,成全其事,大恩不敢有忘!"九妈见他十分坚心,眉头一皱,计上心来,扯开笑口道:"老身已替你排下计策,只看你缘法如何。做得成,不要喜;做不成,不要怪。美儿昨日在李学士家陪酒,还未曾回。今日是黄衙内约下游湖。明日是张山人一班清客,邀他做诗社。后日是韩尚书的公子,数日前送下东道在这里。你且到大后日来看。还有句话,这几日你且不要来我家卖油,预先留下个体面。又有句话,你穿着一身的布衣布裳,不像个上等嫖客。再来时,换件绸缎衣服,教这些丫环们认不出你是秦小官。老娘也好与你装谎。"秦重道"小可一一理会得。"说罢,作别出门,且歇这三日生理,不去卖油,到典铺里买了一件见成半新半旧的绸衣,穿在身上,到街坊闲走,演习斯文模样。正是:

未识花院行藏,先习孔门规矩。

丢过那三日不题。到第四日,起个清早,便到王九妈家去。去得太早,门还未开。意欲转一转再来。这番装扮希奇,不敢到昭庆寺去，恐怕和尚们批点。且到十景塘散步。良久又踅转去。王九妈家门已开了。那门前却安顿得有轿马，门内有许多仆从，在那里闲坐。秦重虽然老实，心下到也乖巧，且不进门，悄悄的招那马夫问道："这轿马是谁家的？"马夫道："韩府里来接公子的。"秦重已知韩公子夜来留宿，此时还未曾别。重复转身，到一个饭店之中，吃了些见成茶饭，又坐了一回，方才到王家探信。只见门前轿马已自去了。进得门时，王九妈迎着，便道："老身得罪，今日又不得工夫了。恰才韩公子拉去东庄赏早梅。他是个长嫖，老身不好违拗。闻得说，来日还要到灵隐寺，访个棋师赌棋哩。齐衙内又来约过两三次了。这是我家房主，又是辞不得的。他来时，或三日五日的住了去，连老身也定不得个日子。秦小官，你真个要嫖，只索耐心再等几日。不然，前日的尊赐，分毫不动，要便奉还。"秦重道："只怕妈妈不作成。若还迟，终无失，就是一万年，小可也情愿等着。"九妈道："恁地时，老身便好张主[64]！"秦重作别，方欲起身，九妈又道："秦小官人，老身还有句话。你下次若来讨信，不要早了。约莫申牌时分，有客没客，老身把个实信与你。倒是越晏些越好。这是老身的妙用，你休错怪。"秦重连声道："不敢，不敢！"这一日秦重不曾做买卖。次日，整理油担，挑往别处去生理，不走钱塘门一路。每日生意做完，傍晚时分就打扮齐整，到王九妈家探信，只是不得工夫。又空走了一月有余。

那一日是十二月十五，大雪方霁，西风过后，积雪成冰，好不寒冷。却喜地下干燥。秦重做了大半日买卖，如前妆扮，又去探信。王九妈笑容可掬，迎着道："今日你造化，已是九分九厘了。"秦重道："这一厘是欠着什么？"九妈道："这一厘么？正主儿还不在家。"秦重道："可回来么？"九妈道："今日是俞太尉家赏雪，筵席就备在湖船之内。俞太尉是七十岁的老人家，风月之事，已是没分。原说过黄昏送来。你且到新人房里，吃杯烫风酒，慢慢的等他。"秦重道："烦妈妈引路。"王九妈引着秦重，弯弯曲曲，走过许多房头，到一个所在，不是楼房，却是个平屋三间，甚是高爽。左一间是丫环的空房，一般有床榻桌椅之类，却是备官铺的；右一间是花魁娘子卧室，锁着在那里。两旁又有耳房。中间客坐上面，挂一幅名人山水，香几上博山古铜炉[65]，烧着龙涎香饼，两旁书桌，摆设些古玩，壁上贴许多诗稿。秦重愧非文人，不敢细看。心下想道："外房如此整齐，内室铺陈，必然华丽。今夜尽我受用。十两一夜，也不为多。"九妈让秦小官坐于客位，自己主位相陪。少顷之间，丫环掌灯过来，抬下一张八仙桌儿，六碗时新果子，一架攒盒佳肴美酝，未曾到口，香气扑人。九妈执盏相劝道："今日众小女都有客，老身只得自陪，请开怀畅饮几杯。"秦重酒量本不高，况兼正事在心，只吃半怀。吃了一会，便推不饮。九妈道："秦小官想饿了，且用些饭再吃酒。"丫环捧着雪花白米饭，一吃一添，放于秦重面前，就是一盏杂和汤。鸨儿量高，不用饭，以酒相陪。秦重吃了一碗，就放箸。九妈道："夜长哩，再请些。"秦重又添了半碗。丫环提个行灯来，说："浴汤热了，请客官洗浴。"秦重原是洗过澡来的，不敢推托，只得又到浴堂，肥皂香汤，洗了一遍。重复穿衣入坐。九妈命撤去肴盒，用暖锅下酒。此时黄昏已绝，昭庆寺里的钟都撞过了，美娘尚未回来。

玉人何处贪欢耍？等得情郎望眼穿！

常言道："等人心急。秦重不见表子回家，好生气闷。却被鸨儿夹七夹八，说些风话劝酒。不觉又过了一更天气。只听外面热闹闹的，却是花魁娘子回家。丫环先来报了。九妈连忙起身出迎。秦重也离坐而立。只见美娘吃得大醉，侍女扶将进来，到于门首，醉眼朦胧，看见房中灯烛辉煌，杯盘狼藉，立住脚问道："谁在这里吃酒？"九妈道："我儿，便是我向日与你说的那秦小官人。他心中慕你，多时的送过礼来。因你不得工夫，担阁他一月有余了。你今日幸而得空，做娘的留他在此伴你。"美娘道："临安郡中，并不闻说起有什么秦小官人！我不去接他。"转身便走。九妈双手托开，即忙拦住道："他是个至诚好人，娘不误你。"美娘只得转身，才跨进房门，抬头一看那人，有些面善，一时醉了，急切叫不出来，便道："娘，这个人我认得他的，不是有名称的子弟。接了他，被人笑话。"九妈道："我儿，这是涌金门内开段铺的秦小官人。当初我们住在涌金门时，想你也曾会过，故此面善。你莫认识错了。做娘的见他来意志诚，一时许了他，不好失信。你看做娘的面上，胡乱留他一晚。做娘的晓得不是了，明日却与你陪礼。"一头说，一头推着美娘的肩头向前。美娘拗妈妈不过，只得进房相见。正是：

> 千般难出虔婆口，万般难脱虔婆手。
>
> 饶君纵有万千般，不如跟着虔婆走。

这些言语，秦重一句句都听得，佯为不闻。美娘万福过了，坐于侧首，仔细看着秦重，好生疑惑，心里甚是不悦，嘿嘿无言。唤丫环将热酒来，斟着大钟。鸨儿只道他敬客，却自家一饮而尽。九妈道："我儿醉了，少吃些么！"美儿那里依他，答应道："我不醉！"一连吃上十来杯。这是酒后之酒，醉中之醉，自觉立脚不住。唤丫环开了卧房，点上银釭，也不卸头，也不解带，踢脱了绣鞋，和衣上床，倒身而卧。鸨儿见女儿如此做作，甚不过意。对秦重道："小女平日惯了，他专会使性。今日他心中不知为什么有些不自在，却不干你事。休得见怪！"秦重道："小可岂敢！"鸨儿又劝了秦重几杯酒。秦重再三告止。鸨儿送入卧房，向耳傍分付道："那人醉了，放温存些。"又叫道："我儿起来，脱了衣服，好好的睡。"美娘已在梦中，全不答应。

鸨儿只得去了。丫环收拾了杯盘之类，抹了桌子，叫声："秦小官人，安置罢。"秦重道："有热茶要一壶。"丫环泡了一壶浓茶，送进房里。带转房门，自去耳房中安歇。秦重看美娘时，面对里床，睡得正熟，把锦被压于身下。秦重想酒醉之人，必然怕冷，又不敢惊醒他。忽见栏杆上又放着一床大红纻丝的锦被。轻轻的取下，盖在美娘身上，把银灯挑得亮亮的，取了这壶热茶，脱鞋上床，捱在美娘身边，左手抱着茶壶在怀，右手搭在美娘身上，眼也不敢闭一闭。正是：

　　　　未曾握雨携云，也算偎香倚玉。

　　却说美娘睡到半夜，醒将转来，自觉酒力不胜，胸中似有满溢之状。爬起来，坐在被窝中，垂着头，只管打干哕[66]。秦重慌忙也坐起来。知他要吐，放下茶壶，用手抚摩其背。良久，美娘喉间忍不住了，说时迟，那时快，美娘放开喉咙便吐。秦重怕污了被窝，把自己的道袍袖子张开，罩在他嘴上。美娘不知所以，尽情一呕，呕毕，还闭着眼，讨茶嗽口。秦重下床，将道袍轻轻脱下，放在地平之上，摸茶壶还是暖的。斟上一瓯香喷喷的浓茶，递与美娘。美娘连吃了二碗，胸中虽然略觉豪燥，身子兀自倦怠。仍旧倒下，向里睡去了。秦重脱下道袍，将吐下一袖的腌臜，重重裹着，放于床侧，依然上床，拥抱似初。美娘那一觉直睡到天明方醒。覆身转来，见傍边睡着一人，问道："你是那个？"秦重答道；"小可姓秦。"美娘想起夜来之事，恍恍惚惚，不甚记得真了，便道："我夜来好醉！"秦重道："也不甚醉。"又问："可曾吐么？"秦重道："不曾。"美娘道："这样还好。"又想一想道："我记得曾吐过的，又记得曾吃过茶来，难道做梦不成？"秦重方才说道："是曾吐来。小可见小娘子多了杯酒，也防着要吐，把茶壶暖在怀里。小娘子果然吐后讨茶，小可斟上，蒙小娘子不弃，饮了两瓯。"美娘大惊道：

"脏巴巴的，吐在那里？"秦重道："恐怕小娘子污了被褥，是小可把袖子盛了。"美娘道："如今在那里？"秦重道："连衣服裹着，藏过在那里。"美娘道："可惜坏了你一件衣服。"秦重道"这是小可的衣服，有幸得沾小娘子的余沥。"美娘听说，心下想道："有这般识趣的人！"心里已有四五分欢喜了。

此时天色大明，美娘起身，下床小解。看着秦重，猛然想起是秦卖油，遂问道："你实对我说，是什么样人？为何咋夜在此？"秦重道："承花魁娘子下问，小子怎敢妄言。小可实是常来宅上卖油的秦重。"遂将初次看见送客，又看见上轿，心下想慕之极，及积攒嫖钱之事，备细述了一遍。"夜来得亲近小娘子一夜，三生有幸，心满意足。"美娘听说，愈加可怜，道："我咋夜酒醉，不曾招接得你。你干折了多少银子，莫不懊悔？"秦重道："小娘子天上神仙，小可惟恐伏侍不周，但不见责，已为万幸。况敢有非意之望！"美娘道："你做经纪的人，积下些银两，何不留下养家？此地不是你来往的。"秦重道："小可单只一身，并无妻小。"美娘顿了一顿，便道："你今日去了，他日还来么？"秦重道："只这咋宵相亲一夜，已慰生平，岂敢又作痴想！"美娘想道："难得这好人，又忠厚，又老实，又且知情识趣，隐恶扬善，千百中难遇此一人。可惜是市井之辈。若是衣冠子弟，情愿委身事之。"正在沉吟之际，丫环捧洗脸水进来，又是两碗姜汤。秦重洗了脸，因夜来未曾脱帻，不用梳头，呷了几口姜汤，便要告别。美娘道："少住不妨，还有话说。"秦重道："小可仰慕花魁娘子，在傍多站一刻，也是好的。但为人岂不自揣！夜来在此，实是大胆。惟恐他人知道，有玷芳名。还是早些去了安稳。"美娘点了一点头，打发丫环出房，忙忙的开了减妆[67]，取出二十两银子，送与秦重道："昨夜难为了你，这银两权奉为资本，莫对人说。"秦重那里肯受。美娘道："我的银子，来路容易。这些须酬你一宵之情，休得固逊。若本钱缺少，异日还有助你之处。那件污秽的衣服，我叫丫环涮洗干净了还你罢。"秦重道："粗衣不烦小娘子费心。小可自会涮洗。只是领赐不当。"美娘道："说那里话！"将银子挝在秦重袖内[68]，推他转身。秦重料难推却，只得受了，深深作揖，卷了脱下这件龌龊道袍，走出房门。打从鸨儿房前经过，保儿看见，叫声："妈妈！秦小官去了。"王九妈正在净桶上解手，口中叫道："秦小官，如何去得恁早？"秦重道："有些贱事，改日特来称谢。"不说秦重去了；且说美娘与秦重虽然没点相干，见他一片诚心，去后好不过意。这一日因害酒，辞了客在家将息。千个万个孤老都不想，倒把秦重整整的想了一日。有挂枝儿为证：

> 俏冤家，须不是串花家的子弟，你是个做经纪本分人
> 儿，那匡你会温存[69]，能软款，知心知意。料你不是个使
> 性的，料你不是个薄情的。几番待放下思量也，又不觉思
> 量起。

话分两头，再说邢权在朱十老家，与兰花情热，见朱十老病废在床，全无顾忌。十老发作了几场。两个商量出一条计策来，俟夜静更深，将店中资本席卷，双双的桃之夭夭[70]，不知去向。次日天明，十老方知。央及邻里，出了个失单，寻访数日，并无动静。深悔当日不合为邢权所惑，逐了朱重。如今日久见人心，闻知朱重，赁居众安桥下，挑担卖油，不如仍旧收拾他回来，老死有靠。只怕他记恨在心。教邻舍好生劝他回家，但记好，莫记恶。秦重一闻此言，即日收拾了家伙，搬回十老家里。相见之间，痛哭了一场。十老将所存囊橐，尽数交付秦重。秦重自家又有二十余两本钱，重整店面，坐柜卖油。因在朱家，仍称朱重，不用秦字。不上一月，十老病重，医治不痊，

呜呼哀哉。朱重槌胸大恸，如亲父一般，殡殓成服，七七做了些好事。朱家祖坟在清波门外，朱重举丧安葬，事事成礼。邻里皆称其厚德。事定之后，仍先开店。原来这油铺是个老店，从来生意原好；却被邢权刻剥存私，将主顾弄断了多少。今见朱小官在店，谁家不来作成。所以生理比前越盛。朱重单身独自，急切要寻个老成帮手。有个惯做中人的，叫做金中，忽一日引着一个五十余岁的人来。原来那人正是莘善，在汴梁城外安乐村居住。因那年避乱南奔，被官兵冲散了女儿瑶琴，夫妻两口，凄凄惶惶，东逃西窜，胡乱的过了几年。今日闻临安兴旺，南渡人民，大半安插在彼。诚恐女儿流落此地，特来寻访，又没消息。身边盘缠用尽，欠了饭钱，被饭店中终日赶逐，无可奈何。偶然听见金中说起朱家油铺，要寻个卖油帮手。自己曾开过六陈铺子，卖油之事，都则在行。况朱小官原是汴京人，又是乡里，故此央金中引荐到来。朱重问了备细，乡人见乡人，不觉感伤。"既然没处投奔，你老夫妻两口，只住在我身边，只当个乡亲相处，慢慢的访着令爱消息[71]，再作区处。"当下取两贯钱把与莘善，去还了饭钱，连浑家阮氏也领将来[72]，与朱重相见了，收拾一间空房，安顿他老夫妇在内。两口儿也尽心竭力，内外相帮。朱重甚是欢喜。光阴似箭，不觉一年有余。多有人见朱小官年长未娶，家道又好，做人又志诚，情愿白白把女儿送他为妻。朱重因见了花魁娘子，十分容貌，等闲的不看在眼，立心要访求个出色的女子，方才肯成亲。以此日复一日，担搁下去。正是：

曾观沧海难为水，除却巫山不是云。

再说王美娘在九妈家，盛名之下，朝欢暮乐，真个口厌肥甘，身嫌锦绣。然虽如此，每遇不如意之处，或是子弟们任情使性，吃醋挑槽[73]或自己病中醉后，半夜三更，没人疼热，就想起秦小官人的好处来。只恨无缘再会。也是他桃花运尽[74]，合当变更。一年之后，生出一段事端来。

却说临安城中，有个吴八公子，父亲吴岳，见为福州太守。这吴八公子，打从父亲任上回来，广有金银。平昔间也喜赌钱吃酒，三瓦两舍走动[75]。闻得花魁娘子之名，未曾识面，屡屡遣人来约，欲要嫖他。王美娘闻他气质不好，不愿相接，托故推辞，非止一次。那吴八公子也曾和着闲汉们亲到王九妈家几番，都不曾会。其时清明节届，家家扫墓，处处踏青。美娘因连日游春困倦，且是积下许多诗画之债，未曾完得，分付家中："一应客来，都与我辞去。"闭了房门，焚起一炉好香，摆设文房四宝，方欲举笔，只听得外面沸腾，却是吴八公子，领着十余个狠仆，来接美娘游湖。因见鸨儿每次回他，在中堂行凶，打家打伙，直闹到美娘房前。只见房门锁闭。原来妓家有个回客法儿，小娘躲在房内，却把房门反锁，支吾客人，只推不在。那老实的就被他哄过了。吴公子是惯家，这些套子，怎地瞒得。分付家人扭断了锁，把房门一脚踢开。美娘躲身不迭[76]，被公子看见，不由分说，教两个家人，左右牵手，从房内直拖出房外来，口中兀自乱嚷乱骂。王九妈欲待上前陪礼解劝，看见势头不好，只得闪过。家中大小，躲得没半个影儿。吴家狠仆牵着美娘，出了王家大门，不管他弓鞋窄小，望街上飞跑。八公子在后，扬扬得意。直到西湖口，将美娘扶下了湖船，方才放手。美娘十二岁到王家，锦绣中养成，珍宝般供养，何曾受恁般凌贱。下了船，对着船头，掩面大哭。吴八公子见了，放下面皮，气忿忿的像关云长单刀赴会，一把交椅，朝外而坐，狠仆侍立于傍。一面分付开船，一面数一数二的发作个不住："小贱人，小娼根，不受人抬举！再哭时，就讨打了！"美娘那里怕他，哭之不已。船至湖心亭，吴八公子分付摆盒在亭子内，自己先上去了，却分付家人："叫那小贱人来陪酒。"美娘抱住了栏杆，那里肯去，只是嚎哭。吴八公子也觉没兴。自己吃了几杯淡酒，收拾下船，自来扯美娘。美娘双脚乱跳，哭声愈高。八公子大怒，教狠仆拔去簪珥。美娘蓬着头，跑到船头上，就要投水，被家童们扶住。公子道："你撒赖便怕你不成！就是死了，也只费得我几两银子，不为大事。只是送你一条性命，也是罪过。你住了啼哭时，我就放你回去，不难为你。"美娘听说放他回去，真个住了哭。八公子分付移船到清波门外僻静之处，将美娘绣鞋脱下，去其裹脚，露出一对金莲，如两条玉笋相似。教狠仆扶他上岸，骂道："小贱人！你有本事，自走回家，我却没人相送。"说罢，一篙子撑开，再向湖中而去。正是：

焚琴煮鹤从来有^[77]，惜玉怜香几个知！

焚琴煮鹤从来有[77]，惜玉怜香几个知！

美娘赤了脚，寸步难行。思想："自己才貌两全，只为落于风尘，受此轻贱。平昔枉自结识许多王孙贵客，急切用他不着，受了这般凌辱。就是回去，如何做人？到不如一死为高。只是死得没些名目，枉自享个盛名，到此地位，看着村庄妇人，也胜我十二分。这都是刘四妈这个花嘴，哄我落坑堕堑，致有今日！自古红颜薄命，亦未必如我之甚！"越思越苦，放声大哭。事有偶然，却好朱重那日到清波门外朱十老的坟上，祭扫过了，打发祭物下船，自己步回，从此经过。闻得哭声，上前看时，虽然蓬头垢面，那玉貌花容，从来无两，如何不认得！吃了一惊，道："花魁娘子，如何这般模样？"美娘哀哭之际，听得声音厮熟，止啼而看，原来正是知情识趣的秦小官。美娘当此之际，如见亲人，不觉倾心吐胆，告诉他一番。朱重心中十分疼痛，亦为之流泪。袖中带得有白绫汗巾一条，约有五尺多长，取出劈半扯开，奉与美娘裹脚，亲手与他拭泪。又与他挽起青丝，再三把好言宽解。等待美娘哭定，忙去唤个暖轿，请美娘坐了，自己步送，直到王九妈家。九妈不得女儿消息，在四处打探，慌迫之际，见秦小官送女儿回来，分明送一颗夜明珠还他，如何不喜！况且鸨儿一向不见秦重挑油上门，多曾听得人说，他承受了朱家的店业，手头活动，体面又比前不同，自然括目相待[78]。又见女儿这等模样，问其缘故，已知女儿吃了大苦，全亏了秦小官。深深拜谢，设酒相待。日已向晚，秦重略饮数杯，起身作别。美娘如何肯放，道："我一向有心于你，恨不得你见面。今日定然不放你空去。"鸨儿也来扳留。秦重喜出望外。是夜，美娘吹弹歌舞，曲尽生平之技，奉承秦重。秦重如做了一个游仙好梦，喜得魄落魂消，手舞足蹈。夜深酒阑，二人相挽就寝。

美娘道："我有句心腹之言与你说，你休得推托。"秦重道；"小娘子若用得着小可时[79]，就赴汤蹈火。在所不辞，岂有推托之理。"美娘道："我要嫁你。"秦重笑道："小娘子就嫁一万个，也还数不到小可头上，休得取笑，枉自折了小可的食料。"美娘道："这话实是真心，怎说取笑二字！我自十四岁被妈妈灌醉，梳弄过了。此时便要从良。只为未曾相处得人，不辨好歹，恐误了终身大事。以后相处的虽多，都是豪华之辈，酒色之徒，但知买笑追欢的乐意，那有怜香惜玉的真心。看来看去，只有你是个志诚君子，况闻你尚未娶亲。若不嫌我烟花贱质[80]，情愿举案齐眉[81]，白头奉侍。你若不允之时，我就将三尺白罗，死于君前，表白我一片诚心，也强如昨日死于村郎之手，没名没目，惹人笑话。"说罢，呜呜的哭将起来。秦重道："小娘子休得悲伤。小可承小娘子错爱，将天就地，求之不得，岂敢推托。只是小娘子千金声价，小可家贫力薄，如何摆布。也是力不从心了。"美娘道："这却不妨。不瞒你说，我只为从良一事，预先积攒些东西，寄顿在外。赎身之费，一毫不费你心力。"秦重道："就是小娘子自己赎身，平昔住惯了高堂大厦，享用了锦衣玉食，在小可家，如何过活？"美娘道："布衣蔬食，死而无怨。"秦重道："小娘子虽然——只怕妈妈不从。"美娘道："我自有道理。"如此如此，这般这般。两个直说到天明。

原来黄翰林的衙内，韩尚书的公子，齐太尉的舍人，这几个相知的人家，美娘都寄顿得有箱笼。美娘只推要用，陆续取到密地，约下秦重，教他收置在家。然后一乘轿子，抬到刘四妈家，诉以从良之事。刘四妈道："此事老身前日原说过的。只是年纪过早，又不知你要从那一个？"美娘道："姨娘，你莫管是甚人，少不得依着姨娘的言语，是个真从良，乐从良，了从良；不是那不真，不假，不了，不绝的勾当。只要姨娘肯开口时，不愁妈妈不允。做侄女的没别孝顺，只有十两金子，奉与姨娘，胡乱打些钗子，是必在妈妈前做个方便。事成之时，媒礼在外。"刘四妈看见这金子，笑得眼儿没缝，便道："自家儿女，又是美事，如何要你的东西！这金子权时领下，只当与你收藏。此事都在老身身上。只是你的娘，把你当个摇钱之树，等闲也不轻放你出去。怕不要千把银子。那主儿可是肯出手的么？也得老身见他一见，与他讲道方好。"美娘道："姨娘莫管闲事，只当你侄女自家赎身便了。"刘四妈道："妈妈可晓得你到我家来？"美娘道："不晓得。"四妈道："你且在我家便饭。待老身先到你家，与妈妈讲。讲得通时，然后来报你。"

刘四妈雇乘轿子，抬到王九妈家。九妈相迎入内。刘四妈问起吴八公子之事，九妈告诉了一遍。四妈道："我们行户人家，到是养成个半低不高的丫头，尽可赚钱，又且安稳。不论什么客就接了，倒是日日不空的。侄女只为声名大了，好似一块鲞鱼落地[82]，马蚁儿都要钻他。虽然热闹，却也不得自在。说便许多一夜，也只是个虚名。那些王孙公子来一遍，动不动有几个帮闲，连宵达旦，好不费事。跟随的人又不少，个个要奉承得他好。有些不到之处，口里就出粗哩喳啰喳的骂人，还要弄损你家伙，又不好告诉他家主，受了若干闷气。况且山人墨客，诗社棋社，少不得一月之内，又有几时官身[83]。这些富贵子弟，你争我夺，依了张家，违了李家，一边喜，少不得一边怪了。就是吴八公子这一个风波，吓杀人的，万一失差，却不连本送了。官宦人家，和他打官司不成！只索忍气吞声。今日还亏着你家时运高，太平没事，一个霹雳空中过去了。倘然山高水低，悔之无及。妹子闻得吴八公子不怀好意，还要到你家索闹。侄女的性气又不好，不肯奉承人。第一是这件，乃是个惹祸之本。"九妈道："便是这件，老身常是担忧。就是这八公子，也是有名有称的人，又不是微贱之人。这丫头抵死不肯接他，惹出这场寡气。当初他年纪小时，还听人教训。如今有了个虚名，被这些富贵子弟夸他奖他，惯了他性情，骄了他气质，动不动自作自主。逢着客来，他要接便接。他若不情愿时，便是九牛也休想牵得他转。"刘四妈道："做小娘的略有些身分，都则如此。"王九妈道："我如今与你商议。倘若有个肯出钱的，不如卖了他去，到得干净。省得终身担着鬼胎过日。"刘四妈道："此言甚妙。卖了他一个，就讨得五六个。若凑巧撞得着相应的[84]，十来个也讨得的。这等便宜事，如何不做！"王九妈道："老身也曾算计过来。那些有势有力的不肯出钱，专要讨人便宜。及至肯出几两银子的，女儿又嫌好道歉，做张做智的不肯[85]。若有好主儿，妹子做媒，作成则个。倘若这丫头不肯时节，还求你撺掇。这丫头做娘的话也不听，只你说得他信，话得他转。"刘四妈呵呵大笑道："做妹子的此来，正为与侄女做媒。你要许多银子便肯放他出门？"九妈道："妹子，你是明理的人。我们这行户例，只有贱买，那有贱卖？况且美儿数年盛名满临安，谁不知他是花魁娘子。难道三百四百，就容他走动？少不得要他千金。"刘四妈道："待妹子去讲。若肯出这个数目，做妹子的便来多口。若合不着时，就不来了。"临行时，又故意问道："侄女今日在那里？"王九妈道："不要说起，自从那日吃了吴八公子的亏，怕他还来淘气，终日里抬个轿子，各宅去分诉。前日在齐太尉家，昨日在黄翰林家，今日又不知在那家去了。"刘四妈道："有了你老人家做主，按定了坐盘星[86]，也不容侄女不肯。万一不肯时，做妹子自会劝他。只是寻得主顾来，你却莫要捉班做势。"九妈道："一言既出，并无他说。"九妈送至门首。刘四妈叫声咶噪，上轿去了。这才是：

> 数黑论黄雌陆贾，说长话短女随何。
> 若还都像虔婆口，尺水能兴万丈波。

刘四妈回到家中，与美娘说道："我对你妈妈如此说，这般讲，你妈妈已自肯了。只要银子见面，这事立地便成。"美娘道："银子已曾办下，明日姨娘千万到我家来，玉成其事。不要冷了场，改日又费讲。"四妈道："既然约定，老身自然到宅。"美娘别了刘四妈，回家一字不题。次日，午牌时分，刘四妈果然来了。王九妈问道："所事如何？"四妈道："十有八九，只不曾与侄女说过。"四妈来到美娘房中，两下相叫了，讲了一回说话。四妈道："你的主儿到了不曾？那话儿在那里？"美娘指着床头道："在这几只皮箱里。"美娘把五六只皮箱一时都开了，五十两一封，搬出十三四封来，又把些金珠宝玉算价，足勾千金之数。把个刘四妈惊得眼中出火，口内流涎，想道："小小年纪，这等有肚肠！不知如何设处，积下许多东西？我家这几个粉头，一般接客，赶得着他那里！不要说不会生发[87]，就是有几文钱在荷包里，闲时买瓜子磕，买糖儿吃，两条脚布破了，这要做妈的与他买布哩。偏生九阿姐造化，讨得着，年时赚了若干钱钞，临出门还有这一主大财，又是取诸宫中[88]，不劳余力。"这是心中暗想之语，却不曾说出来。美娘见刘四妈沉吟，只道他作难索谢，慌忙又取出四疋潞绸，两股宝钗，一对凤头玉簪，放在桌上，道："这几件东西，奉与姨娘为伐柯之敬。"刘四妈欢天喜地对王九妈说道："侄女情愿自家赎身，一般身价，并不短少分毫。比着孤老卖身更好。省得闲汉们从中说合，费酒费浆，还要加一加二的谢他。"王九妈听得说女儿皮箱内有许多东西，到有个哔然之色[89]。你道却是为何？世间只有鸨儿的狠，做小娘的设法些东西，都送到他手里，才是快活。也有做些私房在箱笼内，鸨儿晓得些风声，专等女儿出门，搬并锁钥，翻箱倒笼取个罄空。只为美娘盛名之下，相交都是大头儿，替做娘的挣得钱钞，又且性格有些古怪，等闲不敢触犯。故此卧房里面，鸨儿的脚也不搬进去。谁知他如此有钱。刘四妈见九妈颜色不善，便猜着了，连忙道："九阿姐，你休得三心两意。这些东西，就是侄女自家积下的，也不是你本分之钱。他若肯花费时，也花费了。或是他不长进，把来津贴了得意的孤老，你也那里知道！这还是他做家的好处。况且小娘自己手中没有钱钞，临到从良之际，难道赤身赶他出门？少不得头上脚下都要收拾得光鲜，等他好去别人家做人。如今他自家拿得出这些东西，料然一丝一线不费你的心。这一主银子，是你完完全全鳌在腰跨里的。他就赎身出去，怕不是你女儿。倘然他挣得好时，时朝月节，怕他不来孝顺你。就是嫁了人时，他又没有亲爹亲娘，你也还去做得着他的外婆，受用处正有哩。"只这一套话，说得王九妈心中爽然。当下应允。刘四妈就去搬出银子，一封封兑过，交付与九妈，又把这些金珠宝玉，逐件指物作价。对九妈说道："这都是做妹子的故意估下他些价钱。若换与人，还便宜得几十两银子。"王九妈虽同是个鸨儿，到是个老实头儿，凭刘四妈说话，无有不纳。

刘四妈见王九妈收了这主东西，便叫亡八写了婚书，交付
与美儿。美儿道："趁姨娘在此，奴家就拜别了爹妈出门，借姨
娘家住一两日，择吉从良，未知姨娘允否？"刘四妈得了美娘许
多谢礼，生怕九妈翻悔，巴不得美娘出了他门，完成一事，说
道："正该如此。"当下美娘收拾了房中自己的梳台拜匣，皮箱
铺盖之类。但是鸨儿家中之物，一毫不动。收拾已完，随着四
妈出房，拜别了假爹假妈，和那姨娘行中，都相叫了。王九妈
一般哭了几声。美娘唤人挑了行李，欣然上轿，同刘四妈到刘
家去。四妈出一间幽静的好房，顿下美娘行李。众小娘都来与
美娘叫喜。是晚，朱重差莘善到刘四妈家讨信，已知美娘赎身
出来。择了吉日，笙箫鼓乐娶亲。刘四妈就做大媒送亲，朱重
与花魁娘子花烛洞房，欢喜无限。

　　　　　　虽然旧事风流，不灭新婚佳趣。

次日，莘善老夫妇请新人相见，各各相认，吃了一惊。问
起根由，至亲三口，抱头而哭。朱重方才认得是丈人丈母。请
他上坐，夫妻二人，重新拜见。亲邻闻知，无不骇然。是日，
整备筵席，庆贺两重之喜，饮酒尽欢而散。三朝之后，美娘教
丈夫备下几副厚礼，分送旧相知各宅，以酬其寄顿箱笼之恩，
并报他从良信息。此是美娘有始有终处。王九妈、刘四妈家，
各有礼物相送，无不感激。满月之后，美娘将箱笼打开，内中
都是黄白之资，吴绫蜀锦，何止百计，共有三千余金，都将匙
钥交付丈夫，慢慢的买房置产，整顿家当。油铺生理，都是丈
人莘善管理。不上一年，把家业挣得花锦般相似，驱奴使婢，
甚有气象。

朱重感谢天地神明保佑之德，发心于各寺庙喜舍合殿香烛
一套，供琉璃灯油三个月；斋戒沐浴，亲往拈香礼拜。先从昭

庆寺起，其他灵隐、法相、净慈、天竺等寺，以次而行。就中单说天竺寺，是观音大士的香火，有上天竺、中天竺、下天竺，三处香火俱盛，却是山路，不通舟楫。朱重叫从人挑了一担香烛，三担清油，自己乘轿而往。先到上天竺来。寺僧迎接上殿。老香火秦公点烛添香。此时朱重居移气，养移体[90]，仪容魁岸，非复幼时面目，秦公那里认得他是儿子。只因油桶上有个大大的秦字，又有汴梁二字，心中甚以为奇。也是天然凑巧。刚刚到上天竺，偏用着这两只油桶。朱重拈香已毕，秦公托出茶盘，主僧奉茶。秦公问道："不敢动问施主，这油桶上为何有此三字？"朱重听得问声，带着汴梁人的土音，忙问道："老香火，你问他怎么？莫非也是汴梁人么？"秦公道："正是。"朱重道："你姓甚名谁？为何在此出家？共有几年了？"秦公把自己姓名乡里，细细告诉："某年上避兵来此，因无活计，将十三岁的儿子秦重，过继与朱家。如今有八年之远。一向为年老多病，不曾下山问得信息。"朱重一把抱住，放声大哭道："孩儿便是秦重。向在朱家挑油买卖。正为要访求父亲下落，故此于油桶上，写汴梁秦三字，做个标识。谁知此地相逢！真乃天与其便！"众僧见他父子别了八年，今朝重会，各各称奇。朱重这一日，就歇在上天竺，与父亲同宿，各叙情节。次日，取出中天竺、下天竺两个疏头换过[91]，内中朱重，仍改做秦重，复了本姓，两处烧香礼拜已毕，转到上天竺，要请父亲回家，安乐供养。秦公出家已久，吃素持斋，不愿随儿子回家。秦重道："父亲别了八年，孩儿有缺侍奉。况孩儿新娶媳妇，也得他拜见公公方是。"秦公只得依允。秦重将轿子让与父亲乘坐，自己步行，直到家中。秦重取出一套新衣，与父亲换了，中堂设坐，同妻莘氏双双参拜。亲家莘公、亲母阮氏，齐来见礼。此日大排筵席。秦公不肯开荤，素酒素食。次日，邻里敛财称贺。一则新婚，二则新娘子家眷团圆，三则父子重逢，四则秦小官归宗复姓：共是四重大喜。一连又吃了几日喜酒。秦公不愿家居，思想上天竺故处清净出家。秦重不敢违亲之志，将银二百两，于上天竺另造净室一所，送父亲到彼居住。其日用供给，按月送去。每十日亲往候问一次。每一季同莘氏往候一次。那秦公活到八十余，端坐而化。遗命葬于本山。此是后话。

却说秦重和莘氏，夫妻偕老，生下两个孩儿，俱读书成名。至今风月中市语，凡夸人善于帮衬，都叫做"秦小官"，又叫"卖油郎"。有诗为证：

> 春来处处百花新，蜂蝶纷纷竞采春。
>
> 堪爱豪家多子弟，风流不及卖油人。

（选自《醒世恒言》）

[注释]

[1] 西江月——原为唐教坊曲名，后转为词调名。此调以李白《苏台览古》诗"只今唯有西江月，曾照吴王宫里人"句而得名。又名《江月令》《壶天晓》等。双调，定格上、下片各四句，共五十字。两片之二、三句押平声韵，结句押仄声韵。

[2] 子弟——嫖客。

[3] 潘安（247—300）——即潘岳，字安仁（小说中省作潘安），晋荣阳中牟（今河南省中牟县）人，晋代文学家，美姿容，有掷果盈车的故事，后常借称妇女所爱慕的美男子。事见《晋书》本传。

[4] 邓通——汉南安（今四川省乐山市）人。因善濯船为黄头郎，尝为文帝吮痈得宠，赐蜀严道铜山，可自铸钱，因此邓氏钱满天下，成为富豪的代称。

[5] 小娘——妓女。

[6] 郑元和——唐人传说故事，书生郑元和因热恋妓女李娃（宋元人传为李亚仙），以致穷困落魄，后来李娃救助他成就功名。 卑田院——或作悲田院，乞丐收容所。

［7］高宗泥马渡江——高宗（赵构），宋徽宗（赵佶）的儿子，封康王。金人灭北宋，掳徽、钦二帝，被质逃回，金人派兵追赶他，相传他骑了一匹马渡过黄河，发现他骑的原来是一匹泥马。事见《南渡录》。

［8］六陈铺儿——粮食铺。米、大麦、小麦、大豆、小豆、芝麻等六种粮食便于久藏，故称"六陈"。

［9］颇颇——很，甚。

［10］鞑虏——和后文的"鞑子"都是指金人。

［11］奇货可居——把贵重的货物囤积起来，待价出售。奇货，贵重的货物；居，囤积。

［12］君子可以欺其方——有道德的人很正直，不懂得人家使坏心眼，坏人就可以利用这一点去欺骗他们。君子，有道德的人。方，方正。

［13］建康府——宋郡名，治所在今江苏省南京市。

［14］不当稳便——不大稳妥。

［15］金兀术四太子——即完颜宗弼，金大将，女真人。金太祖阿骨打第四子。

［16］驻跸——皇帝出外驻在那里。跸，含有禁止行人、打扫道路及警卫等意。

［17］润州——宋州名，治所在今江苏省镇江市。

［18］苏常嘉湖——即今江苏的苏州、常州、嘉兴、湖州等市。

［19］外盖衣服——指长衫一类的外罩衣服。

［20］准——兑换，抵债。

［21］出脱——出卖。

［22］门户人家——妓院。

［23］软款——温柔缓和。

［24］恁地——如此的，这样的。

［25］无脚蟹——螃蟹无脚就走不成路，比喻无依靠的女人。

［26］挂枝儿——民间歌曲名，内容多半是写男女爱情的。

［27］汤——挨着，接触。

［28］梳弄——旧时妓院里的妓女第一次接客称梳弄。妓院里的处女，头上只梳辫子，接客以后才梳髻，叫做"梳弄"，或叫"梳笼""梳栊"。

［29］行户——干这一行业的人家，此指王九妈以外的其他妓院。

［30］烧个利市——商店开张，烧纸敬神，叫做"烧利市"；做第一笔生意叫做"发利市"。

［31］随何——秦末汉初的著名说客。曾任谒者。楚汉战争中，奉刘邦命赴淮南，说淮南王英布归汉。后为护军中尉。

［32］陆贾——汉初楚人。以客从刘邦建汉王朝，有辩才。曾两度出使南越，招谕尉佗。授太中大夫。后与陈平、周勃一起诛诸吕，立文帝。

［33］从良——古代妓女隶属乐籍，是一种贱业，脱籍嫁人叫"从良"。

［34］浮图——塔。梵语音译应为"窣堵波"。

［35］撒漫——随意花钱，挥霍无度。漫，散。

［36］撰钱——同赚钱。

［37］大娘子——大老婆，正妻。

［38］孤老——非正式夫妻关系中的妇女对所私通男人的称呼。《说文》："姻，姻嫪也。"《说文通训定声》："今谚谓女所私为姻缪，俗作孤老。"

［39］赶趁——旧时下等妓女自动到酒楼宴前歌唱，借以获得一点钱物。

［40］黄花女儿——处女。

［41］覆帐——指妓女破身后接待第二个客人，和他发生关系。

［42］做香火——在寺庙里烧香、点火、打杂。

［43］须然——虽然。

［44］望四——接近四十岁。

［45］假意撇清——本来不清白、不清高，自己故意表示清白、清高。

［46］孝己——历史传说中殷高宗武丁的儿子，很孝顺父母，因后母的谗言，被放逐而死。

［47］申生——春秋时晋献公的世子，被献公小夫人骊姬陷害，自杀。

［48］螟蛉——养子。《诗经·小雅·小宛》："螟蛉有子，蜾蠃负之。"蜾蠃常捕螟蛉喂它的幼虫，古人错认为蜾蠃养螟蛉为子。

［49］熟间——熟悉的地方，指熟悉的行业。

［50］窨（yìn 印）清——形容油在地窨里埋藏过后的澄清的颜色。窨，地下室，地窖。

［51］戴巾的——指读书人、做官的人。

卖油郎独占花魁 | 171

［52］衙内——本是掌管禁卫的官职；唐代藩镇相沿用自己的子弟掌管这种职务，宋元时称呼贵族子弟为"衙内"。

［53］肚中打稿——心中暗想。

［54］非分之事——不是本分以内的事。

［55］心猿意马——又作"意马心猿"。原是道家用语，比喻人的心思流荡散乱，把捉不定。

［56］足色细丝——足色，十足的成色；细丝，宋代称雪白银两为"细丝放光银子"。

［57］冠冕——有体面、有面子。

［58］安息香——用"安息香"科树木的树脂制成的香。

［59］鸨（bǎo 保）儿——旧时老妓及妓女养母之称。

［60］老积年——阅历丰富，懂得人情世故的人。

［61］会一个房——和妓女发生一次性关系。

［62］耍话——傻话，玩笑话。

［63］敲丝——古代银两都敲印着圆丝纹，叫做"敲丝"。

［64］张主——主张，作主。

［65］博山古铜炉——香炉名。博山，海中之山名。香炉顶部制作博山的形状，里面可以燃香，叫做"博山炉"。后成为名贵香炉的代称。

［66］打干哕（yuě）——欲吐而又吐不出时发出的声音。

［67］减妆——旧时妇女所用盛化妆品的盒子。

［68］挜（yà 亚）——强给人家东西。

［69］匡——"恇"的假借字。

［70］桃之夭夭——本是《诗经·周南·桃夭》中的一句诗，这里借"桃"为"逃"的谐音，逃走之意。

［71］令爱——称对方女儿的敬词。爱，亦作"嫒"。

［72］浑家——妻子。钱大昕《恒言录·亲属称谓》："称妻曰浑家，见郑文宝《南唐近事》"。

［73］挑槽——一作跳槽。嫖客抛弃原来相好的妓女，另结新欢。

［74］桃花运——在性爱方面的好运气，多指不正当的男女关系。

［75］三瓦两舍——宋代游戏娱乐场所的总称，其中包括茶楼、酒馆、妓

院、赌场、杂耍场等。

[76] 不迭——不及。

[77] 焚琴煮鹤——琴本是一种弹奏的乐器，却拿来当柴烧；鹤本是养着欣赏的，却拿来煮着吃，比喻不懂风雅，糟蹋好东西。

[78] 括目相待——括，应作"刮"。用与以前不同的眼光看待。

[79] 小可——宋元民间口语，自称的谦词。无名氏《神奴儿》第一折："小可汴梁人氏，嫡亲的五口儿家属。"

[80] 烟花贱质——指妓女。

[81] 举案齐眉——东汉梁鸿和孟光夫妇相亲相爱，孟光做好饭端给梁鸿吃，总是把案（托盘之类的东西）举得和眉毛一样高，表示尊敬。

[82] 鲞（xiǎng响）鱼——一种干鱼，味道很鲜美。

[83] 官身——古时妓女有官伎和私娼之分。隶属官家所设的教坊乐籍的，叫做"官伎"。官伎供奉内廷，承应官府。逢节日要上官厅参见敬贺，平时官府有宾客宴会，也可随时叫他们去歌唱侍宴，叫做"唤官身"。

[84] 相应的——便宜的，价钱低的。

[85] 做张做智的——装模作样。

[86] 坐盘星——又称"定盘星"。秤上的第一颗星，位置为秤锤和秤盘成平衡状态时的悬点。比喻做事情的主意和标准。

[87] 生发——想办法赚钱。

[88] 取诸宫中——引用《孟子》的话，意为从自己家中取出来。

[89] 怫然之色——不乐、不愿意、否认的样子。

[90] 居移气，养移体——语出《孟子》。"气"，气质；"体"，身体。意为一个人因为环境、营养变好了，使他的体质也变好了。

[91] 疏头——和尚、道士祈祷诵经之前，向神前烧化的祷词。

[鉴赏]

《卖油郎独占花魁》见于明代小说家冯梦龙所编《醒世恒言》卷三。本篇入话叙郑元和与李亚仙的爱情故事，取材于唐人传奇《李娃传》。《燕居笔记》卷七有《郑元和嫖遇李亚仙记》，其结尾说："虽是青楼新语，编入幽谷先生"。说明也是话本体，但情节比较简略。

正文叙卖油郎秦重与妓女莘瑶琴由金兵入侵沦落临安，到相爱成婚的故事。《情史》卷五《史凤》条附载其事，首句明言有"卖油郎慕一名妓"，可见是根据小说摘录。卖油郎秦重的名字，以谐音寓意"情种"，可见是小说家所虚构。故事背景虽明写是南宋临安时事，但篇中三次引用明代中叶盛行的民间小曲《挂枝儿》，证明其当为明人所作。疑即冯梦龙自撰。

《卖油郎独占花魁》写了一个爱情婚姻的悲喜剧。小说的女主人公莘瑶琴是一个妓女，男主人公秦重是一个卖油的小贩。小说把故事放在金人南侵，南宋偏安临安的广阔背景上来写，描写了乱离中人民的灾难和痛苦，写了邪恶势力玩弄摧残妇女的残酷和丑恶，更主要的是通过男女主人公的不幸遭际和他们富于戏剧性的恋爱过程，以及最后两人美满的结合，鲜明地表现了市民阶层的爱情婚姻理想和人生追求，赞扬了普通下层人民的善良美好的品德。

但是，必须指出的是，像小说中所写的妓女与嫖客的关系，是一个早已俗滥的题材，而且自唐代传奇小说以来，佳作很是不少，如唐传奇中的《李娃传》《霍小玉传》，明代拟话本中的《杜十娘怒沉百宝箱》《玉堂春落难逢夫》等，都是此类题材中脍炙人口的名篇。妓女制度是腐朽的封建社会的一个毒瘤，摧残妇女的身心健康，嫖客都是有钱有势的"世家子弟"，妓女则被视为下九流。妓女当然想跳出"火坑"，即所谓"从良"，可供她们选择的对象大多是"世家子弟"。但这些"世家子弟"多是眠花宿柳之徒，把嫖妓作为一种艳遇，绝少有真情。所以从良不着便是毁灭，或者像霍小玉那样奄奄一息倒在负心汉的怀里，或者像杜十娘悲愤之极跳入滚滚的浪涛之中。从良也有好结果的，或者如李娃跻身贵族，成为"汧国夫人"，便符合了封建统治者的标准，玉堂春虽没有李娃光彩，也是夫贵妻荣，皆大欢喜。这后者仍没有脱掉才子佳人的老套子，是以封建统治者的要求为标准的。《卖油郎独占花魁》的独特之处，在于它没有向封建统治者投降，也没有落入才子佳人、风花雪月的老套中，而是把现实生活中蓬勃兴起的市民阶层人物，引入神圣的爱情殿堂。秦重作为一个处于社会底层的卖油小贩，竟然战胜了许多有钱有势又善于寻花问柳的富家公子，独独赢得了才貌双全、名噪京师的花魁娘子莘瑶琴的欢心，并最终同她结为夫妻，建立了幸福的家庭。秦重身分卑微，无钱无势，他凭什么能"独占花魁"？凭他的善良和诚实，"知情识趣"，"以情度情"。在作者笔下，这种真情是以对人的尊重、关心、体贴为基础的。妓女的悲惨和不幸在于，她只被人当玩物，而不被人当人看；秦重恰恰相反，他不把莘瑶琴当玩物，而是把她当成一个真正的人，给予她作为一个人应该得到而没有得到过的尊重、关心和体贴，这种纯真的美好感情，唤醒了她由于长期被污辱、被损害而已变得僵冷和麻木了的人生热望，终于毅然决然地向老实的秦重喊出："我要嫁你"！并从此走上了新生之路。作品形象地告诉人们，这种互相关心、互相尊重、互相体贴的真情，意味着真正的男女平等和自由选择，所以它比金钱、权势更有力量，更有价值。这显然是一种带有新的时代特色的市民阶层的爱情婚姻观念和生活理想，是一种新的婚姻价值标准。在明代资本主义因素大大发展的商业都市中，秦重式的人物、秦重式的胜利——包括家业的逐渐上升和"占花魁"的艳遇——都算不得什么稀罕事，作者能把这类事写进小说，可谓独具慧眼。一个现实主义作家敏锐地从现实生活中发现了别人没有发现的东西，勇敢地表现了他人没有表现过的东西，他就做出了自己独特的贡献。

小说的男女主人公，是作者怀着极大的热情，倾全力描写刻画的，不仅性格鲜明，而且具有相当大的思想深度，从某种程度上说，都是"典型环境中的典型人物"，取得了相当高的艺术成就。小说不是静止地写他们，而是把他们放在一定的社会背景中，在各自的生活遭际与悲欢离合中去表现人物性格的。

女主人公莘瑶琴怎样由一个小家碧玉而一变成为名满京师的"花魁娘子"？作家首先以真实的笔触描写了在金人南侵的战乱中，平民少女落入陷阱的残酷事实。作为小粮店主女儿的莘瑶琴，"自小生得清秀，更且资性聪明"，七岁上学读书，"日诵千言"，"十岁时，便能吟诗作赋"，到十二岁，"琴棋书画，无所不通"。乱离的年代将她抛入苦海，她沦落为妓的过程充分表现了她的单纯和善良。金人攻破汴京，她和父母离家南逃，在途中又被金兵冲散。在举目无亲之际，正好遇到一个游手好闲、不守本分的邻居卜乔。卜乔把她看作送上门的天生衣饭，编造一套谎言，把她带到临安卖入妓院，鸨儿王九妈向她说明真相，方知受骗上当。作者处处强调她是清白人家的清白女儿，同时又处处强调她的幼稚、天真、纯洁。这样的出身、遭遇、品格。一开始就引起人们的同情。

在落入妓院后，小说一方面继续描写她的聪明美丽，不仅容貌标致，娇艳异常，而且"又会写，又会画，又会做诗"，"吹弹歌舞，无不尽善"，单是求诗求字的，就"日不离门"，这样就写出她怎样成为富豪公子争相追逐的"花魁娘子"。与此同时，又着力刻画她对厄运的抗争。她得知被卖入妓院，便"放声大哭"；王九妈要她接客时，她"执意不肯"。但是卖入妓院不当婊子是不可能的。果然她被精于此道的鸨儿王九妈设计用酒灌醉，被金二员外"梳弄"，"破了身子"。可是酒醒以后，她却"劈头劈脸"，将金二员外"抓有几个血痕"，弄得这个嫖客没趣自去。王九妈由此想"哄他上行"，她痛斥她许多"不是"，接着是"哭了一日，茶饭不沾"，而且"从此托病，不肯下楼，连客也不肯会面了"。鸨儿拿她没有办法，便请来能说会道的鸨儿刘四妈来劝说她。她仍然坚决地表示："奴是好人家儿女，误落风尘。倘得姨娘主张从良，胜造九级浮图。若要我倚门献笑，送旧迎新，宁甘一死，决不情愿。"刘四妈抓住她一心想从良的心理，软硬兼施，连哄带骗，才使她"微笑而不言"。可以说，莘瑶琴是为要从良、脱离苦海才答应接客做妓女的。这既表现了她性格刚烈，也表现了她仍未脱幼稚。当然之后便是长期的与贵族公子和官僚豪富们周旋，赏花、游湖、作诗、陪酒，大多数情况下还要伴宿。秦重攒够银子后去嫖花魁娘子，与王九妈相约，却足足等了一个多月。因为她"今日是黄衙内约下游湖。明日是张山人一班清客，邀他做诗社。后日是韩尚书的公平，数日前送下东道在这里。"她应接不暇，日夜侍候那些嫖客，就连秦重去的那天，还陪七十岁的俞太尉游湖赏雪，直到一更天才回来。回来时已"吃得大醉，侍女扶将进来，到于门首，醉眼朦胧"，还要接客。这就从侧面写出了莘瑶琴被封建上层人物玩弄的屈辱生活，真实地揭示了一个被污辱、被蹂躏的妓女内心的深沉痛苦。她在这样的环境中，痛苦地挣扎，要顽强地生活下去，纯洁的思想和灵魂就难免受到毒害和污染，但她的心地始终是善良的，她从没有忘记过维护自己独立的人格，也没有放弃过做一个正常人的生活追求。这是她后来在生活道路上发生转变的基础。

　　莘瑶琴之所以决意嫁给秦重，换言之卖油郎之所以能独占花魁，是她一正一反两次遭际促成的。从正面讲，是秦重初宿妓院时对她的爱重；从反面讲，便是吴八公子对她的摧残。这正反的教训，使她痛下决心要嫁给卖油郎。这是全部情节中最关键的两个环节，是莘瑶琴生活发生转变的两次契机。身手不凡的作者抓住这两次契机进行了出色的描写，先看秦重初宿妓院的描写：卖油郎秦重和花魁女邂逅相遇，一见钟情，他省吃俭用奋斗了一年多，才攒够了与花魁娘子"相处一宵"的花柳费用，是抱着"若得这等美人搂抱了睡一夜，死也甘心"的愿望来嫖宿的，却受到带醉而归的莘瑶琴的冷遇，她"唤丫环开了卧房，点上银釭，也不卸头，也不解带，蹦脱了绣鞋，和衣上床，倒身而卧"，使卖油郎处于十分尴尬的地步。可以设想，如果是一般的嫖客，是很难饶过花魁娘子的。但心地善良而又诚心诚意地挚爱花魁的秦重却是另一番举动：他待莘瑶琴睡熟后，先给她盖上锦被，又怕她醉后口渴，要了壶茶。然后"把银灯挑得亮亮的，取了这壶热茶，脱鞋上床，捱在美娘身边，左手抱着茶壶在怀，右手搭在美娘身上，眼也不敢闭一闭"。睡到半夜，莘瑶琴要呕吐，他赶忙"用手抚摩其背"，待她呕吐时，"秦重怕污了被窝，把自己的道袍袖子张开，罩在她嘴上"让她"尽情一呕"，吐罢讨茶漱口，秦重又"斟上一瓯香喷喷的浓茶"递上。这完全不是一个嫖客的举止。秦重的真诚体贴与照顾，温暖了莘瑶琴的心，使她深受感动，临别时送给他二十两银子，以酬他的"一宵之情"，离别以后心里还"好不过意"，而且，她害酒歇在家中，"千个万个孤老都不想，倒把秦重整整的想了一日"，使她觉得"千百中难遇此一人"，甚至再次动了从良的念头，但可惜秦重是"市井之辈。若是衣冠子弟，情愿委身事之"。秦重虽然与莘瑶琴没有一点瓜葛，却以一片至诚，赢得了莘瑶琴的心。

但是使莘瑶琴迈出她下嫁秦重决定性一步的，是吴八公子"焚琴煮鹤"的恶作剧。福州太守吴岳的儿子吴八公子，是一个眠花宿柳之徒，莘瑶琴知他"气质不好，不愿相接"，结果他带领一伙恶奴，闯入妓院，打开房门，将瑶琴拖出房外，不管她弓鞋窄小，拉着在街上飞跑，直拖到西湖船上要她陪酒，她不肯，又被拔去簪珥，"小贱人，小娼根"骂个不停，逼得她几乎跳湖。在湖上她被肆意凌辱摧残之后，又被"绣鞋脱下，去其裹脚，露出一对金莲"，扔于西湖岸边的僻静之处。这时秦重恰巧路过这里，一面赶忙用白绫汗巾替她裹脚，亲手替她拭泪，为她挽起散乱的头发，一面好言好语劝慰，又雇了一乘暖轿，自己步行跟在后面，直把她送回王九妈家。吴八公子的暴行从反面教育了莘瑶琴，衣冠子弟只是把她当做粉头和玩物，而不可能真心诚意地爱她，她原先企盼的衣冠子弟与忠厚老实人品结合的从良对象只是幻想，在现实生活里是不可能有的。在与吴八公子的暴行恶德的对比中，秦重的忠厚志诚、善良多情再一次征服了花魁娘子，使她毅然决定嫁给秦重为妻，最后完成了她的思想转变。莘瑶琴的选择不单是对爱情对象的选择，而且是人生道路的抉择。她在生活的磨难中形成了新的爱情婚姻观念和生活理想，"布衣蔬食，死而无怨"。这样，卖油郎终于独占了花魁，莘瑶琴形象的塑造也得以最后的完成。

男主人公秦重的形象写得也很成功。对秦重这个人物，作者写了两个方面的性格，一方面是忠厚、纯朴、善良，另一方面是自轻自贱的小市民的卑微心理。对于前者多用自己言行及别人评价写出，对于后者则把他的言行和心理活动结合描绘。他偶然见到莘瑶琴"容颜娇丽，体态轻盈，目所未睹"，便"准准的呆了半晌，身子都酥麻了"。他是个老实人，"不知有烟花行径"，还猜想是什么人家的千金，知道莘瑶琴是妓女后，便攒了一年的钱。之后又等了一个多月，及至嫖宿之夜只是用手搭在莘瑶琴身上搋在旁边睡了一宿，但毫无怨言，见到莘瑶琴被吴八公子摧残后丢在西湖旁边，又毫不犹豫地热情相帮，终以其志诚、厚道、体贴、关心征服了花魁娘子的心，这是他性格的主导方面，是他能独占花魁的决定因素。与此同时，他作为卖油小贩，原本地位低下，自然养成了一种小市民的自轻自贱的卑微心理。这种心理到处流露出来。如当他攒足了钱，决定到王九妈家嫖宿，为了"像个上等嫖客"，"预先留下个体面"，便连日不到王九妈家卖油，而到"典当铺里买了一件见成半新半旧的绸衣，穿在身上，到街坊闲走，演习斯文模样"。活画出那种既至诚又卑微，可怜而又可笑的心态。与莘瑶琴相会时，他处处陪小心。原本洗过澡来的，丫环来请他"洗浴"，他也"不敢推托，只得又到浴堂，肥皂香汤，洗了一遍"。这些出色的细节描写，与人物的言语行动、心理刻画，交互为用，把人物的心理特征和精神面貌，揭示得精微细致，十分生动。所以，秦重的形象也写得很有光彩。

这篇小说在艺术结构上也颇具特色：两条线索，平行发展，不枝不蔓，结构谨严。小说的篇幅较长，约有两万五千余字，已经接近中篇了。作者确是以一种写作中篇小说的舒缓和铺陈的笔势，从容不迫地写这篇作品的。它不像《李娃传》《杜十娘怒沉百金箱》那样，一开笔就写女主人公是京都名妓，而是先从时代的大背景上，写金兵南侵，社会动乱，男女主人公秦重和莘瑶琴在逃难途中与家人失散，以此来展示两人相似的身世遭遇。这样的结构安排，不仅扩充了作品的生活内容，而且共同的逃难经历又成了他们日后在异乡遇合的生活基础。接着将两个主要人物分开来写，采取了小说家们常用的"花开两朵，各表一枝"的叙述方法，作品先集中写莘瑶琴，写她的不幸遭遇，刻画她的聪明、善良、倔强、刚烈的性格；接着则着重写秦重，同样写他的不幸遭遇，刻画他纯朴、忠厚、善良、老实的个性。然后两条线索交织来写，写他们的关系及其曲折变化，展开全篇的主体情节，直到最后的美满结合及莘瑶琴"家眷团圆"、秦重"父子团圆""秦小官归宗复姓""四重大喜"的大团圆结局。这样的结构安排，使得小说的篇幅虽然很长，情节却相当集中紧凑，头绪繁多而不紊乱，反而显得单纯明快，不枝不蔓，结构谨严，成为一个完满统一的有机体。

这篇小说在艺术表现上也相当高明，出色的细节描写，绝妙的心理刻画，富于个性的人物对话，以及人物之间的对比、映照和烘托都颇见功力。比如本篇一再用对比、映照的手法来表现封建统治阶级富豪子弟与市民人物的不同，秦重与金二员外、秦重与吴八公子的对照，有力地衬托了秦重老实、厚重、纯朴的品性，对秦重形象的塑造起了很好的作用。

本篇充分运用了市民的口语，叙事流畅简练，描写贴切细致，人物的语言尤有特色，各个人物都有自己恰如其分的性格化语言。莘瑶琴高雅一些，在抒情的时候常用文言，甚至有骈句出现；秦重的话比较通俗，但在莘瑶琴面前也讲一些"文雅"的话；刘四妈、王九妈则尽是市民的粗话，如"粪桶也有两个耳朵"，因她们常和一些士大夫接触，也学一些不伦不类的如"惜你的廉耻""谈笑皆鸿儒，往来无白丁"之类的语言，显得突兀而可笑。两个鸨儿的对话又表现了她们各不相同的个性与声音笑貌。至于细节描写和心理刻画，在前面分析人物形象时已提到不少，不再赘述。

（毕桂发）

胡总制巧用华棣卿
王翠翘死报徐明山[1]

明·陆人龙[2]

题词：自夷光奏治吴之功[3]，祖其谋者为和戎[4]，委红袖于腥膻[5]，瘁玉颜于沙漠[6]，曰吾以柔其悍也。吁嗟！非智术之姝[7]，则虽尽中国之妖艳，只作其伎乐耳，何济于事？故必才如翠翘，方可云粉黛中干城[8]。至其一死殉人，忠义彪炳一世。

翠娱阁主人题[9]

鹿台黯黯烟初灭[10]，又见骊山血[11]。馆娃歌舞更何如[12]，唯有旧时明月，满平芜。笑是金莲消国步[13]，玉树迷烟雾[14]。潼关烽火彻甘泉[15]，由来倾国遗恨，在婵娟。

上〔虞美人〕

这词单道女人遗祸。但有一班，是无意害人国家的，君王自惑他颜色，荒弃政事，致丧国家，如夏桀的妹喜[16]、商纣的妲己、周幽王褒姒、齐东昏侯潘玉儿、陈后主张丽华、唐明皇杨玉环；有有意害人国家，似当日的西施。但昔贤又有诗道：

谋臣自古系安危，贱妾何能作祸基？

但愿君臣诛宰嚭[17]，不愁宫里有西施。

却终是怨君王不是，我试论之。古人又有诗道昭君[18]：

汉恩自浅胡自深，人生乐在相知心。

当日锦帆遨游，蹀廊闲步[19]，采香幽径，斗鸡山坡，清歌妙舞馆娃宫中，醉月吟风姑苏台畔，不可说恩不深，不可说不知心。怎衬席吴宫、肝胆越国[20]，复随范蠡遨游五湖[21]？回首故园麋鹿，想念向日欢娱，能不愧心？世又说范蠡沉他在五湖，沉他极是，是为越去这祸种，为吴杀这薄情妇人，不是女中奇侠。

独有我朝王翠翘，他便是个义侠女子。这翠翘是山东临淄县人，父亲叫做王邦兴，母亲邢氏。他父亲是个吏员，三考满听选，是杂职行头，除授了个浙江宁波府象山县广积仓大使。此时叫名翘儿，已十五岁了：

眉欺新月鬓欺云，一段娇痴自轶群[22]。

柳絮填词疑谢女[23]，云和斜抱压湘君[24]。

随父到任不及一年，不料仓中失火，延烧了仓粮。上司坐仓官吏员斗级赔偿，可怜王邦兴尽任上所得，赔偿不来。日久不完，上司批行监比[25]。此时身边并无财物，夫妻两个慌做一团。倒是翘儿道："看这光景，监追不出，父亲必竟死在狱中。父亲死，必竟连累妻女，是死则三个死。如今除告减之外，所少不及百担，不若将奴卖与人家，一来得完钱粮，免父亲监比；二来若有多余，父亲母亲还可将来盘缠回乡，使女儿死在此处，也得瞑目。"两老口也还不肯。延捱几日，果然县中要将王邦兴监比，再三哀求得放。便央一个惯做媒的徐妈妈来寻亲，只见这妈妈道："王老爹，不是我冲突你说，如今老爹要将小姐与人，但是近来人用了三五十两要娶个亲，便思量赔嫁。如今赔是不望的，还怕老爹仓中首尾不清，日后贻累。那个肯来？只除老爹肯与人做小[26]，这便不消赔嫁，还可多得几两银子。"王邦兴道："我为钱粮，将他丢在异乡，已是不忍的。若说作小，女人有几人不妒忌的，若使拈酸吃醋，甚至争闹打骂，叫他四顾无亲，这苦怎了？"不肯应声。媒婆自去了。

那诓捱了两限不完[27]，县中竟将王邦兴监下。这番只得又寻这媒婆，道情愿做小。那妈妈便为他寻出一个人来，这人姓张名大德，号望桥。祖父原是个土财主，在乡村广放私债。每年冬底春初将米借人，糙米一石，蚕罢还熟米一石。四月放蚕帐，熟米一石，冬天还银一两，还要五分钱起利。借银九折五分钱，来借的写他田地房产，到田地房产盘完了，又写他本身。每年纳帮银，不还便锁在家中吊打。打死了，原写本身，只作义男[28]，不偿命。但虽是大户，还怕徭役，生下张大德到十五六岁，便与纳了个吏。在象山，又谋管了库。他为人最啬吝，假好风月，极是惧内。讨下一个本县舟山钱仰峰女儿，生得：

> 面皮靛样，抹上粉犹是乌青；嘴唇铁般，涂尽脂还同深紫。稀稀疏疏，两边蝉翼鬓，半黑半黄；歪歪踹踹，双只牵蒲脚，不男不女。圆睁星眼，扫帚星天半高悬；倒竖柳眉，水杨柳堤边斜挂。更有一腔如斗胆，再饶一片破锣声。人人尽道鸩盘茶[29]，个个皆称鬼子母[30]。

他在家里把这丈夫轻则抓掯嚷骂，重便踢打拳槌。在房中服侍的，便丑是他十分，还说与丈夫偷情，防闲打闹。在家里走动，便大似他十岁，还说是丈夫勾搭，絮聒动喃。弄得个丈夫在家安身不得，只得借在县服役，躲离了他。有个不怕事库书赵仰楼道："张老官，似你这等青年，怎挨这寂寞？何不去小娘家一走？"张望桥道："小娘儿须比不得浑家，没情。"赵书手道："似你这独坐，没人服事相陪，不若讨了个两头大罢[31]。"张望桥只是摇头，后边想起浑家又丑又恶，难以近身，这边娶妾，家中未便得知，就也起了一个娶小的心。却好凑着，起初只要十来两省事些的，后来相见了王翘儿，是个十分绝色，便肯多出些。又为徐婆撮合，赵书手撺哄，道他不过要完仓粮，为他出个浮收[32]，再找几两银子与他盘缠，极是相应。张望桥便也慨然。王邦兴还有未完谷八十石，作财礼钱三十二两，又将库内银那出八两找他，便择日来娶。翘儿临别时，母子痛哭。翘儿嘱咐，叫他早早还乡，不要流落别所，不要以他为念。王邦兴已自去了。

这边翘儿过门，喜是做人温顺勤俭，与张望桥极其和睦，内外支持，无个不喜，故此家中人不时往来。一则怕大娘子生性急赖，恐惹口面，不敢去说；二则因他待人有恩，越发不肯说，且是安逸。争奈张望桥是个乡下小官，不大晓世务。当日接管，被上首哄弄，把些借与人的作帐，还有不足。众人招起，要他出结，后边县官又有那应[33]。因坏官去不曾抵还，其余衙门工食，九当十预先支去。虽有领状，县官未曾札放。铺户料价，八当十预先领去，也有领状，没有札库。还有两廊吏书那借，差人承追纸价未完，恐怕追比，倩出虚收。况且管库时是个好缺，与人争夺，官已贴肉摑，还要外边讨个分上，遮饰耳目。兼之两边家伙，一旦接管官来逐封兑过，缺了一千八百余两，说他监守自盗，将打来了三十板。再三诉出许多情由，那官道：“这也是作弊侵刻，我不管你，将来监下。”重复央分上，准他一月完赃，免申上司。可怜张望桥不曾吃苦惯的，这一番监并，竟死在监内。又提妻子到县，那钱氏是个泼妇，一到县中，得知娶王翘儿一节，先来打闹一场，将衣饰尽行抢去。到官道：“原是丈夫将来娶妾，并那借与人，不关妇人事。”将些怕事来还银的，却抹下银子鳖在腰边。把些不肯还银，冷租帐借欠开出，又开王翘儿身价一百两。县官怜他妇人，又要完局，为他追比。王翘儿官卖，竟落了娼家。正是：

> 红颜命薄如鹅翼，一任东风上下飘。

可怜翘儿一到门户人家，就逼他见客。起初羞得不奈烦，渐渐也闪了脸，陪茶陪酒。终是初出行货，不会捉客，又有癖性，见些文人，他也还与他说些趣话，相得时也做首诗儿。若是那些蠢东西，止会得酾酒行房，舍了这三五钱银子，吃酒时搂抱，要歌要唱，摸手摸脚。夜间颠倒腾那，不得安息，不免撒些娇痴，倚懒撒懒待他。那在行的不取厌，取厌的不在行。便使性，或出些言语，另到别家撒漫。那鸨儿见了，好不将他难为，不时打骂。似这样年余，恰一个姓华名萼字棣卿，是象山一个财主，为人仗义疏财，乡里都推尊他。虽人在中年，却也耽些风月。偶然来嫖他，说起，怜他是好人家儿女，便应承借他一百两赎身。因鸨儿不肯，又为他做了个百两会[34]，加了鸨儿八十两，才得放手。为他寻了一所僻静房儿，置办家伙。这次翘儿方得自做主张，改号翠翘，除华棣卿是他恩人，其余客商俗子，尽皆谢绝。但只与些文墨之士联诗社，弹棋鼓琴，放浪山水。或时与些风流子弟清歌短唱，吹箫拍板，嘲弄风月。积年余，他虽不起钱，人自肯厚赠他。先倍还了人上会银，次华棣卿银，日用存留。见文人苦寒、豪俊落魄的，就周给他。此时浙东地方，那一个不晓得王翠翘？

到了嘉靖三十三年[35]，海贼作乱，王五峰这起寇掠宁绍地方[36]：

> 楼舡十万海西头，剑戟横空雪浪浮。
> 一夜烽生庐舍尽，几番战血士民愁。
> 横戈浪奏平夷曲，借箸谁舒灭敌筹。
> 满眼凄其数行泪，一时寄向越江流。

一路来官吏婴城固守[37]，百姓望风奔逃，抛家弃业，挈女抱儿。若一遇着，男妇老弱的都杀了，男子强壮的着他引路，女妇年少的将来奸宿，不从的也便将来砍杀。也不知污了多少名门妇女，也不知害了多少贞节妇女。此时真是各不相顾之时，翠翘想起："我在此风尘，实非了局。如今幸得无人拘管，身边颇有资蓄，不若收拾走回山东，寻觅父母。就在那边适一个人，也是结果。"便雇了一个人，备下行李，前往山东。沿途闻得浙西、南直都有倭寇，逶巡进发，离了省城。叫舡将到崇德，不期海贼陈东、徐海又率领倭子[38]，杀到嘉湖地面[39]。城中恐有奸细，不肯收留逃难百姓。北兵参将宗礼领兵杀贼，前三次俱大胜。后边被他伏兵桥下突出杀了，倭势愈大。翠翘只得随逃难百姓再走邻县。路上风声鹤唳，才到东，又道东边倭子来了，急奔到西方。到西，又道倭子在这厢杀人，又奔到东，惊得走头没路。行路强壮的凌虐老弱，男子欺弄妇人，恐吓抢夺，无所不至。及到撞了倭子，一个个走动不得，要杀要缚，只得凭他。翠翘已是失了挑行李的人，没及奈何，且随人奔到桐乡。不期徐海正围阮副使在桐乡，一彪兵撞出，早已把王翠翘拿了。

　　梦中故国三千里，目下风波顷刻时。

　　一入雕笼难自脱，两行清泪落如丝。

　　此时翠翘年方才二十岁，虽是布服乱头，却也不减妖艳。解在徐海面前时，又夹着几个村姑，越显得他好了。这徐海号明山，插号徐和尚。他在人丛中见了翠翘，道："我营中也有十余个子女，不似这女子标致。"便留入营中。先前在身边得宠的妇女，都叫来叩头。问他，知他是王翠翘，分付都称叫他做"王夫人"。

　　已将飘泊似虚舟，谁料相逢意气投。

　　虎豹寨中鸳凤侣，阿奴老亦解风流。

初时翠翘尚在疑惧之际，到后来见徐和尚输情输意，便也用心笼络他。今日显出一件手段来，明日显出一件手段来，吹箫唱曲，吟诗鼓琴，把个徐和尚弄得又敬又爱，魂不着体。凡掳得珍奇服玩，俱拣上等的与王夫人。凡是王夫人开口，没有不依的。不惟女侍们尊重了王夫人，连这干头目们那个不晓得王夫人？他又在军中劝他少行杀戮，凡是被掳掠的多得释放。又日把歌酒欢乐他，使他把军事懈怠。故此虽围了阮副使，也不十分急攻。

只是他与陈东两相掎角，声势极大。总制胡梅林要发兵来救，此时王五峰又在海上，参将俞大猷等兵又不能轻移[40]，若不救，恐失了桐乡，或坏了阮副使，朝廷罪责，只得差人招抚，缓他攻击。便差下一个旗牌，这旗牌便是华萼。他因倭子到象山时，纠合乡兵，驱逐得去，县间申他的功次，取在督府听用，做了食粮旗牌。领了这差，甚是不喜，但总制军令，只得带了两三个军伴，来见陈东、徐海。一路来好凄凉光景也：

> 村村断火，户户无人。颓垣败壁，经几多瓦砾之场；委骨横尸，何处是桑麻之地。凄凄切切，时听怪禽声；寂寂寥寥，那存鸡犬影？

正打着马儿慢慢走，忽然破屋中突出一队倭兵。华旗牌忙叫："我是总制爷差来见你大王的。"早已揪翻马下。有一个道："依也其奴瞎咀郎。"华言"不要杀"。各倭便将华旗牌与军伴一齐捆了，解到中军来，却是徐明山部下巡哨倭兵。过了几个营盘，是个大营，只见密密匝匝的排上数万髡头跣足倭兵，纷纷纭纭的列了许多器械。头目先行禀报道："拿得一个南朝差官。"此时徐明山正与王翠翘在帐中弹着琵琶吃酒，已自半酣了，瞪着眼道："拿去砍了。"翠翘道："既是官，不可轻易坏他。"明山道："抓进来。"外边应了一声，却有带刀的倭奴约五七十个，押着华旗牌到帐前跪下。那旗牌偷眼一看，但见：

> 左首坐着个雄纠纠倭将，绣甲锦袍多猛勇；右首坐着个娇倩美女，翠翘金凤绝妖娆。左首的怒生铁面，一似虎豹离山；右首的酒映红腮，一似芙蕖出水。左首的腰横秋水[41]，常怀一片杀人心；右首的斜拥银筝，每带几分倾国态。蒹葭玉树，穹庐中老上醉明妃；丹凤乌鸦，锦帐内虞姬陪项羽[42]。

那左首的雷也似问一声道："你甚么官？敢到俺军前缉听！"华旗牌听了，准准挣了半日，出得一声道："旗牌是总制胡爷差来招大王的。"那左首的笑了笑道："我徐明山不属大明，不属日本，是个海外天子，生杀自由。我来就招，受你这干鸟官气么？"旗牌道："胡爷钧语，道两边兵争，不免杀戮无辜。不若归降，胡爷保奏与大王一个大官。"左边的又笑道："我想那严嵩弄权[43]，只论钱财，管甚功罪？连你那胡总制还保不得自己，怎保得我？可叫他快快退去，让我浙江。如若迟延，先打破桐乡，杀了阮鹗[44]。随即踏平杭州，活拿胡宗宪。"旗牌道："启大王：胜负难料，还是归降。"只见左边道："哇！怎见胜负难料？先砍这厮。"众倭兵忙将华旗牌簇下。喜得右首坐的道："且莫砍。"众倭便停了手。他便对左首的道："降不降自在你，何必杀他来使，以激恼他？"左首的听了道："且饶这厮。"华旗牌得了命，就细看那救他的人，不惟声音厮熟，却也面貌甚善。那右边的又道："与他酒饭压惊。"华旗牌出得帐，便悄悄问饶他这人，通事道："这是王夫人，是你那边名妓。"华旗牌才悟是王翠翘："我当日赎他身子，他今日救我性命。"

这夜王夫人乘徐明山酒醒，对他说："我想你如今深入重地，后援已绝，若一蹉跌，便欲归无路。自古没有个做贼得了的。他来招你，也是一个机括。他疑你，你也疑他。使他不防备你，便可趁势入海，得以自由。不然桐乡既攻打不下，各处兵马又来，四面合围，真是胜负难料。"明山道："夫人言之有理。但我杀戮官民，屠掠城池，罪恶极重。纵使投降中国，恐不容我，且再计议。"次早王夫人撺掇，赏他二十两银子，还他鞍马军伴，道："拜上胡爷，这事情重大，待我与陈大王计议。"

华旗牌得了命，星夜来见胡总制，备说前事。胡总制因想徐海既听王夫人言语，不杀华萼，是在军中做得主的了，不若贿他做了内应，或者也得力。又差华旗牌赍了手书礼物，又取绝大珍珠、赤金首饰、彩妆洒线衣服，兼送王夫人。此时徐明山因王夫人朝夕劝谕，已有归降之意。这番得胡总制书，便与王翠翘开读道：

> 君雄才伟略，当取侯封如寄，奈何拥众异域，使人名之曰贼乎？良可痛也！倘能自拔来归，必有重委。皦日在上[45]，断无负心。君其裁之！

两人看罢，明山遂对王夫人道："我日前资给全靠掳掠，如今一归降，便不得如此，把甚养活？又或者与我一官，把我调远，离了部曲[46]，就便为他所制了。"王夫人道："这何难？我们问他讨了舟山屯扎，部下已自不离。又要他开互市[47]，将日本货物与南人交易，也可获利。况在海中，进退终自由我。"明山道："这等夫人便作一书答他。"翠翘便援笔写：

> 海以华人，乃为倭用。屡逆颜行，死罪死罪。倘恩台曲赐湔除[48]，许以洗涤，假以空御，屯牧舟山，便当率其部伍，藩辅东海，永为不侵不畔之臣[49]，以伸衔环吐珠之报[50]。

又细对华旗牌说了，叫他来回报，方才投降。

这边正如此往来，那厢陈东便也心疑，怕他与南人合图谋害，也着人来请降，胡总制都应了。自轻骑到桐乡受降，约定了日期。只见陈东过营来见徐明山计议道："若进城投降，恐有不测。莫若在城下一见，且先期去出他不意。"计议已定，王翠翘对徐明山道："督府方以诚招来，断不杀害。况闻他又着人招抚王五峰，若杀了降人，是阻绝五峰来路了。正当轻裘缓带，以示不疑。"至日陈东来约，同到桐乡城，俱着介胄，明山也便依他。在于城下，报至城中。胡总制便与阮副使并一班文武，坐在城楼上。徐海、陈东都在城下叩头。胡总制道："既归降，当贷汝死。还与汝一官，率部曲在海上，为国家戮力，勿有二心。"两个又叩了头，带领部曲各归寨中。

胡总制与各官道："看这二酋桀骜，部下尚多，若不提备他，他或有异志，反为腹心之患。若提备他，不惟兵力不足，反又起他畔端。弃小信成大功，势须剪除方可。"回至公署，定下一策，诈做陈东一封降书，说前日不解甲、不入城、不从日期，都是徐海主意。如今他虽降，犹怀反侧。乞发兵攻之，我为内应。叫华旗牌拿这封书与明山看，道督府不肯信他谗言，只是各官动疑，可速辨明。且严为防御，恐他袭你。明山见了大骂道："这事都是你主张，缘何要卖我立功?"便要提兵与他厮杀。王翠翘道："且莫轻举，俗言先下手为强，如今可说胡爷有人在营，请他议事，因而拿下。不惟免祸，还是大功。"明山听了，便着人去请陈东，预先埋伏人等他。果是陈东不知就里，带了麻叶等一百多人来。进得营，明山一个暗号，尽皆拿下，解入城中。陈东部下比及得知来救，已不及了。从此日来报仇厮杀，互有胜负。王翠翘道："君屠毒中国，罪恶极多，但今日归降，又为国擒了陈东，功罪可以相准。不若再恳督府，离此去数十里有沈家庄，四围俱是水港，可以自守，乞移兵此处。仍再与督府合兵，尽杀陈东余党。如此则功愈高，尽可自赎。然后并散部曲，与你为临淄一布衣，何苦拥兵日受惊恐?"去求督府，慨然应允。移往沈家庄，又约日共击陈东余党，也杀个几尽。

只是督府恐明山不死，祸终不息，先差人赍酒米犒赏他部下，内中暗置慢药。又赏他许多布帛饮食，道陈东余党尚有，叫他用心防守。这边暗传令箭，乘他疏虞，竟差兵船放火攻杀。这夜明山正在熟寝，听得四下炮响，火光烛天。只说陈东余党，便披了衣，携了翠翘，欲走南营，无奈四围兵已杀至，左膊中了一枪。明山情急，便向河中一跳，翠翘见了，也待同溺。只听得道："不许杀害王夫人。"又道："收得王夫人有重赏。"早为兵士扶住，不得投水。次日进见督府，叩头请死。督府笑道："亡吴伯越[51]，皆卿之功。方将与卿为五湖之游，以偿子，幸勿怖也。"因索其衣装还之，令华旗牌驿送武林。王翠翘尝怏怏，以不得同明山死为恨。华旗牌请见，曰："予向日蒙君惠，业有以报。今督府行且赏君功，亦惟妾故。"拒不纳。因常自曰："予尝劝明山降，且劝之执陈东，谓可免东南之兵祸。予与明山亦可借手保全首领，悠游太平。今至此，督府负予，予负明山哉！"尽弃弦管，不复为艳妆。

不半月，胡总制到杭，大宴将士，差人召翠翘。翠翘辞病。再召才到，憔悴之容可掬。这时三司官外[52]，文人有徐文长、沈嘉则，武人彭宣慰九霄[53]。总制看各官，对翠翘道："此则种蠡[54]，卿真西施也！"坐毕，大张鼓乐。翠翘悒郁不解。半酣，总制叫翠翘到面前道："满堂宴笑，卿何向隅？全两浙生灵，卿功大矣！"因命文士作诗称其功。徐文长即席赋诗曰：

仗钺为孙武，安怀役女戎。

管弦消介胄，杯酒殪枭雄[55]。

歌奏平夷凯，钗悬却敌弓。

当今青史上，勇不数当熊[56]。

沈嘉则诗：

> 灰飞烟灭冷荒湾，伯越平湖一笑间[57]。
>
> 为问和戎汉公主，阿谁生入玉门关。

胡梅林令翠翘诵之，曰："卿素以文名，何不和之？"翠翘亦援笔曰：

> 数载飘摇瀚海萍，不堪回盼泪痕零。
>
> 舞沉玉鉴腰无力[58]，笑倚银灯酒半醒。
>
> 凯奏已看欢士庶，故巢何处问郊坰[59]？
>
> 无心为觅平吴赏，愿洗尘情理贝经[60]。

督府酣甚，因数令行酒，曰："卿才如此，故宜明山醉心。然失一明山矣，老奴不堪赎乎？"因遽拥之坐，逼之歌三诗。三司起避，席上哄乱。彭宣慰亦少年豪隽，属目翠翘，魂不自禁，亦起进诗曰：

> 转战城阴灭獍枭[61]，解鞍孤馆气犹骄。
>
> 功成何必铭钟鼎，愿向元戎借翠翘。

督府已酩酊，翠翘与诸官亦相继谢出。

次早督府酒醒，殊悔昨之轻率。因阅彭宣慰诗，曰："奴亦热中乎？吾何惜一姬，不收其死力？"因九霄入谢酒，且辞归，令取之。翠翘闻之不悦，九霄则舣舟钱塘江岸，以舆来迎。翠翘曰："姑少待。"因市酒肴，召徐文长、沈嘉则诸君，曰："翠翘幸脱鲸鲵巨波，将作蛮夷之鬼，故与诸君子诀。"因相与轰饮，席半自起行酒，曰："此会不可复得矣！妾当歌以为诸君侑觞[62]。"自弄琵琶，抗声歌曰：

> 妾本临淄良家子[63]，娇痴少长深闺里。
>
> 红颜直将芙蕖欺[64]，的的星眸傲秋水[65]。
>
> 十三短咏弄柔翰，珠玑落纸何珊珊。
>
> 洞箫夜响纤月冷，朱弦晓奏秋风寒。

自矜应贮黄金屋[66]，不羡石家珠十斛[67]。

命轻逐父宦江南，一身飘泊如转轴。

倚门惭负妖冶姿，泪落青衫声擞擞。

雕笼幸得逃鹦鹉[68]，轻轲远指青齐土[69]。

干戈一夕满江关，执缚竟自羁囚伍。

龙潭倏成鸳鸯巢，海滨寄迹同浮泡。

从胡蔡琰岂所乐[70]，靡风且作孤生茅。

生灵涂炭良可恻，殁弓拟使烽烟熄。

封侯不比金日磾[71]，诛降竟折双飞翼。

北望乡关那得归，征帆又向越江飞。

瘴雨蛮烟香骨碎，不堪愁绝减腰围。

依依旧恨萦难扫，五湖羞逐鸱夷老[72]。

他时相忆不相亲，今日相逢且倾倒。

夜阑星影落清波，游魂应绕蓬莱岛。

歌竟歔欷，众皆不怿[73]。罢酒，翠翘起更丽服，登舆，呼一樽自随，抵舟漏已下[74]。彭宣慰见其朱裳翠袖，珠络金缨，修眉淡拂，江上远山，凤眼斜流，波心澄碧，玉颜与皎月相映，真天上人。神狂欲死，遽起迎之，欲进合卺之觞。翠翘曰："待我奠明山，次与君饮。"因取所随酒洒于江，悲歌曰：

星陨前营折羽旄，歌些江山一投醪。

英魂岂逐狂澜逝，应作长风万里涛。

又：

红树苍山江上秋，孤篷片月不胜愁。

铢翎未许同逞举[75]，且向长江此目游。

歌竟大呼曰："明山！明山！我负尔！我负尔！失尔得此，何以生为！"因奋身投于江。

红颜冉冉信波流，义气蓬然薄斗牛。

清夜寒江湛明月，冰心一片恰相俦。

彭宣慰急呼捞救，人已不知流在何处，大为惊悼，呈文督府，解维而去。正是：

孤篷只有鸳鸯梦，短渚谁寻鸾凤群？

督府阅申文，不觉泪下，道："吾杀之！吾杀之！"命中军沿江打捞其尸。尸随潮而上，得于曹娥渡[76]，面色如生。申报督府，曰："娥死孝，翘死义，气固相应也。"命葬于曹娥祠右，为文以祭之，曰：

嗟乎翠翘，尔固天壤一奇女子也。冰玉为姿，则奇于色；云霞为藻，则奇于文；而调弦弄管，则奇于技。虽然，犹未奇也。奇莫奇于柔豺虎于衽席，苏东南半壁之生灵，竖九重安攘之大烈[77]，息郡国之转输，免羽檄之征扰[78]。奇功未酬，竟逐逝波不反耶！以寸舌屈敌，不必如夷光之蛊惑；以一死殉恩，不必如夷光之再逐鸱夷尔！更奇于忠、奇于义！尔之声誉，即决海不能写其芳也。顾予之功，维尔之功。尔之死，实予之死。予能无怃然欤！聊荐尔觞，以将予忱，尔其享之。

时徐文长有诗吊之曰：

弹铗江皋一放歌，哭君清泪惹衣罗。
功成走狗自宜死，谊重攀髯定不磨。
香韵远留江渚芷，冰心时映晚来波。
西风落日曹娥渡，应听珊珊动玉珂。

沈嘉则有诗曰：

羞把明珰汉渚邀，却随片月落寒潮。
波沉红袖翻桃浪，魂返蓬山泣柳腰。
马鬣常新青草色，凤台难觅旧丰标。
穹碑未许曹瞒识[79]，聊把新词续大招[80]。

又过月余，华旗牌以功升把总，渡曹娥江。梦中恍有召，疑为督府。及至，琼楼玉宇，瑶阶金殿，环以甲士。至门，二黄衣立于外，更二女官导之，金钿翠裳，容色绝世。引之登阶，见一殿入云，玟瑁作梁，珊瑚为栋，八窗玲珑，嵌以异宝。一帘半垂，缀以明珠，外列女官，皆介胄，执戈戟。殿内列女史，皆袍带抱文牍。卷帘，中坐一人，如妃主，侧绕以霓裳羽衣女流数十人，或捧剑印，或执如意，或秉拂尘，皆艳绝，真牡丹傲然，名花四环，俱可倾国。俄殿上传旨曰："旗牌识予耶？予以不负明山，自湛罗刹世涛[81]。上帝悯予烈，且嘉予有生全两浙功德，特授予忠烈仙媛，佐天妃主东海诸洋。胡公诛降，复致予死，上帝已夺其禄，命毙于狱。尔其识之！"语讫，命送回。梦觉，身在篷窗，寒江正潮，纤月方坠。正夜漏五鼓，因忆所梦，盖王翠翘。仅以上帝封翠翘事泄于人，后胡卒以糜费军资被劾下狱死，言卒验云。

　　雨侯曰：予尝读《唐书》，见时溥送黄巢姬妾至，帝临轩责问。其为首者对帝有云："帝以不能死节责妇女，置公卿于何地乎？"帝命杀之市，临刑无戚容。盖薄命红颜，如风飘残萼，那能自主？卒能以死酬恩，宜其光史册也！

（选自《型世言》）

[注释]

　　[1] **胡总制**——即胡宗宪，明代大臣。字汝贞，号梅林，徽州绩溪（今安徽省绩溪县）人。嘉靖三十四年（1555年）为浙江巡按都御史，后升总督，曾诱杀通倭的徐海等。以平倭之功升太子太保。后以附严嵩奸党下狱而死。总制，即总督。**徐明山**——即徐海，字明山，明代徽州（治所在今安徽省歙县）人。曾在杭州虎跑寺为僧，后入海上为匪，为王直手下大头目，多次引导倭寇骚扰沿海各地，嘉靖二十五年（1556年），为胡宗宪设计诱杀。

［2］陆人龙——明末小说家。字君翼，浙江钱塘人。除《型世言》外，尚创作有《辽海丹忠录》等。

［3］夷光——春秋时越国美女，即西施，苎罗（今浙江诸暨南）人。越国灭亡后，勾践将其献给吴王夫差，成为夫差最受宠的妃子。

［4］祖其谮者为和戎——沿续勾践之策，以美女作为平和外邦之策。祖，效法，沿袭。谮（chén沉），诚信。戎，古时中原人泛称西北各族为戎。

［5］委红袖于腥膻——抛弃美女于异邦外族。委，弃。红袖，指代美女。腥膻，本为牛羊及其食品的怪味，后亦指以牛羊肉为主食的少数游牧民族，系贬称。

［6］瘁玉颜于沙漠——使美女在荒漠之地忧病枯萎。瘁（cuì粹），忧病，劳累。玉颜，美女如玉的容颜。

［7］智术之姝——聪慧而又有计谋的美女。姝（shū书），美女。

［8］粉黛中干城——女子中的栋梁之材。粉黛，女子化妆用的脂粉、青黛，借指女子。干城，干为盾牌，城指城墙，二者合称比喻捍卫者。

［9］翠娱阁主人——指陆云龙，明末小说家兼书坊主人。字雨侯，号翠娱阁主人，浙江钱塘人。即本篇作者陆人龙之兄。写有《魏忠贤小说斥奸书》等作品，本篇篇末评语，亦出于他之手笔。

［10］鹿台——商纣王所建，故址在今河南汤阴朝歌镇南。纣王迷恋妲己，朝政日非，众叛亲离，周武王起兵伐纣，纣于兵败后登鹿台自焚。

［11］骊山——在陕西省临潼县东南，因山形似骊马，呈纯青色而得名。山上相传有烽火台，为周幽王举烽火戏诸侯处。烽火台本为古代传递紧急军情的设施，周幽王为取悦其宠妃褒姒，点燃烽火，诸侯以为外敌来犯，纷纷率兵前来救援，结果并无敌情，只引得褒姒开颜大笑。后犬戎真的来犯，虽点燃烽火，诸侯以为又是戏弄，不再来救，西周因此灭亡。骊山下有温泉，唐代于此建华清宫、华清池，唐玄宗常与杨贵妃来此。玄宗亦因沉迷声色，荒误国政，导致杨国忠专权，酿成安史之乱爆发。此句"骊山血"兼指周幽王、唐玄宗二事。

［12］馆娃歌舞——指春秋时吴王夫差荒淫误国事。夫差迷恋于西施，为之于灵岩上建馆娃宫，饰以珠玉，为西施游息之所。因贪于佚乐，忘记警惕越国，后终为越国灭掉。

［13］ 笑是金莲消国步——指六朝齐废帝东昏侯宠爱潘妃荒淫误国事。齐废帝为潘妃起造神仙、永寿二殿，饰以金璧珍宝，又凿为莲花以铺地，令潘妃行其上，称："此步步生莲花也。"

［14］ 玉树迷烟雾——指六朝陈后主沉溺声色致陈朝灭亡事。陈后主宠爱贵妃张丽华等，筑临春、结绮、望仙等阁，极尽奢华。终日宴游歌舞，并自度《玉树后庭花》等曲，不理国事，终为隋朝所灭。

［15］ 甘泉——宫殿名。故址在今陕西省淳化县西北。本为秦林光宫，汉武帝增筑扩建。本句的意思是，战火延及皇宫，王朝岌岌可危。

［16］ 妹（mò 末）喜——远古夏朝时有施氏之女。夏桀攻打有施氏，有施氏以女嫁桀，甚为桀宠爱。后商汤灭夏，妹喜与桀同奔南方而死。

［17］ 宰嚭（pǐ 匹）——春秋时吴国大臣，姓伯名嚭，官居太宰。因善逢迎，深得夫差宠信。吴灭越后，他受越贿赂，许越媾和，后又谮杀伍子胥，导致吴国灭亡。

［18］ 昭君——西汉南郡秭归（今属湖北省）人，名嫱，字昭君。汉元帝时被选入宫，竟宁元年（公元前33年），匈奴呼韩邪单于入朝求亲，她自请嫁匈奴，被立为阏氏（yān zhī 烟之，相当于王后）。呼韩邪死，前阏氏子继之，她从胡俗复为后单于的阏氏。下文"明妃"即昭君。

［19］ 蹀（dié 迭）廊——夫差又为西施建响屧（xiè 谢）廊，凿空廊下之地，将大瓮铺平，上铺厚板，令西施与宫人穿木板拖鞋行其上，因下空，故声音清亮。蹀，踏步。屧，木板拖鞋。

［20］ 衽（rèn 任）席吴宫、肝胆越国——意为身在吴，心向越。衽席，睡觉用的席子。肝胆，比喻真诚的心。

［21］ 范蠡（lǐ 里）——春秋末期政治家，越国大夫，字少伯，宛（今河南省南阳县）人。越国为吴王夫差所败后，他曾赴吴为质二年，归国后助越王勾践刻苦图强，终灭吴国。因见勾践只能共苦，不能同甘，便离开越国，定居齐国，经商致富。传说他与西施本有爱情，为国家利益而牺牲爱情，灭吴后，载西施而去。明代梁辰鱼传奇戏《浣纱记》写其事。

［22］ 轶（yì 义）群——超群，不同一般。

［23］ 柳絮填词疑谢女——此句的意思是王翠翘能作诗填词，才华可与谢道韫相比。谢道韫，东晋女诗人，陈郡阳夏（今河南省太康县）人，东晋著名

政治家谢安的侄女，自幼便聪慧有才辩。一次下雪天，谢安问子侄辈雪像什么，谢安之侄谢朗说："撒盐空中差可拟。"道韫说："未若柳絮因风起。"谢安很高兴。

[24] 云和斜抱压湘君——此句是说王翠翘多艺。云和，古代琴瑟等乐器的代称；湘君，湘水之神，说法不一，或认为是天帝之女，或认为是舜妃女英。

[25] 监比——下到监狱里，拷打追索。

[26] 做小——卖给人家做妾（小老婆）。妾的地位介于正妻与奴婢之间，纳妾属买卖婚姻，所出较一般娶妻的聘金多。

[27] 两限——两次限期迫讨。

[28] 义男——养子。

[29] 鸠盘茶——梵语，恶鬼名，义译为瓮形鬼。此用以形容钱氏貌丑性劣。茶应为荼，形近而误写。

[30] 鬼子母——梵名诃梨帝南，初为恶神，专吃小孩，后归于佛，为护法神。

[31] 两头大——指外宅。娶妾不与正妻住在一起、不受拘束，故称两头大。

[32] 浮收——不曾实际收到，出单据假称收到。下文"虚收"义同。

[33] 那应——挪借，应付。

[34] 百两会——相互集资资助的一种形式。下文"人上会"义同。

[35] 嘉靖——明世宗朱厚熜（cōng 匆）年号，三十三年为 1554 年。

[36] 王五峰——王直，字五峰，明代嘉靖年间徽州人，泛海走私，成为海匪头目，多次勾引倭寇入侵，骚扰东南沿海。后被胡宗宪擒获斩首。宁绍——浙江宁波绍兴等地。

[37] 婴城固守——据城固守。婴，缠绕，此指以城自绕。

[38] 陈东——明嘉靖年间人。初在日本萨摩岛主的兄弟部下为书记，后从王直为大头目，多次勾引倭寇骚扰东南沿海。后为胡宗宪设计擒杀。倭子——倭寇。

[39] 嘉湖——嘉兴、湖州两府，在今浙江省北部。下文崇德即属嘉兴府。

[40] 俞大猷（yóu 尤）——明代抗倭名将，字志辅，福建晋江人。历任

参将、总兵等官。倭寇侵扰东南沿海时，他转战江浙闽粤，多立战功，与戚继光齐名。

[41] 秋水——指剑。

[42] 项羽——本为楚贵族，起兵反秦，消灭了秦的主力，号西楚霸王，后在与刘邦相争中兵败自杀。虞姬——项羽宠姬，垓下兵败时，她自杀以激励项羽。

[43] 严嵩弄权——严嵩（1480—1567），字惟中、介溪，明代江西分宜人。明世宗嘉靖二十一年（1542年）任武英殿大学士，入阁专国政二十年，官至太子太保。他结党营私，排陷异己，卖官鬻爵，贪赃纳贿，弛废战备，使明代的社会危机日益深重。晚年被革职，家产抄没，不久病死。

[44] 阮鹗——字应荐，明代桐城人。嘉靖间进士，累官至浙江提学副使。嘉靖三十三年倭寇来犯，他分守桐乡。后以阿附赵文华等，擢右都御史，巡抚浙闽，抗倭不力，惟以搜刮民财，贿寇息事，因此被劾黜为民。

[45] 皦（jiǎo脚）日——明亮的太阳。

[46] 部曲——本为军队编制之称，后来演变亦称私人所蓄之兵卒与奴仆。

[47] 互市——国与国之间或各民族之间在交界地互相贸易往来。

[48] 湔（jiān煎）除——洗刷除去罪名。

[49] 畔——同"叛"。

[50] 衔环吐珠之报——据《续齐谐记》载，东汉杨宝在华阴山下见一受伤的黄雀，便把它捧回家中养好后放飞，夜梦一黄衣童子向他拜谢，说自己是西王母使者，蒙他救护，衔四个白玉环相报。后来即以衔环比喻报恩。又传说古代隋侯曾救一受伤之蛇，蛇便入江衔一大珠以报答，此珠称隋侯之珠，与和氏璧一样贵重。

[51] 亡吴伯越——灭亡吴国，使越国复兴并称霸天下。这里是胡宗宪借西施称颂王翠翘荡除倭寇、屏障东南的功劳。伯，通"霸"。

[52] 三司官——指都指挥司、布政使司、按察使司三个机构中省级官员。

[53] 徐文长——即徐渭（1521—1593），文长为其字，山阴（今浙江绍兴）人，明代文学家、书画家。曾参与胡宗宪幕府为幕僚，于抗倭军事多有策划。沈嘉则——当亦为胡宗宪府幕僚，生平不详。彭宣慰九霄——彭九霄，湖南永顺人，为宣慰使。宣慰使是安抚、治理少数民族的官，由当地世袭土司中

选拔，故《王翘儿传》称"永顺酋长"。

[54] 种蠡——文种和范蠡。文种，字子禽，郢（今湖北江陵西北）人。与范蠡同为春秋末期越国大夫。公元前494年，越被吴击败，因守会稽（今浙江绍兴），他向勾践献计，到吴贿赂太宰嚭，得免亡国。勾践归国后，授以国政，他与勾践配合，奋发图强，终于灭吴复仇。后勾践听信谗言，赐剑命他自杀。这里以文种和范蠡比喻平倭有功将领。

[55] 杯酒殪枭雄——不动刀兵便消灭了匪首。殪（yì义），杀死；枭雄，强横而有野心的人物。

[56] 当熊——据《汉书·外戚传》载，汉元帝与后妃到园中观兽，有熊窜出笼子，诸嫔妃四下逃走，独冯婕妤迎面站在熊面前，遮护元帝，左右护卫上前将熊杀死。后来"当熊"便成为女性临危不惧、奋不顾身的典故。

[57] 伯越平湖——当为"伯越平吴"，参见注[51]。

[58] 舞沉玉鉴腰无力——终夜歌舞，月儿已落下，浑身无力。玉鉴，玉镜，指月。

[59] 郊垧（jiōng扃）——荒郊野外。此句表明她渴望还乡的愿望。

[60] 贝经——在贝叶树的叶子上书写的佛经，即指佛经。

[61] 獍（jìng竟）枭——喻凶恶的敌人。獍，古书中称一种像虎豹的兽，一生下来就吃掉其母。枭，猫头鹰一类的鸟。

[62] 侑觞（yòu shāng右伤）——劝人吃酒。觞，古代称酒杯为觞。

[63] 良家子——良家妇女，与风尘女子相对，意谓本来是清白的。

[64] 芙蕖（fú qú扶渠）——荷花。此句形容容颜娇美，胜过荷花。

[65] 的的星眸傲秋水——此句形容眼睛明亮清澈。眸（móu谋），眼珠。秋水，秋季少暴雨，故河溪池潭之水清澈。

[66] 自矜应贮黄金屋——意谓自恃才貌，以为应当有美好幸福的婚姻。黄金屋，据载汉武帝刘彻幼时，长公主抱着他，问他表妹陈阿娇好不好，刘彻说："好！日后若能娶阿娇，得盖一所黄金的房屋给她住。"

[67] 不羡石家珠十斛——意谓并不羡慕绿珠那样作妾而受石崇宠爱。石家，指石崇，西晋时人，曾任荆州刺史，以劫掠客商致财产无数，极尽奢华，曾以十斛珍珠购得美女绿珠，备加宠爱。

[68] 雕笼幸得逃鹦鹉——此句指从妓院赎身，恢复自由。

[69] 轻舸远指青齐土——此句指准备返回故乡山东。轻舸（gě葛），轻便的船；青齐土，指山东临淄，王翠翘的故乡。地在今淄博市。临淄在春秋战国时是齐国的国都；青，青州，古九州之一，历代辖区虽有变化，但均包括临淄。

[70] 蔡琰（yǎn演）——汉末女诗人，字文姬，蔡邕之女，陈留圉（今河南省杞县）人。汉末战乱中没入匈奴，归左贤王，居匈奴十二年，后为曹操赎回。

[71] 金日磾（dī低）——西汉大臣。字翁叔，本匈奴休屠王的太子，武帝时归汉。昭帝即位，与霍光、桑弘羊同受遗诏辅政。遗诏以他有擒缚谋叛莽何罗之功，封为秺侯。这句是说徐海虽归降朝廷立功，却不曾像金日磾那样受到封赏。

[72] 五湖羞逐鸱夷老——此句借用西施于灭吴后从范蠡泛舟五湖的典故，说自己被胡宗宪赏赐给彭宣慰，将随之泛舟而去，深感愧恨。鸱夷，范蠡离开越国后，自称鸱夷子皮。

[73] 不怿（yì义）——不愉快。

[74] 抵舟漏已下——回到船上，天已经黑了。漏，古代计时用的漏壶。

[75] 铩翎未许同遐举——意谓未与徐海同死。铩（shā杀）翎，羽毛摧落，比喻失意；遐举，指死。

[76] 曹娥——东汉孝女，浙江上虞人。其父溺死于江，不得尸。时曹娥年十四，沿江号哭，昼夜不绝，后投江而死。

[77] 竖九重安攘之大烈——建立为朝廷熄灭边患的大功。九重（chóng虫），旧指帝王所居之处。

[78] 息郡国之转输，免羽檄之征扰——免除了战争的搔扰，因此也不必再加征租税，各地不必再向前线输送粮草。羽檄，古时征调兵马的文书，插有羽毛表示紧急，这里指战争。

[79] 穹（qióng穷）碑——高起拱形的碑，指曹娥碑。曹娥碑文为东汉邯郸淳所撰，蔡邕读后，于碑背题"黄绢幼妇，外孙齑臼"八字，寓"绝妙好辞"之意，后亦镌于碑上。曹瞒——指曹操，操小字阿瞒。曹操于蔡文姬家见此碑文图轴，而不喻其意，问及谋士杨修。此句的意思是王翠翘的丰功伟绩，不为一般人理解。

［80］大招——《楚辞》篇名，内容形式同《招魂》。

［81］湛——此处读 chén（沉），通"沉"。罗刹——恶鬼，此处意为险恶。

［鉴赏］

本篇系明代陆人龙短篇小说集《型世言》第七回，写王翠翘的悲惨一生及其劝降徐海，使东南沿海免除倭寇之患的故事。《型世言》国内不传，孤本仅存韩国汉城大学奎章阁中，先前仅见《幻影》（即《三刻拍案惊奇》）、《别刻拍案惊奇》等翻刻残本。近年方得引归国内，人们始获睹全璧，惊奇地发现，此书之价值、地位，足以与"三言""二拍"抗衡。本篇又是《型世言》中最优秀的篇章之一。篇中所写，为发生于明嘉靖年间的真实事件，当时人徐学谟撰有《王翘儿传》，茅坤的《剿海本末》亦纪其事。陆人龙生活在当年深受倭寇之害、亦受翠翘之益的杭州，其事虽已过数十年，但当时广为流传，以其为题材进行创作的颇多，作者对之亦必十分谙熟，字里行间，可以看出，作者是怀着同情和崇敬的心情进行创作的。

同一题材的作品，徐学谟的《王翘儿传》可视为文言传奇小说，类似的还有余怀的《王翠翘传》，（收在张潮所辑的《虞初新志》内）。白话小说，就笔者所见，短篇的尚有周清源《西湖二集》第三十四卷《胡少保平倭战功》；长篇的有清初题"青心才人编次"的《金云翘传》。《王翘儿传》《王翠翘传》虽对主人公王翠翘多所肯定，但文字简略，只是陈其梗概。《胡少保平倭战功》重点写胡宗宪，意在为其平反，对王翠翘的描写并不充分。《金云翘传》加进了王翠翘姐妹与金重的爱情故事，描写更加细腻，成就较高，后由越南诗人移植改编成诗体小说，蜚声世界文坛，也是在本篇的基础上发展的。就短篇小说论，本篇可说是写得最为优秀、最有特色的。

作者首先从女子的社会地位及作用着眼。开篇先引《虞美人》词，"单道女人遗祸"，涉及妲己、褒姒、西施、潘玉儿、张丽华、杨玉环等人，归结为"由来倾国遗恨，在婵娟。"这便是封建时代影响甚大的"女人祸水论"。作者一反潮流，明确指出：这些人多是"无意害人国家的，君王自惑他颜色，荒弃政事，致丧国家"，均属"君王不是"。对历代统治者推行的"和戎"政策，也持保留态度。非议君王及其谋臣，而为妇女辩护，在男尊女卑的社会中，实不同凡响。作者既反对以亡国的罪名或其他政治责任推诿于女子，又充分肯定如王翠翘这样的"智术之姝""义侠女子"的作用和贡献，称之为"粉黛中干城"。基于此，作者对王翠翘的描写，便不是简单的记叙其事，而是从总结历史，从探讨女子的社会地位和作用的高度，既称颂其殊勋，又慨叹其不幸，使作品具有不同一般的深刻性。

王翠翘资质不凡，貌欺芙蕖，才比谢女，又有胆有识，有品有德，几乎可以说她具备了那个时代女子的一切美好方面。"自矜应贮黄金屋"，她也曾向往憧憬幸福，但其遭遇却是十分悲惨的。家难国难接踵而来，把她抛向社会最底层，处于至轻至贱的地位。那个时代女子可能遭遇的一切不幸，几乎都降临到她的头上，最终被黑暗的社会所吞噬。其父因公务牵连下狱，她主动卖身抵债，救得双亲的性命，被迫卖给一个俗不可耐的土财主做小妾。后又沦落为娼，陪茶陪酒陪宿，供人玩弄，稍不如意，便遭鸨儿打骂。得人资助，赎身出来，正打点返乡与父母团聚，却遭倭寇之乱，被掳做押寨夫人，没身匪窟，颠簸海上。由于她的斡旋努力，招降而又歼灭了徐海等海匪倭寇，身为统帅的胡宗宪，口头上称许"亡吴伯越，皆卿之功"，"苏东南半壁之生灵，竖九重安攘之大烈"，表示要有所奖励补偿，而于酒席筵上，却恃酒拥抱翠翘而坐，表白要顶替徐海的位置占有翠翘，致席上大乱。荒远之地的酋长，乘机讨要翠翘，而胡为换得其卖力，竟然应允。翠翘虽立此大功，仍得不到任何实际上的尊重，不能左右自己的命运，而只能听命于人，形同战俘囚徒。对于行将埋骨"瘴雨蛮烟"之间，为"蛮夷之鬼"，她是极不情愿的，其最后的沉江，既涉及对徐海的态度，也是对这一愚弄的抗议，胡宗宪自己也承认："吾杀之！吾杀之！"小说通过王翠翘的悲惨遭遇，集中概括了封建时代妇女的悲剧命运。她热爱生活，热爱生命，向往幸福安定，"保全首领，悠游太平"，却毫无地位，没有任何自主权。她一再试图摆脱厄运，却一再碰壁，最后归于毁灭。作者对其不幸满腔同情，或借王翠翘之口，或直接评论，多次写道："红颜命薄如鹈翼，一任东风上下飘"，"已将飘泊似虚舟"，"一身飘泊如转轴"，篇末雨侯之评也说："盖薄命红颜，如风飘残蕚"，真是往复三叹。"红颜薄命"的主题，自唐传奇《霍小玉传》首揭（篇中霍小玉浩叹："我为女子，薄命如斯；君是丈夫，负心若此。"），历代都有作家咏叹，但多将这一主题局限于婚姻问题上，均不如本篇这样广泛接触社会诸多方面，直接揭示本质，这样鲜明深刻，这正是本篇成功之处，至今读之，仍令人感慨，发人深思。

　　王翠翘所以能建此"生全两浙功德"，并非偶然，而与其善良、深明大义、勇于自我牺牲等美德密不可分。其父遭难，她不是哀泣埋怨，束手待毙，而是清醒地看到，家中并无财物，"监追不出，父亲必竟死在狱中"，父死，母女亦难全，故断然提出卖身还债，父母得救，自己死亦瞑目。这种自我牺牲精神，与窦娥、赵五娘等形象一脉相通，是中国古代妇女传统美德的体现。她沦落为妓，虽自身不保，仍保持其刚强善良的本性，对那些只知寻欢取乐毫无尊重之意的"蠢东西"鄙薄厌弃，"撒懒待他"；而对那些"文人苦寒，豪俊落魄的"，便以自己出卖肉体的血泪钱，尽可能地"周给他"，在困境中能帮助别人，更是显示其心怀和本性。她经历了倭寇侵扰时的逃难，并没身匪窟，篇中虽是在华旗牌招降徐海时写道："村村断火，户户无人。颓垣败壁，经几多瓦砾之场；委骨横尸，何处是桑麻之地"！其实这也是她逃难时所见。倭寇的烧杀抢掠、奸淫妇女等种种罪行，令人发指，对东南沿海的经济发展与士民的生命财产造成极大破坏。对于倭寇之患的危害，她深有体会，因此，当其得到徐海的宠爱并言听计从时，便主动地有意识地"劝他少行杀戮"，"使他把军事懈怠"。正基于此，当胡宗宪派人来招降时，她曲为周全，一步步诱导徐海归于正途。篇中虽写到胡宗宪以珍宝衣饰贿赂她，但她之所为，决非贪图贿赂，而是更为自觉的行动，如其诗中所写："生灵涂炭良可恻，殁弓拟使烽烟息。"由于徐海受招抚被奸，王直、陈东等也因之败亡，倭寇失去支撑和内应，势力大削。加之戚继光、俞大猷等抗倭军民的共同努力，浴血奋战，延续多年的倭寇之患终于得到廓清，王翠翘之功确不可没。篇中每每把她与西施相对比，称颂其功，也说是"亡吴伯越"，二人之事均出越地，有相近处，而在作者心中笔下，她的人品功业，则远在西施之上。西施作为美人计的先例，不过是以声色麻痹松懈夫差的斗志，尽管夫差对之优宠有加，她却无动于衷，其所为于越固有功，于吴则有罪。故后人对之的评价，称颂者有之，从不同角度出发诅咒，让范蠡将其沉江或勾践将其杀死者亦有之。王翠翘则是从国家民族利益出发，晓以大义，示以正途，与西施判然有别，如胡宗宪祭文所说："以寸舌屈敌，不必如夷光之蛊惑；以一死殉恩，不必如夷光之再逐鸱夷尔。更奇于忠、奇于义！"

徐海的海上为盗，大约也出于官府逼迫，从篇中看，他也是明显憎恨严嵩专权的。而他勾结倭寇，烧杀抢掠，则是国家、民族的罪人，与一般聚啸山林者不可混为一谈。但对他的被杀，及王翠翘与之的感情，则要具体分析。就王翠翘说，按篇中所写，她自十六岁卖身为妾，到徐海被杀，她自沉于江，年龄不过二十一岁。六年之中，她历尽辛酸，从来不曾受人尊重，从来不曾领略到爱情婚姻的幸福。倒是徐海，虽然曾是杀人不眨眼的魔头，对她则是"输情输意"，爱抚备至，言听计从。篇首作者在贬斥西施为"薄情妇人"后，又特别引北宋王安石对昭君的评价："汉恩自浅胡自深，人生乐在相知心。"翠翘正是从徐海那里得到尊重，得到"相知心"，故其对徐海报以真情，也是可以理解的，她自己诗中也称："龙潭倏成鸳鸯巢"。徐海固然罪不容诛，但有对她的痴情和尊重，在她苦口婆心的劝导下，就此改恶向善，不是没有可能，篇中也明明写到他真心接受招安，计擒陈东，杀其余党，并答应翠翘日后散其部曲，"为临淄一布衣"。在胡宗宪，固然收平倭之功，而不加区分，计杀徐海，背信弃义，绝其自新之路，未必不是失策。所以王翠翘才那样感叹："督府负予，予负明山！"大呼："明山！我负尔！"奋然投江。对于胡宗宪的杀降，作者显然是否定的。作为历史人物胡宗宪之功过，历来有争议，其总督浙闽时，搜刮挥霍，又阿附严嵩，严嵩倒台后，以党奸被劾下狱而死。但早在万历年间，朝廷已为之平反，并荫其子孙。本篇写在此之后的崇祯年间，还于篇末借助神话，让王翠翘成仙，而对胡宗宪，则说："上帝已夺其禄，命毙狱中。"寓贬斥意。

小说在描写王翠翘的悲剧一生时，也在一定程度上揭示了造成其悲剧的社会原因。其父王邦兴之祸和其夫张大德之死，均反映明代吏制的腐败。上司的昏聩，财库的混乱，上下之间，推诿欺瞒坑骗，善良无辜者适受其害。而严嵩专权，也是倭寇之患绵延经年的一个原因。倘无这些因素，王翠翘也未必真会幸福，真能如愿，可能仍会遭遇其他不幸，但起码不至于如此悲惨。由于篇幅与作品重点所限，没有就这方面作进一步的描写。

本篇艺术上最大的特点，在于成功地塑造了王翠翘这一令人同情而又崇敬的形象。篇名虽为《胡总制巧用华棣卿　王翠翘死报徐明山》，不过是与书中其他各篇统一，均取骈语，实际则是为王翠翘鸣不平，颂殊功，立传记，写其他人物，亦均为写王翠翘。其创作依据史实，而又有所想象发挥，在其遭遇、事迹的描述中，抓住并突出了其性格特点，又联系历代才艳之女的不幸，将其放到具体的历史环境中，使其本来就较集中地体现那个时代妇女命运的不幸遭遇，更增加了历史的厚度，鲜明地揭示出"红颜薄命"和妇女的地位作用问题。对于她的卖身为妾、沦落为娼、说降徐海和投江自杀，作者并不平均使用笔墨，而重点写与徐海相关者，写她的殊功，前半部分虽简略，但其不幸遭遇中所体现的刚强善良和深明大义，又为其建功作了铺垫，表明事非偶然，处至卑贱地位，能以国家民族利益为重，尤见不同凡响。她本身多才能诗，作者也有意识地以诗歌作为描写人物、透露心声的重要手段。特别是她在庆功宴上的赋诗和与徐文长话别的悲歌，作用更为明显。清初张潮编辑《虞初新志》，在对余怀的《王翠翘传》所作评语中，责其不即从徐海死，谓另有所图。评者本身境界不高，是从封建道德出发，只能隔靴搔痒。本篇中写到她上岸后拒不见华旗牌，"尽弃弦管，不复为艳妆"，已透露其态度，酒宴赋诗又明确吐露心愿："凯奏已见欢士庶，故巢何处问郊垧？无心为觅平吴赏，愿洗尘情理贝经。"希望重返故乡，安度余年。只是当胡宗宪把她当礼物送人，她才断然自沉，其死既有对徐海的愧憾，又有对胡的抗议。篇末她托梦见华旗牌时说："胡公诛降，复致予死"云云，其死正是胡宗宪造成的。至于话别悲歌，叙其一生，可谓一字一泣，尤为感人，可加深对此人物的把握。篇末的一段神话描写，完成了对这人物最后一笔，明清小说每每于现实主义冷峻的描写中，加进神话的虚幻色彩，此为小说家故伎，如曹雪芹这样的巨匠亦且不免。在这段描写中，进一步肯定了王翠翘的功业，补偿其惨死的遗憾，而谴责逼之走上绝路的胡宗宪，自有其作用，非为蛇足累赘。

本篇在结构上也有特色。全文可分序论、沦落、说降、沉江四大部分。序论虽仅是开篇，未涉及具体情节，但联系历史，提出妇女地位作用问题，确立基点，统帅全篇，使之具高屋建瓴之势。后三部分主线鲜明，重点突出，一气呵成。全文结构严密紧凑，无一赘笔。

作者之兄陆云龙评其另一部作品《辽海丹忠录》有云："至其词之宁雅而不俚，事之宁核而不诞，不剽袭于陈言，不借吻于俗笔，议论发其经纬，好恶一本于大公"（《辽海丹忠录序》)，亦可移用于评本篇的语言特点。全篇行文简洁、凝炼、晓畅、生动，亦可称道。

（苗　壮）

谭楚玉戏里传情
刘藐姑曲终死节

清·李　渔

诗云：

> 从来尤物最移人[1]，况有清歌妙舞身[2]；
> 一曲霓裳千泪落[3]，曾无半滴起娇嚘[4]。

又词云：

> 好妓好歌喉，擅尽风流。惯将欢笑起人愁，尽说含情
> 单为我，魂魄齐勾。舍命作缠头[5]，不死无休。琼瑶琼玖
> 竞相投[6]，桃李全然无报答，尚羞娇羞。

这首诗与这首词，乃说世间做戏的妇人，比寻常妓女，另
是一种娉婷[7]，别是一般妖媚，使人见了最易消魂，老实的也
要风流起来，悭吝的也会撒漫起来。这是甚么原故？只因他学
戏的时节，把那些莺啼燕语之声，柳舞花翻之态，操演熟了，
所以走到人面前，不消作意，自有一种云行水流的光景。不但
与良家女子立在一处，有轻清重浊之分；就与娼家姊妹分坐两
旁，也有矫强自然之别。况且戏场上那一条毡单，又是件最作
怪的东西，极会难为丑妇，帮衬佳人。丑陋的走上去，使他愈

加丑陋起来；标致的走上去，使他分外标致起来。常有五六分姿色的妇人，在台下看了，也不过如此，及至走上台去，做起戏来，竟像西子重生，太真复出，就是十分姿色的女子，也还比他不上。这种道理，一来是做戏的人，命里该吃这碗饭，有个二郎神呵护他，所以如此；二来也是平日驯养之功，不是勉强做作得出的。是便是了，天下最贱的人，是娼优隶卒四种[8]。做女旦的，为娼不足，又且为优，是以一身兼二贱了。为甚么还把他做起小说来？只因第一种下贱之人，做出第一件可敬之事，犹如粪土里面，长出灵芝来，奇到极处，所以要表扬他。别回小说，都要在本事之前，另说一桩小事，做个引子。独有这回不同，不须为主邀宾，只消借母形子，就从粪土之中，说到灵芝上去，也觉得文法一新。

却说浙江衢州府西安县[9]，有个不大不小的乡村，地名叫做杨村坞。这块土上的人家，不论男子妇人，都以做戏为业。梨园子弟所在都有，不定出在这一处，独有女旦脚色，是这一方的土产，他那些体态声音，分外来得道地。一来是风水所致；二来是骨气使然。只因他父母原是做戏的人，那些父精母血已先是些戏料了。及至带在肚里，又终日做戏，从胞胎里面就教习起了。及至生将下来，所见所闻，除了做戏之外，并无别事，习久成性，自然不差，岂是半路出家的妇人，所能仿佛其万一？所以他这一块地方，代代出几个驰名的女旦。别处的女旦，就出在娼妓里面，日间做戏，夜间接客，不过借做戏为由，好招揽嫖客。独有这一方的女旦不同，他有三许三不许。那三许三不许？

许看不许吃；许名不许实；许谋不许得。

他做戏的时节，浑身上下，没有一处不被人看到。就是不做戏的时节，也一般与人顽耍，一般与人调情。独有香喷喷的那钟美酒，只使人垂涎咽唾，再没得把人沾唇。这叫做许看不许吃。遇着那些公子王孙、富商大贾，或以钱财相结，或以势力相加，定要与他相处的，他也未尝拒绝，只是口便许了，心却不许。或是推托身子有病，卒急不好同房。或是假说丈夫不容，还要缓图机会，捱得一日是一日，再不使人容易到手。这叫做许名不许实。就是与人相处过了，枕席之间十分缱绻[10]，你便认做真情，他却像也是做戏，只当在戏台上面，与正生做几出风流。戏文做的时节，十分认真，一下了台，就不作准。常有痴心子弟，要出重价替他赎身。他口便许你从良，使你终日图谋，不惜纳交之费，图到后来究竟是一场春梦，不舍得把身子从人。这叫做许谋不许得。他为甚么原故，定要这等作难？要晓得此辈的心肠，不是替丈夫守节，全是替丈夫挣钱。不肯替丈夫挣小钱，要替丈夫挣大钱的意思。但凡男子相与妇人，就如馋人遇酒食，只可使他闻香，不可容他下箸[11]。一下了箸，就不觉兴致索然，再要他垂涎咽唾，就不能够了。所以他这一方的女旦，知道这种道理，再不肯轻易接人，把这三句秘诀，做了传家之宝。母传之于女，姑传之于媳，不知传了几十世，忽然传出个不肖的女儿来，偏与这秘诀相左[12]。也许看，也许吃，也许名，也许实，也许谋，也许得，总来是无所不许。古语道得好，"有治人，无治法"，他圆通了一世，一般也替丈夫同心协力，挣了一注大钱，还落得人人说他脱套。这个女旦姓刘，名绛仙，是嘉靖末年的人。生得如花似玉，喉音既好，身段亦佳，资性又来得聪慧。别的女旦，只做得一种脚色，独是他有兼人之才，忽而做旦，忽而做生。随那做戏的人家，要他装男就装男，要他扮女就扮女。更有一种不羁之才，到那正戏做完之后，忽然填起花面来，不是做净，就是做丑。那些插科打诨的话[13]，都是簇新造出来的，句句钻心，言言入骨，使人看了分外销魂，没有一个男人，不想与他相处。他的性子，原是极圆通的，不必定要潘安之貌[14]，子建之才[15]，随你一字不识，极丑极陋的人，只要出得大钱，他就与你相处。只因美恶兼收，遂致贤愚共赏，不上三十岁，挣起一分绝大的家私，封赠丈夫做了个有名的员外。他的家事虽然大了，也还不离本业。家中田地，倒托别人管照，自己随了丈夫，依旧在外面做戏，指望传个后代出来，把担子交卸与他，自己好回去养老。谁想物极必反[16]，传了一世，又传出个不肖的女儿来。不但把祖宗的成宪[17]，视若弁髦[18]，又且将慈母的芳规，作为故纸。竟在假戏文里面，做出真戏文来，使千年万载的人，看个不了。

这个女儿，小名叫做藐姑，容貌生得如花似玉，可称绝世佳人，说不尽他一身的娇媚。有古语四句，竟是他的定评：

> 施粉则太白，施朱则太红；加之一寸则太长，损之一寸则太短。

至于遏云之曲[19]，绕梁之音[20]，一发是他长技，不消说得的了。他在场上搬演的时节，不但使千人叫绝，万人赞奇。还能把一座无恙的乾坤，忽然变做风魔世界，使满场的人，个个把持不定，都要死要活起来。为甚么原故？只因看到那销魂之处，忽而目定口呆，竟像把活人看死了。忽而手舞足蹈，又像把死人看活了。所以人都赞叹他道："何物女子，竟操生杀之权。"他那班次里面，有这等一个女旦，也就够出名了。谁想天不生无对之物，恰好又有一个正生，也是从来没有的脚色。与藐姑配合起来，真可谓天生一对，地生一双。那个正生又有一桩奇处，当初不由生脚起手，是从净丑里面提拔出来的[21]。要说这段因缘，须从脚根上叙起。

藐姑十二三岁的时节，还不曾会做成本的戏文，时常跟了母亲做几出零星杂剧。彼时有个少年的书生，姓谭，名楚玉，是湖广襄阳府人。原系旧家子弟，只因自幼丧母，随了父亲在外面游学。后来父亲又死于异乡，自己只身无靠，流落在三吴、两浙之间，年纪才十七岁。一见藐姑就知道是个尤物，要相识他于未曾破体之先。乃以看戏为名，终日在戏房里面走进走出，指望以眉眼传情，挑逗他思春之念。先弄个破题上手，然后把承题开讲的工夫，逐渐儿做去。谁想他父母拘管得紧，除了学戏之外，不许他见一个闲人，说一句闲话。谭楚玉窥伺了半年，只是无门可入。

一日闻得他班次里面，样样脚色都有了，只少一个大净，还要寻个伶俐少年，与藐姑一同学戏。谭楚玉正在无聊之际，得了这个机会，怎肯不图。就去见绛仙夫妇，把情愿入班的话说了一遍。绛仙夫妇大喜，即日就留他拜了先生，与藐姑同堂演习。谭楚玉是个聪明的人，学起戏来，自然触类旁通，闻一知十，不消说得的了。藐姑此时，年纪虽然幼小，知识还强似大人。谭楚玉未曾入班，藐姑就相中他的容貌，见他看戏看得殷勤，知道醉翁之意决不在酒[22]。如今又见他投入班来，但知香艳之可亲，不觉娼优之为贱，欲借同堂以纳款[23]，虽为花面而不辞，分明是个情种无疑了，就要把一点灵犀托付与他[24]。怎奈那教戏的先生，比父亲更加严厉。念脚本的时节，不许他交头接耳；串科分的时节[25]，唯恐他靠体沾身。谭楚玉竟做了梁山伯，刘藐姑竟做了祝英台。虽然同窗共学，不曾说得一句衷情。只好相约到来生，变做一对蝴蝶，同飞共宿而已。谭楚玉过了几时，忽然懊悔起来道，有心学戏，除非学个正生，还存一线斯文之体。即使前世无缘，不能够与他同床共枕，也在戏台上面，借题说法，两下里诉诉衷肠。我叫他一声妻，他少不得叫我一声夫，虽然做不得正经，且占那一时三刻的风流，了了从前的心事，也不枉我入班一场。这花面脚色，岂是人做的东西。况且又气闷不过，妆扮出来的，不是村夫俗子，就是奴仆丫环。自己睁了饿眼，看他与别人做夫妻，这样膀胱臭气，如何忍得过。

一日乘师父不在馆中，众脚色都坐在位上念戏，谭楚玉与藐姑相去不远，要以齿颊传情，又怕众人听见。还喜得一班之中，除了生旦二人，没有一个通文理的，若说常谈俗语，他便知道，略带些之乎者也，就听不明白了。谭楚玉乘他念戏之际，把眼睛觑着藐姑。却像也是念戏一般，念与藐姑听道："小姐小姐，你是个聪明绝顶之人，岂不知小生之来意乎？"藐姑也像念戏一般，答应他道："人非木石，夫岂不知，但苦有情难诉耳。"谭楚玉又道："老夫人提防得紧，村学究拘管得严，不知等到何时，才能够遂我三生之愿？"藐姑道："只好两心相许，俟诸异日而已。此时十目相视，万无佳会可乘，幸勿妄想。"谭楚玉又低声道："花面脚色窃耻为之，乞于令尊令堂之前[26]，早为缓颊，使得擢为正生[27]，暂缔场上之良缘，预作房中之佳兆，芳卿独无意乎[28]？"藐姑道："此言甚善，但出于贱妾之口，反生堂上之疑[29]，是欲其入而闭之门也，子当以术致之。"谭楚玉道："术将安在？"藐姑低声道："通班以得子为重，子以不屑作花面而去之，则将无求不得。有萧何在君侧[30]，勿虑追信之无人也。"谭楚玉点点头道："敬闻命矣。"

过了几日，就依计而行，辞别先生与绛仙夫妇，要依旧回去读书。绛仙夫妇闻之，十分惊骇道："戏已学成，正要出门做生意了，为甚么忽然要跳起槽来？"就与教戏的师父，穷究他变卦之由。谭楚玉道："人穷不可失志。我原是个读书之人，不过因家计萧条，没奈何就此贱业，原要借优孟之衣冠[31]，发泄我胸中之垒块。只说做大净的人，不是扮关云长，就是扮楚霸王，虽然涂几笔脸，做到那慷慨激烈之处，还不失我英雄本色。那里晓得十本戏文之中，还没有一本做君子，倒有九本做小人。这样丧名败节之事，岂大丈夫所为，故此不情愿做他。"绛仙夫妇道："你既不屑做花面，任凭尊意，拣个好脚色做就是了，何须这等任性。"谭楚玉就把一应脚色，都评品一番道："老旦贴旦，以男子而屈为妇人，恐失丈夫之体。外脚末脚[32]，以少年而扮做老子，恐销英锐之气。只有小生可以做得，又往往因人成事，助人成名，不能自辟门户，究竟不是英雄本色，我也不情愿做他。"戏师父对绛仙夫妇道："照他这等说来，分明是以正生自居了[33]，我看他人物声音，倒是个正生的材料。只是戏文里面，正生的曲白最多，如今各样戏文都已串就，不日就要出门行道了，即使教他做生，那些脚本一时怎么念得上？"谭楚玉笑一笑道："只怕连这一脚正生，我还不情愿做；若还愿做，那几十本旧戏，如何经得我念，一日念一本，十日就念十本了。若迟一月出门，难道三十本戏文，还不够人家搬演不成？"那戏师父与他相处，一向知道他的记性最好，就劝绛仙夫妇，把他改做正生，倒把正生改了花面。谭楚玉的记性，真是过目不忘，果然不上一月，学会了三十多本戏文，就与藐姑出门行道。

起先学戏的时节，内有父母提防，外有先生拘管，又有许多同班朋友，夹杂其中，不能够匠心匠意，说几句知情识趣的话。只说出门之后，大家都在客边，少不得同事之人，都像弟兄姊妹一般，内外也可以不分，嫌疑也可以不避。揥肩擦背的时节，要嗅嗅他的温香，摩摩他的软囗，料想不是甚么难事。谁料戏房里面的规矩，比闺门之中更严一倍。但凡做女旦的，是人都可以调戏得，只有同班的朋友，调戏不得。这个规矩，不是刘绛仙夫妇做出来的。有个做戏的鼻祖，叫做二郎神，是他立定的法度。同班相谑，就如姊妹相奸一般，有碍于伦理。做戏的时节，任你肆意诙谐，尽情笑耍。一下了台，就要相对如宾，笑话也说不得一句。略有些暧昧之情[34]，就犯了二郎神的忌讳，不但生意做不兴旺，连通班的人，都要生起病来。所以刘藐姑出门之后，不但有父母提防，先生拘管，连那同班的朋友，都要互相纠察。见他与谭楚玉坐在一处，就不约而同都去伺察他，惟恐做些勾当出来，要连累自己，大家都担一把干系。可怜这两个情人，只当口上加了两纸封条，连那之乎者也的旧话，也说不得一句。只好在戏台之上，借古说今，猜几个哑谜而已。别的戏子，怕的是上台，喜的是下台。上台要出力，下台好躲懒故也。独有谭楚玉与藐姑二人，喜的是上台，怕的是下台。上台好做夫妻，下台要避嫌疑故也。这一生一旦，立在场上，竟是一对玉人。那一个男子不思，那一个妇人不想。又当不得他以做戏为乐，没有一出不尽情极致。同是一般的旧戏，经他两个一做，就会新鲜起来。做到风流的去处，那些偷香窃玉之状，偎红倚翠之情，竟像从他骨髓里面透露出来。都是戏中所未有的，一般使人看了无不动情。做到苦楚的去处，那些怨天恨地之词，伤心刻骨之语，竟像从他心窝里面发泄出来。都是刻本所未载的，一般使人听了，无不堕泪。这是甚么原故？只因别的梨园[35]，做的都是戏文，他这两个做的都是实事。戏文当做戏文做，随你搬演得好，究竟生自生，而旦自旦，两下的精神联络不来。所以苦者不见其苦；乐者不见其乐。他当戏文做，人也当戏文看也。若把戏文当了实事做，那做旦的精神，注定在做生的身上；做生的命脉，系定在做旦的手里，竟使两个身子合为一人，痛痒无不相关。所以苦者真觉其苦；乐者，真觉其乐。他当实事做，人也当实事看。他这班次里面，有了这两个生旦，把那些平常的脚色，都带挈得尊贵起来[36]。别的梨园，每做一本，不过三四两、五六两戏钱。他这一班，定要十二两，还有女旦的缠头在外。凡是富贵人家有戏，不远数百里，都要来接他。接得去的，就以为荣；接不去的，就以为辱。

刘绛仙见新班做得兴头，竟把旧班的生意，丢与丈夫掌管，自己跟在女儿身边，指望教导他些骗人之法，好趁大注的钱财。谁想藐姑一点真心，死在谭楚玉身上，再不肯去周旋别人。别人把他当做心头之肉，他把别人当做眼中之钉。教他上席陪酒，就说生来不饮，酒杯也不肯沾唇。与他说一句私话，就勃然变色起来，要托故起身。那些富家子弟，拼了大块银子，去结识他，他莫说别样不许，就是一颦一笑，也不肯假借与人。打首饰送他的，戴不上一次两次，就化作银子用了。做衣服送他的，都放在戏箱之中，做老旦贴旦的行头，自己再不肯穿着。隐然有个不肯二夫，要与谭楚玉守节的意思，只是说不出口。

一日做戏做到一个地方。地名叫做□□埠。这地方有所古庙，叫做晏公庙。晏公所职掌的，是江海波涛之事。当初曾封为平浪侯，威灵极其显赫。他的庙宇就起在水边，每年十月初三日是他的圣诞。到这时候，那些附近的檀越[37]，都要搬演戏文，替他上寿。往年的戏，常请刘绛仙做。如今闻得他小班更好，预先封了戏钱，遣人相接，所以绛仙母子，赴召而来。往常间做戏，这一班男女，都是同进戏房，没有一个参前落后。独有这一次，人心不齐，各样脚色都不曾来。只有谭楚玉与藐姑二人先到。他两个等了几年，只讨得这一刻时辰的机会，怎肯当面错过。神庙之中，不便做私情勾当，也只好叙叙衷曲而已。说了一会，就跪在晏公面前，双双发誓说："谭楚玉断不他婚，刘藐姑必不另嫁，倘若父母不容，当继之以死，决不作负义忘情、半途而废之事。有背盟者，神灵殛之[38]。"发得誓完，只见众人一齐走到，还亏他回避得早，不曾露出破绽来，不然疑心生暗鬼，定有许多不祥之事生出来也。当日做完了一本戏，各回东家安歇不提。

却说本处的檀越里面，有个极大的富翁，曾由资郎出身[39]，做过一任京职。家私有十万之富。年纪将近五旬，家中姬妾共有十一房。刘绛仙少年之时，也曾受过他的培植。如今看见藐姑一貌如花，比母亲更强十倍，竟要拼一注重价娶他，好与家中的姬妾，凑作金钗十二行。就把他母子留入家中，十分款待，少不得与绛仙温温旧好，从新培植一番，到那情意绸缪之际[40]，把要娶藐姑的话，恳恳切切的说了一番。绛仙要许他，又因女儿是棵摇钱树，若还熨得他性转，自有许多大钱趁得来，岂止这些聘礼；若还要回绝他，又见女儿心性执拗，不肯替爹娘挣钱，与其使气任性，得罪于人，不如打发出门，得注现成财物的好。踌躇了一会，不能定计，只得把句两可之词，回复他道："你既有这番美意，我怎敢不从，只是女儿年纪尚小，还不曾到破瓜的时节。况且延师教诲了一番，也等他做几年生意，待我弄些本钱上手，然后嫁他未迟，如今还不敢轻许。"那富翁道："既然如此，明年十月初三，少不得又有神戏要做，依旧接你过来，讨个下落就是了。"绛仙道："也说得是。"过了几日，把神戏做完，与富翁分别而去。

他当晚回复的意思，要在这一年之内，看女儿的光景何如。若肯回心转意，替父母挣钱，就留他做生意。万一教诲不转，就把这着工夫，做个退步。所以自别富翁之后，竟翻转面皮来与女儿作对。说之不听，继之以骂；骂之不听，继之以打。谁想藐姑的性子，坚如金石，再不改移。见他凌逼不过，连戏文也不情愿做，竟要寻死寻活起来。

及至第二年九月终旬，那个富翁早早差人来接。接到之时，就问绛仙讨个下落。绛仙见女儿不是成家之器，就一口应允了也。那富翁竟兑了千金聘礼，交与绛仙，约定在十月初三，神戏做完之后，当晚就要成亲。绛仙还瞒着女儿，不肯就说，直到初二晚上，方才知会他道："我当初生你一场，又费许多心事教导你，指望你尽心协力，替我挣一分人家。谁想你一味任性，竟与银子做对头。良不像良，贱不像贱，逢人就要使气，将来毕竟有祸事出来。这桩生意不是你做的，不如收拾了行头，早些去嫁人的好。某老爷是个万贯财主，又曾出任过，你嫁了他，也算得一位小小夫人。况且一生又受用不尽。我已收过他的聘礼，把你许他做偏房了。明日就要过门，你又不要任性起来，带挈老娘晦气。"藐姑听见这句话。吓得魂不附体，睁着眼睛把母亲相了几相。就回复道："母亲说差了，孩儿是有了丈夫的人，烈女不更二夫，岂有再嫁之理。"绛仙听见这一句，不知从那里说起。就变起色来道："你的丈夫在那里？我做爷娘的不曾开口，难道你自己做主，许了人家不成？"藐姑道："岂有自许人家之理。这个丈夫是爹爹与母亲，自幼配与孩儿的，难道还不晓得，倒装聋做哑起来。"绛仙道："好奇话。这等你且说来是那一个？"藐姑道："就是做生的谭楚玉。他未曾入班之先，终日跟来跟去，都是为我。就是入班学戏，也是借此入门，好亲近孩儿的意思。后来又不肯做净，定要改为正生，好与孩儿配合，也是不好明白说亲，把个哑谜与人猜的意思。母亲与爹爹，都是做过生旦，演过情戏的人，难道这些意思，都解说不出？既不肯把孩儿嫁他，当初就不该留他学戏，即使留他学戏，也不该把他改为正生。既然两件都许，分明是猜着哑谜，许他结亲的意思了。自从做戏以来，那一日不是他做丈夫，我做妻子。看戏的人万耳万目，那一个做不得证见。人人都说我们两个是天地生成、造化配就的一对夫妻。到如今夫妻做了几年，忽然叫我变起节来，如何使得。这样圆通的事，母亲平日做惯了，自然不觉得诧异。孩儿虽然不肖，还是一块无瑕之玉，怎肯自家玷污起来。这桩没理的事，孩儿断断不做。"绛仙听了这些话，不觉大笑起来。把他啐了一声道："你难道在这里做梦不成，戏台上做夫妻那里做得准。我且问你，这个戏字怎么样解说？既谓之戏，就是戏谑的意思了，怎么认起真来。你看见几个女旦，嫁了正生的？"藐姑道："天下的事，样样都可以戏谑，只有婚姻之事，戏谑不得。我当初只因不知道理，也只说做的是戏，开口就叫他丈夫。如今叫熟了口，一时改正不来，只得要将错就错，认定他做丈夫了。别的女旦，不明道理，不守节操，可以不嫁正生。孩儿是个知道理、守节操的人，所以不敢不嫁谭楚玉。"绛仙见他说来说去，都另是一种道理，就不复与他争论，只把几句硬话发作一场，竟自睡了。

　　到第二日起来，吃了早饭午饭，将要上台的时节，只见那位富翁，打扮得齐齐整整，在戏台之前，走来走去。要使众人看了，见得人人羡慕，个个思量。不能够到手的佳人，竟被他收入金屋之中，不时取乐。恨不得把独占花魁四个字，写在额头上，好等人喝采。谭楚玉看见这种光景，好不气忿。还只说藐姑到了此时，自有一番激烈的光景要做出来。连今日这本戏文，决不肯好好就做，定要受母亲一番棰楚，然后勉强上台。谁想天下的事，尽有变局。藐姑隔夜的言语也甚是激烈，不想睡了一晚，竟圆通起来。坐在戏房之中，欢欢喜喜，一毫词色也不作，反对同班的朋友道："我今日要与列位作别了，相处几年，只有今日这本戏文，才是真戏。往常都是假的，求列位帮衬帮衬，大家用心做一番。"又对谭楚玉道："你往常做的，都是假生，今日才做真生，不可不尽心协力。"谭楚玉道："我不知怎么样叫做用心，求你教导一教导。"藐姑道："你只看了我的光景，我怎么样做，你也怎么样做，只要做得相合，就是用心了。"谭楚玉见他所说的话，与自己揣摩的光景，绝不相同，心上大有不平之气。正在忿恨的时节，只见那富翁，摇摇摆摆，走进戏房来．要讨戏单点戏。谭楚玉又把眼睛相着藐姑，看他如何相待，只说仇人走到面前，定有个变色而作的光景。谁想藐姑的颜色全不改常，反觉得笑容可掬。立起身来对富翁道："照家母说起来，我今日戏完之后，就要到府上来了。"富翁道："正是。"藐姑道："既然如此，我生平所学的戏，除了今日这一本，就不能够再做了。天下要看戏的人，除了今日这一本，也不能够再看了。须要待我尽心尽意摹拟一番，一来显显自家的本事；二来别别众人的眼睛。但不知你情愿不情愿?"那富翁道："正要如此，有甚么不情愿。"藐姑道："既然情愿，今日这本戏，不许你点，要凭我自家做主，拣一本熟些的做，才得尽其所长。"富翁道："说得有理，任凭尊意就是。但不知要做那一本?"藐姑自己拿了戏单，拣来拣去，指定一本道："做了《荆钗记》罢。"富翁想了一想，就笑起来道；"你要做《荆钗》，难道把我比做孙汝权不成？也罢。只要你肯嫁我，我就暂做一会孙汝权，也不叫做有屈。这等大家快请上台。"

众人见他定了戏文，就一齐妆扮起来，上台搬演。果然个个尽心，人人效力。曲子里面，没有一个打发的字眼；说白里面，没有一句掉落的文法。只有谭楚玉心事不快，做来的戏不尽所长。还亏得藐姑帮衬，等他唱出一两个字，就流水接腔，还不十分出丑。至于藐姑自己的戏，真是处处摹神，出出尽致。前面几出虽好，还不觉得十分动情，直做到遣嫁以后，触着他心上的苦楚，方才渐入佳境，就不觉把精神命脉都透露出来。真是一字一金，一字一泪，做到那伤心的去处，不但自己的眼泪有如泉涌，连那看戏的一二千人，没有一个不痛哭流涕。再做到抱石投江一出，分外觉得奇惨。不但看戏之人堕泪，连天地日月，都替他伤感起来。忽然红日收藏，阴云密布，竟像要混沌的一般。往常这出戏，不过是钱玉莲自诉其苦，不曾怨怅别人。偏是他的做法不同，竟在那将要投江，未曾抱石的时节，添出一段新文字来。夹在说白之中，指名道姓，咒骂着孙汝权。恰好那位富翁．坐在台前看戏，藐姑的身子，正对着他。骂一句"欺心的贼子"，把手指他一指；咒一句"遭刑的强盗"，把眼相他一相。那富翁明晓得是教训自己，当不得他良心发动，也会公道起来，不但不怒，还点头称赞说，他骂得有理。藐姑咒骂一顿，方才抱了石块走去投江。别人投江，是往戏场后面一跳，跳入戏房之中，名为赴水，其实是就陆。他这投江之法，也与别人不同，又做出一段新文字来。比咒骂孙汝权的文法，更加奇特。那座神庙，原是对着大溪的戏台，就搭在庙门之外。后半截还在岸上，前半截竟在水里。藐姑抱了石块，也不向左，也不向右，正正的对着台前，唱完了曲子，就狠命一跳，恰好跳在水中。果然合着前言，做出一本真戏。把那满场的人，几乎吓死。就一齐呐喊起来，教人捞救。谁想一个不曾救得起，又有一个跳下去，与他凑对成双。这是甚么原故？只因藐姑临跳的时节，忽然掉转头来，对着戏房里面道："我那王十朋的夫啊！你妻子被人凌逼不过，要投水死了，你难道好独自一个活在世上不成？"谭楚玉坐在戏箱上面，听见这一句，就慌忙走上台来。看见藐姑下水，唯恐追之不及，就如飞似箭的跳下去，要寻着藐姑，与他相抱而死，究竟不知寻得着寻不着。

满场的人到了此时，才晓得他要做《荆钗》，全是为此。那辱骂富翁的着数，不过是顺带公文，燥燥脾胃。不是拼了身子嫁他，又讨些口上的便宜也。他只因隔夜的话，都已说尽，母亲再不回头。知道今日戏完之后，决不能够完名全节。与其拖刀弄剑，死于一室之中，做个哑鬼，不如在万人瞩目之地，畅畅快快做他一场，也博个千载流传的话柄。所以一夜不睡，在枕头上打稿，做出这篇奇文字来。第一着巧处，妙在嬉笑如常，不露一毫愠色[41]，使人不防备他，才能够为所欲为。不然这一本担干系的戏文，就断断不容他做了。第二着巧处，妙在自家点戏，不由别人做主，才能够借题发挥，泄尽胸中的垒块。倘若点了别本戏文，纵有些巧话添出来，也不能够直捷痛快至此也。第三着巧处，又妙在与情人相约而死，不须到背后去商量，就在众人面前，邀他做个鬼伴。这叫做明人不做暗事。若还要瞒着众人，与他议定了才死，料想今天绝死不成，只好嫁了孙汝权，再做抱石投江的故事也。

后来那些文人墨士，都作挽诗吊他。有一首七言绝句云：

　　一誓神前死不渝，心坚何必怨狂且。

　　相期并跃随流水，化作江心比目鱼。

却说这两个情人，一齐跳下水去，彼时正值大雨初晴、山水暴发之际。那条壁峻的大溪，又与寻常沟壑不同，真所谓长江大河，一泻千里。两个人跳下去，只消一刻时辰，就流到别府别县去了，那里还捞得着。所以看戏的人，口便喊叫，没有一个动手。刘绛仙看见女儿溺死，在戏台之上，捶胸顿足，哭个不了。一来倒了摇钱树，以后没人生财；二来受过富翁的聘礼，恐怕女儿没了，要退出来还他，真所谓人财两失。哭了一顿，就翻转面皮来，顾不得孤老、表子相与之情，竟说富翁倚了财势，逼死他的女儿，要到府县去告状。那些看戏的人，起先见富翁卖弄风流，个个都有些醋意。如今见他逼出人命来，好不快心。那一个不摩拳擦掌，要到府县去递公呈。还亏得富翁知窍，教人在背后调停。把那一千两聘礼，送与绛仙，不敢取讨。又去一二千金，弥缝了众人，才保得平安无事。钱玉莲不曾娶得，白白做了半日孙汝权，只好把打情骂趣四个字，消遣情怀，说曾被绝世佳人亲口骂过一次而已。

且说严州府桐庐县，有个滨水的地方，叫做新城港口，不多几分人家，都以捕鱼为业。内中有个渔户姓莫，人就叫他做莫渔翁。夫妻两口搭一间茅舍，住在溪水之旁。这一日见洪水泛滥，决有大鱼经过，就在溪边张了大罾[42]，夫妻两个轮流扳扯。远远望见波浪之中，有一件东西顺流而下，莫渔翁只说是个大鱼。等他流到身边，就一罾兜住。这件东西却也古怪，未曾入罾的时节，分明是浮在水上的。及至到了罾中，就忽然重坠起来，竟要沉下水去。莫渔翁用力狠扳，只是扳他不动。只得与妻子二人，四脚四手一齐用力，方才拽得出水。伸起头来一看，不觉吃了一惊。原来不是大鱼，却是两个尸首，面对了面，胸贴了胸，竟像捆在一处的一般。莫渔翁见是死人，就起了一点慈悲之念，要弄起来埋葬他。就把罾索系在树上，夫妻两个费尽许多气力，抬出罾来。仔细一看，却是一男一女，紧紧搂在一处。却像在云雨绸缪之际，被人扛抬下水的一般。莫渔翁夫妇解说不出，把他两个面孔，细看一番，既不像是死人，又不像是活人。面上手上虽然冰冷，那鼻孔里面却还有些温意，但不见他伸出气来。莫渔翁对妻子道："看这光景，分明是医得活的，不如替他接一接气。万一救得这两条生命，只当造了个十四级的浮屠[43]，有甚么不好。"妻子道："也说得是。"就把男子的口，对了男子，妇人的口，对了妇人，把热气呵将下去。不上一刻，两个死人都活转来。及至扶入草舍之中，问他溺死的原故。那一对男女诉出衷情，原来男子就是谭楚玉，妇人就是刘藐姑。一先一后，跳入水中，只说追寻不着，谁想波涛里面，竟像有人引领，把他两个弄在一处，不致你东我西。又像有个极大的鱼，把他两个负在背上，依着水面而行。故此来了三百余里，还不曾淹得断气。只见到了罾边，那个大鱼竟像知道有人捞救，要交付排场，好转去的一般，把他身子一丢，竟自去了。所以起先浮在水上，后来忽然重坠起来，亏得有罾隔住，不曾沉得到底。故此莫渔翁夫妇用力一扳就扳上来也。谭楚玉与藐姑知道是晏公的神力，就望空叩了几首，然后拜谢莫渔翁夫妇。莫渔翁夫妇见是一对节义之人，不敢怠慢，留在家中，款待几日。养好了身子，劝他往别处安身，不可住在近边，万一父母知道，寻访前来，这一对夫妻依旧做不成了。

谭楚玉与藐姑商议道："我原是楚中人，何不回到楚中去，家中的薄产虽然不多，耕种起来，还可以稍供饘粥[44]。待我依旧读书，奋志几年，怕没有个出头的日子？"藐姑道："极说得是，但此去路途甚远，我和你是精光的身子，那里讨这许多盘费？"莫渔翁看见谭楚玉的面貌，知道不是个落魄之人，就要放起官债来。对他二人道："此去要得多少盘费？"谭楚玉道："多也多得，少也少得。若还省俭用些，只消十两也就够了。"莫渔翁道："这等不难。我一向卖鱼攒聚得几包银子，就并起来借你。只是一件，你若没有好处，我一厘也不要你还。倘若读书之后，发达起来，我却要十倍的利钱，少了一倍，我也决不肯受的。"谭楚玉道："韩信受漂母一饭之恩[45]，尚且以千金相报，你如今救了我两口的性命，岂止一饭之恩。就不借盘费，将来也要重报，何况又有如此厚情。我若没有好日就罢了，若有好日，千金之报还不止，岂但十倍而已哉。"莫渔翁夫妇见他要去，就备了饯行的酒席。料想没有山珍，只有水错，无非是些虾鱼蟹鳖之类。贫贱之家，不分男女，四个人坐在一处，吃个尽醉。睡了一晚，第二日起来，莫渔翁并了十两散碎银子，交付与他。谭楚玉夫妇拜辞而去，一路风餐水宿，戴月披星，自然不辞辛苦。

不上一月，到了家中，收拾一间破房子，安住了身，就去锄治荒田，为衣食之计。藐姑只因自幼学戏，女工针指之事，全然不晓。连自家的绣鞋褶裤[46]，都是别人做与他穿的。如今跟了谭楚玉，方才学做起来，当不得性子聪明，一做便会。终日替人家缉麻拈草[47]，做鞋做袜，趁些银子，供给丈夫读书。起先还是日里耕田，夜间诵读。藐姑怕他分心分力，读得不专，竟把田地都歇了，单靠自己十个指头，做了资生的美产。连买柴籴米之事[48]，都用不着丈夫，只托邻家去做，总是怕他妨工的意思。

谭楚玉读了三年，出来应试，无论大考小考，总是矢无虚发。进了学，就中举；中了举，就中进士。殿试之后，选了福建汀州府节推。论起理来，湖广与福建接壤，自然该从长江上任，顺便还家，做一出衣锦还乡的好戏。怎奈他炫耀乡里之念轻，图报恩人之念重，就差人接了家小，在京口相会。由浙江一路上去，好从衢、严等处经过。一来叩拜晏公；二来酬谢莫渔翁夫妇。又怕衙门各役，看见举动，知道他由戏子出身，不像体面，就把迎接的人，都发落转去，叫他在蒲城等候。自己夫妻两个，一路游山玩水而来，十分洒乐。到了新城港口，看见莫渔翁夫妇，依旧在溪边罾鱼。就着家人拿了帖子，上去知会，说当初被救之人，如今做官上任了，从此经过，要上来奉拜。莫渔翁夫妇听了，几乎乐死，就一齐褪去箬帽，脱去蓑衣，不等他上岸，先到舟中来贺喜。谭楚玉夫妻把他请在上面，深深拜了四拜。拜完之后，谭楚玉对莫渔翁道："你这扳罾的生意，甚是劳苦，捕鱼的利息，也甚是轻微。不如丢了罾网，跟我上任去，同享些荣华富贵何如？"藐姑见丈夫说了这句话，就不等他夫妻情愿，竟着家人上去收拾行李。莫渔翁一把扯住家人，不许他上岸。对着谭楚玉夫妻摇摇手道："谭老爷、谭奶奶，饶了我罢。这种荣华富贵，我夫妻两个，莫说消受不起，亦且不情愿去受他。我这扳罾的生意，虽然劳苦；打鱼的利息，虽是轻微，却尽有受用的去处。青山绿水，是我们叨住得惯；明月清风，是我们僭享得多[49]。好酒好肉，不用钱买，只消拿鱼去换；好朋好友，走来就吃，不须用帖去招。这样的快乐，不是我夸嘴说，除了捕鱼的人，世间只怕没有第二种。受些劳苦，得来的钱财，就轻微些，倒还把稳。若还游手靠闲，动不动要想大块的银子，莫说命轻福薄的人，弄他不来；就弄了他来，少不得要陪些惊吓，受些苦楚，方才送得他去。你如今要我跟随上任，吃你的饭，穿你的衣，叫做一人有福，带帮一屋，有甚么不好。只是当不得，我受之不安，于此有愧。况且我这一对夫妻，是闲散惯了的人，一旦闭在署中，半步也走动不得，岂不郁出病来。你在外面坐堂审事，比较钱粮，那些鞭朴之声，啼号之苦，顺风吹进衙里来，叫我这一对慈心的人，如何替他疼痛得过。所以情愿守我的贫穷，不敢享你的富贵。你这番盛意，只好心领罢了。"谭楚玉一片热肠，被他这一曲"渔家傲"，唱得冰冷。就回复他道："既然如此，也不敢相强。只是我如今才中进士，不曾做官，旧时那宗恩债，还不能奉偿。待我到任之后，差人请你过来，多送几头分上。等你趁些银子回来，买田置地赡养终身，也不枉救我夫妇一场。你千万不要见弃。"莫渔翁又摇手道："也不情愿，也不情愿。那打抽丰的事体[50]，不是我世外之人做的，只好让与那些假山人、真术士去做。我没有那张薄嘴唇、厚脸皮，不会去招摇打点。只求你到一年半载之后，分几两不伤阴德的银子，或是俸薪，或是羡余，差人赍送与我[51]，待我夫妻两口，备些衣衾棺椁[52]，防备终身，这就是你的盛德了。我是断断不做游客的，千万不要来接我。"谭楚玉见他说到此处，一发重他的人品，就分付船上备酒，与他作别。这一次的筵席，只列山珍，不摆水错。因水族是他家的土产，不敢以常物相献故也。虽是富贵之家，也一般不分男女，与他夫妻二人，共坐一席。因他是贫贱之交，不敢以宦体相待故也。四个人吃了一夜，直到五鼓方才分别而去。

　　行了几日，将到受害的地方，彼时乃十一月初旬，晏公的寿诞已过了一月。谭楚玉对藐姑道："可惜来迟了几时，若早得一月，趁那庙中有戏子，就顺便做本戏文。一来上寿，二来谢恩，也是一桩美事。"藐姑道："我也正作此想，只是过期已久，料想那乡村去处，没有梨园，只好备付三牲，哑祭一祭罢了。"及至行到之时，远远望见晏公庙前，依旧搭了戏台。戏台上的椅桌，还不曾撤去，却像还要做戏的一般。谭楚玉就分付家人，上去打听，看是甚么原故？原来十月初旬，下了几日大雨，那些看戏的人，除了露天没有容身之地。从来做神戏的，名虽为神，其实是为人。人若不便于看，那做神道的，就不能够独乐其乐了。所以那些檀越，改了第二个月的初三，替他补寿。此时戏方做完，正要打发梨园起身，不想谭楚玉夫妻走到，虽是偶然的事，或者也是神道有灵。因他这段姻缘，原以做戏起手，依旧要以做戏收场。所以留待他来，做一出喜团圆的意思，也不可知。谭楚玉又着家人上去打听，看是那一班戏子。家人问了下来回复，原来就是当日那一班，只换得一生一旦。那做生的脚色，就是刘绛仙自己。做旦的脚色，乃是绛仙之媳，藐姑之嫂，年纪也只有十七八岁。只因死了藐姑，没人补缺，就把他来顶缸。这两个生旦，虽然比不得谭、藐，却也还胜似别班。所以这一方的檀越，依旧接他来做。藐姑听见母亲在此，就急急要请来相见。谭楚玉不肯道："若还遽然与他相见[53]，这出团圆的戏，就做得冷静了。须要如此如此，这般这般，才做得有些热闹。"藐姑道："说得有理。"就着管家取十二两银子，又写一个名帖，去对那些檀越道："家老爷选官上任，从此经过，只因在江中遇了飓风，许一个神愿，如今要借这庙宇里面，了了愿心，兼借梨园一用。戏钱照例送来，一毫不敢短少。"那些檀越落得做个人情，又多了一本戏看，有甚么不便宜，就欣然许了。谭楚玉又分付家人，备了猪羊祭礼，摆在神前。只说老爷冒了风寒，不能上岸，把官船横泊在庙前，舱门对了神座，夫妻二人隔着帘子拜谢。拜完之后．就并排坐了，一边饮酒，一边看戏。只见绛仙拿了戏单，立在官舱外面道："请问老爷，做那一本戏文？"谭楚玉叫家人分付道："昨夜夫人做梦，说晏公老爷要做《荆钗》，就做《荆钗记》罢。"绛仙收了戏单，竟进戏房，妆扮王十朋去了。

　　看官，你说谭楚玉夫妻为甚么原故，又点了这一本，难道除了《荆钗》，就没有好戏不成？要晓得他夫妻二人，不是要看戏，要试刘绛仙的母子之情。藐姑当日，原因做《荆钗》而赴水。如今又做《荆钗》，正要使他见鞍思马、睹物伤情的意思。若还做到苦处，有些真眼泪掉下来，还不失为悔过之人，就请进来，与他相会。若还举动如常，没有些酸楚之意，就不消与他相会，竟可以飘然而去了。所以别戏不点，单点《荆钗》，这也是谭楚玉聪明的去处。只见绛仙扮了王十朋，走上台来，做了几出，也不见他十分伤感。直到他媳妇做玉莲投江，与女儿的光景无异，方才有些良心发动，不觉狠心的猫儿忽然哭起鼠来。此时的哭法，还不过是背了众人，把衣袖拭拭眼泪，不曾哭得出声。及至自己做到祭江一出，就有些禁止不住，竟放开喉咙哭个尽兴。起先是叫"钱玉莲的妻啊，你到那里去了？"哭到后面，就不觉忘其所以，妻字竟不提起，忽然叫起"儿"来，满场的人，都知道是哭藐姑，虽有顾曲之周郎，也不忍捉他的错字。藐姑隔着帘子，看见母亲哭得伤心，不觉两行珠泪，界破残妆。就叫丫环把帘子一掀，自己对着台上叫道："母亲不要啼哭，你孩儿并不曾死，如今现在这边。"绛仙睁着眼睛，把舟中一看，只见左边坐着谭楚玉，右边坐着女儿，面前又摆了一桌酒，竟像是他一对冤魂，知道台上设祭，特地来受享的一般。就大惊大骇起来，对着戏房里面道："我女儿的阴魂出现了，大家快来。"通班的戏子，听了这一句，那一个不飞滚上台，对着舟中细看，都说道："果然是阴魂，一毫不错。"那些看戏的人，见说台前有鬼，就一齐害怕起来，都要回头散去。只见官船之上，有个能事的管家，立在船头，高声吆喝道："众人不消惊恐，舱里坐的不是甚么阴魂，就是谭老爷、谭奶奶的原身。当初赴水之后，被人捞救起来，如今读书成名，选了汀州四府，从此经过。当初亏得晏公显圣，得以不死，所以今日来酬愿的。"那些看戏的人，听了这几句话，又从新掉转头来，不但不避，还要挨挤上来，看这一对淹不死的男女，好回去说新闻。就把一座戏场，挤做人山人海。那些老幼无力的，不是被人挤到水边，就是被人踏在脚底。谭楚玉看见这番光景，就与妻子商议道："既已出头露面，瞒不到底，倒不如同你走上台去，等众人看个明白，省得他挨挨挤挤，夹坏了人。"藐姑道："也说得是。"就一齐脱去私衣，换上公服，谭楚玉穿了大红圆领，藐姑穿着凤冠霞帔。两个家人，张了两把簇新的蓝伞，一把盖着谭楚玉，一把盖着藐姑，还有许多僮仆丫环，簇拥他上岸。谭楚玉夫妻二人，先到晏公法像之前，从新拜了四拜，然后走上戏台，与绛仙行礼。行礼之后，又把通班的朋友，都请过来，逐个相见过去。绛仙与同班之人，问他被救的来历。谭楚玉把水中有人引领，又被大鱼负载而行，及至送入罾中，大鱼忽然不见，幸遇捕鱼人相救，得以不死的话，高声大气说了一遍，好使台上台下之人，一齐听了，知道晏公有灵，以后当愈加钦敬的意思。众人听了，惊诧不已。众檀越闻知此事，个个都来贺喜。当日要娶藐姑的富翁，恐怕谭楚玉夫妻恨他，日后要来报怨，连忙备了重礼，央众檀越替他解纷。谭楚玉一毫不受，对众檀越道："若非此公一激之力，不但姻缘不能成，就连小弟，此时还依旧是个梨园，岂能飞黄腾达至此？此公非小弟之仇人，乃小弟之恩人也，何报之有！"众人听了，啧啧称羡，都说他度量宽宏。藐姑对绛仙道："如今女婿中了进士，女儿做了夫人，你难道还好做戏不成？趁早收拾了行头，随我们上任，省得在这边出丑。"绛仙见女儿、女婿不念旧恶，喜之不胜，就把做戏的营业，丢与媳妇承管，自家跟着女儿去享荣华富贵。谁想到了署中，不上一月，就生起病来，千方百药医治不好，只得叫女儿送他回去。及至送到家中，那病体不消医治，竟自好了。病愈之后，依旧出门做戏，康康健健，一毫灾难也不生。这是甚么原故？一来因他五行八字注定是个女戏子，所以一日也离不得戏场，离了戏场，就要生灾作难。可见命轻福薄的人，莫说别人扶他不起，就是自家生出来的儿女，也不能够抬举父母，做个以上之人。所以世间的穷汉，只该安命，切不可仇恨富贵之人，说不肯扶持带挈他。二来因绛仙的身子，终日轻浮惯了，一时郑重不来。就如把梅香升做夫人，奴仆收为养子，不但贱相要露出来，连他自己心上，也不觉其乐，而反觉其苦。一觉其苦，就有疾病生出来。所以妓女从良，和尚还俗，若非出自本意，被人勉强做来的，久后定要复归本业，不能随主终身也。

却说谭楚玉到任之后，做了半年，就差人赍了五百金，送与莫渔翁，叫他权且收了，以后还要不时馈送，决不止千金而已。谁想莫渔翁十分廉介[54]，止收一百两，做了十倍利钱，其余四百金，尽皆返璧[55]。谭楚玉做到瓜期之后，行取进京，又从衢、严等处经过，把晏公庙宇，鼎新一番[56]。又买了几十亩香火田，交与檀越掌管，为祭祀演剧之费。再到新城港口，拜访莫渔翁。莫渔翁先把几句傲世之言，挫去他的骄奢之色。后把许多利害之语，攻破他的利欲之心。谭楚玉原是有些根器的人，当初做戏的时节，看见上台之际，十分闹热，真是千人拭目，万户倾心。及至戏完之后，锣鼓一歇，那些看戏的人，竟像要与他绝交的一般，头也不回，都散去了。可见天地之间，没有做不了的戏文，没有看不了的闹热，所以他那点富贵之心，还不十分着紧。如今又被莫渔翁点化一番，只当梦醒之时，又遇一场棒喝，岂有复迷之理。就不想赴京去考选，也不想回家去炫耀，竟在桐庐县之七里溪边，买了几亩山田，结了数间茅屋，要远追严子陵的高踪，近受莫渔翁的雅诲，终日以钓鱼为事。莫渔翁又荐一班朋友与他，不是耕夫，就是樵子，都是些有入世之才，无出世之兴的高人，终日往还，课些渔樵耕牧之事[57]。藐姑又有一班女朋友，都是莫渔翁的妻子荐与他的。也是些能助丈夫成名，不劝良人出仕的智女，终日往来，学些蚕桑织纴之事。后来都活到九十多岁，才终天年。只可惜没有儿子，因藐姑的容貌，过于娇媚，所以不甚宜男；谭楚玉又笃于夫妻之情，不忍娶妾故也。

（选自《无声戏》）

［注释］

［1］尤物——特出的人物，多指美貌女子。移人——改变人，影响人。移，改变动摇的意思。

［2］况有——况且有。

［3］霓裳——《霓裳羽衣曲》的省称。《霓裳羽衣曲》，唐代乐曲名，由西凉传入，名《婆罗门》，经唐玄宗润色，改为《霓裳羽衣曲》。相传，唐杨贵妃善跳《霓裳羽衣舞》。安史之乱后，谱调已经不全。霓为副虹。以霓为裳，形容服装之华美。

［4］娇颦——做出一种讨人怜爱的样子。颦（pín 贫），皱眉，一般描写古代女子病态娇弱的模样。

〔5〕缠头——旧时赠送给歌舞者的锦帛或财物，因古时歌舞者把锦帛缠在头上作为妆饰。帛（bó 搏），丝织物的总称。

〔6〕琼瑶琼玖——均为美玉。

〔7〕娉婷（pīng tíng 乒廷）——美好的样子。

〔8〕优——俳优，优伶。古代以乐舞为职业的艺人。

〔9〕衢州——府名。唐置州。治信安（咸通中改名西安），即今浙江衢州市。

〔10〕缱绻（qiǎn quǎn 遣犬）——固结不解，一般形容感情缠绵，难以分开或难以排遣。

〔11〕箸（zhù 注）——筷子。

〔12〕相左——不协调。

〔13〕插科打诨——旧日演戏时，掺入一些引人发笑的语言动作，使人发笑，叫插科打诨。诨（hùn 混），诙谐逗趣的话。

〔14〕潘安之貌——潘安，古代一美男子。潘安之貌，形容一个人的相貌像潘安一样美好。参见本书138页注〔3〕。

〔15〕子建之才——形容一个人的才气很高，像子建一样。曹植，字子建，曹操的儿子，魏晋著名诗人，与其父曹操、其兄曹丕合称三曹。曹子建有《洛神赋》《七步诗》等流传于世。

〔16〕物极必反——事物发展到极度时就会向相反的方向转化。

〔17〕成宪——既成的规矩。

〔18〕弁髦——比喻无用的东西。弁（biàn 辨），一种黑布做的帽子。髦，古时儿童的垂发。古代贵族子弟行加冠礼，先用黑布做的帽子把垂发束好，次加皮弁，后加爵弁，三加之后，就去掉黑布帽子，不再用，因此时以弁髦比喻成无用的东西。

〔19〕遏云——使云彩停住。遏（è 饿），抑止、阻止。

〔20〕绕梁——形容歌声优美动人，使人久而不忘。

〔21〕净丑——净，旧戏中一种行当的名称，俗称花脸；丑，旧戏中的一种行当，俗称丑角，又称小花脸。

〔22〕醉翁之意决不在酒——比喻本意不在此而在彼，也比喻别有用心。典出宋欧阳修《醉翁亭记》："醉翁之意不在酒，在乎山水之间也。"

［23］纳款——投诚或接受投诚。

［24］灵犀——指两心相通。灵犀即犀牛角。据说犀牛是灵异的兽，角中有白纹，直通两头，所以有灵犀一点通之说。

［25］串科分——有如今日的排演。串，串连。科分，疑为"科泛"或"科范"，是戏曲术语，指元杂剧本中关于动作、表情的舞台指示。串科分，就是把这些指示串连起来，因此说有如今日的排演。

［26］令尊令堂——对别人父母的尊称。

［27］擢（zhuó 浊）——选拔、提升。

［28］芳卿——旧时上级、长辈对下级、晚辈的一种称谓。朋友、夫妻也以"卿"为爱称。芳，是对"卿"的修饰，一种客气、尊重的说法。

［29］堂上——指父母。

［30］萧何——汉初大臣，曾因重韩信之才，在韩信离刘邦而去时在月下追回韩信。下句"勿虑追信之无人也"，也是这个意思。

［31］优孟之衣冠——即优孟衣冠。优孟，春秋时楚国人，擅长滑稽讽谏，楚相孙叔敖死，其子贫困，优孟穿孙叔敖衣冠，模仿孙叔敖神态去见楚王。楚王大惊，以为孙叔敖复生了。想叫孙叔敖当宰相。优孟趁机讽谏，说孙叔敖为相廉洁，死后妻子贫困不堪，做楚国的宰相没什么好处。于是楚庄王召见孙叔敖的儿子，把宰相封给他。后世因此把登场演戏称为"优孟衣冠"。

［32］外脚末脚——外、末都是旧戏曲中的脚色行当。是末、旦、净行当中的次要脚色。

［33］正生——生，旧戏曲中的脚色行当，一般是剧中的青年男子。正生是剧中的主要人物。

［34］暧昧（ài mèi 爱妹）——态度不明或有不可告人的隐私。

［35］梨园——唐玄宗时教授戏剧艺人的住处，后世称演剧的处所。因此称戏剧演员为梨园弟子。

［36］挈（qiè 窃）——提。带挈，连带的意思。

［37］檀越——施主。

［38］殛（jí 极）——诛戮，杀的意思。

［39］资郎——旧时代称出钱买官做的人。

［40］绸缪（móu 谋）——这里是缠绵、情意深厚的意思。

［41］慍（yùn 运）——含怒、怨恨。

［42］罾（zēng 增）——用竹竿支架的鱼网。

［43］浮屠——佛教名词，梵文佛陀的旧译。后有人把佛塔称为浮屠。也作浮图。

［44］饘（zhān 毡）粥——稠粥。

［45］漂母一饭——在水边漂洗衣物的老妇称漂母。汉代韩信少年时在城下钓鱼，有漂母见韩信饥饿，给他饭吃。韩信得势后，向漂母赐以千金，以谢一饭之恩。

［46］褋（dié 迭）——上衣，夹衣。

［47］缉麻——把麻搓成缕连接起来。拈（niān 蔫）——用手指搓转。

［48］籴（dí 敌）——买进粮食。

［49］僭（jiàn 荐）——超过本分。

［50］打抽丰——向有钱人求得财物和赠品，也作"打秋风"。

［51］赍（jī 饥）——把财物送给人家。

［52］衾（qīn 钦）——被子。

［53］遽（jù 据）——急、骤。

［54］廉介——清正耿介。介，独特。

［55］返璧——奉还的意思。璧，一种美玉。战国时有"完璧归赵"的故事。

［56］鼎（dǐng 顶）新——更新。

［57］课——教授或学习。

[鉴赏]

这是一个内容新奇、情节感人的爱情故事。它表现了男女主人公坚贞不渝、出生入死追求纯真爱情的精神。

刘藐姑、谭楚玉这一对恋人，生活在封建社会的最底层。他们上受封建礼教的各种压迫，下受行帮社规的各种束缚，这使他们的相爱也只能通过那种被歪曲了的方式来表达。而这朵在封建岩石夹缝中生长的爱情小花，又遭到了来自封建势力方面的摧残，一个富翁想要占有藐姑。在百般无奈之下，刘藐姑只好借《荆钗记》戏文的内容，在众多的观众面前，痛骂富翁的少德无行，并借戏中女主人公抱石投江的情节，把自己的身子真正投入江中，并高声疾呼谭楚玉与她一同赴水，使戏剧中的一个悲剧演成了生活中的一个悲剧。凄婉壮烈，感人肺腑。但小说却绝不是一个悲剧故事，它还写了赴死主人公意外地双双获救，读书及第，荣归故里的情节。但它又不是一个写衣锦荣归的故事，它最终又写了这对患难夫妻功成名就之后远离官场，避入山林，做一对渔夫织妇，成天与樵子桑女为伴，在一方净土之中享度天年的情节，使小说故事波澜起伏，别有洞天。

中华民族的历史上，演出过多少爱情的悲剧，中华民族的文学史上，演义过多少爱情的故事。但这一篇刘藐姑曲终死节的故事，仍以它强大的力量震撼着读者。那力量来自于这一对恋人对爱情如此壮烈的捍卫。那不是如有些被压迫者的饮恨偷生，也不是像有一些受辱者那样悄悄的投诉，而是在众目睽睽之下把自己胸中的块垒吐了个罄尽，把强占自己的恶势力骂了个痛快之后，在大庭广众之下，邀着自己的恋人一同蹈向死地。这是何等的磊落，何等的刚烈与壮丽！

这种爱情确可称之为坚贞不渝，生死与共。其表现，首先是对门第观念的超越上。谭楚玉，身为世家子弟，母亲亡故后随父亲游学外地，不幸父亲死于异乡，他才流落到三吴两浙之间。因慕藐姑容貌，"乃以看戏为名，终日在戏房里面走进走出"，指望能够与她见上几面。但是窥伺了半年，仍是无门可入。后知班中缺一大净，于是不顾一切，投身艺门，屈居为一个花面脚色，扮一些粗鲁豪野的人物。"不觉娼优之为贱，欲借同堂以纳款，虽为花面而不辞"，足见他把爱情看得高于身分和门第。而对谭楚玉的种种行踪，刘藐姑也是看在眼里，记在心头，"知道醉翁之意决不在酒"于是，"要把一点灵犀托付与他"。可见刘藐姑对他的爱情已是心领神会，有如心心相印了。但两心虽已相知，情势未必就可，"老夫人提防得紧，村学究拘管得严"，加上"二郎神"的种种班规行矩，这对青年还是只能借演戏、排戏传情。但戏中哪有什么净旦相爱的情节？一个大净，只好看着藐姑与别的正生演做夫妻，十分恼火。为了更好的在戏里传情，他们生出一个计策，要挟着班主替换了谭楚玉的行当，由大净改做了正生。这使他们台上夫妻的梦想能够得以实现。有了这个条件，他们便假戏真做，将自己和脚色联系了起来，不仅不像别的伶人不愿上台，而是特别愿意演戏，而且"做旦的精神，注定在做生的身上；做生的命脉，系定在做旦的手里"。尽享戏中夫妻的快乐。有了谭楚玉，刘藐姑就"一点真心，死在谭楚玉身上"，别人把她当心头肉，她把别人当眼中钉。不仅不肯陪酒应承，就是一颦一笑，"也不肯假借与人"，连人家送来的首饰，也是用不上一两次便化作了银子，人家送来的衣服也都放在戏箱中做了老旦贴旦的行头。那种坚决的态度，隐含着要替谭楚玉守节的意思。

　　他们爱情的坚贞突出地表现在对生命的超越——抗婚赴死上。某埠檀越，年近五旬的大富翁见藐姑貌美，企图纳于室中，与其他姬妾"凑作金钗十二行"，与刘母暗计在次日迎娶。藐姑在毫无准备的情况下，得知这一消息，如雷霆霹雳，"吓得魂不附体"。但稍作思量后便和母亲作了一番口舌较量，把谭楚玉为何入班，为何改行，他俩如何作台上夫妻，台上夫妻如何就是台下夫妻的理由和母亲作了一番无可辩驳的理论。之后她又一夜思谋，设置出了自己点戏、借戏骂人、假戏真做、真身投水的计谋。到演出时节，真是"一字一金，一字一泪"，不仅自己泪如泉涌，那些看戏的人也都痛哭流弟。刘藐姑还一反往常这段戏剧的表演，在戏中人物将要投江还未曾抱石的时节，"添出一段新文字来"，指名道姓，咒骂戏中人物孙汝权。骂一句"欺心的贼子"，用手把富翁指一指，骂一句"遭刑的强盗"，用眼把那富翁相一相。把个少德无行的大富翁骂得狗血喷头，真是痛快淋漓之至。到戏中抱石投江的时节，别人都是往后台一跳，名为赴水，实际就是着陆；她却不是如此，而是"也不向左，也不向右，正正的对着台前，唱完了曲子，就狠命一跳"，正正地跳到了江中，引起了全场的惊吓。就在大家的惊魂未定之时，这边又跳下去了一个。原来是坐在戏箱上等着上场的谭楚玉听到了刘藐姑邀他赴水的呼喊，便也不顾一切，"如飞似箭"般地跳了下去，"要寻着藐姑，与她相抱而死"。在众多观众的注视之下，演出了一场双双赴水的悲剧，至使文人学士写出了"一誓神前死不渝，心坚何必怨狂且。相期并跃随流水，化作江心比目鱼"的挽诗。真正的是"生命诚可贵，爱情价更高！"把爱情放在了生命之上，这是名符其实的坚贞不渝、生死与共了。

他们还把爱情放在了封建礼教之上，也可说是对礼教的一种超越。刘藐姑没有生下儿子，犯了"七出"的天条。谭楚玉没有子嗣，犯了"大不孝"的铁律。按理，他可以名正言顺地娶几房姬妾，以延续香火。可是，谭楚玉笃于夫妻情深，宁愿断了自家的香烟，宁肯背负着不孝的罪名，也不肯娶妾，而终身相守。

这是一朵奇丽的爱情之花。它奇在那传达爱情的独特方式上。中国古代的爱情小说，多写才子佳人花园相会，隔墙相思，然后鸿雁传书，诗词赠答。而身居卑位的谭、刘二人，既无后园可以相会，又无粉墙可寄相思，也不会书信往返。他们是一对位卑业贱的戏子。戏子在旧时代名位极低，但自己却另有一番尊重，那就是他们的祖师"二郎神"定的一些规矩，诸如同班不能相谴，任你台上如何肆意诙谐，台下却要"相敬如宾"，否则就要遭来横祸等等。在重重的阻碍之下，他们便想出了一个张君瑞、崔莺莺们所没能想出的法子：戏里传情！利用他们演戏或排戏的机会，或改言换语，说些戏文中没有的道白，或假戏真做同享台上夫妻的欢乐。虽有情难尽述的苦衷，但也显出他们爱得深沉和执著，如此突破层层障碍的相爱不是使人感到他们爱得美好吗？

这朵爱情之花的奇丽更表现在双双殉情和水中获救上。刘藐姑不为财势所屈毅然赴死，谭楚玉不以性命为尊舍身相随。一声"我那王十朋的夫啊"像一道敕令，谭楚玉便应声而起，跳入水中。这两个青年的相继赴死，在人们眼前画出了两道令人惊心动魄的美丽的弧线。这先后的赴水，本应被水冲开。可是波涛之中却像有人"引领"一般，把他们"弄在一处"，"又像有个极大的鱼"，把他们背负在肩上，"依着水面而行"，等到有莫渔翁夫妇发现的时候，大鱼即卸任而去，好像知道有人相救一样。然后他们被莫渔翁夫妇救起。这一切，就像有人安排一样。其实，也确有安排，那便是他们曾盟誓于前的晏公庙内供奉的晏公。是他们的相爱感动了那位江海波涛之神，他庇佑着他们回到了人间。这一段浪漫主义的故事，使小说增添了更多的奇丽色彩。

小说所写爱情的奇丽，使它呈现一种新奇的色彩。新奇性是李渔创作的一种追求，《谭》作也体现了这种追求。但正如李笠翁所要求：新奇而不能怪诞。所写的新奇之事，"只当求于耳目之前，不当索于闻见之外"。因为照他说来，世间虽"奇事无多"，但人间却也"人情难尽"。在"难尽"的人情中，终究还是能够发现一些生活中的新奇的，因此无须在世情之外猎取什么怪诞的东西。《谭》作的新奇处正是如此。它来自作者所熟悉的伶人生活，只是在对现实作真实反映的同时，运用了一些浪漫主义的手法罢了。

小说除了男女主人公外，还刻画了莫渔翁夫妇两个次要人物。这是刻画得非常精彩的两个人物。他们是一对山野高人，水泽闲人，他们的"高"，在于对人生理解的透彻，他们的"闲"在于对世事的无争。他们勤劳、善良之外，还有一种闲云野鹤般的山林气息和悠闲气息。他们终身捕鱼为业，以自己诚实的劳动换一口安心的饭食。他们轻荣华，薄富贵，厌权力，恶压迫。喜爱的是青山绿水，崇尚的是清风明月。就像那段"渔家傲"中所"唱"的那样："……饶了我吧。这种荣华富贵，我夫妻两个，莫说消受不起，亦且不情愿去受它。我这扳罾的生意，虽然劳苦；打鱼的利息，虽是轻微，却尽有受用的去处。青山绿水，是我们叨住得惯；明月清风，是我们僭享得多。好酒好肉，不用钱买，只消拿鱼去换；好朋好友，走来就吃，不须用帖去招。这样的快乐，不是我夸嘴说，除了捕鱼的人，世间只怕没有第二种。"他们用种种理由拒绝了谭楚玉夫妇的盛情邀请，弄得谭氏夫妇只好用多送银子的办法来报答救命之恩。可是这两位老人的回答却是：
"也不情愿，也不情愿。那打抽丰的事体，不是我世外之人做的，只好
让与那些假山人、真术士去做。我没有那张薄嘴唇、厚脸皮，不会去
招摇打点。只求你到一年半载之后，分几两不伤阴德的银子……就是
你的盛德了。"多么傲世的言语！这"渔家傲"唱出的是一曲"醒世
经"，这里面包含了多少对现实人世的批判！弄得谭家夫妇只好照此办
理，到任半年之后，便差人送去了五百金。可是莫渔翁夫妇只收下了
百两，做了当日说好的十倍利钱，其余四百两，"尽皆璧还"，硬是耿
心介肠，恪守前言，咋说咋做，半无欺假。更有甚者，当谭楚玉踌躇
志满，经过新城港口重访莫渔翁夫妇时，莫渔翁"先把几句傲世之言，
挫去他的骄奢之色。后把许多利害之语，攻破他的利欲之心"，点化谭
楚玉，使他如梦初醒，从此远离了尘世，隐居在水边，与耕夫樵子为
伴，做了个"有入世之才，但无出世之兴"的水泽闲人。看来，莫渔
翁夫妇是对人世认识得清醒透彻的一对高人。如果说谭楚玉夫妇是李
渔戏剧生涯所历见不鲜的现实人生的话。那么，莫渔翁夫妇就是作者
理想的化身了。

谭楚玉夫妇的归隐水泽，表现着作者对人生的一种感悟和理解。
那种戏尽人散的感慨，也许是出自他多次重复的一种生活感受。"天地
间没有不散的戏文"，正是他对人生的一种感悟。归隐山林，是他解决
一些人生矛盾的途径。这条道路正确与否，很难一口评说。若简单地
说它是一种消极思想，也许不尽公平。远远离开那个势利之场，还自
己一个清白的身体良心，在那个黑暗的时代，未必就比在那人肉筵宴
上分一杯羹差着多少。或许，离开那尔虞我诈的尘世，比参与那尔虞
我诈还要高尚许多。因此，归隐山林之举，正是谭楚玉夫妇爱情和人
格的一次净化与升华。

李渔是明末清初戏剧作家。长期的创作生涯使他对当时伶人生活
了如指掌。《谭》作中的优伶生活和演艺活动的详细描写，正是这种
熟悉的结果。这些描写，虽是小说的一些内容，但今天看来，它还有

不可忽视的、旧日戏班生活的文献价值。

李渔毕竟是明末清初之人，他的创作反映了浓厚的民主思想。但历史的局限也使他不能免除残存封建主义的思想意识。如小说结尾时所追加上去的因藐姑"过于娇媚，所以不甚宜男"的说教，使小说最后落入了当时小说常落的封建意识的窠臼。但"瑕不掩瑜"，这点封建思想，是不能掩盖小说的光彩的。

（张丽妧）

苏小小慧眼识风流

清·陈树基

半身映竹轻闻语，一手隔帘微转头。

此意别人应未觉，不胜情绪两风流。

这首诗是唐时韩致尧《香奁集》中偶见之作，摹写情致，字字入神，美人态度，悠然可见，岂脂粉之妍，罗绮之艳，所能同日而语乎？古来美人不奇，美人有才则奇；美人有才尚不奇，美人有才兼有识则更奇，而且出于青楼，则奇绝矣。如南齐时钱塘苏小小是已。

小小本生于妓家，父不知何人，母死，门户冷落，风月中之滋味已不识为何如。却喜得家住于西泠桥畔[1]，日受西湖山水之滋培，早生得性慧心灵，姿容如画，远望如生花白玉，近对如带笑芙蓉。到了十二三岁上，发渐渐齐，乌云半挽，眉目似画，而翠黛双分，人见了，不觉惊惊喜喜，以为从来所未有。到了十四五时，不独色貌绝伦，更有一种妙处：又不曾从师受学，谁知天性聪明，信口吐辞，皆成佳句。此时的西湖，虽秀美天生，还未经人力点缀，道路尚觉迂远，游览未免多劳。自西泠而东，至孤山，望断桥止矣。欲泛湖心，必须画舫。自西泠而西，一带松杉，逶逶迤迤。转至南山，沿湖不啻一二十里，步履殊劳。苏小小此时年纪虽小，却识见不凡，因自想道："男子往来，可以乘骑，我一个少年女子，却蹙金莲于何处？"遂叫人去制造一辆小小的香车来乘坐，四围有幔幕垂垂，命名为油壁车。这油壁车怎生形状，有《临江仙》词一首为证：

> 毡裹绿云作壁，幔垂白月为门。雕兰凿桂以为轮，舟行非桨力，马走没蹄痕。望影花娇柳媚，闻声玉软香温。不须窥见已消魂。朝朝松下路，夜夜水边村。

自有此车，叫一人推着，傍山沿湖去游戏，自由自在，全不畏人。有人看见，尽以为异，纷纷议论道："此女若说是大人家的闺秀，岂无仆从相随，怎肯教他出头露面，独坐车中，任人饱看？若说是小人家儿女，毕竟有些羞缩处，那里有此神仙这般的模样？"大家疑疑惑惑，只管跟着车儿猜度。苏小小见了这些光景，也不回他长短，但信口朗吟道：

> "燕引莺招柳夹途，章台直接到西湖。
> 春花秋月如相访，家住西泠妾姓苏。"

众人听了，也还有不知其详。但一时轰传开去，已有细心看破他的行径，便慕者慕，想者想，而不知涎垂几许矣。但见他年等莺雏，时还燕乳，不敢便作蜂蝶之猖狂。然早有豪华公子，科甲乡绅，或欲谋为歌姬，或欲取为侍妾，情愿出千金不惜，纷纷来说。苏小小尽皆辞去。有一贾姨娘来劝他道："姑娘，不要错了主意。一个妓家女子，嫁到富贵人家去，虽说做姬做妾，也还强似在门户中朝迎夕送，勉强为欢。况以姑娘的才貌，怕不贮之金屋。"苏小小道："姨娘之意，爱惜甥女，可谓至矣。但甥女却有一癖处，最爱的是西湖山水。若一入樊笼，止可坐井观天，不能遨游于两峰三竺[2]。况且富贵贫贱，皆系于命，若命中果有金屋之福，便决不生于娼妓之家。今既生于娼妓之家，则非金屋之命可知。倘入侯门，河东狮子虽不逞威，三五小星也须生妒[3]。况豪华非耐久之物，富贵无一定之情，入身易，出头难，倒不如移金谷之名花，置之日中之市，嗅于鼻，谁不怜香？触之目，谁不爱色？千金一笑，花柳定自来争；十斛片时，风月何曾肯让？况香奁标美，有如钓饵甜甜；彤管蜚声，不啻溪桃片片。朝双双，暮对对，野鸳鸯不殊睢鸟；春红红，秋紫紫，假连理岂异桃夭[4]？设誓怜新，何碍有如皎日？忘情弃旧，不妨视作浮云。今日欢，明日歇，无非露水；暂时有，霎时空，所谓烟花。情之所钟，人尽吾夫，笑私奔之多事；意之所眷，不妨容悦，喜坐怀之无伤。虽倚门献笑，为名教所非议；而惜旅怜鳏[5]，亦圣王所不废。青楼红粉，既有此狭邪之生涯[6]；绿鬓朱颜，便不可无温柔之奇货。由此想来，以甥女之才，一笔一墨，当开楚馆之玉堂[7]；以甥女之貌，一笑一颦，必构巫山之金屋[8]。纳币纳财，定盈于室；秣驹秣马[9]，不绝于门。弄艳冶之心，遂风流之愿。若能在妓馆中做一个出类拔萃的佳人，岂不胜似在侯门内抱憨痴之衾[10]，拥迷瞒之被[11]，做一个随行逐队之姬妾，甥女之志向若此，不识姨娘以为何知？"贾姨听说，不觉笑将起来道："别人以青楼为业地[12]，原来姑娘倒看得人情世故这等透彻，反以青楼为净土。既是主意定了，不消再说。待老身那里去寻一个有才有貌的郎君来，与姑娘破瓜就是了[13]。"苏小小听了，也只付之一笑。正是：

> 十分颜色十分才，自喜风流处处皆。
>
> 料得桃花生命里，故教红杏出墙来。

一日，苏小小乘着那油壁香车，沿着湖堤一带，看玩那些山光水影，以遣闲情。不期遇着一个少年郎君，骑着一匹青骢马，金鞍玉镫，从断桥湾里出来。忽然看见了苏小小坐在香车中，琼姿玉貌，就如仙子一般，暗暗吃了一惊，左思右想，难道尘世间能生出这等风流标致的女子来？因勒住马，或左或右的再三瞻视。原来苏小小看见那郎君少年俊雅，也自动心，便不避忌，任他顾盼。马在车左，苏小小也便左顾；马在车右，苏小小也便右顾。但彼此不便交言，苏小小只得口吟四句道：

> "妾乘油壁车，郎乘青骢马。
>
> 何处结同心？西泠松柏下。"

苏小小吟罢，竟叫人驱车而去。那少年郎君听了，又惊又喜，早已魄散魂消。你道这少年是谁？他姓阮，名郁，表字文生，是阮道之子。因奉父命，到浙东公干，闻西湖之美，故乘马来游，不期恰遇着苏小小的香车，四目相视，未免留情。临去又朗吟出结同心之句，但不知是何等人家？再三访问，方有人对他说道："此妓家苏小小也。年才十五，大有声名。在城的贵公子谁不想他慕他，但他出处风流，性情执拗，一时恐未许人攀折。"阮郁听了暗想道："既系妓家，便不妨往而求见。纵不能攀折，对此名花，留连半晌，亦人生之乐事也。"到了次日，将珠玉锦绣，备了百金之礼，叫人捧着，自仍骑了青骢马，绕着西北湖堤，望着松柏郁葱处，直至西泠桥畔。下了马，步到门前，见花遮柳护，甚是清幽，又恐唐突美人，不敢轻易叩门，只在门前低徊。恰好贾姨从里面开门走出来，看见了，因问道："官人何事到此？莫非不识桃源，要问津么？"阮郁见贾姨问他，便忙上前深深一揖，笑说道："若不识桃源，为何到此？"贾姨答礼道："既识桃源，却是寻谁？"阮郁道："昨偶在湖堤，侥天之幸，遇见一美人，蒙垂青不弃，临行赠诗一首，指出西泠之路，故痴魂恋恋，特备一芹[14]，妄想拜求一见。"贾姨道："官人既要见舍甥女，为何不叩门，而闲立于此？"阮郁道："这等说，是美人姨母了。"又作一揖道："不是晚辈不叩门，因初到于此，无人先致殷勤，倘遂突然剥啄[15]，只道少年狂妄，岂不触令甥女之怒？故尔鹄立[16]，以候机缘。今幸遇姨母，万望转达，定当图报。"贾姨道："转达容易，便舍甥女还是闺女，豆蔻尚尔含葩，未必肯容人采。官人莫要错费了心情。"阮郁道："但求一见，为荣多矣。谁敢妄想巫山之梦？姨母但请放心。"贾姨笑道："好一个怜香惜玉的情种，待我去通知。"说罢，即回身入去。去不多时，出来道："舍甥女闻得骑青骢马的官人来访，就叫老身请官人里面坐。但舍甥女睡尚未起，不能倒曳金莲[17]，望勿见罪。"阮郁道："蒙许登堂，则仙姿可见，便花阶影转，何敢嫌迟？求姨母再报，绣衾不妨海棠睡足[18]，自当伫候。"说罢，方才斜穿竹径，曲绕松廊，转入一层堂内。那堂虽非雕画，却紧对湖山，十分幽爽。

贾姨送阮郁到堂，安了坐，便去了。阮郁坐在堂上，明知窗外湖山秀美，他却竟如未曾看见的，一心只想在美人身上。忽想道："美人此时定然起身梳洗了。"又半晌，忽想道："美人此时定然妆罢簪花了。"正想不了，忽见两个侍儿，一个携着茶壶，一个捧着果盒，摆在临湖的一张长条桌上，请阮郁吃茶。侍儿道："姑娘此时妆束将完，我们去请来相会。"阮郁道："难为你二位了，可对姑娘说，慢慢不妨，我自品茶相候。"只觉那茶一口口俱有美人的色香在内，吃下去甚是心悦神怡。又坐了一个时辰，方看见前边的那个侍儿，又捧出茶来道："小姑娘出来了。"阮郁听见出来，忙起身侧立以待。早一阵香风，苏小小从绣帘中，袅袅婷婷走出，但见：

> 碎剪名花为貌，细揉嫩柳成腰。红香白艳别生娇，恰又莺雏燕小。云鬟乌连云髻，眉尖青到眉梢。漫言姿态美难描，便是影儿亦好。

阮郁见苏小小今日妆束，比昨日湖堤相遇的模样更自不同，早喜得神魂无主。候苏小小走下堂来，忙叫人将礼物摆在堂上，方躬身施礼道："昨幸有缘，无心中得遇姑娘仙驾，又蒙垂青，高吟同心之句，归时喜而不寐。故今日敢不避唐突之嫌，聊备寸丝为敬，欲拜识仙姿，以为终身之奇遇。还恐明河在望，不易相亲，又何幸一入桃源，即蒙邀迎如故，真阮郁之大幸也。姑娘请上，容阮郁拜见。"苏小小见他谦谦有礼，又币帛交陈，十分属意，因笑说道："贱妾青楼弱女也，何足重轻，乃蒙郎君一见钟情，故贱妾有感于心，而微吟见意。又何幸郎君不弃，果殷殷过访。过访已自叨荣，奈何复金玉辉煌，郑重如此！可谓视葑菲如琼瑶矣[19]，敢不趋迎。但恨妆镜少疏，出迟为罪。郎君请上，容小小一拜。"二人交拜毕，方东西就坐。茶罢，苏小小道："男女悦慕，从来不免，何况我辈？但怅春未及时，花还有待，徒辱郎君之青目，却将奈何？"阮郁道："姑娘怎么如此说！天姿国色，以一见为荣。今既幸蒙不拒，又辱款接如斯，则快慰已出于望外。玉尚璞含，珠犹椟蕴[20]，谁敢不知进退，更作非分之想耶？姑娘但请放心，小子领一茶即告退矣。"苏小小听了，大喜道："郎君若如此相谅，便晨夕相对无伤也。何必去之太促？"阮郁道："姑娘不见督责，小子敢大胆再留连半晌，得饱餐秀色而归，使魂梦少安，便感情非浅。"苏小小道："妾留郎君者，盖蒙郎君垂顾，欲以一尊，少伸地主之宜耳。若云餐秀，贱妾蒲柳之姿，何秀之有？闻言未免增愧。"阮郁道："白玉不自知洁，幽兰不自知香，唯仆之饿心馋眼，一望而明。若再坐久，只恐姑娘黛色容光，皆被我窃去矣。"苏小小微笑道："妾不自知，而郎君知之，可谓妾真知己矣。且请到松杉轩旁，妾卧楼之前，镜阁之上，望望湖光山色，聊尽款曲，何如？"阮郁道："本不当入室取扰，既姑娘有此盛意，我阮郁留一刻，也享一刻之福，何敢复作套辞？但些须薄物，望笑而挥入，无令陈此贻羞。"苏小小道："乍蒙垂顾，怎好便受厚礼？

若苦辞，又恐自外，却将奈何？"阮郁道："寸丝半币，大辱章台，若再宣言，则愧死矣。"苏小小道："郎君既留隋珠赵璧，为妾作声价，妾敢不拜嘉，以铭厚爱。"遂命侍婢收入，即邀阮郁到镜阁上去坐。阮郁到了阁上，只见造得十分幽雅，正当湖面开一大圆窗。将冰纱糊好，就如一轮明月，中贴一对联道：

闭阁留新月，开窗放野云。

窗外檐端悬一匾，题"镜阁"二字。阁下桃花、杨柳、丹桂、芙蓉，四周点缀得花花簇簇。在窗内流览湖中景色，明明白白，无所不收。若湖上游人画舫过到镜阁之前，要向内一望，却檐幕沉沉，隐约不能窥见。故游人到此，往往留有余不尽之想。阁中琴棋书画，无所不具。阮郁见了，更觉神飞，因赞道："西湖已称名胜，不意姑娘此阁又西湖之仙宫也。仆何幸得蒙引入，真侥幸也。"苏小小道："草草一椽，绝无雕饰，不过借山水为色泽耳。郎君直谓之仙，亦有说乎？"阮郁道："仆之意中以为如此，若主何说，则无辞以对。"苏小小因笑道："对亦何难？无非过于爱妾，故并此阁亦蒙青盼耳。"阮郁听了，亦笑道："仆之心，仆不自知，姑娘乃代为拈出，姑娘之慧心，真入人之肺腑矣。"二人方问答合机，只见侍儿捧出酒肴来，摆在临湖窗前，请二人对饮。苏小小道："不腆之酌[21]，用敢献酬，以增主愧。望郎鉴而开怀。"阮郁来意，自以得见为幸，今见留入镜阁，又芳樽相款，怎不快心。才饮得数杯，早情兴勃勃，偷看小小几眼，又四周流览一番。只见壁上贴着一首题镜阁的诗，写得甚是端楷，大有风韵，落的却是小小自己的款，因念道：

"湖山曲里家家好，镜阁风情另一窝。

夜夜邀游明月照，朝朝消受白云磨。

水痕不动秋容净，花影斜垂春色拖。

但怪眉梢兼眼角，临之不媚愧如何？"

阮郁读完，更加惊喜道："原来姑娘佳作，愈出愈奇。然令人垂涎不已者，正妙在眉梢眼角，何以反言不媚？得无谦之太过乎？请奉一卮。"因而斟上。苏小小笑道："贱妾谦之太过，既受郎君之罚，郎君誉之太过，独不该奉敬乎？"因而也斟上一卮。二人正拖拖逗逗，欢然而饮，忽贾姨走来，笑说道："好呀，你二人竟不用媒了。"阮郁笑道："男女同饮虽近私，然尚是宾主往来，若红丝有幸，还当借重于斧柯[22]，焉敢无礼而轻于犯悗[23]，以获愆尤[24]。"说罢，大家都欢然而笑。苏小小因请贾姨娘入座，又饮了半晌，大家微有酒意。阮郁便乘醉说道："姨母方才争说，竟不用媒，却像以媒自居，但不知姨母伐柯之斧利乎不利？"贾姨道："官人不消过虑，纵然不利，天下断无个破亲媒人。官人若不信，可满饮一觥，待老身面试，试与官人看。"因筛了一大杯，送到阮郁面前。阮郁笑领了，道："姨母既有此高情，莫说一觥，便醉杀了，亦所甘心。但斧柯前一敬未伸，如何敢劳面试？"贾姨笑道："先试而后伸敬，亦未为晚。"阮郁道："既是如此相信，且领干所赐，看是如何？"遂拿起酒来，一饮而尽。贾姨见了，甚是喜欢，因对苏小小笑说道："贤甥女，你是个聪慧的人，有心作事，有眼识人，不是个背前面后随人勾挑引诱便可倾心之人，故我做姨娘的，有话当面直说。大凡男女悦慕，最难称心，每有称心，又多阻隔。今日阮官人青年白面，贤甥女皓齿蛾眉，感天作合，恰恰相逢。况你贪我爱，契洽殊深。若情到不堪，空教分手，可谓锦片姻缘[25]，失之当面矣。今所不敢轻议者，怜惜贤甥女瓜期尚未及耳。然此一事，做姨娘的也替你细细思量过了。你今年已交十五，去二八之期不远，若待到开年，婚好及时，千金来逼，何容再拒？倘不得其人，而云粗雨暴，交村蠢之欢，又不如早一日软软温温，玉惜香怜，宁受甘甜之苦矣。"苏小小听了，忍不住笑将起来道："姨娘怎直言至此，想自是个过来人了。"

阮郁此时已在半酣之际，又被苏小小柔情牵扰，已痴到不能自主，恨不得一时即谐了花烛。今听见贾姨娘为他关说，又见苏小小听了喜而不怒，似乎有个允从之意，不胜快心，因筛了一大觞，送到贾姨之前道："姨母面试文章十分精妙，将我晚生心绪已深深引出，即当叩谢，一时不便，且借芳樽当花上献，望姨母慨饮。"贾姨道："老身文章未必做得好，却喜阮官人批语批得好，自然要中主考之意了。"苏小小道："上宾垂顾，当借西泠山水风流，聊劝一觞。姨娘奈何只以粉脂求售[26]，无乃太俗乎？"贾姨听了，连点头道："是我不是，该罚，该罚！"遂将阮郁送来的酒一气饮干，道："再有谈席外事者，以此为例。"苏小小因叫侍儿推开纱窗，请阮郁观玩湖中风景。阮郁看了，虽也赞赏，却一心只暗暗的对着小小，时时偷窥他的风流调笑，引得魂散魄消，已有八分酒意了，尚舍不得辞去。无奈红日西沉，渐作昏黄之状，方勉强起身谢别。苏小小道："本当留郎君再尽余欢，但恐北山松柏迷阻归鞍，故不敢强为羁绊。倘情有不忘，不妨重过。"阮郁道："未得其门，尚思晋谒。既已登堂，便思入室，何敢自外？明晨定当趋侍。"说罢，再三致意而别。正是：

> 美色相看已出神，不留人处自留人。
> 从今饥眼痴魂魄，云雨巫山著此身。

阮郁乃当朝相公之子[27]，只贪绝色，看得银钱甚轻。到了次日，果备了千金纳聘，又是百金酬媒。此时已问明了贾姨的住处，故先到贾家，送上媒资，求他到苏家去纳聘。你道妇人家见了白晃晃银子，有个不眉欢眼笑的，略略假推辞两句便收了，道："既承阮官人如此高情，舍甥女之事，都在老身身上，包管锦丛丛，香扑扑，去受用便了。"阮郁道："若能到此，感谢不尽。"说罢，贾姨遂留阮郁坐下，竟教阮家家人捧了聘礼，同送到苏家去，因暗暗对苏小小道："千金，厚聘也；相公之子，贵人也；翩翩弱冠，少年也；缓款多情，风流人物也。甥女得此，方不辱没了从前的声价，日后的芳名，请自思之，不可错过。"苏小小道："姨娘既谆谆劝勉，料不差迟。甥女无知，敢不从命。"贾姨见他允了，满心欢喜，遂将聘金替他送入内房，便忙忙走回家，报知阮郁。阮郁闻报，喜之不胜，遂同贾姨到苏家来谢允。小小便治酒相款。阮郁又叫家人去取了百金来，以为花烛之费。贾姨遂专主其事，忙叫人选择一个黄道吉日，请了许多亲戚邻媪。到了吉期，张灯结彩，备筵设席，笙箫鼓乐，杂奏于庭，好不热闹。众亲邻都在外堂饮酒。唯苏、阮二人却在房中对饮合卺之卮。自外筵散后，二人饮到半酣之际，彼此得意，你看我如花，我看你似玉，一种美满之情，有如性命。才入夜，阮郁即告止饮，苏小小却羞羞涩涩，借着留饮，左一杯，右一杯，只是延捱。阮郁见小小延捱情态，又是一种娇羞，无可奈何，只得低声告求道："夜已深了，醉已极了，万望姐姐垂情。"苏小小那里肯听，竟有个坐以待旦之意。还亏得贾姨走进房来，叫侍儿将酒席撤去。小小到此际，但半推半就而已。

到了次日，二人起来梳洗，贾姨早进房来贺喜。阮郁又再三向贾姨谢媒。自此之后，两人的恩爱如胶似漆，顷刻不离，每日不是在画舫中飞觞，流览那湖心与柳岸的风光，就是自乘着油壁香车，阮郁骑着青骢骏马，同去观望南北两高峰之胜概。真个得成比目，不羡鸳鸯。已经三月，正在绸缪之际，不意阮郁的父亲在朝有急变之事，遣人立逼他回去。二人那里舍得，徒哭了数日，无计可留，只好叮咛后约，匆匆而去。正是：

陌路相逢信有缘，谁知缘尽促归鞭。

劝君莫怪人间事，去去来来总是天。

阮郁既去之后，小小一时情意难忘，便杜门不出。争奈他的芳名，一向原有人羡慕的，今又经了相公之子千金为聘这一番举动，愈觉轰动人耳目。早有许多富贵子弟探知消息，都纷纷到西泠苏家来求复帐。奈小小一概谢绝，只说到亲眷家养病去了。却又无聊，只得乘了油壁车儿，两山游玩，以遣闷怀。有几个精细少年见他出游，知他无病，打听得阮公子这段姻缘是贾姨撮合的，便暗暗备礼来求贾姨为媒。贾姨却又在行有窍，凡来求他的子弟，必须人物俊雅，可中得小小之意，又要挥洒不吝，有些油水滋培的，方才应承许可。若有些须不合，便冷冷辞去。但辞去的固多，应承的却也不少。从此，西泠的车马，朝夕填门。若说往来不断，便当迎送为劳，却喜得苏小小性静语默，比当道的条约还严。他若倦时，谁敢强交一语？到他喜处，人方踊跃追陪。睡到日中，鸟啼何曾惊梦？闲行月下，花影始许随身。从没人突然调笑，率尔狂呼，以增其不悦。故应酬杯斝[28]，交接仪文，人自劳，而他自逸。却妙在冷淡中，偶出一言，忽流一盼，风流蕴藉，早已令人魂消，只感其多情，决不嫌其简慢，故声价日高，交知日广。而苏小小但知有接洽之欢，而不知有拂逆之苦。以一钱塘妓女，春花秋月，消受无穷；白面乌纱，交接殆尽。或爱其风流，或怜其娇小，或慕其多才，或喜其调笑，无不人人赞羡，处处称扬。他却性好山水，从无暇日。若偷得一刻清闲，便乘着油壁车儿，去寻那山水幽奇，人迹不到之处，独自纵情凭吊。

忽一日，游到石屋山中，烟霞岩畔。此时正是暮秋天气，白云低压，红叶满山，甚觉可爱。小小遂停了车儿，细细赏玩赏玩。不多时，忽见对面冷寺前有一壮年书生，落落莫莫，在那里闲踱，忽看见了佳人停车，便有个要上前相问的意思。走不上三四步，忽又退立不前。苏小小见了，知他进退越趄者，定为寒素之故，因下了车儿，轻蹙金莲，迎将上去道："妾乃钱塘苏小小也。品虽微贱，颇识英雄。先生为何见而却步？"那先生听了，不胜惊喜道："果是苏芳卿耶？闻名久矣，第恨识面无由。今幸相逢。即欲仰邀一顾，又恐芳卿日接富贵，看寒儒未必入眼，故进而复退。不期芳卿转下车就语，可谓识面又胜似闻名矣。"苏小小道："妾之虚名，不过堕于脂粉，至于梁夫人之慧心[29]，红拂女之慧眼[30]，惟有自知，绝无人道。及今睹先生山斗之仪[31]，必大魁天下。欲借先生之功名，为妾一验。"那书生道："我学生既无李药师之奇才[32]，又无韩良臣之勇敢[33]，萧然一身，饥寒尚且不能自主，'功名'二字却从何说起？芳卿莫非失眼？"小小道："当此南北分疆时，上求贤久矣。功名虽有，却在帝阙王都，要人去取。先生居此荒山破宇中，功名岂能自至？还须努力，无负天地生才。"那书生听见说得透畅，不觉伤心大恸道："苍天，苍天！你既覆庇群生，何独不覆庇到我鲍仁？反不如钱塘一女娘见怜之亲切也。"小小道："先生莫怪妾直言，据妾看来，非天不培，只怕还是先生栽之不力耳。"鲍生听了，因跌跌脚道："芳卿责我，未尝不是。不知帝阙王都，动足千里，行李也无半肩，枵腹空囊[34]，纵力追夸父，也不能前往。"苏小小道："先生若无齐治均平的大本领[35]，我苏小小风月行藏，便难效力。若是这些客途资斧，不过百金之事，贱妾尚可为情。"鲍生听了，又惊喜道："芳卿何交浅而言深，一至于此！"苏小小道："一盼而肝胆尽倾，交原不浅，百金小事，何足为深？先生不要认错了。"鲍生道："漂母一饭[36]，能值几何？而千秋同感，施得其人耳，何况百金？但恐我鲍仁不肖，有负芳卿之知我，却将奈何？"苏小小道："听先生自道尊名，定是鲍先生了。若不以妓迹为嫌，敢屈到寒门，聊申一敬。"鲍仁道："芳卿仙子也，所居自是仙宫，岂贫士所敢轻造？然既蒙宠招，自当趋承，敢请香车先发，容步后尘。"苏小小既上车儿，又说道："相逢陌路，万勿以陌路而爽言。"鲍仁答道："知己一言，焉敢自弃。"说罢，便前后而行。

不期苏小小香车才到，已早有许多贵介与富家子弟，或携樽在他家坐待，或治席于湖舫遣人来请，纷纷扰扰，一见他到了，便你请我邀，喧夺不已。苏小小俱一概回他道："我今日自作主人，请一贵客，已将到了，没有工夫。可拜上列位相公爷们，明日领教罢。"众人那里肯听，只是请求不去。苏小小便不理他，竟入内叫人备酒伺候。不一时，鲍仁到了，见门前拥拥挤挤的，仆隶皆华丽异常，却自穿着缊袍草履[37]，到了门前，怎好突入。谁知小小早遣了随车认得的童子在门前等候，一见到了，便赶开众人，直请他到镜阁中去。小小早迎着，说道："鲍先生来了，山径崎岖，烦劳步履，殊觉不安。"鲍仁道："珠玉之堂，寒儒踞坐，甚不相宜。"小小道："过眼烟花，焉敢皮相英雄。"鲍仁道："千秋义侠，谁知反在闺帏。"二人正说不了，侍儿早送上酒来对饮。饮不多时，外面邀请的又纷纷催迫。小小虽毫不在意，鲍仁听了，只觉不安，因辞谢道："芳卿之情，已领至透骨入髓矣。至于芳樽眷恋，即通宵达旦，亦不为长。但恨此时此际，眉低气短，不能畅此襟怀，徒费芳卿之婉转，而触蜂蝶之憎嫌。倒不如领惠而行，直截痛快，留此有余不尽，以待异日，何如？"小小道："妾既邀鲍先生到此，本当扫榻亲荐枕衾，又恐怕流入狎邪之私，而非慷慨相赠之初心。况先生堂堂国士，志不在于儿女，既要行，安敢复留？"遂于座后取出两封白物送鲍仁道："百金聊壮行色，静听好消息耳。"鲍仁收了，近前一揖道："芳卿之情，深于潭水，非片言所能申谢，惟铭之五内而已。"说罢竟行，小小亲送至门而别。正是：

> 游人五陵去，宝剑值千金。
>
> 分手悦相赠，平生一片心。

鲍仁既去，且按下不题。却说苏小小送了鲍仁，方才次第来料理众人。众人等得不耐烦，背地里多有怨言。及见小小走到面前，不消三言两语，只一颦一笑，而满座又早欢然。故纵情谈笑，到处皆著芳香；任性去来，无不传为艳异。最可喜是王侯之贵，若怜他娇，惜他美，便待之不啻上宾；尤妙的是欢好之情，若稍不浓，略不密，便去之有如过客。苦莫苦于人家姬妾，言非不工，貌非不美，沦于下贱，安得自由？怨莫怨于远别妻孥，望之不来，嫁又不可，独拥孤衾，凄凉无限。怎得小小罗绮遍身，满头珠翠，鲑厌不甘，蚕嫌不暖，无人道其犯分而不相宜[38]。故小小十五至二十岁这四五年，楚馆秦楼之福，俱已享尽；四方之文人墨士与仕宦名流，无不遍交。此时贾姨奔走殷勤，缠头浸润[39]，也成了一个家业了，每每称羡小小道："甥女别具性情，前论及为妓之事，虽一时戏言，做姨娘的还不以为然。到了今日，方知甥女有此拿云捉月之才能，有此游戏花柳之乐，真青楼之杰出者也。"苏小小听了，也只付之一笑。

忽一日，有上江观察使孟浪，自恃年少多才，闻得苏小小之名，只以为是虚传，不信红裙中果有此人。偶因有事西吴，道过钱塘，胸中原有一个苏小小横在心头，思量见他一面，便借游湖之名，叫了大楼船一只作公馆，备下酒席，邀了宾客，遂着人去唤苏小小来佐酒。自恃当道官，妓女闻呼，必然立至。不期差人去时，苏家一个老妪回道："姑娘昨日被田翰苑家再三请去西溪看梅，只怕明日方得回家。你是那位相公家，若要请我姑娘吃酒，可留下帖子，待他回来看了，好来赴席。"差人道："谁有帖子请他？是孟观察相公叫他佐酒。"老妪道："我家姑娘从来不晓得做甚么酒。既要做酒，何不到酒肆中去叫一个。"差人因苏小小不在，没法了，只得将所说的话一一回复孟浪。孟浪沉吟半晌，因想道："他既是个名妓，那有此时还闲着的？如果不在家，想是实情。"又命差人道："既是明日来家，明日却是准要叫来伺候。"差人领命，到了次日，黑早便去，连苏家的门还未开，只得且走了回来。及再去时，苏家老妪回道："方才有信说是今日要回，只是此时如何得能便到，极早也得午后。"差人午后再去，还说不曾回家。差人只怕误事，便坐在门前呆等。直到日落西山，也不见来，黄昏也不见影。只得等到夜静更深，方看见两三对灯笼，七八个管家，簇拥着一驾香车儿，沿湖而来。到了门前下车时，差人忙忙要上前呼唤。只见苏小小已酗酗大醉，两三个侍儿一齐搀扶了进去。众家人只打听明白说苏姑娘已睡下了，方敢各各散去。差人见他如此大醉行径，怎可一时罗唣，只得又回去，细细的禀知官府。孟浪道："果是醉了么？"差人道："小人亲眼看见的，三个丫头搀扶他不动，实实醉了。"孟浪道："既是醉，再恕他一次。若明日再左推右托，便饶他不过。"及到了第三日，差人再去时，侍儿回道："宿醒未醒，尚睡着不曾起身，谁敢去惊动他？"差人道："你快去说声，这孟爷乃上江观察使官，大着哩，叫了三日，若再不去，他性子又急，只怕还惹出事来。"侍儿笑说道："有啥子事？和尚道士去迟了，不过罚两杯酒罢休了。"差人听得不耐烦起来，便走回船中禀道："小人去传唤，那娼妓只睡着不肯起来，全不把相公放在眼里。"孟浪听了，勃然大怒道："一个娼妓，怎这等放肆？须拿他来羞辱一场方快。"又想道："自去拿他，他认我是客官，定还不怕，必须托府县立刻拿来，方晓得利害。"即差人到府县去说。府县得知，俱暗暗吃惊道："此人要津权贵，况且性情暴戾，稍有拂逆，定要费气。"叫人悄悄报知苏小小，叫他速速去求显宦发书解释，然后青衣蓬首，自去请罪，庶可免祸。若少尽延，便不能用情。侍儿俱细细与小小说知。小小听了，还只高卧不理。倒是贾姨闻知着急，忙忙走到床前，说道："这姓孟的，人人都说他十分惫懒，你不要看做等闲。我们门户人家，要抬起来固不难，要作践却也容易。你须急急起来打点，不可被他凌辱一场，把芳名损了。"苏小小道："姨娘不消着急，他这两三日请我不去，故这等装腔作势。我无过勉强去走走便罢了，何必打点？"贾姨道："不是这等说，据府县说来，连官府也惧他三分，又来分付叫你求几位显宦的书去说个人情，你方可去请罪。若不是这等，便定然惹出祸来。"苏小小被贾姨只管琐碎，只得笑笑走起身来道："花酒中的一时喜怒[40]，有甚么大祸？甥女因力倦贪眠，姨娘怎这样胆小，只管催促。"因穿了衣服，慢慢的走到镜台前去装饰。贾姨道："你此去是请罪，不要认做请酒，只须搭上一个包头，穿上一件旧青袄就是了，何消装束？"小小又笑道："装束乃恭敬之仪，恭敬而请，有罪自消，如何倒要蓬首垢面青衣，轻薄起来？"遂不听贾姨之言，竟梳云掠月，装饰得如画如描，略吃些早餐，就乘了车儿，竟到湖船上来。叫人传禀。

此时孟观察正邀了许多宾客赏梅吃酒，忽听见说苏小小来了，心上虽然暗喜，但既发作一番，那里便好默默，必须哼喝他几句，然后收科，因问道："他还是自来，还是府县拿来的？"左右禀道："自来的。"孟观察道："既是自来，且姑容他进见。"一面分付，一面据了高坐，以便作威福。不片时，人还未到面前，而鼻孔中早隐隐闻麝兰之味，将他暴戾之气已消了一半。及到面前，虽然是淡妆素服．却一身的袅娜，满面的容光，应接不暇，突然望见一个仙子临凡。这孟观察虽说性暴，然正在壮年，好色之心颇盛，见了这般美丽，恨不得吞他入口，只碍着观瞻不雅，苦苦按捺住。小小也不慌不忙，走到面前，也不屈膝，但深深一拜道："贱妾苏小小，愿相公万福。"孟观察此时心已软了，说不出硬话来，但问道："我唤了你三日，怎么抗拒不来，可知罪么？"小小道："若说居官大法，贱妾与相公睽隔天渊，如何敢抗？至于名公臣卿，行春遣兴，贱妾来迟去慢，这些风花雪月之罪，妾处烟花，不能自主，故年年、月月、日日皆所不免。贱妾虽万死，亦不能尽偿，盖不独为相公一人而然也。还望宽恩垂谅。"观察道："这也罢了，但你今日之来，还是求生，还是求死？"小小道："爱之欲其生，恶之欲其死，悉在相公欲中，贱妾安能自定？"观察听了，不禁大笑起来道："风流聪慧，果然名下无虚！但此皆口舌之辩才，却非实学。你若再能赋诗可观，我不独不加罪，且当优礼。"小小便请题。观察因指着瓶内梅花道："今日赏梅，就以此为题。"小小听了，也不思索，信口长吟道：

> "梅花虽傲骨，怎敢敌春寒，
> 若得分红白，还须青眼看。"

　　孟观察听了，知诗意皆包含着眼前之事，又不亢，又不卑，直喜得眉欢眼笑，遂走下座来，亲手搀定小小道："原来芳卿果是女中才子，本司误认，失敬多矣。"因邀之入座。小小道："贱妾何才？止不过情词曲折，偶会相公之意耳。"观察道："情词会意，正才人之所难。"遂携了小小，并坐在上面，欢然而饮。饮酒之间，小小左顾右盼，诙谐谈笑，引得满座尽欢。观察此时见他偎偎倚倚，不觉神飞意荡，欲要留小小在船中，又恐官箴不便，直吃得酕醄大醉，然后差人明灯亮火，送小小回家。却与小小暗约下，到夜静时，悄悄乘小船，到镜阁下相就。如此者一连三夜，大快其心，赠了小小千金，方才别去。正是：

> 一怒双眸裂，回嗔满面春。
> 非关情性改，只为色迷人。

孟观察去后，贾姨因问道："这观察接甥女不去，特着府县来拿，何等威严。自你去请罪，我还替你担着一把干系。为何见了你，只几句言语，说得他大笑起来，这是何缘故？"小小道："姨娘有所不知，但凡先要见甥女，后因不得见而恼怒者，皆是欣慕我才色之美，愿得一见者也。至于苦不得见则恼，但此恼非他本心，皆因不得见而生。故甥女装饰得可人，先安慰定他的欣慕之心，则后来之恼怒，不待言而自消矣。若青衣蓬首，被他看得不才不貌，无可欣慕，不更益其恼怒乎？我拿定他是个色厉而内荏之人，故敢直见之而不畏。"贾姨听了，不胜欢喜道："我也做过了半生妓女，进门诀，枕席上的诀，启发人钱钞的诀，死留不放的诀，倒也颇通。从不知妓女中还有这许多窍脉，怪不得甥女享此大名，原来还有这个秘诀。"苏小小笑道："有何秘诀？大都人情如此耳。"

自有孟观察这番举动，远近传闻，苏小小不独美貌，兼有应变之才，声名一发重了。然苏小小却暗暗自思道："我做了数年妓女，富贵繁华，无不尽享；风流滋味，无不遍尝，从不曾受人一毫轻贱，亦可谓侥天之幸了。须乘此车马未稀，早寻个桃源归去。断不可流落垆头，偿王孙之债。"主意定了，遂恹恹托病，淡淡辞人，或戒饮于绣佛之前，或遁迹于神龙之尾。蜂蝶原忙，而花枝业不知处；楼台自在，而歌舞悄不闻声。此虽人事看明，巧于回避；谁知天心有在，乐于成全。

忽一日，小小偶同了一个知己朋友看荷花回来，受了些暑热之气，到夜来又贪凉坐在露台。此时是七月半后，已交秋风冷，不期坐久，又冒了些风寒，染成一病，卧床不起。医生来看，都说是两感，凶多吉少。谁知小小父母久无，亲戚虽有，却也久疏。惟有贾姨往来亲密，见小小病体十分沉重，甚是着急。因含着眼泪说道："你点点年纪，享了这等大名，正好嘲风弄月的快活受用，奈何天之不仁，降此重疾！"小小道："姨娘不要错怪了天，此非天之不仁，正是天仁而周全我处。你想甥女一个女子，朝夕与鸿儒臣卿诙谐谈笑，得此大名者，不过恃此少年之颜色耳。须知颜色，妙在青春，一过了青春，便渐渐要衰败，为人厌弃。人一厌弃，则并从前之芳名扫地矣。若说此时眉尚可画，鬓尚堪撩，我想纵青黛有灵，亦不过再五年十年止矣。而五年十年，无非转眼，何如乘此香温温、甜密密，垂涎刮目之时，借风露天寒，萎芳香于一日；假巫山云梦，谢尘世于片时。使灼灼红颜，不至出白头之丑；累累黄土，尚动人青鬓之思。失者片时，得者千古，岂不大为得计乎？姨娘当为甥女欢喜，不当为甥女悲伤。"贾姨道："说便是这等说，算便是这等算，但人身难得，就是饥寒迫切，还要苟延性命，何况你锦绣丛中之人，一旦弃捐，怎生割舍？你还须保重。"小小似听不听，略不再言。

贾姨过了一日，见他沉重，因又问道："你交广情多，不知可有甚未了，要倩人致意否？就是后事，从丰从俭，亦望说知。"小小听了，勉强道："交乃浮云也，情犹流水也，随有随无，忽生忽灭，有何不了，致意于谁？至于盖棺以后，我已物化形消，于丰俭何有？悉听人情可也。但生于西泠，死于西泠，埋骨西泠，庶不负我苏小小山水之癖。"说罢，竟奄然而逝。贾姨痛哭了一场，此时衣衾棺椁已预备端整，遂收殓了，停于中堂。贾姨见小小积下许多银钱，欲要在他面上多用些，又恐妓家无靠，惹人是非，故退退缩缩，不敢举行。

忽一日，三四个青衣差人飞马来问道："苏姑娘在家么？若在家，可少留半日。若出门，可速速请回。我们滑州刺史鲍相公立刻就要来面拜。"贾姨听见，不禁哭了出来道："苏姑娘在是在家，只可恨死了，不能接待。若是这鲍相公要追欢买俏，就烦尊驾禀声，不消来了。"差人听说，都吃惊道："闻说苏姑娘只好二十余岁，为何就死了？果是真么？"贾姨道："现停柩在堂，如何假得？"差人没法，只得飞马去了。不多时，早望见那鲍刺史换了白衣白冠，轿也不乘，直走马而来。到了西泠桥边，便跳下马来，步行到门，竟呜呜咽咽的哭了进来。及到柩前，不禁抚棺大恸道："苏芳卿耶，你是个千秋具慧眼、有血性的奇女子，既知我鲍仁是个英雄，慨然赠我百金去求功名，怎么就不待我鲍仁功名成就，来谢知己，竟辞世而去耶？芳卿既去，恰教我鲍仁这一腔知己之感，向谁去说？岂不痛哉！"哭罢，思量了半晌，忽又大恸起来道："这一段知己之感。还说是我鲍仁的私情。就以公论，天既生芳卿这般如花之貌，咏雪之才，纵才貌太美，犯了阴阳之忌，也须念生才之难，略略宽假其年。奈何花才吐蕊，月尚垂钩，竟一旦夺之耶？苍天耶，何不仁之至此耶？"直哭得声息都无。贾姨此时已问明侍儿，知是小小赠金之人，因在旁劝解道："相公贵人，不要为亡甥女小事痛伤了贵体。"鲍刺史道："妈妈，你不知道人之相知，贵乎知心。他小小一女子，在贫贱时能知我心，慨然相赠，我堂堂男子，既富且贵，反因来迟，不能少申一报，非负心而何？日后冥中相见，岂不愧死！"贾姨道："相公既有此不忘之情，要报亡甥女，也还容易。"鲍刺史道："他已玉碎香消，怎能相报？"贾姨道："亡甥女繁华了一生，今寂寂孤魂，停棺于此，尚不知葬于何所，殊属伤心。相公若能择西泠三尺土，为亡甥女埋骨，使其繁华于始，而又能繁华于终，则亡甥女九泉有知，定当感激高厚。"鲍刺史听了，方才收泪道："妈妈此言甚是有理。"遂请堪舆择了一块吉地[41]，在湖口西泠桥侧，又叫匠人兴工动土，造成一座坟墓，又自出名发帖，邀请阖郡乡绅士大夫，都来为苏小小开丧出殡。众人见鲍刺史有此义举，谁敢不来？一时祭礼盈庭。到那下葬之日，来观者人山人海。鲍刺史仍白衣白冠，亲送苏小小之枢，葬于西泠坟墓之内，立一石碑，上题曰："钱塘苏小小之墓"。又为他置下祭田，为贾姨守墓之费。临行复又哭奠一场，然后辞去。

小小之墓，至今独存；小小之名，至今尚在。其貌其才，皆因其有识而至今不朽也。过其墓者，无不流连感叹。相传有七言古诗一首道：

世人腹空眼亦空，冰炭横据胸之中。翻手覆手幻云雨，何况未遇识英雄。君不见，钱塘名妓苏小小，独具慧眼从来少。至今古墓在西泠，湖光山色相围绕。

（选自《西湖拾遗》）

[注释]

[1] 西泠桥——一名西林桥，亦名西陵桥。西湖名胜之一。于杭州西湖孤山下，为孤山到北山的必经之地。

[2] 两峰三竺——两峰指杭州灵隐的北高峰和南高峰，有"双峰插云碑亭"，宋、元时称"两峰插云碑亭"，为西湖十景之一。 三竺，上天竺（法喜寺）、中天竺（法净寺）、下天竺（法镜寺）的统称，为灵隐寺南山中著名的佛教寺院。

[3] 小星——即小妾。

[4] 桃夭——指男婚女嫁。《诗经·周南》中的篇名，首句"桃之夭夭"，以桃花盛开赞男女及时婚嫁。

[5] 惜旅怜鳏——顾惜行旅之人，怜悯鳏夫孤男。

[6] 狭邪——即指娼妓。狭通"狎"，嫖妓；"邪"通"斜"，古代妓院多建于狭路曲巷，故称娼妓居处为"狭斜"，亦作"狭邪"。

[7] 楚馆——妓院。常与"秦楼"连用作为妓院的泛称。 玉堂——宋代以后的翰林院亦称"玉堂"，是文翰荟萃的官署。

[8] 巫山——男女幽会。此指行妓。

[9] 秣驹秣马——饲喂牲口。此指嫖客车马络绎不绝。

［10］抱憨痴之衾——喻指嫁一个呆傻的丈夫。憨痴之衾，喻指裹在锦被中的痴呆之人。

［11］拥迷瞒之被——喻指嫁一个欺瞒妻子嫖娼狎妓的丈夫。迷瞒之被，喻指裹盖着锦被的欺瞒妻子的丈夫。

［12］青楼——旧指妓院。　业地——作恶造孽的地方。业，佛教用语，分为身业（行动）、口业（语言）、意业（思想）。佛教认为"业"是决定着人的生死轮回的。"业"有善有恶，一般多偏指恶业，引申为罪孽。

［13］破瓜——旧指女子破身。此指妓女初次接客。

［14］芹——微薄的礼物。

［15］剥啄——象声词，敲门声。

［16］鹄立——伸着脖颈站立。鹄（hú 胡），天鹅。

［17］倒曳金莲——因忙着迎客而穿倒了鞋。形容热情迎接宾客。

［18］海棠睡足——此以海棠喻美人。古人多有借咏海棠以喻美人春睡之诗词，如宋代周紫芝《好事近》："春似酒杯浓，醉得海棠无力"，唐伯虎也有《海棠春睡图》。

［19］葑菲（fēng fēi 封非）——即蔓菁和菖草。二者均为野菜。

［20］椟（dú 读）——木柜或木匣。

［21］不腆之酌——粗劣的酒食。腆（tiǎn 舔），丰厚，美好。

［22］斧柯——斧子的柄，比喻媒人。

［23］犯帨——男女双方触到了对方的衣饰，指私相猥亵。帨（shuì 税），佩巾。

［24］愆尤——罪过。愆（qiān 千），过失。

［25］锦片姻缘——美好但短暂的姻缘。

［26］以粉脂求售——向人推销美色女子。

［27］相公——古代称宰相为"相公"。《日知录》云："前代拜相者必封公，故称之曰相公"。

［28］斝（jiǎ 甲）——古代一种盛酒的器皿。

［29］梁夫人——南宋女将，韩世忠之妻，相传名红玉，智勇双全，助夫阻击金兵，建立战功。南齐时代的苏小小不可能论及南宋的梁夫人，此为作者的疏忽。后谈及红拂、李靖、李世忠等处均为作者忽略了历史朝代。

［30］红拂女——唐传奇《虬髯客传》中的人物。原为隋末大贵族杨素家妓，后识李靖英雄才略，私奔相助，建立功业，其事用为典故"慧眼识英雄"。

［31］山斗之仪——如泰山北斗般崇高伟岸的仪表。泰山北斗，比喻众所崇敬的人。

［32］李药师——即李靖，本名药师。唐初军事家。从唐太宗李世民东征西讨，以功封卫国公。年轻时曾参谒隋朝越国公杨素。杨素家妓红拂慧眼识其英雄才略，私奔相从，助其建功立业。

［33］韩良臣——即南宋名将韩世忠，字良臣。

［34］枵腹——饿着肚子。枵（xiāo 消），空虚。

［35］齐治均平——即儒家所主张的修身、齐家、治国、平天下的谋世方略。

［36］漂母一饭——西汉名将韩信在未发达时曾受一洗衣妇女一饭解饥之恩。

［37］缊袍——旧棉袍。缊（yùn 韵），新旧混合的丝绵。

［38］犯分——违背了自己的名分。

［39］缠头——古代赠给歌优娟妓的钱帛财物。

［40］花酒——旧时在妓院中饮酒作乐称饮花酒。

［41］堪舆——旧时"风水"之称。"堪"为高处，"舆"为低处。此指风水先生。

［鉴赏］

《苏小小慧眼识风流》选自清人陈树基所辑的拟话本小说集《西湖拾遗》。陈树基字梅溪，钱塘人，生平不详，乾隆辛亥年间在世。此书自乾隆原版本至嘉庆刊本，光绪上海申报馆重排本均题"钱塘陈梅溪搜辑"。《西湖拾遗》是一部记述西湖人物传说故事的短篇话本小说集，共四十八卷，前三卷为《西湖全图》《西湖十图景》《西湖人物图》，末卷为《止于至善》，其它四十四卷则是从《西湖二集》《西湖佳话》《醒世恒言》等书中选出的四十四则短篇小说。《苏小小慧眼识风流》选自《西湖佳话》，原题为《西泠韵迹》。《西湖拾遗》的编者除对本篇标题作了修改外，还对部分文字做了少许恰当的删改。

苏小小是六朝南齐歌妓，生时颇富盛名，死后其生平故事为历代文人传颂，成为民间与文学作品中的传世人物。《乐府诗集》中有《苏小小歌》，唐代著名诗人李贺、温庭筠、张祜等也均有写苏小小的诗歌流传。

作为文学作品中的娼妓形象，苏小小既不同于致荥阳公子郑生为丐，而良知尚未泯灭，终又助其成就事业的李亚仙，也不同于执著地追求真诚爱情，一旦发觉自己受骗被卖，便刚烈地与百宝箱俱沉江底的杜十娘，更不同于在公子王孙中间既享尽了温柔富贵，也受尽了百般凌辱，终于从一个卑微的卖油郎那里找到了人间真情的莘瑶琴。同为娼妓，苏小小有她独特的生活道路和个性特征。她热爱大自然，迷恋西湖山水至成平生之癖，从小就每日乘着油壁车流连于山水之间，这就使她的身心自幼就承受着灵山秀水的钟毓。西子湖不但造就了她天仙一般的容貌，赋予了她过人的智慧才华，更主要的是融塑了她一颗酷爱自由的心。这本该是一个自由自在、纯洁无瑕的西湖女儿，然而在她所生活的那个时代里，"生于妓家，父不知何人，母死"的出身，早已给她戴上了一条先天的枷锁。生活告诉这无人关心，无人保护的美丽孤女，她这一生必须戴着枷锁镣铐跳舞，要想获得那宝贵的自由，必须付出残酷的代价。

当无忧无虑、流连山水的童稚时代已告结束，有两条生活出路摆在苏小小面前：一是待价而沽，在众多豪门公子、科甲乡绅的竞买中择高价自售，做一个富贵人家的姬妾；一是重操母业，以自己的美貌和才华赢得羡艳顾怜，做一个青楼妓女。按照世俗常论，以妓家出身之女能嫁到富贵人家做小，实在是好运亨通，既可脱去妓家之籍，又可贮之金屋享尽荣华。苏小小却将那些千金买主们尽皆辞去。在她眼中，豪门富家对于像她这样生于娼妓之家的女子来说，绝不是什么"金屋"，而是地地道道的"樊笼"，不但再"不能遨游于两峰三竺"，而且只能永远供人玩弄，不可能得到任何做人的自由与尊严。她进一步看透了："豪华非耐久之物，富贵无一定之情。"豪门纨绔今日挥金如土，明日就可能家财散尽；今日奉之名花，明日就可能弃之如敝屣。特别值得一提的是，她对嫁鸡随鸡，嫁狗随狗，"抱憨痴之衾，拥迷瞒之被"，妻妾明争暗斗、家庭中布满陷阱的姬妾制度，有着一种本能的反感和痛恨，对豪门富户那些"随行逐队之姬妾"的生活地位表示了极大的蔑视。苏小小以一个被社会视为贱类的妓家少女，对封建社会罪恶的姬妾制度能有如此鲜明的态度，表现出她对妇女只能作为男子附庸和玩物的封建戒律的强烈不满。她断然拒绝卖身于富豪公侯做他们的专用品，因为那从根本上说依然是形同娼妓。

如果说打定主意坚决不卖身为富人妾充分表现了苏小小卓绝不群的识见，那么选定"在妓馆中做一个出类拔萃的佳人"这条生活道路，却又使人们对她的识见表示怀疑了——妓者，公娼也。一无自由可论，二无爱情可言，三无廉耻可及，只能任人玩弄，任人蹂躏。多少落难女子避之犹不及，又岂有自投罗网之理？然而，在当时的社会环境中，苏小小特殊的出身，已经注定了她一跨进人世就无法摆脱"妓家"的阴影，这阴影无时不跟随着她，要么为富人妾，做某人专用的私娼，一条道走到黑；要么在社会的轻蔑与追欢买俏者贪噬的目光和夹缝里生存，求"自由"，她选择了后者。因为她知道，美色和才华是谁也夺不走的资本，她既可以此作为"甜甜钓饵"令"花柳定自来争"，这样，"纳币纳财，定盈于室"，便可衣食不愁，进而享受荣华富贵；又可以此高抬身价，骄矜自重，令显赫豪横之辈在她面前收敛狂态，毕恭毕敬，如此获得精神上的"自尊"与"自立"；同时，美色、才华与声名更不乏"绿鬓朱颜""温柔之奇货"的倾慕，"情之所钟"处还可获得一点短暂的温柔与欢爱。当然，苏小小这种阴影下寻求灿烂、夹缝里寻求自由"在妓馆中做一个出类拔萃的佳人"的人生哲学，是可怜而又可悲的，其中不乏封建阶级腐朽观念的影响和市民阶级享乐主义的流露，像说妓女行业是"惜旅怜鳏，亦圣王所不废"，"一笑一颦，必构巫山之金屋"，"朝双双，暮对对，野鸳鸯不殊睢鸟；春红红，秋紫紫，假连理岂异桃夭？""今日欢，明日歇，无非露水；暂时有，霎时空，所谓烟花"等等。然而，力排众议，坚决不做富贵人家的姬妾，却一心要做一个能享有相对自由的妓女，这其中却闪烁着对封建纲常礼教的强烈反叛精神——她敢于抨击被封建统治者奉为圭臬的"名教"，大胆地嘲谑伪道学们的"坐怀不乱"；她敢于向封建衙府挑战，自诩翰林之才，认为只要有旷世之才，"楚馆"中亦可开"玉堂"。即使是那消极颓废的人生如梦、及时行乐的思想中，也流露出对封建礼教虚伪性、反动性的反抗和鞭笞。苏小小以一个妓女能对人间世势有如此深入的洞悉，在生活道路的选择上能对封建礼教做出如此勇敢的叛逆与挑战，应该说不但"才识兼具"，而且是胆略过人了。

委身于阮郁是苏小小成功地实现自己人生选择的第一步。阮郁"当代宰相之子"的地位，"币帛交陈"、千金纳聘的财力虽然也令她属意，但真正令她动情的是阮郁的"少年俊雅""谦谦有礼"、善解人意和一往情深。她从阮郁那里得到的是尊重、理解、钦佩和痴心爱慕。两人有共同的爱好，彼此"问答合机""契洽殊深"，相知相通。小小谓阮郁："妾不自知，而郎君知之，可谓妾真知己矣。"阮郁谓小小："仆之心，仆不自知，姑娘乃代为拈出，姑娘之慧心，真入人之肺腑矣。"待到合卺之时，二人之间"一种美满之情，有如性命"。这样真挚的感情，这样强烈的生命体验，完全超出了嫖客与妓女间的烟花露水之情与买卖肉体的关系，也绝非人主与侍妾间的做发泄性欲、传宗接代工具的主仆关系。应该说，这其中有真诚的爱情在。当然，从根本上说，这爱情是畸型的，因为它毕竟是狎妓恶俗的产物，毕竟是建立在金钱交换的基础之上的。因此它不可能是真正人格平等、心灵自由的产物，也绝不可能通向健康幸福的婚姻。所以这爱情不但是畸型的，而且其本质是悲剧性的。然而，对于只能在社会夹缝中求生存、在镣铐羁绊下求自由的苏小小来说，这短暂如昙花一现、虚幻如烟花浮云的爱情，已经是十分难得，弥足珍贵的了。苏小小作为一个青楼女子，能巧妙地避开人生险途上的陷阱与羁绊，有计划、有步骤地为自己做出这样的选择与安排，足可见出她是个"有心做事，有眼识人""有才兼有识"的青楼奇女子。

如果说苏小小的委身阮郁表现了她在风月场中的"有眼识人"，对自我生活道路设计上的"有才兼有识"，那么对鲍仁的慷慨相助则表现了她在炎凉世态中的"颇识英雄"，在施仁行义于落拓寒士成就功名大业上的"有才兼有识"。识阮郁是为自身，识鲍仁却是为他人。相比之下，后者更鲜明地显示出苏小小不同凡响的"慧眼"——她路遇鲍仁，主动下车关怀问讯，盛赞鲍仁"山斗之仪，必大魁天下"，此其慧眼之一；鲍仁以寒儒自惭形秽，她却热情鼓励其努力进取，"无负天地生才"，此其慧眼之二；鲍仁喟叹苍天，她却窥透了其隐痛在于财力不足，无法前往帝都，表示要解囊相助，此其慧眼之三；她还把鲍仁请到家中，置酒相待，敬如上宾，全然不顾纨绔贵胄们的催督邀请。最后又以百金慷慨相赠，以壮鲍仁行色，并以"静听好消息"相激励，此其慧眼之四之五也。后来鲍仁果然功成名就，他在痛悼苏小小亡灵之时所说"人之相知，贵乎知心。他小小一女子，在贫贱时能知我心，慨然相赠"，正道出了苏小小才识兼具、慧眼识人源出于她悲天悯人，以心见心的慧心，那是一种侠肝义胆，一种人格力量。——小小曾自叹"堕于脂粉"，徒有识英雄、助英雄的慧心慧眼，哀怨自己空赋才华，至多只能"开楚馆之玉堂""构巫山之金屋"，她把自己无法实现的理想抱负寄寓于胸怀齐治均平之大志的鲍仁，在社稷"南北分疆"之时，为助贤能之才以为国效劳，其慧心慧眼中深蕴着高标品格，无怪鲍仁特其为"千秋义侠"了。

阮郁、鲍仁皆可为"风流"人物，在与他们的交往中充分显示了苏小小的慧眼识人，而上江观察使孟浪却是一个性情暴戾的官场要人，与他的周旋则充分显示了苏小小卓然超群的识见。在孟浪的自恃高位、傲慢无礼、威逼恐吓下，苏小小不慌不乱，从容镇定，表现出十二分的矜持自重。她一不听府县让她乞求显宦说情的嘱咐，二不听贾姨让她青衣蓬首去请罪的劝告，她自有自己的见解："装束乃恭敬之仪，恭敬而请，有罪自消，如何倒要蓬首垢面青衣，轻薄起来?"果然，苏小小以她有如仙子临凡般的端丽仪态和袅娜丰姿震慑了欲待作威作福的孟观察，又以其溢彩流光的美貌和口才、辩才、诗才彻底征服了他，轻松而巧妙地化险为夷，保护自己免却了一场灾祸。在封建社会中，显宦悍吏如狼似虎，平民百姓畏之若鼠，更不必说地位卑贱的娼妓了。而苏小小却以一青楼弱女制服了暴戾的要津权贵，其刚柔并济、以柔克刚，无不出于她的卓绝识见与应变之才，以及由此而生的过人胆略。小说开篇的一段议论："古来美人不奇，美人有才则奇；美人有才尚不奇，美人有才兼有识则更奇，而且出于青楼，则奇绝矣。"可谓对苏小小这一娼门奇女最恰切的评价。

在苏小小享尽富贵荣华，遍交鸿儒巨卿，才色红极一时，声名传遍四海的鼎盛时期，她却及时引退了。这是她富于远见卓识的又一表现。她惨淡经营，为自己营构了一个温柔安乐的小窝，正该趁青春岁月"快活受用"，然而她却能思虑其后，防患未然，决心"早寻个桃源归去"，以防红颜褪尽"流露垆头，偿王孙之债"；待到染病卧床，她更不以为然，毫不以富贵风流乃至生命为眷恋。她割舍了一切，只为自己留下了寄寓于西湖山水间的心灵自由。她唯一的遗愿是"生于西泠，死于西泠，埋骨西泠，庶不负我苏小小山水之癖。"苏小小红颜薄命，然而，死却使她卸掉了身心沉重的负荷，还给了她西湖女儿纯真自由的本色。从人生道路选择来看，苏小小一生繁华富贵，但心灵却始终套着耻辱的枷锁，她的一生是一出典型的悲剧；然而从心灵历程看，她靠着一双慧眼，靠着颖悟的才与识护卫着自己，最后终于回归到自由的大自然怀抱，这或许又应算是一出庄严肃穆的喜剧吧。

这篇小说写苏小小的一生，但绝无冗繁琐碎之感，却极具艺术概括力。开篇以议论简洁地概括苏小小的性格特征，之后以委身阮郁、知遇鲍仁、制服孟浪三事从不同侧面展开她的才识兼备，慧眼独具，既有典型性，又有概括性。结尾处以苏小小病榻上看破红尘总结自己的一生，高度概括了她视人生如梦、生死在天的人生观。除了善于艺术概括，出神入化的人物描写也是本篇的艺术特色。

　　本作在思想性上表现出不少消极因素，除前已提及的表现于苏小小人生道路选择中的封建腐朽思想及享乐主义遗毒外，对阮郁、鲍仁等的肯定与褒扬中也时时显出封建正统色彩。结尾苏小小人生观的直陈中，也不乏宿命论观点。凡此一切消极因素，都离不开阶级的、时代的、作者世界观的局限。这是我们在欣赏此作时特别要注意的。

（吕智敏）

图书在版编目（CIP）数据

十大倡优小说／吕智敏主编．—北京：中国和平出版社，2014.9
（名家赏析历代短篇小说系列）
ISBN 978－7－5137－0838－8

Ⅰ.①十…　Ⅱ.①吕…　Ⅲ.①短篇小说－小说集－中国
Ⅳ.①I24

中国版本图书馆 CIP 数据核字（2014）第 200416 号

十大倡优小说

吕智敏　主编

出 版 人：肖　斌
责任编辑：刘浩冰
装帧设计：周　晓
责任印制：石亚茹

出版发行：中国和平出版社
发 行 部：010－82093806
网　　址：www.hpbook.com
经　　销：新华书店
印　　刷：北京华正印刷有限公司
社　　址：北京市海淀区花园路甲 13 号院 7 号楼 10 层（100088）

开　　本：660 毫米×940 毫米　1/16
印　　张：17.75
字　　数：250 千字
版　　次：2014 年 12 月北京第 1 版　2014 年 12 月北京第 1 次印刷

ISBN 978－7－5137－0838－8　　　　　　　　　　　　　定价：32.80 元